WILLIAM SARGANT · DER KAMPF UM DIE SEELE

William Sargant

Die Seelenwäscher

Verlag für ganzheitliche Forschung und Kultur

1991

© 1957 by William Heinemann, London
Originalausgabe unter dem Titel BATTLE FOR THE MIND

Verlag für ganzheitliche Forschung und Kultur
2251 Viöl / Nordfriesland

Druck: Bäuerliche Druckerei, 2251 Hattstedt
ISBN 3-927933-04-X

Vieles haben wir noch zu lernen über die Gesetze, nach denen Geist und Leib aufeinander einwirken und nach denen ein Geist auf einen anderen wirkt; aber das ist gewiß, daß ein großer Teil dieser wechselseitigen Wirkung auf allgemeine Gesetze zurückgeführt werden kann und daß, je mehr wir von solchen Gesetzen wissen, unsere Macht um so größer sein wird, anderen wohlzutun.

Wenn nun durch die Wirkung solcher Gesetze erstaunliche Ereignisse eintreten und wir laut ausrufen: »Das ist der Wille Gottes!« statt uns daran zu machen, festzustellen, ob es der Wille Gottes war, uns die Macht zu geben, diese Ergebnisse hervorzurufen oder zu verhindern; dann ist unser Verhalten nicht Frömmigkeit sondern Trägheit.

George Salmon, D. D.
»A Sermon on the Work of the Holy Spirit« (1859)

VORWORT

So entschieden wie möglich möchte ich betonen, daß sich dieses Buch *nicht* mit der Wahrheit oder Fälschlichkeit irgendeiner bestimmten Religion oder eines bestimmten Glaubens befaßt. Seine Aufgabe und sein Zweck liegen ausschließlich darin, einige der Mechanismen zu untersuchen, die bei der Fixierung oder der Zerstörung solcher Glaubenshaltungen im menschlichen Gehirn eine Rolle spielen. Vielleicht werden manche Kritiker die Frage aufwerfen, ob es überhaupt möglich ist, zwei Teile eines Ganzen auf diese Weise zu trennen. Aber wollen wir jemals zu einem umfassenderen Verständnis des Problems gelangen, so müssen fortdauernd Versuche in dieser Richtung unternommen werden.

Da ich selbst eigene Glaubensgrundsätze besitze und einer religiösen Erziehung vieles verdanke, liegt es mir ganz besonders am Herzen, Leser, die ähnliche oder auch völlig andere religiöse Überzeugungen vertreten, so wenig wie irgend möglich zu verletzen. Die Geschichte hat aber den zornigen Aufschrei vermerkt, selbst als Newton den Versuch unternahm, die einfache Mechanik der Schwerkraft aus religiösen Aspekten zu lösen und sie von ihnen zu isolieren. Selber ein tief religiöser Mann, wurde er unter Anklage gestellt, den religiösen Glauben anderer Menschen zu zerstören. Er konnte nur erwidern, daß sein Werk sich nicht mit der letzten Frage befasse, *warum* etwas geschehe, sondern mit dem unmittelbaren Problem, *wie* es geschehe. Ich muß für dieses, mein viel bescheideneres Unternehmen denselben Anspruch erheben.

Viele Menschen haben ganz mit Recht darauf hingewiesen, daß

Vorwort

die letzte Probe sowohl auf religiöse, wie auch auf politische Werte nicht definierbar ist im Sinne dessen, *wie es geschieht,* sondern in dem liegt, *was erreicht wird.*

Ich beschäftige mich hier *nicht* mit der unsterblichen Seele, die die Provinz der Theologen ist, auch nicht mit dem Geist im weitesten Sinn des Wortes, der das Gebiet der Philosophen ist, sondern mit dem Gehirn und dem Nervensystem, wie der Mensch sie mit dem Hund und anderen Tieren gemeinsam hat. Aber durch eben dieses materielle Gehirn können die Vertreter Gottes oder des Teufels, können Diktatoren, Polizeibeamte, Politiker, Priester, Ärzte und Psychotherapeuten der verschiedensten Art den Versuch unternehmen, dem Menschen ihren Willen aufzuzwingen. Es ist daher nicht weiter verwunderlich, daß sich des öfteren Diskussionen darüber ergeben, wer genau was tut. Diese Untersuchung befaßt sich mit mechanischen Methoden, das Gehirn zu beeinflussen, Methoden, die vielerlei Faktoren unterliegen, manchen offenbar guten und manchen offenbar tatsächlich sehr üblen; aber sie befaßt sich mit Hirnmechanismen, nicht mit den ethischen und philosophischen Seiten eines Problems, die zu beurteilen andere viel kompetenter sind als ich. Es muß daran erinnert werden, daß vieles von dem, was hier besprochen wird, bisher nur eine brauchbare Arbeitshypothese darstellt; es wird noch ein gut Teil weiterer Forschung bedürfen, ehe endgültige Schlußfolgerungen möglich sind.

Daß ich Wesley für eine spezielle Untersuchung zur Technik der religiösen Bekehrung heranzog, ist auf meine eigene methodistische Erziehung zurückzuführen. Ich wurde von der unerhörten Macht, die in seinen Methoden schlummert, überzeugt, obwohl sie heute von der Kirche, die er mit ihrer Hilfe aufbaute und stark machte, aufgegeben worden sind. Die meisten Menschen werden den Sozialhistorikern zustimmen, die fest überzeugt sind, daß Wesleys Bekehrung großer Gebiete Englands dazu beigetragen hat, eine politische Revolution in einem Augenblick zu vermeiden, als Europa und Nordamerika in Gärung oder tatsächlichen Aufstand gerieten — vorwiegend auf Grund jener antireligiösen, materialistischen Philosophie, mit der unter anderen der Name Tom Paines in Verbindung steht. John Wesley und seine Methoden verdienen heute die besondere Aufmerksamkeit sowohl des Politikers als auch des Priesters, selbst wenn die Höllenfeuer-Doktrin, die er predigte, altmodisch erscheinen kann.

Manches von dem Material, das ich in diesem Buche verwerte, mußte ich mir außerhalb meines eigenen Arbeitsfeldes, der Medizin, suchen, und ich entschuldige mich im voraus für jede Ungenauigkeit, die dadurch entstanden sein kann. Aber sollen wir je zu einem Fortschritt und zu einer Synthese gelangen, so muß in diesem Zeitalter des wachsenden Spezialistentums einer das Risiko übernehmen, die Wände zu anderer Leute Territorien zu überspringen. Weiterhin wolle man es mir nicht zum Vorwurf machen, daß ich manche Arten rein intellektueller Bekehrung nicht behandle, sondern nur die körperlichen oder psychologischen Reize, die in viel höherem Maße als intellektuelle Argumente dazu beizutragen scheinen, eine Bekehrung durch Veränderungen in den Hirnfunktionen des Betroffenen hervorzurufen. Daher auch der Ausdruck »Physiologie« im Titel.

Ich habe mehr Menschen, als ich hier nennen kann, für Rat und Hilfe zu danken, die sowohl zu Hause als auch in den USA mich aufsuchten oder mit mir arbeiteten. Sie werden manche ihrer Standpunkte als Anteile meiner Gedankengänge wiederfinden müssen, und ich hoffe, daß sie es sich nicht anders wünschten. Insbesondere habe ich den Doktoren Eliot Slater und H. E. Shorvon zu danken. Manches über unsere gemeinsame Arbeit in England während und nach dem Kriege wird in den Anfangskapiteln des Buches berichtet und ist in gemeinsamen Artikeln auch schon in wissenschaftlichen Zeitschriften erschienen. Alles hier angeführte Material über Kriegsneurosen ist schon in Zeitschriften veröffentlicht worden. Hinweise darauf sind in den Fußnoten beigefügt.

Die Rockefeller-Stiftung ermöglichte es mir, ein fruchtbares Jahr an der Harvard University zu verbringen und die Psychoanalyse in

Vorwort

Unterricht und therapeutischer Anwendung aus der Nähe kennenzulernen. Ich möchte betonen, daß meine Darstellung der Psychoanalyse bei der Illustrierung mancher Aspekte der modernen Bekehrungs- und Gehirnwäsche-Technik keine Ablehnung ihres sehr realen Wertes für die Behandlung sorgfältig ausgewählter Patienten darstellt. Ein weiteres Jahr, das ich auf Einladung an der Duke University verbrachte, ermöglichte es mir, Methoden der religiösen Erweckung zu studieren, einschließlich der christlichen Schlangenberührungskulte, die in den Südstaaten noch ausgeübt werden. Auch Dr. H. Fabing und Dr. G. Sutherland verdanke ich vieles. Während meines Aufenthaltes in den USA diskutierte ich häufig mit ihnen über die Beziehungen der Arbeiten Pawlows zu Problemen des menschlichen Verhaltens.

Dank schulde ich weiterhin Robert Graves. Er war es, der mich bei einem Besuch auf Mallorca überredete, dieses Buch fortzusetzen, der mir half, das endgültige Manuskript fertigzustellen, und der auch das achte Kapitel und einige der anderen historischen Hinweise in Unterstützung meiner Argumente beisteuerte.

Und ohne die Hilfe meiner Frau und meiner Sekretärin, Miß M. English, hätte dieses Buch überhaupt nicht geschrieben werden können.

London, 1956　　　　　　　　　　　　　　　　　　　　　W. S.

EINLEITUNG

Politiker, Priester und Psychiater stehen oft vor demselben Problem: Wie findet man das schnellste und dauerhafteste Mittel, den Glauben eines Menschen zu ändern? Als ich gegen Ende des zweiten Weltkrieges begann, mich für die Übereinstimmung der Methoden zu interessieren, die immer wieder einmal von den politischen, religiösen und psychiatrischen Disziplinen verwendet worden waren, sah ich nicht voraus, welche enorme Wichtigkeit diesem Problem heute zukommt – auf Grund eines ideologischen Kampfes, der dazu bestimmt scheint, den Gang der Zivilisation auf Jahrhunderte hinaus zu entscheiden. Das Problem des Arztes und seines nervös erkrankten Patienten und das des religiösen Führers, der auszieht, neue Bekehrte zu gewinnen und festzuhalten, ist heute zum Problem ganzer Gruppen von Nationen geworden, die gewisse politische Glaubensgrundsätze nicht nur innerhalb ihrer Grenzen befestigen, sondern auch die Welt außerhalb zu Proselyten machen möchten.[1]

Großbritannien und die Vereinigten Staaten sind daher endlich genötigt, die spezialisierten Formen der neurophysiologischen Forschung ernsthaft zu untersuchen, die die Russen seit der Revolution so intensiv kultiviert haben und die ihnen halfen, die Methoden zu vervollkommnen, die heute allgemein als »Gehirnwäsche« oder »Gedankenkontrolle« bekannt sind. Im August 1954 hat der Staatssekretär für das Verteidigungswesen der Vereinigten Staaten die Ernennung eines Spezialkomitees angekündigt, das untersuchen soll, wie Kriegsgefangene darauf vorbereitet werden können, der Gehirnwäsche zu widerstehen. Er gab zu, daß es wünschenswert wäre, die geltenden Gesetze und die Politik der militärischen Verwaltungsstellen hinsichtlich derjenigen Gefangenen zu ändern, die in die Hände von Nationen im sowjetischen Einflußbereich fallen. Das Komitee gab im August 1955 seinen Bericht an den Präsidenten ab.[2]

Auch in Großbritannien wurde die Notwendigkeit einer energischen Erforschung der Techniken der schnellen politischen Bekehrung weitgehend erkannt. Vor einigen Jahren z. B. hatte sich Charlotte Haldane dafür eingesetzt, daß der psychologische Mechanismus des Prozesses untersucht werden sollte, auf Grund dessen sie, die Gattin eines berühmten britischen Wissenschaftlers, zum Glauben an die offizielle russische Auslegung der marxistischen Dialektik bekehrt worden war; auch sollte geprüft werden, was sie zu ihrer plötzlichen Rückkehr zum westlichen Standpunkt veranlaßt habe, nachdem es ihr so viele Jahre nicht gelungen war, den Fehler des russischen Systems zu entdecken. Koestler und viele andere haben sehr ähnliche Erfahrungen aus ihrem eigenen Leben beschrieben.[3]

Viele Menschen sind auch von dem Schauspiel beunruhigt, daß eine intelligente und bis dahin geistig widerstandsfähige Person, die hinter dem Eisernen Vorhang vor Gericht stand, so weit gebracht werden konnte, nicht nur zu glauben, sondern auch aufrichtig zu proklamieren, daß all ihre vergangenen Handlungen und Gedanken verbrecherisch falsch waren. »Wie wird das gemacht?« fragen sie.

Man war sich nicht immer klar darüber, daß all dies das politische Äquivalent jener Art von religiöser Bekehrung sein könnte, nach der gewöhnliche anständige Leute glauben, ihr Leben sei nicht nur nutzlos, sondern verdiene ewige Verdammnis, weil irgendeine religiöse Einzelheit versäumt worden war. Auch bei einem Patienten in Psychoanalyse kann der gleiche psychologische Prozeß beobachtet werden; er kann überredet werden, daß seine Verhaltensanomalien durch einen intensiven Haß gegen seinen Vater verursacht seien — obgleich er sich ihm gegenüber stets ergeben und liebevoll verhalten hat. Wie können Menschen dazu veranlaßt werden, etwas zu glauben, was doch offensichtlichen Tatsachen widerspricht?[4]

Man sollte ganz allgemein zwischen dem allmählicheren Wandel der Anschauung und des Verhaltens unterscheiden, wie er auf Grund des zunehmenden Alters, der wachsenden Erfahrung und Vernunft eintritt, und der plötzlichen, völligen Um-Orientierung des Standpunkts, die, häufig durch andere veranlaßt, die Preisgabe fester Glaubensgrundsätze und die Annahme oft diametral entgegengesetzter Überzeugungen bedeutet.

Dieses Buch möchte einige der wichtigeren mechanischen und physiologischen Aspekte des Problems untersuchen und die Frage diskutieren, wie neue Ideen dem Hirn eingeimpft und dort fixiert werden können, selbst bei Menschen, die zuerst nicht bereit sind, sie anzunehmen. Durch zufällige Umstände wurde vor 11 Jahren das Interesse an diesen Zusammenhängen geweckt. Der zweite Weltkrieg bot der Medizin seltene Gelegenheiten, Zusammenbrüche normaler Menschen, die intensiven Spannungsbelastungen ausgesetzt waren, eingehend zu untersuchen. In England hatte man zur Zeit der Invasion in der Normandie im Juni 1944 besondere Einrichtungen getroffen, um einen neuen Schub akuter militärischer und ziviler Neurosen zu behandeln, die infolge dieser Operation aufgetreten waren. Eines Tages, kurz nach Beginn der Invasion, stieg ich auf der Fahrt zu einer Notsammelstelle in einem amerikanischen neuro-psychiatrischen Lazarett ab, um einen Kollegen, Dr. Howard Fabing, zu besuchen. Er hatte soeben das Buch des berühmten russischen Neurophysiologen I. P. Pawlow: »Bedingte Reflexe und Psychiatrie«[5] gelesen und riet mir dringend, sofort das gleiche zu tun. Das Buch bestand aus einer Reihe von Vorlesungen, die Pawlow nicht lange vor seinem Tod, 1936 im Alter von 86 Jahren, gehalten hatte, die aber erst 1941 in englischer Sprache erschienen waren. Die Lagerbestände der Übersetzung waren noch im gleichen Jahr in den Londoner »Blitz«-Angriffen zerstört worden. Aber Dr. Fabing war es gelungen, sich ein Exemplar zu verschaffen. Wie manche andere Neurologen und Psychiater des zweiten Weltkrieges machte er die Feststellung, daß Pawlows Beobachtungen an Tieren für das bessere Verständnis ge-

Einleitung

wisser Verhaltensformen nützlich waren, wie man sie beobachtet, wenn menschliche Wesen unter abnormer Spannungsbelastung zusammenbrechen.[6]

Es erwies sich tatsächlich, daß Pawlows klinische Beschreibung der »experimentellen Neurose«, die er bei Hunden hervorrufen konnte, eine weitgehende Übereinstimmung mit den Kriegsneurosen aufwies, wie wir sie damals untersuchten. Auch viele der physikalischen Behandlungen, die man allmählich, über Versuche und Fehlschläge, während des Krieges entwickelt hatte, um akute nervöse Symptome zu beheben, waren offensichtlich von Pawlow auf Grund seiner langen Forschungen an Hunden[7] vorweggenommen worden. Jetzt wurde deutlich, daß viel sorgfältigere Untersuchungen bestimmter Entdeckungen dieser Art in ihren möglichen Beziehungen zur menschlichen Psychiatrie notwendig waren, als man sie in letzter Zeit in England oder Amerika angestellt hatte.

Die Ähnlichkeiten zwischen diesen menschlichen Neurosen und den Neurosen bei Hunden lassen es unwahrscheinlicher als je erscheinen, daß viele der heute geläufigen psychologischen Theorien über den Ursprung der menschlichen Neurosen und anderer abnormer Verhaltensformen richtig sind; es sei denn, man einigte sich darauf, daß Pawlows Hunde ein unterbewußtes Seelenleben hätten und auch Über-Iche, Iche und Ese besäßen. Auch die Rolle, die Veränderungen in der Funktion des menschlichen Gehirns spielen, war anscheinend von manchen Psychologen allzu verallgemeinernd beiseite geschoben worden in ihren Bemühungen, die Gründe nicht nur des neurotischen und kriminellen Verhaltens, sondern aller dauerhaften seelischen Wendungen, Umstellungen und Anpassungen, die bei jedem Menschen das sogenannte normale Verhalten hervorbringen, als Reaktionen auf seine Umgebung zu erklären.

Als Pawlow in hohem Alter begann, die Folgeerscheinungen gestörter Hirnfunktionen, wie er sie bei seinen Tieren bemerkt hatte, mit denen, die man bei Menschen beobachtet, zu vergleichen, wurde diese Phase seiner Arbeit außerhalb Rußlands wenig beachtet und erforscht. Noch heute vernachlässigen viele englische und amerikanische Psychiater Pawlows späte Arbeiten, obwohl die entsprechenden Bücher jetzt schon längst in beiden Ländern zu haben sind. Es ist tatsächlich so, daß Pawlow noch immer hauptsächlich um seiner experimentellen Arbeiten an Tieren willen bekannt ist, für die er den Nobelpreis erhielt, und daß die meisten Psychiater eine breitere Grundlage für ihre Arbeit bevorzugen, als sie die einfache mechanistische und physiologische Methode Pawlows bietet. Außerdem besteht in der westlichen Welt eine gewisse Abneigung gegen Pawlows Untersuchungen. Die kulturellen Überzeugungen billigen dem Menschen zusätzlich zu seinem Gehirn und Nervensystem eine unabhängig wirkende metaphysische Seele zu, von der angenommen wird, sie helfe sein ethisches Verhalten zu kontrollieren und bestimme seine geistigen Werte. Nach dieser weitverbreiteten und festen Meinung haben Tiere Gehirne, aber keine Seelen, was jeden Vergleich zwischen den Verhaltensformen von Mensch und Tieren verdächtig macht. Obgleich Untersuchungen darüber, wie die körperlichen Systeme von Tieren funktionieren, zugegebenermaßen höchst wertvoll dafür waren, das Funktionieren der menschlichen Maschine zu erhellen, lebt diese Meinung sogar bei gewissen Wissenschaftlern fort — geradezu als Probe auf die moralische Anständigkeit.

Dieses Vorurteil gegen Pawlow hat es in England vielen Wissenschaftlern gestattet, seine Arbeiten nicht zu beachten; in Amerika war es die Woge der Freudschen psycho-analytischen Begeisterung, die das Land, viele Jahre nach ihrer Einführung und Anwendung in Europa, ergriff und die gleiche Wirkung hervorrief. Tatsächlich haben in beiden Ländern zu viele Psychiater und Psychologen ihre Augen vor Pawlows These verschlossen, obgleich sein Standpunkt einwandfrei wissenschaftlich war. Pawlow hatte immer darauf bestanden, daß experimentelle Tatsachen, die wiederholt nachgeprüft und kontrolliert werden können, wie begrenzt sie auch in ihrem Umfang seien, den Vorrang vor allgemeineren und vageren psychologischen Spekulationen haben sollten.

Einleitung

Die psychiatrische Forschung in Großbritannien ist seit dem zweiten Weltkrieg aber sehr viel wirklichkeitsnäher geworden. Die Anwendung von Drogen und andere physikalische Behandlungsmethoden haben so unzweifelhafte Resultate bei der Behandlung akuter ziviler und militärischer Kriegsneurosen erbracht, daß den physiologischen Hilfsmitteln in der Psychiatrie ein großer Vorrang in der Forschung eingeräumt wurde, und dieses Vorgehen gilt noch heute. Es war tatsächlich die Anwendung von Medikamenten in der Psychotherapie, die mich zuerst anregte, die vorliegende Studie über Pawlows experimentelle Methoden zur Veränderung von Verhaltensformen bei Tieren und über die Mechanik hinter den historischen Techniken der Indoktrination, der religiösen Bekehrung, der Gehirnwäsche und ähnlichem, zu unternehmen.[8]

In den frühen Stadien des Krieges hatte sich bei der Behandlung akuter Neurosen, die infolge der Evakuierung Dünkirchens, der Schlacht um England und der Londoner »Blitz«-Angriffe aufgetreten waren, der Wert gewisser Medikamente deutlich erwiesen, insofern sie den Patienten dazu verhalfen, ihre aufgestauten Erregungen über die furchtbaren Erlebnisse zu entladen, die zu ihrem Zusammenbruch geführt hatten. Die Methode war schon im Frieden in geringerem Umfang von Stephen Horsley und anderen[9] verwendet worden. Während des Krieges und nach seinem Ende wurden weitere Experimente mit einer großen Zahl solcher Drogen angestellt und vieles über ihre Eigenschaften in Erfahrung gebracht.[10]

Es wurde dabei einem sorgfältig ausgewählten Patienten ein Medikament verabreicht — auf dem Wege einer intravenösen Injektion oder durch Inhalieren —, und während es zu wirken begann, versuchte man, den Patienten dahin zu bringen, die Episode noch einmal durchzuleben, die seinen Zusammenbruch verursacht hatte. Manchmal waren das Ereignis oder die Ereignisse seelisch verdrängt worden, und die Erinnerung mußte erst wieder an die Oberfläche gehoben werden. In anderen Fällen wurde zwar das Ereignis voll erinnert, aber die ursprünglich damit verbundenen starken Gefühlserregungen waren inzwischen verdrängt worden. Die merkbare Besserung im nervösen Zustand des Patienten wurde der Freisetzung dieser ursprünglichen Gefühle zugeschrieben. Es stellte sich auch heraus, daß die Gefühle, die mit dem größten Gewinn freigesetzt — oder, wie der psychiatrische Ausdruck lautet, »abreagiert« — wurden, die Gefühle von Angst und Wut sind; hingegen wurde wenig erreicht, wenn man etwa einen melancholischen Patienten dahin brachte, zu weinen und noch deprimierter zu werden.

Unsere erste Begegnung mit Pawlows Buch im Jahr 1944 fiel zeitlich mit weiteren Erfahrungen über diese Drogenbehandlungen zusammen. Es stellte sich heraus, daß ein Patient gelegentlich geheilt wurde, wenn man ihn nicht ein bestimmtes traumatisches Ereignis wiedererleben ließ, sondern nur starke Empfindungen in ihm aufrührte, die sich nicht direkt auf das Erlebnis bezogen, und ihm dann verhalf, diese zu entladen. So konnten bei einigen der akuten Kampfneurosen aus der Schlacht um die Normandie und bei Neurosen infolge von V-Bomben-Explosionen den Patienten unter Drogeneinfluß ganz imaginäre Situationen suggeriert werden, um die Gefühle von Angst und Wut abzureagieren. In der Regel standen die erdachten Situationen aber in irgendeiner Weise in Beziehung zu wirklichen Erlebnissen des Patienten. Tatsächlich konnten häufig viel bessere Resultate erzielt werden, wenn man die Gefühle durch solche erdachte Ereignisse aufrührte, als wenn man den Patienten veranlaßte, tatsächliche Vorkommnisse im einzelnen wiederzuerleben. Man konnte z. B. einem Patienten, der im Anschluß an eine Panzerschlacht kollabiert war, suggerieren, daß er in einem brennenden Panzer eingeschlossen sei und sich befreien müsse. Obgleich die Situation niemals wirklich eingetreten war, bildete die Angst, daß sie eintreten könnte, möglicherweise eine Nebenursache für seinen schließlichen Zusammenbruch.

Der Ausbruch von Angst und Wut, der vom Therapeuten solchermaßen absichtlich herbeigeführt und zu einem Crescendo gesteigert wurde, war häufig von einem plötzlichen emotionalen Kollaps ge-

Einleitung

folgt. Der Patient sank bewegungslos auf die Couch — infolge der erschöpfenden Gefühlsentladung, nicht des Medikaments —, aber er erholte sich schnell. Es geschah dann häufig, daß er von einem geradezu dramatischen Verschwinden vieler nervöser Symptome berichten konnte. War aber nur wenig Gefühl freigesetzt worden und hatte er nur seine intellektuelle Erinnerung eines furchtbaren Erlebnisses aufgefrischt, dann war wenig Erfolg zu erwarten. Eine fälschlich eingeimpfte Erinnerung hingegen kann eine stärkere emotiale Entladung veranlassen als die echte und kann die physiologischen Effekte herbeiführen, die für die psychologische Entspannung notwendig sind. Schließlich wurde mit Hilfe der Pawlowschen Entdeckungen eine Technik vervollkommnet, unter der Einwirkung von Medikamenten absichtlich Wut oder Angst zu erregen, bis der Patient in zeitweiliger emotionaler Erschöpfung zusammenbricht. Besonders wichtig hierfür waren einige Beobachtungen, die Pawlow hinsichtlich des Verhaltens seiner Hunde angestellt hatte, nachdem sie bei der Überschwemmung von Leningrad 1924 beinahe ertrunken waren. Wir werden darüber später noch sprechen.

Zu der Zeit, als diese Technik bei den etwas normaleren Opfern schwerer Kampf- oder Bombenbelastung angewendet wurde — für die Behandlung chronischer Neurosen war sie weniger brauchbar —, besuchte ich eines Nachmittags zufällig das Haus meines Vaters und griff auf gut Glück nach einem seiner Bücher. Es war John Wesleys Tagebuch von 1739-40. Sein detaillierter Bericht über das Auftreten fast identischer Zustände emotionaler Erregung vor 200 Jahren fesselte meine Aufmerksamkeit — Zustände, die oft zu zeitweiligem emotionalem Zusammenbruch führten und die er durch eine besondere Art zu predigen auslöste. Das Phänomen trat gewöhnlich ein, wenn er seine Hörer davon überzeugt hatte, daß sie sich zu einer sofortigen Wahl zwischen der sicheren Verdammnis und der Annahme seiner eigenen seelenrettenden religiösen Ansichten zu entschließen hatten. Die durch seine anschauliche Predigt ausgelöste Angst, in der Hölle brennen zu müssen, konnte mit der Suggestion verglichen werden, die wir einem zurückgekehrten Soldaten in der Behandlung aufzwangen — der Suggestion, daß er in Gefahr sei, lebendig in seinem Panzer zu verbrennen, und daß er sich befreien müsse. Die beiden Techniken erschienen verblüffend ähnlich.

Die heutigen Methodisten sind oft bestürzt, wenn sie Wesleys detaillierte Berichte über seine Erfolge lesen; sie überlegen dabei aber nicht, daß die Gründe für die vergleichsweise geringe Wirksamkeit ihrer Predigten vielleicht einfach darin liegen, daß die heutige Art zu predigen sich an den Intellekt wendet, statt starke Empfindungen bei der Gemeinde zu erregen.

Es schien nun tatsächlich möglich, daß ein Großteil der durch Abreaktion unter medikamentöser Wirkung erzielten guten Resultate wesentlich das gleiche darstellt, was nicht nur Wesley und andere religiöse Führer, sondern auch die modernen »Hirnwäscher« erzielen, obwohl zweifellos in jedem Fall andere Erklärungen dafür abgegeben werden. Es sah nun auch so aus, als lieferte uns Pawlows Veränderung des tierischen Verhaltens experimentelle Beweise, die erklären könnten, warum gewisse Methoden, ähnliche Veränderungen beim Menschen hervorzurufen, erfolgreich waren. Ohne derartige Erfahrungen in einer Kriegsneurosen-Klinik wäre wohl kein Gedanke aufgekommen, die von Pawlow in seinen Tierexperimenten angewandten physiologischen Mechanismen mit Wesleys Massenbekehrungen der einfachen Leute des 18. Jahrhunderts in Verbindung zu bringen und die vorliegende Untersuchung zu unternehmen.[11]

Im Herbst 1944 kam ich durch eine Krankheit dazu, mehrere Wochen der Verfolgung dieser Spuren zu widmen, Berichte über plötzliche Bekehrungen durchzuarbeiten und die Mittel, den Glauben an göttliche Besessenheit zu erwecken, kennenzulernen, wie sie verschiedene religiöse Gemeinschaften in aller Welt anwenden. Die Jahre 1947/48 verbrachte ich zum Teil in den Staaten, wo sich mir Gelegenheit bot, einige der »Erweckungs«-Techniken, wie sie in vielen Teilen des Landes noch praktiziert werden, aus erster Hand kennenzulernen. Für meine Untersuchung erschienen sie mir bedeutsam,

Einleitung

weil sie in der Hand geschickter Praktiker noch immer außerordentlich wirksam sind; in England sind sie so gut wie ausgestorben.[12]

Nach 10 Jahren immer wieder unterbrochener Studien, deren Ergebnis eine Reihe von meist in wissenschaftlichen Zeitschriften erschienenen Artikeln war, gab mir eine zweite Krankheitsperiode die Möglichkeit, diese Arbeiten umzuordnen und zu dem vorliegenden Buch zusammenzufassen. Die bloßen Mechanismen der untersuchten Techniken sind nur ein Teil des Bildes, da aber ihre Bedeutung so häufig von Leuten übersehen wird, die da glauben, vernünftige Beweisführung sei viel wirksamer als alle anderen Indoktrinationsmethoden, scheint es mir doch wichtig, daß der westlichen Welt ein gewisses Verständnis für diese Vorgänge vermittelt wird.

Es ist ein derart bestürzendes und schauerliches Erlebnis, diese Methoden in ihrer Ausübung mitzuerleben und ihre verheerende Wirkung auf die Geisteshaltung durchschnittlicher Menschen zu beobachten, daß man versucht ist, sich von Dingen abzuwenden, die für unsere Zukunft von einschneidender Bedeutung sind, und ablehnend zu rufen: »Menschen sind doch keine Hunde!« — was sie auch tatsächlich nicht sind. Hunde haben, wenigstens bisher, noch keine Experimente an Menschen ausgeführt. Inzwischen allerdings ist ein großer Teil der Erde nicht nur umgeschult, sondern es ist auch ihr gesamtes medizinisches System im Sinne Pawlows neu ausgerichtet worden — zum Teil, weil die mechanistische und physiologische Behandlung von Dingen, die der Westen im allgemeinen als Angelegenheit der Philosophie und Religion ansieht, derartig politisch erwünschte Resultate erbracht hat.

Die folgenden Kapitel werden Beweise für die obengenannten Beobachtungen erbringen. Noch einmal muß betont werden, daß sich dieses Buch nicht in erster Linie mit irgendwelchen ethischen oder politischen Problemen befaßt; es hat sich ausschließlich das Ziel gesetzt, aufzuzeigen, wie Überzeugungen, seien sie nun gut oder böse, richtig oder falsch, dem menschlichen Gehirn aufgezwungen werden können, und wie Menschen auf willkürliche Glaubensgrundsätze umgestellt werden, die ihren bisherigen völlig widersprechen. Ein allzu technischer Stil in der Darstellung wurde vermieden, denn wenn Politiker, Priester, Psychiater und Träger der Polizeigewalt in verschiedenen Teilen unserer Welt weiterhin solche Methoden anwenden, dann müssen gerade die durchschnittlichen Menschen wissen, was ihnen bevorsteht und welches die besten Mittel sind, ihre ursprünglichen Denkgewohnheiten und Verhaltensformen zu bewahren, wenn sie einer unwillkommenen »Schulung« unterworfen werden.

Es wird keineswegs der Anspruch erhoben, daß dieses Buch irgendwelche Tatsachen vorbringt, die grundlegend neu wären. Jedes der hier angeschnittenen Themen und Probleme kann in Fachzeitschriften und Büchern im Detail weiterverfolgt werden, wozu Literaturhinweise beigefügt sind. Aber ich habe das Netz weiter ausgeworfen als meine meisten Vorgänger, in dem Versuch, Beobachtungen aus vielen, anscheinend beziehungslosen und nicht miteinander in Verbindung stehenden Quellen zu verknüpfen. Die Schlußfolgerung aus alledem ist, daß es einfache physiologische Mechanismen der Konversion gibt und daß wir daher aus dem Studium der Hirnfunktion noch vieles über Dinge zu lernen haben, die bisher als Angelegenheiten der Psychologie oder Metaphysik galten. Der politisch-religiöse Kampf um Geist und Seele des Menschen kann sehr wohl von dem gewonnen werden, der sich mit den normalen und abnormen Hirnfunktionen am weitestgehenden vertraut macht und der bereit ist, Nutzen aus diesem Wissen zu ziehen.

EXPERIMENTE AN TIEREN

Im Laufe von mehr als dreißig der Forschung gewidmeten Jahren sammelte Pawlow eine Menge von Beobachtungen über verschiedene Methoden, bei Hunden bestimmte Verhaltensweisen aufzubauen und sie dann wieder zu zerstören. Er deutete seine Entdeckungen in mechanistischen Begriffen, die seither von Psychologen und Psychiatern vielfach erörtert wurden. Die Entdeckungen selbst aber sind wieder und wieder bestätigt worden. Horsley Gantt schreibt dieses Fehlen irgendwelcher gewichtiger Irrtümer in Pawlows Werk seinen »sorgfältigen Methoden« zu, »seinen sachgerechten Nachprüfungen, seiner Gewohnheit, das gleiche Problem verschiedenen Mitarbeitern, die in getrennten Laboratorien oder Instituten arbeiteten, zur Bearbeitung zu übergeben, mit denen er Resultate und kontrollierte Experimente verglich«.[13]

Pawlow hatte 1904 für seine Forschungen über Verdauungsphysiologie den Nobelpreis erhalten, ehe er sich dem zuwandte, was er die »höheren nervösen Tätigkeiten« bei Tieren nannte. Was ihn zu dieser Wendung veranlaßte, war ein Gefühl, daß er wenig mehr über Verdauungsvorgänge erfahren könne, ehe er nicht die Funktion des Gehirns und des Nervensystems untersuchte, die häufig die Verdauung zu beeinflussen schienen. Zusammenhänge, die sich bei diesen neuen Studien ergaben, nahmen sein Interesse so völlig in Anspruch, daß er sich bis zu seinem Tode 1936, im Alter von 86 Jahren, ganz auf sie konzentrierte.

Pawlow war einer der russischen Wissenschaftler des alten Regimes, dessen Arbeit Lenin für wertvoll genug hielt, um sie nach der

Revolution zu unterstützen, und obgleich Pawlow dem sowjetischen Regime außerordentlich kritisch gegenüberstand, erhielt er weiterhin großzügige Hilfe von seiten der Regierung. Er wurde um seiner mutigen Haltung willen sowohl innerhalb als auch außerhalb Rußlands bewundert. Erst ganz zu Ende seines Lebens versöhnte er sich mit der Tatsache, unter einer Diktatur zu leben. Es ist eine Ironie der Geschichte, daß er heute als Held der Revolution gilt; keine der neueren sowjetischen Veröffentlichungen erwähnt seine beständige Opposition gegen das Regime. Horsley Gantt, der ihn 1933 wieder besuchte, fragte ihn, warum seine politische Haltung jetzt versöhnlicher sei; Pawlow habe darauf halb scherzend geantwortet, daß im Alter von 83 Jahren sein Herz nicht mehr der Belastung durch wütende Ausbrüche gegenüber den Autoritäten gewachsen sei, die ihn doch förderten.[14] Etwa zur gleichen Zeit hatten auch die Nazis begonnen, Rußland zu bedrohen, und Pawlows tiefes Mißtrauen gegen Deutschland machte ihn geneigter, in seiner Feindschaft gegen die russische Regierung nachgiebiger zu werden. Aber obgleich er jetzt seine Entdeckungen an Tieren auch auf Probleme des menschlichen Verhaltens anzuwenden begann, ist es außerordentlich zweifelhaft, ob er je vorhersah, daß seine Arbeit als Instrument der sowjetischen Politik Verwendung finden könnte. Da er für sich selbst stets Gedankenfreiheit forderte und auch erhielt, ist kaum zu vermuten, daß er je gewünscht hätte, die Gedankenfreiheit anderer zu beschränken. Er bestand darauf, Auslandsreisen zu unternehmen, um den Kontakt mit seinen wissenschaftlichen Kollegen aufrechtzuerhalten. Noch kurz vor seinem Tode errang er bei Vorträgen in England großen Beifall.

Man kann Pawlow daher nicht als einen typischen Wissenschaftler des Sowjetregimes ansprechen, selbst wenn viele seiner besten Arbeiten erst nach der Revolution geschrieben wurden. Trotzdem fanden die Kommunisten sein mechanistisches Vorgehen beim Studium physiologischer Probleme im Verhalten von Hunden und Menschen offenbar höchst brauchbar für die Durchführung ihrer Umschulungspolitik. Im Juli 1950 wurden medizinische Richtlinien für die Neuorientierung der gesamten sowjetischen Medizin im Sinne Pawlows[15] herausgegeben, vermutlich zum Teil auf Grund der eindrucksvollen Ergebnisse, die bei der Anwendung Pawlowscher Forschungsresultate für politische Zwecke erzielt worden waren. Außerhalb Rußlands besteht aber noch immer eine gewisse Tendenz, sie zu ignorieren.

Sobald Pawlow den Wunsch äußerte, seine experimentellen Entdeckungen über tierisches Verhalten auf Probleme der Psychopathologie menschlicher Wesen anzuwenden, stellte ihm die Sowjetregierung eine nahegelegene Klinik zur Verfügung. Seine erste öffentliche Vorlesung über dies Thema hielt er 1930. Sie hieß »Versuchsweiser Ausflug eines Physiologen ins Feld der Psychiatrie«. Möglicherweise stammt dieses neue Interesse Pawlows von einer Gallensteinoperation her, der er sich 1927 unterzog, denn damals veröffentlichte er seinen bedeutsamen Artikel: »Eine postoperative Herzneurose, analysiert vom Patienten, Iwan Petrow Pawlow«.[16]

Pawlows Arbeit scheint die in Rußland und China angewandten Methoden beeinflußt zu haben, um Bekenntnisse zu erzwingen, plötzliche politische Bekehrungen zu erreichen und das durchzuführen, was heute unter dem Namen »Gehirnwäsche« bekanntgeworden ist. Seine darauf anwendbaren Entdeckungen dürften selbst für den nicht einschlägig vorgebildeten Leser leicht verständlich sein, ohne daß zuviel Zeit auf die Einzelheiten seiner tatsächlichen Versuche verwendet werden muß. Seine wichtigsten Entdeckungen sind in einer Reihe seiner späten Vorlesungen vorzüglich dargestellt.[17]

In deutscher Sprache sind, vor allem in der Ostzone, eine ganze Reihe von Arbeiten über Pawlow und seine Bedeutung für die Medizin, Neurophysiologie und Psychiatrie erschienen. Folgende seien hier angeführt: *J. P. Frolow:* »I. P. Pawlow, ein großer russischer Gelehrter«;[18] »Die physiologische Lehre I. P. Pawlows in Psychiatrie und Neuropathologie«;[19] *E. Asratjan:* »Die Lehre Pawlows als Grundlage der medizinischen Wissenschaft«;[20] *Alexander Mette:* »Pawlow in der deutschen Medizin«; und vom gleichen Autor: »Über das Werk I. P. Pawlows und seiner Schüler«.[21] Die Arbeiten (dies gilt sowohl für die in englischer Sprache erschienenen, die hier nicht, wie im Original dieses Buches, aufgeführt werden, wie auch für die deutschen) enthalten aber wenig Einzelheiten über Pawlows spätere Untersuchungen, die eine Beziehung zur Technik der Konversion und Gehirnwäsche haben. Auf alle Fälle hat noch keine Veröffentlichung diese Dinge zum Besten des durchschnittlichen Lesers dargestellt. Neuerdings ist aber, wie schon erwähnt, eine gute neue Übersetzung der Gesammelten Werke Pawlows erschienen.

Dreißig Jahre der Forschung überzeugten Pawlow, daß die vier Grundtemperamente seiner Hunde den vier Temperamenten außerordentlich nahekommen, die der altgriechische Arzt Hippokrates beim Menschen unterschied. Obgleich die verschiedensten Mischungen der Grundtemperamente bei den Hunden zu beobachten waren, konnten sie als solche unterschieden werden, statt daß sie sich als neue temperamentmäßige Kategorien herausstellten.

Die erste Kategorie entsprach Hippokrates' »cholerischem« Typus, den Pawlow als den »stark erregbaren« bezeichnete. Die zweite entsprach Hippokrates' »sanguinischem Temperament«. Pawlow nannte es das »lebhafte«, da die Hunde dieses Typs von ausgeglichenerem Temperament waren. Die normalen Reaktionen auf Spannungsbelastungen oder Konfliktsituationen waren bei beiden Typen erhöhte Erregung und aggressives Verhalten. Während aber die »cholerischen« oder »stark erregbaren« Hunde oft so wild wurden, daß ihr Verhalten völlig ungesteuert erschien, blieben die Reaktionen der »sanguinischen« oder »lebhaften« Hunde auf die gleichen Belastungen zweckvoll und gesteuert.

Die beiden anderen temperamentmäßigen Grundtypen von Hunden antworteten auf Spannungsbelastungen und Konfliktsituationen mit mehr Passivität oder »Hemmung« an Stelle aggressiver Reaktionen. Das gleichmäßigere dieser beiden »Hemmungs«-Temperamente beschrieb Pawlow als den »ruhigen, unerschütterlichen, oder den phlegmatischen Typ des Hippokrates«. Der vierte von Pawlow festgestellte Temperamentstyp entspricht Hippokrates' »melancholischer« Zuordnung. Pawlow nannte ihn den »schwachen Hemmungs-Typ«. Er fand, daß ein Hund dieser Gruppe eine konstitutionelle Neigung zeigt, auf Angst und Konflikte mit Passivität und Spannungsvermeidung zu antworten. Jede seinem Nervensystem experimentell auferlegte starke Spannungsbelastung reduziert es auf einen Zustand hirnlicher Hemmung und »Angstlähmung«.

Pawlow fand aber, daß auch die drei anderen Typen, wenn sie einer stärkeren Spannungsbelastung unterworfen wurden, als sie mit den üblichen Mitteln verarbeiten konnten, schließlich mit Zuständen hirnlicher Hemmung reagierten. Er sah in diesem Verhalten einen Schutzmechanismus, den das Gehirn normalerweise als letzten Ausweg anwendet, wenn es über das Erträgliche hinaus bedrängt wird. Aber der »schwache Hemmungs«-Typ der Hunde bildete eine Ausnahme: bei ihm trat die Schutzhemmung schneller und in Reaktion auf leichtere Spannungsbelastungen ein — ein Unterschied, der für unsere Untersuchung von höchster Bedeutung ist.

Pawlow erkannte vollauf die Bedeutung, die sowohl der Umgebung einerseits, als der Konstitution andererseits bei der Entscheidung über die endgültigen Verhaltensformen seiner Hunde zukam. Er fand, daß gewisse Grundinstinkte, wie etwa die Sexualität oder das Bedürfnis nach Nahrung, sich dauernd durch die Bildung geeigneter Verhaltensformen an Veränderungen der Umgebung anpassen. Ein Hund, bei dem die Hirnrinde entfernt wurde (die einige der komplizierteren Verbindungen zwischen den Hauptzentren des Hirns enthält), kann zwar noch Nahrung schlucken, die in sein Maul eingeführt wird; aber um zu lernen, daß Nahrung nur nach einem elektrischen Schock in einer ganz bestimmten Stärke oder nach dem Ertönen eines Metronoms in einem bestimmten Tempo — und in keinem anderen — verabreicht wird, dazu braucht er eine Hirnrinde und die Möglichkeit, komplizierte gebahnte Reflexe auszubilden.

Bei der Darstellung des »schwachen Hemmungs«-Typs betont

Die Klassifizierung der Hunde

Pawlow, daß jeder Hund, obgleich die Grundform des Temperaments ererbt ist, seit seiner Geburt durch verschiedene Umgebungsfaktoren geprägt wird, die lang anhaltende Hemmungsformen des Verhaltens unter gewissen Spannungsbelastungen verursachen können. Die endgültige Verhaltensform des jeweiligen Hundes wird daher sowohl sein konstitutionelles Temperament als auch spezifische, durch Umgebungsfaktoren veranlaßte Verhaltensformen widerspiegeln.

Pawlows experimentelle Erfahrungen veranlaßten ihn, der Klassifizierung der Hunde entsprechend ihrem ererbten konstitutionellen Temperament immer mehr Aufmerksamkeit zuzuwenden, ehe er sie irgendwelchen detaillierten Experimenten zur Frage der Bahnung von Reflexen unterwarf. Das war notwendig, da die Hunde der verschiedenen Temperamentsformen auf die gleichen experimentellen Spannungsbelastungen oder Konfliktsituationen verschieden reagierten. Wenn ein Hund zusammenbrach und abnorme Verhaltensformen zeigte, hing auch seine Behandlung in erster Linie von seinem konstitutionellen Typ ab. Pawlow wies zum Beispiel nach, daß zur Wiederherstellung des nervösen Gleichgewichts bei Hunden Bromide gute Dienste leisten, daß aber die Dosis an Beruhigungsmitteln, die ein Hund des »stark erregbaren« Typs braucht, *fünf- bis achtmal größer* ist als diejenige für einen »schwachen, gehemmten« Hund von genau gleichem Körpergewicht. Im zweiten Weltkrieg galt die gleiche allgemeine Regel für Personen, die unter Spannungsbelastung durch Kampfhandlungen oder Bombardierung vorübergehend zusammengebrochen waren und »Einsatzberuhigung« brauchten. Die notwendigen Dosen variierten entsprechend dem temperamentmäßigen Typus um ein Wesentliches.

Gegen Ende seines Lebens, als er seine Entdeckungen an Hunden experimentell auf die Erforschung der menschlichen Psychologie übertrug, wandte Pawlow sein Interesse zunehmend der Frage zu, was vor sich geht, wenn das höhere Nervensystem seiner Hunde über die Grenzen der normalen Reaktion hinaus belastet wird. Er verglich die Ergebnisse mit den klinischen Berichten über verschiedene Formen akuter und chronischer Zusammenbrüche bei Menschen. Er stellte fest, daß normalen Hunden des »lebhaften« oder des »ruhigen, unerschütterlichen« Typus schwerere und längere Spannungsbelastungen zugemutet werden konnten, ohne daß es zum Zusammenbruch kam, als den Hunden des »stark erregbaren« oder des »schwachen Hemmungs«-Typs.

Pawlow gelangte zu der Überzeugung, daß diese »transmarginale« Hemmung (sie wird auch als ultramaximale oder grenzüberschreitende Hemmung bezeichnet) — die unter Umständen selbst die beiden ersteren Typen erfassen kann und ihr gesamtes Verhalten in dramatischer Weise ändert — wesentlich schützende Funktion haben kann. Wo sie eintritt, hat das Hirn unter Umständen kein anderes Mittel mehr zur Verfügung, um Schädigungen durch Übermüdung und Belastungsspannung auszuweichen. Er fand ein Mittel, um das Ausmaß der schützenden, transmarginalen Hemmung bei jedem Hunde in jedem gegebenen Zeitpunkt zu kontrollieren: er verwendete dazu die Technik des bedingten Reflexes der Speicheldrüse. Wenn auch das Gesamtverhalten des Hundes auf den ersten Blick normal erschien, unterrichtete ihn doch die Menge des abgesonderten Speichels darüber, was sich im Hirn des Tieres abzuspielen begann.

Bei diesen Untersuchungen bekam der Hund, bevor ihm seine Nahrung verabreicht wurde, ein bestimmtes Signal, wie das Ertönen eines Metronoms in bestimmtem Tempo oder das Durchschicken eines schwachen elektrischen Stroms durch das Bein. Nach einiger Zeit ruft schon das Signal allein Speichelfluß hervor, ohne daß man den Hund das Futter sehen oder riechen läßt. Nachdem so zwischen dem Signal und der Nahrungserwartung ein bedingter Reflex im Gehirn gebahnt worden war, konnte die Menge des abgesonderten Speichels genau nach der Tropfenzahl gemessen und jede Veränderung in der Reaktion der hirnbedingten Reflexe und geprägten Verhaltensformen klar registriert werden.

Lassen Sie mich hier etwas abschweifen und auf die Wichtigkeit der Pawlowschen Experimente über bedingte Reflexe für die alltäglichen Vorkommnisse des menschlichen Lebens hinweisen. Ein gut Teil des menschlichen Verhaltens ist das Ergebnis gebahnter (bedingter) Verhaltensweisen, die dem Hirn, besonders während der Kindheit, eingeprägt werden. Sie können fast unverändert fortbestehen, häufiger aber passen sie sich allmählich an den Wechsel der Umgebung an. Je älter eine Person aber wird, desto schwerer fällt es ihr, gegenüber solchen Umgebungsänderungen neue bedingte Reflexe zu improvisieren; die Tendenz geht dann dahin, lieber die Umgebung den zunehmend voraussagbaren Reaktionen anzupassen. Ein großer Teil unseres menschlichen Lebens besteht auch in der unterbewußten Befolgung bedingter Reflexformen, die ursprünglich durch harte Übung erworben worden sind. Ein klares Beispiel ist etwa die Art, wie ein Autofahrer zahlreiche und verschiedenartig bedingte Reflexe aufbaut, ehe er imstande ist, eine lebhafte Straße der Innenstadt zu passieren, ohne dem Vorgang viel bewußte Aufmerksamkeit zu widmen — man nennt das oft »automatisch fahren«. Gelangt der Fahrer auf die offene Landstraße, schaltet er auf eine andere Art automatischen Verhaltens um. Das menschliche Gehirn paßt sich tatsächlich fortwährend reflexmäßig an Umgebungsveränderungen an, obwohl die ersten Übungen zu jedem Vorgang unter Umständen schwierige und sogar erschöpfende Konzentration erfordern, wie das ja auch beim Autofahren der Fall ist.

Das Hirn des Menschen und auch des Hundes ist genötigt, eine ganze Reihe sowohl positiver als auch negativer bedingter Reflexe und Verhaltensweisen aufzubauen. Die meisten Menschen im Geschäftsleben und im Wehrdienst lernen aus Erfahrung, sich in der Gegenwart ihrer Vorgesetzten »negativ« zu verhalten, in der ihrer Untergebenen dagegen positiv und sogar aggressiv. Pawlow wies nach, daß das Nervensystem von Hunden ein außerordentliches Unterscheidungsvermögen beim Aufbau dieser positiven und negativen Reaktionen entwickelt. Er zeigte, daß ein Hund dahin gebracht werden kann, Speichel abzusondern, wenn ein Ton von 500 Schwingungen pro

Minute angeschlagen wird, falls dies sein Fütterungssignal ist, nicht aber bei nur 490 Schwingungen, wo kein Futter zu erwarten ist.

Nicht weniger wichtig als die positiven sind die negativen bedingten Reflexe, da die Mitglieder einer zivilisierten Gesellschaft lernen müssen, ihre normalen aggressiven Reaktionen beinahe automatisch zu zügeln, obgleich sie sie andererseits auch manchmal im Bruchteil einer Sekunde freisetzen können müssen, wenn ein vitaler Notstand eintritt. Auch die Gefühlshaltungen werden sowohl positiv als negativ gebahnt: man erlernt eine fast automatische Ablehnung gegenüber bestimmten Klassen von Menschen und eine automatische Zuneigung zu anderen. Selbst Worte wie Katholik und Protestant, Arbeiter und Arbeitgeber, Sozialist und Konservativer, Republikaner und Demokrat rufen äußerst starke bedingte Reflexe hervor.

Eine der wichtigsten Entdeckungen Pawlows betraf die Antwort auf die Frage, was genaugenommen mit gebahnten (»bedingten«) Verhaltensweisen geschieht, wenn das Gehirn eines Hundes durch Spannungsbelastungen und Konflikte transmarginal gereizt wird, die über seine Kapazität zu gewohnheitsmäßigen Reaktionen hinausgehen. Er konnte durch die Anwendung von vier hauptsächlichen Formen von Spannungsbelastung das hervorbringen, was er als »Bruch in der höheren Nerventätigkeit« bezeichnete. Die erste Form war einfach eine erhöhte Intensität des Signals, auf das der Hund eingestellt war; so steigerte er allmählich die Spannung des elektrischen Stroms, der dem Bein des Versuchstieres als Futtersignal zugeführt wurde. Wurde der elektrische Schock für das Nervensystem des Tieres ein wenig zu stark, dann begann der Zusammenbruch.

Ein zweiter wirkungsvoller Weg, das gleiche Ergebnis zu erreichen, bestand darin, die Zeit zwischen dem Signal und der Verabreichung des Futters zu verlängern. Ein hungriger Hund war etwa darauf eingestellt worden, sein Futter, sagen wir, fünf Sekunden nach dem Warnungssignal zu erhalten. Pawlow verlängerte dann die Zeitspanne zwischen dem Signal und der Fütterung um ein beträchtliches. Bei den weniger stabilen Hunden konnten unter Umständen Zeichen

Der »Bruch in der höheren Nerventätigkeit«

von Unruhe und abnormem Verhalten auftreten. Pawlow fand, daß die Hirne der Hunde tatsächlich gegen jede ungewöhnliche Verlängerung des Wartens unter Spannungsbelastung revoltierten; der Zusammenbruch trat ein, wenn ein Hund sehr starke oder sehr lang währende Versagungen ertragen mußte. (Auch menschliche Wesen finden es quälender, lange Zeit voller Angst auf ein Ereignis zu warten, als es zu ertragen, wenn es schließlich eintritt.)

Der dritte Weg, einen Zusammenbruch herbeizuführen, bestand darin, die Versuchstiere durch Unregelmäßigkeiten in den gewohnten Bedingungssignalen zu verwirren, indem fortgesetzt positive und negative Signale nacheinander gegeben wurden. Der hungrige Hund wurde unsicher, was als nächstes geschehen würde und wie er sich diesen verwirrten Umständen gegenüber verhalten sollte. Das konnte seine normale nervliche Stabilität zerrütten, wie das ja auch bei Menschen der Fall ist.

Ein vierter Weg bestand darin, mit dem körperlichen Zustand eines Hundes zu laborieren, indem man ihn langen Perioden von körperlichen Anstrengungen unterwarf, Magen-Darmstörungen oder Fieber hervorrief oder das Gleichgewicht seiner Drüsenfunktionen störte. Hatten die drei zuerst genannten Mittel bei einem bestimmten Hund keinen Zusammenbruch hervorgerufen, so konnte dies später dadurch bewerkstelligt werden, daß die gleiche Art von Spannungsbelastung unmittelbar nach Entfernung der Geschlechtsdrüsen oder während einer Darmstörung angewandt wurde. Die Vorteile, die man bei Menschen aus ihrer Schwächung oder sonstigen Veränderungen der Körperfunktionen gezogen hat, um sie politisch und religiös zu bekehren, sollen später besprochen werden. In manchen Fällen können dabei Pawlows Entdeckungen ausgewertet worden sein, in anderen wurden sie vorweggenommen.

Pawlow fand nicht nur, daß nach einer Kastration oder Verdauungsstörung Zusammenbrüche auch bei temperamentmäßig stabilen Hunden erfolgten, sondern auch, daß die neue Verhaltensform, die sich jetzt einstellte, zu einem fixierten Element in der Lebensweise

Experimente an Tieren

des Tieres werden konnte, nachdem es sich längst von dem schwächenden Eingriff erholt hatte.

Bei dem »schwachen Hemmungs«-Typ konnten die so implantierten neuen neurotischen Formen oft schnell wieder behoben werden: Gaben von Brompräparaten genügten dafür, auch wenn sie die zugrunde liegende Temperamentsschwäche des Hundes nicht behoben. Bei den »ruhigen, unerschütterlichen« oder den »lebhaften« Hunden aber, die z. B. kastriert werden mußten, ehe sie sich nervös »brechen« ließen, fand Pawlow häufiger, daß die neu implantierten Formen nicht mehr auszulöschen waren, nachdem der Hund seine normale körperliche Gesundheit erst wieder erreicht hatte. Er vermutete, daß dies der natürlichen Zähigkeit des Nervensystems bei solchen Hunden zuzuschreiben sei. Die neuen Verhaltensformen hätten sich ohne eine zeitweilig veranlaßte Schwächung nur schwer einpflanzen lassen, nun wurden sie offenbar mit der gleichen Beharrlichkeit wie die alten festgehalten.

Die Bedeutung dieser letzten Experimente für ähnliche Veränderungen des menschlichen Verhaltens braucht wohl kaum betont zu werden; man weiß, daß Menschen von »starkem Charakter« gegen Ende einer langen Krankheitszeit oder nach einer Periode schwerer Schwächung (die manchmal durch erzwungenes Fasten entstanden ist) oft einen dramatischen Wechsel in ihren Glaubensgrundsätzen und Überzeugungen durchmachen. Wenn sie dann wieder zu Kräften gelangen, können sie ihren neuen Ansichten bis ans Ende des Lebens treu bleiben. Es gibt eine große Anzahl von Berichten über Menschen, die in Hunger- oder Kriegszeiten »bekehrt« wurden, im Gefängnis, nach furchtbaren Erlebnissen auf dem Meer oder im Urwald, oder nachdem sie sich selbst absichtlich äußerste Entbehrungen auferlegt hatten. Die gleiche Erscheinung läßt sich häufig bei psychiatrischen und neurotischen Patienten beobachten, die schwere Drüsenoperationen, fieberhafte Erkrankungen, Gewichtsverluste und ähnliches durchgemacht haben und erst dann ihre abnormen Verhaltensformen entwickeln. Waren sie vorher starke Persönlichkeiten gewesen, so können die neuerworbenen Verhaltensformen lange über die körperliche Wiederherstellung hinaus fortbestehen.

Pawlow stellte fest, daß die Widerstandskraft eines Hundes gegenüber schweren Spannungsbelastungen entsprechend dem Gesamtzustand seines Nervensystems und seiner Gesundheit fluktuierte. War aber erst einmal der Zustand der »transmarginalen« Hemmung ausgelöst worden, dann traten in der Hirnfunktion des Tieres einige sehr merkwürdige Veränderungen ein. Und diese Veränderungen ließen sich nicht nur mit einiger Genauigkeit – mittels der Menge des abgesonderten Speichels in Reaktion auf bedingte Futterreize – messen, sondern sie unterlagen auch keinen subjektiven Entstellungen, wie das bei menschlichen Wesen, die analoge Erlebnisse haben, der Fall zu sein pflegt: es war keine Rede davon, daß die Hunde etwa versuchten, ihr Verhalten als nicht existent zu erklären oder zu rationalisieren, nachdem sie diesen Proben unterworfen worden waren.

Im Verlauf seiner Versuche fand Pawlow drei deutliche und einander ablösende Stadien der »transmarginalen« Hemmung. Das erste bezeichnete er als die »äquivalente« Phase der Rindenhirntätigkeit. In dieser Phase riefen alle Reize, gleichgültig wie stark oder schwach sie waren, die Absonderung der gleichen Speichelmenge hervor. Die Beobachtung läßt sich mit den häufigen Berichten normaler Menschen vergleichen, die angeben, daß in Perioden intensiver Müdigkeit sehr geringe Unterschiede zwischen ihren gefühlsmäßigen Reaktionen auf wichtige und auf triviale Ereignisse bestehen. Während außerdem die Gefühle normaler, gesunder Personen je nach der Stärke der empfundenen Reize sehr stark variieren, klagen Nervenkranke oft darüber, daß sie unfähig geworden seien, Freude und Leid so scharf und deutlich zu empfinden wie zuvor. Ein Mensch kann tatsächlich zu seinem Kummer feststellen müssen, daß infolge von Müdigkeit und Schwäche seine Erregung über eine Erbschaft von zehntausend Mark nicht größer ist, als handelte es sich um ein paar Pfennige; sein Zustand kommt dann vermutlich annähernd der

»äquivalenten« Phase der erschöpften Rindenaktivität gleich, wie Pawlow sie bei seinen Hunden beobachtete.

Werden dem Hirn noch stärkere Spannungsbelastungen zugeführt, so kann die »äquivalente« Phase der transmarginalen Hemmung durch eine »paradoxe« Phase abgelöst werden, in der schwache Reize lebhaftere Reaktionen auslösen als stärkere. Der Grund dafür liegt nahe: Die stärkeren Reize steigern jetzt nur noch die schützende Hemmung, während die schwächeren noch positive Reaktionen auslösen. So lehnt der Hund Futter ab, das von einem starken Reiz begleitet wird, nimmt es aber an, wenn der Reiz schwach genug ist. Auch im menschlichen Verhalten kann diese paradoxe Phase eintreten, wenn die emotionale Spannungsbelastung groß ist. Wir werden das in einem späteren Kapitel zeigen. In solchen Fällen schlägt das normale Verhalten in einem derartigen Ausmaß in sein Gegenteil um, daß es nicht nur dem neutralen Beobachter völlig irrational erscheint, sondern auch dem Kranken selbst — es sei denn, einer von ihnen kennt zufällig Pawlows Experimente an Hunden.

Im dritten Stadium der »schützenden« Hemmung, das Pawlow das »ultraparadoxe« nannte, schalten sich positive bedingte Reaktionen plötzlich auf negative um, und negative auf positive. Der Hund kann sich dann etwa einem Laboratoriumsgehilfen anschließen, den er früher verabscheute, und versuchen, seinen Herren anzugreifen, den er vorher liebte. Sein Verhalten wird tatsächlich genau entgegengesetzt zu all seinen früheren Bahnungen. Selbst dem Skeptischen sollte die mögliche Bedeutung dieser Experimente für plötzliche religiöse und politische »Bekehrungen« offenbar sein. Pawlow hat durch wiederholte und wiederholbare Versuche gezeigt, wie beim Hund, gerade wie beim Menschen, Reflexe so gebahnt werden können, daß er haßt, was er zuvor liebte, und liebt, was er zuvor haßte. Ähnlich kann beim Menschen eine Gruppe von Verhaltensweisen zeitweise durch eine andere Gruppe ersetzt werden, die der ersten gänzlich widerspricht; und das nicht nur durch überredende Indoktrination (»Umschulung«), sondern auch, indem man einem normal funktionierenden Gehirn unerträgliche Belastungen zufügt.

Pawlow wies auch nach, daß, wenn die transmarginale Hemmung bei einem Hund eintritt, ein Zustand der Hirnaktivität die Folge sein kann, die der menschlichen Hysterie ähnlich ist. Er kann eine abnorme Suggerierbarkeit durch Umgebungseinflüsse verursachen. Die Falldarstellungen enthalten oft Berichte über hypnoide oder hypnotische Zustände bei Hunden. In klinischen Berichten über das Verhalten von Menschen, sowohl in Hypnose als auch in verschiedenen hysterischen Zuständen, finden sich unzählige Darstellungen von Normabweichungen, die denen entsprechen, die sich in Pawlows »äquivalenten«, »paradoxen« und «ultra-paradoxen« Phasen des Zusammenbruchs bei Hunden beobachten lassen. Scheinbar vernünftige Menschen können im Zustand von Angst und Erregung die allerunwahrscheinlichsten Suggestionen annehmen, wie etwa das Gerücht, das sich im August 1914 im ganzen Land verbreitete, wonach russische Soldaten »noch mit Schnee an den Stiefeln« durch England reisten und das so exakt schien, daß es die deutsche Kriegsführung für eine Weile beeinflußte, oder wie in den frühen Phasen des zweiten Weltkriegs das Gerücht sich dauernd hielt, der englische Renegat William Joyce (Lord Ha-Ha) habe am Radio erwähnt, die Kirchenuhr eines bestimmten Dorfes (der Name änderte sich bei jeder Erzählung) ginge drei Minuten nach.

Zusammenfassung der bisherigen Feststellungen

1. Hunde, wie auch menschliche Wesen, reagieren auf Spannungsbelastungen oder Konfliktsituationen entsprechend den verschiedenen Typen ihres angeborenen Temperaments. Die vier Grundtypen stimmen mit dem überein, was der altgriechische Arzt Hippokrates als die vier Gemütsarten beschrieb.

2. Die Reaktionen eines Hundes auf normale Spannungsbelastung hängen nicht nur von seiner ererbten Konstitution ab, sondern auch von Umgebungseinflüssen, denen er ausgesetzt war.
3. Hunde, wie auch menschliche Wesen, brechen zusammen, wenn die Spannungsbelastungen oder Konflikte zu groß werden, als daß ihr Nervensystem sie noch bewältigen kann.
4. Am Punkt des Zusammenbruchs beginnt ihr Verhalten von dem abzuweichen, was normalerweise charakteristisch für ihren ererbten Temperamentstyp und ihre vorangegangene Reflexbahnung ist.
5. Das Maß an Spannungsbelastung oder Konflikt, das ein Hund bewältigen kann ohne zusammenzubrechen, wechselt mit seinem körperlichen Zustand. Auch Dinge wie Müdigkeit, Fieber, Medikamente und Drüsenveränderungen können eine Senkung der Widerstandsfähigkeit hervorrufen.
6. Wird das Nervensystem über lange Zeitabschnitte »transmarginal« gereizt (d. h. über seine Fähigkeit zu normaler Reaktion hinaus), dann kann die Reaktion des Hundes unter Umständen gehemmt werden – gleichgültig welcher Temperamentsgruppe er angehört. Bei den zwei weniger stabilen Typen, dem »schwachen gehemmten« und dem »stark erregbaren«, tritt der Zusammenbruch früher ein als bei den beiden stärkeren Typen, dem »lebhaften« und dem »ruhigen, unerschütterlichen«.
7. Diese »transmarginale« Hemmung wirkt schützend und resultiert in verändertem Verhalten. Es treten drei Phasen des zunehmend abnormen Verhaltens ein:
   a) die sogenannte »äquivalente« Phase, in der das Hirn auf starke wie auf schwache Reize gleichartig reagiert;
   b) die sogenannte »paradoxe« Phase, in der das Hirn aktiver auf schwache Reize reagiert als auf starke;
   c) die sogenannte »ultra-paradoxe« Phase, in der bedingte Reflexe und Verhaltensformen sich von positiven in negative oder von negativen in positive verwandeln.
8. Wenn die dem Nervensystem von Hunden zugefügte Spannungs-

belastung zur transmarginalen schützenden Hemmung führt, können auch Zustände der Hirntätigkeit auftreten, die der Hysterie beim Menschen ähneln.

Durch die Beobachtung der Auswirkung sowohl zufälliger Vorkommnisse als auch geplanter Experimente auf seine Hunde lernte Pawlow vieles. Eine entscheidende Gelegenheit brachte die Überschwemmung von Leningrad 1924 mit sich. Wir berichteten schon, wie bedingte Reflexe in den äquivalenten, paradoxen und ultraparadoxen Phasen desorganisiert und umgekehrt werden können. Die Leningrader Überschwemmung lieferte Pawlow den Schlüssel zu dem Problem, wie, mindestens zeitweilig, alle dem Hirn neuerlich eingeprägten bedingten Verhaltensformen ausgelöscht werden können. Kurz vor seinem Tod erzählte Pawlow einem amerikanischen Physiologen, daß die bei dieser Gelegenheit gemachten Beobachtungen ihn auch davon überzeugt hätten, daß jeder Hund seinen »Bruchpunkt« hat — vorausgesetzt, daß die richtige Art von Belastungsspannung gefunden und dem Hirn und Nervensystem richtig zugeführt wird.[22]

Pawlow hatte einer Gruppe seiner Hunde eine ganze Reihe verschiedenartiger bedingter Verhaltensformen eingeprägt. Eines Tages wurden diese Hunde nun zufällig von den Fluten einer Überschwemmung eingeschlossen, die unter der Laboratoriumstür eingedrungen und weiter gestiegen waren, bis die Tiere in Todesangst im Raum herumtrieben, die Köpfe an die Decke ihrer Käfige gepreßt. Im letzten Moment eilte ein Laboratoriumsgehilfe herbei, zerrte die Hunde durch das Wasser aus ihren Käfigen und brachte sie in Sicherheit. Das erschreckende Erlebnis hatte zur Folge, daß einige der Hunde von einem akuten Erregungsstadium auf einen Zustand schwerer transmarginaler Schutzhemmung umschalteten, wie wir das schon früher beschrieben. Bei nachfolgender Überprüfung stellte sich heraus, daß die vor kurzem eingeprägten Reflexe nun ebenfalls alle verschwunden waren. Andere Hunde hingegen, die die gleiche Katastrophe mitgemacht hatten und darauf nur mit erhöhter Erregung reagierten, waren auch nicht in der gleichen Weise mitgenommen und die bedingten Reflexe hatten sich bei ihnen erhalten.

Pawlow verfolgte diese Spur mit höchstem Interesse. Zusätzlich zu den Normabweichungen, die durch geringere Grade von Schutzhemmung in der äquivalenten, paradoxen und ultraparadoxen Phase hervorgerufen werden, lag also noch ein weiterer Grad von Hemmungstätigkeit vor, auf den er hier zufällig gestoßen war — eine Hemmung, die offenbar imstande war, für den Moment alle kürzlich eingeprägten bedingten Reflexe zu durchbrechen. Bei den meisten Hunden, die dieses Stadium erreicht hatten, konnten die alten bedingten Verhaltensweisen wiederhergestellt werden, was aber unter Umständen Monate geduldiger Arbeit erforderte. Pawlow ließ dann ein kleines Wasserrinnsal unter der Labortüre durchfließen. Alle Hunde, und besonders diejenigen, deren ehemalige Verhaltensformen ausgelöscht waren, waren derartig empfindlich gegen diesen Anblick geworden, daß sie dadurch immer von neuem erregt werden konnten, wenn sie auch in anderer Hinsicht wieder ganz normal schienen.[23] Daß einige der noch immer überempfindlichen Hunde dem totalen Zusammenbruch widerstanden, erschütterte Pawlows Überzeugung nicht, daß entsprechende Spannungsbelastungen in richtiger Anwendung bei allen Versuchstieren zu tiefen Auswirkungen führen müßten.

Wendet man diese Entdeckungen an Hunden auf den Mechanismus mancher Formen religiöser und politischer Konversion an, so liegt der Gedanke nahe, daß die Gefühle des Betreffenden vielleicht erst aufgerührt werden müssen, ehe er einen abnormen Zustand von Zorn, Furcht oder Erregung erreichen kann. Wird die Erregung auf die eine oder andere Art aufrechterhalten oder verstärkt, so kann ein hysterischer Zustand eintreten, woraufhin der Betreffende Suggestionen zugänglich wird, die er unter normalen Umständen ohne weiteres abgelehnt hätte. Es kann dabei entweder die äquivalente oder die paradoxe oder die ultraparadoxe Phase eintreten, oder ein plötzlicher vollständiger Hemmungszusammenbruch kann die Verdrängung bisher gehegter Überzeugungen bewirken. Alle diese Ereignisse können dazu beitragen, neue Glaubens- und Verhaltensformen hervorzubringen. Das gleiche Phänomen läßt sich bei vielen der erfolgreicheren modernen psychiatrischen Behandlungsmethoden beobachten, die unabhängig voneinander entwickelt wurden. Die ganzen Phasen der Hirntätigkeit, von der erhöhten Erregung bis zur emotionalen Erschöpfung und dem Kollaps in einem schließlichen Betäubungszustand (Stupor), können entweder auf psychologischem Wege oder durch Medikamente oder durch elektrische Schockwirkung hervorgerufen werden, oder einfach, indem man den Blutzuckergehalt des Patienten durch Insulininjektionen senkt. Einige der schönsten Erfolge in der psychiatrischen Behandlung von Neurosen und Psychosen kommen durch die Auslösung der schützenden Hemmungszustände zustande. Das wird häufig so ausgeführt, daß das Gehirn fortgesetzt durch künstlich zugeführte Spannungen belastet wird, bis ein terminaler Zustand zeitweiligen emotionalen Zusammenbruchs und Stupors erreicht wird, wonach offenbar manche der neuentwickelten, abnormen Verhaltensweisen sich auflösen und die gesünderen wiederkehren oder im Gehirn wieder gebahnt werden können.

Bisher haben wir die Folgen akuter Belastungen und Zusammenbrüche des Nervensystems besprochen, nicht aber die Art seines alltäglichen Funktionierens. Nun vermutete Pawlow, daß die höheren Hirnzentren bei Mensch und Hund sich in einem ständigen Wechsel zwischen Erregung und Hemmung befinden. Genau so wie die intellektuelle Tätigkeit durch den Schlaf für etwa acht Stunden unterbrochen (gehemmt) werden muß, um für die restlichen 16 von 24 Stunden in entsprechender Stärke aufrechterhalten zu bleiben, können kleine Hirngebiete nur dann normal funktionieren, wenn sie häufig ein- und ausgeschaltet werden. Pawlow schreibt:

»Könnten wir durch die Schädeldecke in das Hirn einer bewußt denkenden Person blicken, und wäre der Ort der optimalen Erregbarkeit leuchtend, dann sähen wir einen hellen Fleck mit phantastischen, flackernden Rändern über die Oberfläche des Hirns hinhuschen, in Größe und Form ständig wechselnd und umgeben von mehr oder weniger tiefer Dunkelheit, die den Rest der Hirnhälften bedeckte.«[24]

Pawlow spricht hier nur bildlich. Die Dinge liegen nicht so einfach, und neuere Forschungen lassen vermuten, daß wir ein sehr viel komplizierteres Bild zu sehen bekämen. Aber er wies darauf hin, daß, wenn ein Bereich des Gehirns in Erregungszustand ist, andere Gebiete infolgedessen gehemmt sein können. Es ist unmöglich, sich bewußt und absichtlich auf zwei verschiedene Gedankenreihen gleichzeitig zu konzentrieren. Die Aufmerksamkeit schaltet sich schnell von der einen auf die andere um, wie das oft notwendig ist. Shakespeare schreibt, daß »kein Mann ein Feuer in Händen halten kann, wenn er des frostgen Kaukasus gedenkt«. Pawlow griff diese Behauptung an, indem er nachwies, daß der Schmerzreiz der verbrannten Hand tatsächlich gehemmt werden könnte, wenn nur das Nervensystem durch konzentrierte und ekstatische Visionen des Kaukasus genug erregt wird. Der große englische Physiologe Sherrington soll die Bemerkung gemacht haben, Pawlows Entdeckungen könnten mit eine Erklärung dafür liefern, warum die christlichen Märtyrer glücklich am Pfahl starben.[25]

Pawlow konnte nachweisen, daß fokale Hemmungsgebiete im Gehirn – die zum Beispiel einen zeitweiligen hysterischen Gedächtnisverlust, eine hysterische Blindheit oder Lähmung beim Menschen hervorrufen – durch umfängliche Erregungsareale in anderen Hirnteilen ergänzt werden können. Das böte eine physiologische Grundlage für Freuds Beobachtungen, wonach verdrängte emotionale Erinnerungen oft zu einem Zustand chronischer Angst in bezug auf offensichtlich gar nicht damit zusammenhängende Dinge führen. Der pathologische Zustand kann wieder verschwinden, wenn die verdrängte Erinnerung wieder ins Bewußtsein gehoben wird, so daß die örtliche Hemmung verschwindet und damit auch die komplementäre (ergänzende) Erregung anderswo.

Pawlow bemerkte, daß, wenn ein kleines Rindengebiet im Gehirn eines Hundes das erreichte, was er »einen Zustand pathologischer Erstarrung und Erregung« nannte und dieser Zustand sich fixierte, wiederholte »Stereotypien« gewisser Bewegungen auftreten. Er schloß daraus, daß, wenn dieser zerebrale Zustand Bewegungen beeinflussen kann, er auch das Denken stereotyp beeinflußt und daß weiterhin die Untersuchung solch kleiner Hirngebiete beim Hund Aufklärung über gewisse Besessenheiten des menschlichen Denkens liefern könnte. Als einfaches Beispiel: Es ließe sich dadurch erklären, warum viele Menschen von Melodien, die ihnen andauernd durch den Kopf gehen, verfolgt werden, und andere von peinvoll wollüstigen Gedanken, die weder Gebet noch Willenskraft zerstreuen können — obgleich sie dann plötzlich, ohne erkennbaren Grund, verschwinden.

In den letzten Jahren seines Lebens machte Pawlow noch eine andere wichtige Entdeckung in Hinsicht auf diese Gebiete »pathologischer Erstarrung und Erregung«: er fand nämlich, daß diese kleinen Gebiete den äquivalenten, paradoxen und ultraparadoxen Phasen abnormer Tätigkeit unter Spannungsbelastungen[26] unterworfen waren, von denen er vermutet hatte, sie könnten nur auf ein viel größeres Hirngebiet ausgeübt werden. Diese Entdeckung löste bei ihm eine wohl verzeihliche Freude aus: sie konnte unter Umständen zum ersten Male gewisse Erscheinungen erklären, die sich auch bei Menschen beobachten lassen, wenn sie beginnen, sich abnorm zu verhalten. Es ist ein wohlbekanntes Charakteristikum geistig verwirrter Menschen, andere in ihre Wahnsysteme mit einzuschließen. Wenn etwa ein schon immer gegenüber Kritik empfindlicher Mensch die Kontrolle über seine Wahrnehmungen und Sinne verliert, so wird er höchstwahrscheinlich darüber Klage führen, daß ihn alle Leute immer und überall verleumden und herabsetzen. Frauen, die schon immer nervös im Hinblick auf mögliche sexuelle Angriffe waren, werden in solchen Fällen oft von dem inneren Gefühl verfolgt, daß irgendeine bekannte oder unbekannte Person tatsächlich mit ihnen verkehrt hat. Pawlow glaubte damals, daß sich für das Phänomen, das die Psychiater als »Projektion« und »Introjektion« bezeichnen

— wenn eine fortwährende Angst oder ebensolch ein Wunsch plötzlich nach innen oder außen in scheinbare Wirklichkeit projiziert wird —, tatsächlich eine physiologische Erklärung im Sinne lokaler Hemmung des Gehirns finden ließe.

Er beobachtete, daß Hunde von gleichmäßigem Temperament über den Durchschnitt hinaus dazu neigen, am Punkt des Zusammenbruchs unter Spannungsbelastung solche »begrenzten pathologischen Punkte« zu entwickeln. Es ergaben sich dabei neue Verhaltensformen: Es konnte etwa ein zwanghaftes, sich wiederholendes Kratzen am Experimentiertisch auftreten — wie es auch nach Störungen der Drüsenfunktion oder sonst einer Form körperlicher Schwächung vorkommt. Dabei stellte sich heraus, daß Verhaltensformen dieser Art, wenn sie sich erst einmal bei einem Hund von gleichmäßigem Temperament entwickelt hatten, nur sehr schwer wieder auszulöschen waren. Das könnte vielleicht erklären, warum Menschen von starkem Charakter, wenn sie plötzlich »Gott finden« oder Vegetarier oder Marxisten werden, oft dazu neigen, überzeugte Fanatiker mit eingleisigen Ansichten zu bleiben: vielleicht hat ein kleiner Punkt der Hirnrinde einen Zustand dauernder pathologischer Erstarrung erreicht.

Zwei Jahre vor seinem Tode schrieb Pawlow prophetisch: »Ich bin kein Arzt. Ich bin und bleibe ein Physiologe und hätte natürlich, so spät im Leben, weder die Zeit noch die Möglichkeit, etwas anderes zu werden. — Aber ich irre mich sicher nicht, wenn ich sage, daß die Kliniker, die Neurologen und Psychiater in ihrer jeweiligen Domäne unvermeidlich mit der folgenden fundamentalen pathophysiologischen Tatsache werden rechnen müssen: mit der vollständigen Isolierung funktionell pathologischer (im ätiologischen Moment) Punkte der Hirnrinde; mit der pathologischen Erstarrung des Erregungsprozesses; und mit der ultraparadoxen Phase.«[27]

Pawlow behielt recht. Nicht nur Ärzte, Neurologen und Psychiater, sondern Durchschnittsmenschen überall in der Welt haben den Einfluß dieser einfachen Form mechanischer Forschung zu fühlen bekommen — und manche auf ihre eigenen Kosten. Weitere Forschungen auf diesem Gebiet werden vielleicht manche seiner Schlußfolgerungen modifizieren: aber er hat uns einfache und manchmal überzeugende Erklärungen für vieles gegeben, was die westliche Welt noch gerne in vagere psychologische Theorien hüllt.

Es ist zugegebenermaßen nicht angenehm, daran zu denken, daß Tiere um der wissenschaftlichen Forschung willen schmerzhaften Spannungsbelastungen unterworfen werden. Obgleich Pawlow keineswegs ein Sadist war und ebenso daran interessiert, seine Hunde von ihren nervösen Zusammenbrüchen zu heilen, als sie ihnen zuzufügen, würden doch manche seiner Experimente heute in England kaum geduldet werden. Aber da die Arbeiten sorgfältig durchgeführt und genau aufgezeichnet sind, sollten wir uns nicht durch irgendwelche noch so berechtigten Gefühle dazu verleiten lassen, gegenüber ihrem Wert für die menschliche Psychiatrie oder ihrer möglichen Bedeutung auf politischem und religiösem Gebiet blind zu sein.

TIERISCHES UND MENSCHLICHES VERHALTEN IM VERGLEICH

Oft schon sind wir dem Argument begegnet, daß Vergleiche zwischen dem Verhalten des Menschen und dem der Tiere, wie sie etwa im ersten Kapitel angeführt werden, wertlos seien, da der Mensch eine Seele besitzt oder zumindest eine viel höher entwickelte Gehirnstruktur und Intelligenz. Warum aber sollte man Experimente in bezug auf das höhere Nervensystem ausschließen, nachdem Versuche am Verdauungs- und Drüsensystem von Tieren sich als so nützlich für eine allgemeine Einsicht in die grundlegenden Gesetze erwiesen haben, die diese Systeme auch im menschlichen Körper lenken? Hätte man die Analogieschlüsse zwischen dem menschlichen Verdauungs- und Drüsensystem und dem des Hundes nicht zugelassen und alle Tierexperimente verboten, dann befände sich die allgemeine Medizin vielleicht noch in dem gleichen rückständigen Zustand, wie das bei der modernen Psychiatrie der Fall ist. Tatsächlich ist doch allzuoft an Stelle des wissenschaftlichen Experiments die psychologische Theorie getreten, als eine der Hauptmethoden, normalen und abnormen Formen des menschlichen Verhaltens gerecht zu werden.

Dieses Kapitel sollte, so hoffe ich wenigstens, nachweisen, daß Pawlows Experimente an Hunden so ausgezeichnet auf gewisse Probleme des menschlichen Verhaltens anwendbar sind, daß die Bemerkung »Menschen sind keine Hunde« zeitweise fast bedeutungslos wird. Das Verhalten des menschlichen Gehirns unter den Belastungen und Spannungen, wie der zweite Weltkrieg sie mit sich brachte, bot eine ungewöhnliche Gelegenheit, Pawlows Analogieschlüsse nachzuprüfen. Es wird daher zweckdienlich sein, ein Resümee einiger unserer eigenen veröffentlichten Beobachtungen aus der Kriegszeit und einiger anderer Beobachtungen zu geben, die von Sir Charles Symonds,[28] Swank,[29] Grinker[30] u. a. veröffentlicht und diskutiert wurden.

Im Juni 1944 zum Beispiel wurden in die englischen Nothospitäler viele Bombenschock-Patienten eingeliefert, teils vom Brückenkopf in der Normandie, teils aus dem bombardierten London. Manche wiesen all die bekannten Symptome von Angst und Depression auf, wie man sie auch in Friedenszeiten in der psychiatrischen Praxis beobachtet. Andere befanden sich in einem Zustand einfacher, aber tiefer Erschöpfung, der meist von sehr auffälligem Gewichtsverlust begleitet war. Wieder andere führten heftige und unkontrollierte aber regelmäßige, stoßende und zuckende Bewegungen aus, die durch zeitweiligen Sprachverlust oder Stottern oder auch eine explosive Sprechweise noch akzentuiert wurden. Eine weitere Gruppe der Erkrankten hatte verschiedene Grade des völligen nervösen Zusammenbruchs und des Benommenseins erreicht.[31] In diesen akuten Fällen nun erwies sich das Buch Pawlows »Bedingte Reflexe und Psychiatrie«, das wir damals das erstemal kennenlernten, als besonders aufschlußreich: die Parallelen zwischen dem Verhalten der Erkrankten und der Hunde Pawlows unter experimentellen Stress-Situationen sprangen einem geradezu in die Augen.

Roy Swank und seine Mitarbeiter haben seit 1945 eine Reihe von Aufsätzen veröffentlicht, die auf ihren Untersuchungen an etwa fünftausend Kampferkrankungen aus der Schlacht in der Normandie basieren — wobei es sich fast ausschließlich um Amerikaner handelte.[32] Ihre detaillierten Feststellungen belegen den überwältigenden Einfluß der Todesangst und der fortgesetzten nervösen Belastung für die Entwicklung der Kampferschöpfung. Swank betont auch, daß die erste Reaktion der Männer auf den Kampf Angst war. Weitaus die größte Zahl der Leute beherrschten ihre Ängste, lernten die Kampfmethoden kennen und entwickelten sich zu zuversichtlichen, »kampferfahrenen« Truppen. Erst »nach einer Periode gut geleisteter Kämpfe, die in ihrer Dauer je nach den Männern und nach der Heftigkeit der Schlacht variierte, zeigten sich die ersten Anzeichen der Kampferschöpfung«. Die »Schutzhemmung«, von der Pawlow in seiner Untersuchung an Hunden spricht, wirft ein Licht auf das, was nun weiter folgt: »Die Männer bemerkten an sich selbst einen Zustand dauernder Müdigkeit, der auch durch einige Ruhetage nicht zu beheben war. Sie verloren die Fähigkeit, die verschiedenen Geräusche der Schlacht zu unterscheiden. Sie konnten die eigene Artillerie nicht mehr von der feindlichen oder von kleinen Bomben unterscheiden.«

Auch die Kontrolle über Erregungssymptome konnte verlorengehen. So etwa »wurden die Leute leicht erschreckbar und verwirrbar, verloren die Zuversicht und wurden gespannt. Sie waren erregbar, ,explodierten' häufig, reagierten auf alle Reize im Übermaß: beispielsweise warfen sie sich beim geringsten Anlaß zu Boden, während diese Vorsichtsmaßnahme früher nur bestimmten angemessenen Reizen vorbehalten war.«

Swank berichtet über den schließlichen dramatischen Wechsel von der Erregung zur Hemmung, wie ihn auch Pawlow bei seinen Hunden beschreibt: »Dieser Zustand einer allgemeinen übermäßigen Reaktionsbereitschaft wurde heimtückischerweise von einer Symptomgruppe abgelöst, die schon früher als ,emotionale Erschöpfung' erwähnt wurde. Die Leute wurden stumpf und teilnahmslos, geistig und körperlich verlangsamt in ihren Reaktionen, waren zerstreut und hatten zunehmend Schwierigkeiten, sich an Einzelheiten zu erinnern. Dazu kam eine allgemeine Gleichgültigkeit und Apathie und ein stumpfer, apathischer Gesichtsausdruck... Die Gleichförmigkeit der Berichte, wie sie sich bei späteren Vergleichen herausstellte, war ein Zeichen dafür, daß in den meisten Fällen die Klagen nicht übertrieben oder erfunden waren.«

Swank weist darauf hin, daß »der durchschnittliche, kämpfende Soldat, ehe er solchen Belastungen ausgesetzt wird, wahrscheinlich standhafter ist als der durchschnittliche Zivilist, da ja offensichtlich wenig standhafte Individuen vor dem Eintritt in den Kampf aus der Truppe ausgeschieden werden... Im großen und ganzen stammten die betreffenden Leute aus ‚moralisch hochqualifizierten Einheiten' und waren überzeugte Soldaten. ‚Drückebergerei' spielte ganz offenbar eine geringe Rolle und beschränkte sich fast ausschließlich auf Männer mit kurzer Kampferfahrung."

Auch Sir Charles Symonds kommt bei der Besprechung seiner medizinischen Erfahrungen in der Royal Air Force zu dem Schluß, daß die Anspannung, wie sie eine länger währende Anforderung an den Mut eines Mannes mit sich bringt, eines der wichtigsten Elemente für die Entwicklung emotionaler Erschöpfung bildet.[33] Das war auch unsere Feststellung, nachdem wir uns mit mehreren Tausenden von zivilen und militärischen Patienten befaßt hatten, die in die spezialisierten Neurosenabteilungen der Not-Lazarette (Emergency Medical Service Hospitals) eingeliefert worden waren.

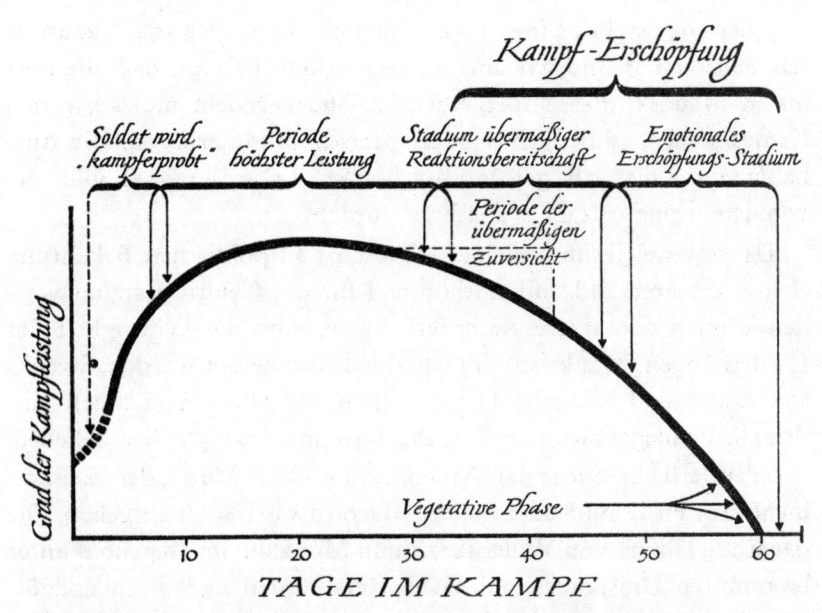

Darstellung der Beziehung von Stress-Situation und Entwicklung der Kampferschöpfung zur Kampfleistung (ausgezogene Linie) beim durchschnittlichen amerikanischen Soldaten.[34]

Die für unsere Untersuchung religiöser und politischer Konversionen interessanteste Entdeckung Swanks betrifft den Zeitablauf des Zusammenbruchs unter fortdauernden Kampfbelastungen (siehe Diagramm):

»Die Kampferschöpfung kann sich schon nach 15 oder 20 Tagen oder erst nach 40 oder 50 Tagen einstellen, an Stelle der etwa 30 Tage, wo sie bei der Mehrheit der Männer aufzutreten pflegt. Nur eines erscheint sicher: praktisch alle Infanteristen leiden am Ende an einer neurotischen Reaktion, wenn sie dem Stress des modernen Kampfes andauernd und lange genug ausgesetzt waren.« Noch im November 1944 war Swank der Meinung, daß einzelne Männer, »vielleicht weniger als 2% der Gesamtheit, der Gruppe zugehörten, die imstande war, der Belastungsspannung im Kampf auf unbestimmte Zeitdauer zu widerstehen«.

Aber 1946 stellt er fest: »Das schien im November 1944 zuzutreffen. Seit damals sind wir aber zu dem Schluß gelangt, daß alle normalen Männer, die in fortgesetztem, andauerndem und schwerem Kampf stehen, schließlich der Kampferschöpfung erliegen. Die Ausnahmen von dieser Regel sind psychotische (geisteskranke) Soldaten, von denen eine Anzahl beobachtet wurde.«

Da gewisse Techniken der religiösen und politischen Bekehrung ebenso erschreckend und erschöpfend für das Gehirn gestaltet werden können wie aktive Kampferlebnisse, muß die Wichtigkeit der Entdeckungen Swanks auf das entschiedenste betont werden. Swanks statistische und klinische Daten sollten vor allem denjenigen eindringlich nahegebracht werden, die noch immer zu glauben belieben, es sei einfach eine Sache der Willenskraft und des Mutes, dem Zusammenbruch im Kampf oder bei der »Gehirnwäsche« zu entgehen. Die dauernde Übung von Willenskraft und Mut kann im Gegenteil unter bestimmten Umständen das Gehirn erschöpfen und einen endgültigen Zusammenbruch beschleunigen. Wenn sich Hunde bei Experimenten zur Prüfung ihrer Belastungstoleranz kooperativ verhalten — d. h. bereit sind, mitzuarbeiten —, sind sie um so leichter zum Zusammenbruch zu bringen: die gehorsamen Anstrengungen, die sie machen, erweisen sich als ihr eigener Untergang.

Normalerweise scheint sich das menschliche Nervensystem wie auch das der Hunde im Zustand eines dynamischen Gleichgewichts zwischen Erregung und Hemmung zu befinden. Wird es aber exzessiven Reizen unterworfen, so kann es in denselben Zustand übermäßiger Erregung oder übermäßiger Hemmung geraten, wie Pawlow dies bei seinen Hunden beschrieb. Das Gehirn verliert für diese Zeit seine Fähigkeit, sinnvoll zu funktionieren. In der medizinischen Literatur findet man zahlreiche Beispiele für diese Erscheinung: so etwa, wenn bis dahin normale Frontsoldaten in einen intensiven Erregungszustand geraten, aufs Geratewohl übers Niemandsland laufen oder sich selbstmörderisch und zwecklos ins Maschinengewehrfeuer werfen. 1945 wurde von einem Mann berichtet, der zweimal unter Beschuß nach vorne ging, um einem schwerverwundeten Freund zu helfen, aber jedesmal, wenn er ihn erreichte, so gehemmt wurde, daß er nicht imstande war, erste Hilfe zu leisten. Dann wurde er plötzlich von einem akuten Erregungszustand ergriffen, schlug seinen Kopf mehrfach gegen einen Baum, rannte wild herum und schrie nach einem Ambulanzwagen. Als dieser schließlich eintraf, forderte er mit Gewalt, selbst darin festgeschnallt zu werden. Ein anderer Soldat versuchte nach dem Tod seines Freundes allein einen deutschen Panzer anzugreifen; er mußte von seinen Kameraden festgehalten und in eine psychiatrische Sammelstelle eingeliefert werden.[35] Derartige unkontrollierte zerebrale Erregungszustände scheinen sich allgemein durch eine Hemmung der normalen Urteilskraft auszuzeichnen.

Auch der Zustand der »schützenden« Hemmung, den Pawlow bei Hunden unter akuter Spannungsbelastung beobachtete, scheint sich bei Kampfschädigungen zu finden. Die Betroffenen entwickeln häufig einen Stupor; man findet Gedächtnisverluste, der Gebrauch von Gliedmaßen geht verloren, es kommt zu Ohnmachtsanfällen. Andere werden buchstäblich vor Angst gelähmt. Wieder andere verfallen einer einfachen nervösen Erschöpfung; es sind dies gewöhnlich Männer von stabiler Persönlichkeit, die zusätzlich zu den seelischen Belastungen lange Zeit ohne Nahrung und Schlaf gewesen waren. Sir Edward Spears hat solche Vorkommnisse aus dem ersten Weltkrieg beschrieben.

»Das waren böse Zeiten, als die Schützengräben, vollgestopft mit Toten und Verwundeten, unter dem Beschuß einbrachen; als die Leute wie wahnsinnig arbeiteten, um einen Kameraden auszuschaufeln, ihn mit zerschmettertem Gesicht herauszogen und dann nicht mehr schaufelten. In solchen Augenblicken war oft ein Stupor über sie gekommen, eine Art überwältigender, gnädiger Müdigkeit, die der Offizier aber bekämpfen mußte.«[36]

In manchen Fällen beschränkte sich die Hemmung anscheinend auf kleine lokale Hirnregionen. Von einem Patienten wird z. B. berichtet, daß er nur bei der Erwähnung eines Offiziers, der ihn einen Feigling genannt hatte, zu stottern begann. Verbreitet war Taubheit, die während der Rekonvaleszenz von Stottern abgelöst wurde. Solch häufige Störungen dessen, was Pawlow als »das sekundäre Signalsystem des Menschen« bezeichnet, können seiner Ansicht nach durch die höhere Empfindlichkeit des Menschen gegenüber exzessiver Reizung erklärt werden, die eine Folge seiner jüngeren evolutionären Entwicklung ist. Andere Formen lokaler Hirnhemmung konnte man bei Patienten mit unbeweglichen, starren Gesichtern sehen, die über einen Klumpen im Hals klagten, oder bei anderen mit gekrümmten Rücken und Schwächegefühlen in den Beinen, bei Fehlen völliger Lähmung. Völlige Lähmungen waren selten, obgleich der Gang oft verlangsamt war. Pawlow beobachtete eine ähnliche fortschreitende Hemmung bei Hunden, die einem Reizbombardement ausgesetzt waren; die Hemmung begann am Maul und den vorderen Körperpartien und brauchte einige Zeit, um die Hinterbeine zu erreichen.[37]

Häufig zeigten Patienten sowohl Gebiete lokaler Erregung als lokaler Hemmung. So kann eine Versteifung oder Hemmung der Gesichtsbewegungen oder der Sprache mit heftigem Zittern des Körpers und der Hände kombiniert sein. Eine Sprachlähmung kann mit Zuckungen des Halses einhergehen. Akute Angst wurde oft durch die Unfähigkeit zu schlucken angezeigt. Der obere Teil des Körpers kann heftig zittern, während der untere Teil ruhig bleibt. Ein unbewegliches oder grinsendes Gesicht kann von Zittern, Zucken und krampfhaftem Winden anderer Körperpartien begleitet werden.

Bei diesen »fluktuierenden« Fällen wurden manchmal plötzliche Übergänge von Erregung zu Hemmung oder umgekehrt beobachtet. Ein Mann z. B. hatte zitternd im Graben gelegen, halb gelähmt vor Angst, als die Kompanie zum Angriff befohlen wurde. Als aber ein Offizier ihn mit den Worten verhöhnte: »Ein Mädel würde sich besser halten«, wurde er plötzlich wild erregt, rief »Los, Jungens!«, sprang zum Angriff aus dem Graben und wurde dann ohnmächtig. Andere Soldaten rannten schreiend in Panik umher, um nach dieser Phase in plötzliche Apathie zu verfallen. Ein Mann war in einer Dorfstraße, die unter Beschuß lag, gelähmt und sprachunfähig zu Boden gestürzt; als er von seinen Kameraden aufgehoben wurde, begann er plötzlich zu schreien und sich zu wehren.[38]

Es ist wichtig, festzustellen, daß bei vielen Fällen von Zusammenbrüchen unter unerträglicher Belastung, wie verschiedene Autoren sie beschreiben, sich kein Motiv eines unmittelbaren Krankheitsgewinns entdecken läßt. Die Zusammenbrüche traten im Gegenteil häufig gerade dann ein, wenn ein normales Verhalten viel eher der persönlichen Sicherheit des Opfers gedient hätte. Diese plötzlichen Zustände von totaler Hemmung oder Kollaps nach schweren Spannungsbelastungen läßt an Pawlows »transmarginale« Phase bei Hunden denken. Andere Beispiele dieser extremen Hemmungsform ließen sich bei der Einlieferung von Männern in fast vollständigem hysterischem Stupor im Lazarett beobachten. Später wurden ähnliche Hemmungszustände experimentell ausgelöst, wenn wir Patienten ihre Kampf- oder Bombenerlebnisse unter medikamentöser Einwirkung nochmals durchleben ließen und sie stark erregt wurden.

Diese abnormen Bewußtseinszustände können beim Menschen wie

beim Hund von dem gefolgt werden, was Pawlow eine »dynamische Stereotypie« nannte — das heißt von einem neuen funktionellen System im Gehirn, das zu seiner Aufrechterhaltung zunehmend weniger Arbeit vom Nervensystem erfordert. Die so von manchen Patienten demonstrierten Bewegungs- oder Denkstereotypien (ständige Wiederholungen der gleichen Bewegung oder Äußerung) reagierten auf einfache Behandlungsmethoden, wie Überführung ins Krankenhaus und Ruhe, nicht. Es bedurfte unter Umständen weiterer starker Reize, um die neu implantierten, höchst anomalen Verhaltensformen wieder aufzulösen. Eine Gruppe von Patienten aber reagierte besser auf starke Beruhigungsmittel als auf neue Reize; unter ihnen einige in Zuständen verwirrter Erregung, die imaginäre Geräusche und Stimmen gehört hatten und nun frische Phantasien entwickelten. Anders als der typische Patient aus der Friedenszeit mit ähnlichen Halluzinationen besserten sie sich nach einer medikamentös eingeleiteten Periode von tiefem Schlaf und völliger Ruhe rasch — wie es Pawlows »stark erregbarer« Hundetyp auch getan hatte, wenn er bald nach einem akuten Zusammenbruch hohe Dosen von Brompräparaten erhielt.

Natürlich kamen derartige Reaktionen auf Belastung nur bei einem geringen Teil der Soldaten und Mitgliedern der zivilen Abwehr im Luftkrieg vor. Die übrigen waren in der Lage, zwischen ihren Einsätzen Ruhepausen einzuschieben, die lang genug waren, einem Zusammenbruch vorzubeugen, da der Punkt des Zusammenbruchs nur nach wiederholten oder lange währenden Perioden von nervöser Belastung erreicht wird. Eine Ausnahme gab es nur da, wo dem Nervensystem eine plötzliche enorme Belastung zugemutet wurde, jemand etwa bei einem Bombeneinschlag noch eben knapp davongekommen war. In solchen Fällen konnten sich sowohl Soldaten als auch Zivilisten, obwohl sie sich dem äußeren Anschein nach wohlüberlegt und offenbar mit Bewußtsein verhielten, doch sehr wenig, wenn überhaupt, an das erinnern, was sie anschließend taten, weil abrupt eine transmarginale Hemmung eingetreten war. Später konnten sie ebenso plötzlich wieder zu Bewußtsein kommen und darüber grübeln, wo sie die letzten zwei oder drei Stunden gewesen waren. Manche Erinnerungen an diese verlorene Zeitspanne konnten sich später spontan oder unter der Einwirkung von Beruhigungsmitteln, die die Hemmung lösten, wieder einstellen.

Die äquivalente Phase der transmarginalen Hemmung, die Pawlow in seinen Experimenten an Hunden beschreibt, schien bei unseren Kriegspatienten häufig zu sein. Normalerweise energische und aktive Leute saßen herum und klagten, daß nichts sie mehr interessiere, daß sie aufgehört hätten, Freude oder Trauer zu empfinden, gleichgültig was geschähe. Diese Phase klang nach Ruhe und Behandlung allmählich ab, konnte aber in manchen Fällen lange fortbestehen.

Man bekam auch faszinierende Beispiele von menschlichem Verhalten zu Gesicht, das der »paradoxen« Phase Pawlows entsprach. Ehe wir die Berichte über seine Experimente an Hunden gelesen hatten, waren wir außerstande, einen Fall wie den folgenden zu verstehen: Ein ursprünglich normaler Patient war einer sehr schweren Belastung durch Bombenangriff ausgesetzt gewesen. Aufgefordert, die Hände auszustrecken, damit der Arzt sehen konnte, ob sie zitterten, gehorchte er, aber plötzlich war er außerstande, sie wieder zu senken, solange er beobachtet wurde. Das beunruhigte ihn; aber was er, seiner Aussage nach, noch schlimmer fand, war, daß er sie senken konnte, sobald er aufhörte, es zu versuchen, oder an etwas anderes dachte; so konnte er die Hände zum Beispiel automatisch herunternehmen, um in seiner Tasche nach Streichhölzern zu suchen. Der starke Reiz, der darauf gerichtet war, ihn etwas ausführen zu lassen, was er wollte, brachte keine Reaktion hervor, wohl aber blieb ein geringerer ungerichteter Reiz wirksam. Nach kurzer Zeit klang der Zustand zur großen Erleichterung des Patienten ab. Wir hatten auch viele Kranke mit schweren Schocklähmungen der Gliedmaßen. Je mehr sich die Leute bemühten, die Glieder zu bewegen, desto lahmer wurden sie. Hörten sie auf, über die Schwierigkeit nachzudenken, so konnten sie plötzlich eine Erleichterung feststellen. Diese paradoxe

Phase scheint ebenso häufig bei seelischen wie bei körperlichen Erlebnissen aufzutreten. Ein einfaches Beispiel dafür bildet der Zustand, dem die meisten geistig Tätigen ausgesetzt sind, wenn sie sich überarbeiten: sie versuchen sich an Namen oder Werke zu erinnern, können es aber erst dann, wenn sie aufgehört haben, es zu versuchen.

Im Krieg wie im Frieden kann es vorkommen, daß normalerweise durchaus aggressive Menschen für sie uncharakteristische Gefühle der Feigheit entwickeln, das zeitweilige Gefühl der Sinnlosigkeit aller weiteren Bemühungen. Und andere, die normalerweise das Leben höchst erfreulich empfinden, können plötzlich das heftigste Verlangen nach dem Tode haben. Auch unvermittelte, unerklärliche Abneigungen gegen vorher geliebte oder bewunderte Menschen ließen sich mit diesen paradoxen und ultraparadoxen Phasen erklären — ebenso wie extrem aggressives Verhalten, das unvoraussehbarerweise mit kriecherischer Unterwerfung abwechselt.

Während der Luftangriffe auf London fiel eine Reihe von Bomben auf das Gelände unserer Klinik in der Nähe der Stadt, und einige unserer Zivilpatienten kamen dabei durch einen Volltreffer ums Leben. In der Klinik lagen schon viele Patienten, die wegen akuter Kriegsneurosen in Behandlung waren, und es traten nun fortwährend paradoxe Umkehrungen des Verhaltens unter nervöser Belastung auf oder verschwanden wieder. Ein Bombeneinschlag konnte zum Beispiel, wie oben beschrieben, bei einem Patienten eine plötzliche Bewegungsunfähigkeit des Armes verursachen. Er bekam dann eine intravenöse Injektion, um die Hirnfunktion zu entspannen — worauf er den Arm plötzlich wieder benutzen konnte. Es kam aber auch vor, daß er sich ohne die Hilfe von Medikamenten erholte, wenn er sich nach dem Angriff wieder beruhigte. Viele dieser plötzlichen Umschaltungen von aggressivem zu unterwürfigem Verhalten oder umgekehrt kamen auch ohne offensichtlichen Grund für solch einen Wechsel vor.

Pawlows Entdeckung, daß schwere fokale (= herdförmige) Erregung in einem Hirngebiet beim Hunde reflektorische Hemmungen anderer Gebiete verursachen kann, ließ sich offenbar auf diese Fälle menschlichen Verhaltens ausgezeichnet anwenden. Patienten wurden uns mit zitternden Händen und leeren, erschöpften oder »bombenseligen« Gesichtern eingeliefert; trotzdem erschienen sie unmittelbar darauf beim Arzt und verlangten, entlassen zu werden, um zu ihren zivilen oder militärischen Aufgaben zurückzukehren. Im allgemeinen mußte der Arzt annehmen, daß der Patient sich wichtig machte, und forderte ihn auf, sich nicht wie ein Narr zu benehmen und zurück in den Schlafsaal zu gehen. Aber dem Arzt, der Pawlows Experimente kannte, war klar, daß derartige Forderungen durch eine zeitweilige Fixierung auf die Idee veranlaßt sein konnten, unter allen Umständen die Klinik verlassen und zum Dienst zurückkehren zu müssen, und daß diese Fixierung eine reflektorische Hemmung aller Gedanken über den beklagenswerten körperlichen und nervösen Zustand, der irgendwelche Arbeitsleistungen völlig ausschloß, verursacht hatte. Wurde dem Patient ruhig mitgeteilt, daß seine Rückkehr zum Dienst auf später verschoben werden müsse und gab man ihm die Gründe dafür an, dann konnte er ganz plötzlich wieder realisieren, wie die Dinge wirklich lagen, und einer Behandlung zugänglicher werden. Der Ausdruck »bombenselig« war eine brauchbare Wortprägung: er beschreibt wirklich genau, wie eine Bombardierung mit der daraus entstehenden Angstreaktion die Kraft des integrierten Denkens über Vergangenheit, Gegenwart oder Zukunft in Menschen zerstören konnte, die die volle Gewalt des Angriffs überlebten. Beruhigungsmittel, die in richtiger Weise auf der Stelle oder in Spezialkliniken verabreicht wurden, konnten aber die normalen Denkgewohnheiten bei den Patienten schnell wiederherstellen. Das legt den Gedanken nahe, daß Symptome, die sonst der moralischen Feigheit oder einfachem Simulieren zugeschrieben wurden, oft nur durch ein zeitweiliges Aussetzen der normalen Hirnfunktion entstanden sind.[39]

Wichtig ist, darauf zu achten, daß solche Zustände von abnormem Verhalten bei bisher normalen Menschen, obgleich sie mit Hilfe sofortiger und richtiger medikamentöser Beruhigung schnell auflösbar sind, sich nach einiger Zeit auch von selbst wieder lösen. Nach ein paar Wochen oder Monaten blieben wenig äußere Kennzeichen mehr übrig. 10 Jahre nach dem zweiten Weltkrieg scheinen wirklich invalidisierende Kriegsneurosen bei Personen, die ursprünglich geistig und seelisch stabil waren, in geringerem Ausmaß fortzubestehen als nach dem ersten Weltkrieg. Aber eine Überempfindlichkeit gegen das, was den nervösen Zusammenbruch veranlaßt hat, dürfte zweifellos, wie bei den Hunden Pawlows nach der Überschwemmung von Leningrad, auch bei Menschen noch latent vorhanden sein, die sonst wieder wohlangepaßt an das gewöhnliche zivile Leben scheinen. Jedes Ereignis, das sie an ihre ursprüngliche Neurose erinnert, kann sie ebenso beunruhigen wie der Anblick von Wasser, das unter der Labortür eindrang, Pawlows Hunde erregte.

Weitere Beweise für die Anwendbarkeit der Entdeckungen Pawlows am Hund auf Probleme der menschlichen Psychologie lieferte die Reaktion unserer Patienten auf die Behandlung. Pawlow hatte festgestellt, daß hohe Gaben von Beruhigungsmitteln außerordentlich wirksam waren, um Hunde wiederherzustellen, die unter den Stress-Situationen zusammengebrochen waren. Er sah aber völlig verschiedene Reaktionen auf die Behandlung bei Hunden, die entsprechend den vier Grundtemperamenten eingeteilt waren; der »stark erregbare« und der »schwache gehemmte« Hund von gleichem Körpergewicht brauchten weit voneinander abweichende Dosen von Beruhigungsmitteln. Das gleiche fanden wir bei Patienten, die als erste Hilfe unmittelbar hinter der Front Beruhigungsmittel erhielten, wenn sie unter der Belastung des schweren Feuers zusammenbrachen; sie konnten in die gleichen Gruppen eingeordnet werden, und die Dosis der benötigten Sedative schwankte um ein beträchtliches.

Schon früh im Kriege war der Wert der als erste Hilfe unmittelbar hinter der Front verabreichten hohen Dosen von Beruhigungsmitteln mehrfach beobachtet worden, die offenbar akute nervöse Störungen daran hinderten, chronisch zu werden.[40] Die Notwendigkeit einer differenzierten Dosierung war aber noch nicht allgemein bekannt, und in den meisten Sammelstellen wurden ziemlich gleichbleibende Dosen für alle Arten von Personen verschrieben, die unter Krampf- oder Bombardierungsbelastungen zusammenbrachen. Sobald uns aber Pawlows Entdeckungen zugänglich wurden und wir diesen Punkt neu überdachten, kamen wir zu dem Schluß, daß das Nervensystem des Menschen auf extreme Spannungsbelastungen in sehr ähnlicher Weise reagiert wie das des Hundes.

Unter schweren und verlängerten Belastungen gerieten Menschen von stark erregbarem oder schwachem gehemmtem Temperament, wie schon geschildert, in Zustände unbeherrschter Erregung oder gelähmter Hemmung. Auch die beiden anderen Temperamentsformen — nämlich der lebhafte oder beherrscht erregbare Typ, der sich wehren kann und ebensoviel austeilt wie er einsteckt, und der phlegmatische, scheinbar durch die meisten gewöhnlichen Belastungen unbeeindruckte Typ — kamen ebenso bei Menschen vor, wie bei den Hunden. Das Überwiegen von Hemmungssymptomen beim schließlichen Zusammenbruch des Opfers (ein wichtiger Punkt für unsere späteren Überlegungen zur Konversion und Gehirnwäsche) wurde 1942, um die Zeit der Schlacht von Dünkirchen und der Angriffe auf London, beobachtet, wo sich unter 1000 aufeinander folgenden Einlieferungen in eine Neurosen-Sammelstelle für Zivilisten und Militärs in der Nähe von London nicht weniger als 144 Patienten mit zeitweiligem Gedächtnisverlust befanden.[41] Solche Gedächtnisverluste sind häufig einfache Hemmungsreaktionen des Gehirns auf übermächtige Spannungsbelastungen, die es mit anderen Mitteln nicht mehr verarbeiten kann. Im Frieden trifft ein Psychiater selten auf mehr als ein bis zwei Fälle dieser besonderen hysterischen Störung pro Jahr.

Besonders deutlich zeigte sich unter den folgenden Umständen die Notwendigkeit, die Dosierung der Beruhigungsmittel beim Menschen entsprechend ihrer Zugehörigkeit zum »stark erregbaren« oder zum »schwachen Hemmungs«-Typ zu variieren. Die meisten Soldaten, die an den Brückenköpfen in der Normandie zusammenbrachen, erhielten zuerst einmal sofortige »Front-Beruhigung«. Nur diejenigen, die auf diese Behandlung nicht reagierten, wurden in Neuroselazarette in England selbst zurückgeschickt. Bis dahin hatten sie schon drei bis sieben Tage eines medikamentös eingeleiteten Tiefschlafs hinter sich. Es stellte sich heraus, daß sich unter diesen in unsere Kliniken überwiesenen Patienten ein ungewöhnlich hoher Prozentsatz von Leuten befand, in deren Familienanamnesen Psychosen oder Neurosen vorlagen. Viele hatten schon selbst vor dem Krieg nervöse Zusammenbrüche durchgemacht und waren anderweits in psychiatrischer Behandlung gestanden. Ihre Symptome deuteten meist auf das Vorliegen des »schwachen Hemmungs«-Typs Pawlows hin. Als aber die Sammelstellen für Kranke und Verwundete an den Brückenköpfen zeitweilig überfüllt waren, wurden uns die Patienten überwiesen, ohne daß vorher eine einigermaßen ausreichende Periode der medikamentösen Ruhigstellung bei ihnen durchgeführt werden konnte. Diese Leute zeigten viel akutere und schwerere Erregungsreaktionen als die vorangegangenen Gruppen; viele reagierten aber gut auf die verschriebenen hohen Dosen an Beruhigungsmitteln und konnten bald wieder mindestens zu einem etwas veränderten Dienst zurückkehren. Waren aber die gleichen Dosierungen Patienten vom »schwachen Hemmungs«-Typ verabreicht worden, so hatte das (wie bei Pawlows Hunden) nur dazu beigetragen, die Hemmung zu verstärken, so daß viele mit Lähmungen oder einem Hemmungsstottern oder selbst in tiefem hysterischen Stupor eintrafen.[42]

Die Erfahrung lehrt, daß Hemmungsreaktionen bei Menschen dieses Temperaments tatsächlich durch Beruhigung behoben werden können, aber nur mit viel geringeren Dosen als denjenigen, die bei den stark erregbaren Typen günstig wirken. Pawlow hat diese Erscheinung folgendermaßen erklärt:

»Die beste Therapie gegen nervöse Störungen stellen, in Übereinstimmung mit den Erfahrungen dieser Klinik, die Bromide dar...

Die Dosierung muß aber genau reguliert werden — für den starken Typ fünf- bis achtmal höher als für den schwachen Typ.«

Und nochmals:

»Früher kamen wir hier zu einem falschen Schluß: Da wir die Bromiddosen nicht dem Typus entsprechend regulierten, glaubten wir, daß ihre Verabreichung bei schwachen Tieren nie nützen könne und in großen Dosen schädlich sei ... ein äußerst wichtiger Teil der Therapie ist die exakte Dosierung, entsprechend dem genauen Typ des Nervensystems.«[43]

Pawlow hatte bei seinen Hunden festgestellt, daß eine körperliche Schwächung dazu beitrug, einen Zusammenbruch unter Spannungsbelastungen zu beschleunigen; das gleiche Phänomen ließ sich bei unseren Patienten wieder und wieder beobachten. Oft ließen sich die ursprünglich stabilen Typen von den labilen dadurch unterscheiden, daß man feststellte, ob sie vor ihrer ersten Krankmeldung an Gewicht verloren hatten. Während der Luftangriffe klagten Zivilisten häufig über neurotische Symptome, wobei sie gar nicht verstanden, warum sie jetzt auf einmal so schwere Bombenängste entwickelten, nachdem sie bis dahin durch Wochen oder Monate nicht davon betroffen worden waren. In solchen Fällen stellte sich oft heraus, daß sie 15 bis 30 Pfund Gewicht verloren hatten, ehe diese immer zunehmende Empfindlichkeit gegen den Reiz der Bombardierung deutlich geworden war. Aber hatten diese abnormen Reaktionen erst einmal nach einem ernsthaften Gewichtsverlust eingesetzt, konnten sie durch eine Mästung des Patienten nicht unbedingt wieder aufgehoben werden, obwohl man diese Maßnahme im Interesse der allgemeinen Gesundheit des Patienten durchzuführen pflegte. Die Angstsymptome konnten dabei ebensogut fortbestehen bleiben wie verschwinden.

Die stabilsten Typen brachen unter Umständen erst nach einem Gewichtsverlust von 30 Pfund zusammen, wie er durch Nahrungsmangel, fehlenden Schlaf und andere für die Kriegszeit typische schwächende Faktoren hervorgerufen wurde. Patienten hingegen, die ähnliche Symptome angaben, ohne aber irgendwie an Gewicht verloren zu haben, die sich aber weniger gewehrt hatten, gehörten höchstwahrscheinlich dem chronisch neurotischen Typus an, der auf irgendeine Routinebehandlung meist nicht anzusprechen pflegte.

Viele der auffälligeren Reaktionen auf Kriegsbelastungen konnten als »Angsthysterie« angesprochen werden. Tatsächlich war eine der häufigsten Endreaktionen auf nervöse Belastung bei ursprünglich stabilen Patienten — im Gegensatz zu den labilen — die Entwicklung hysterischer Verhaltensweisen. Pawlow belegte ähnliche Reaktionen bei seinen Hunden am Punkt des Zusammenbruchs unter Stress-Situationen mit dem gleichen Namen und diagnostizierte bei den Tieren immer wieder hypnoide oder hypnotische Zustände.[44] Die Häufigkeit hysterischer Reaktionen auf schwere Belastung, sowohl bei Menschen wie bei Tieren, ist hier von größter Bedeutung. Alle psychiatrischen Lehrbücher erwähnen in ihren Darstellungen der Hysterie bizarre Symptome, die nicht immer verständlich sind, außer durch eine Analogie mit Pawlows mechanischen Experimenten an Hunden.

Die für die Hysterie charakteristische psychische Normabweichung gleicht oft einer Form der Schutzhemmung, und das gleiche gilt für die hysterische Lähmung. Selbst bei der Hysterie, wie wir sie im Frieden zu sehen bekommen, kann etwas beobachtet werden, das der »bombenseligen« Phase der Kriegsneurosen nahekommt.

Ist erst einmal durch ansteigende Belastungen, die das Gehirn nicht länger ertragen kann, bei Menschen oder Hunden ein hysterischer Zustand entstanden, dann wird mit Wahrscheinlichkeit die Schutzhemmung eintreten. Diese wird die gewöhnlichen bedingten Verhaltensweisen des Individuums stören. Beim Menschen findet man dabei auch Zustände gesteigerter Suggerierbarkeit, ebenso wie deren Gegenteil, nämlich Zustände, in denen der Patient sich allen Suggestionen verschließt, wie vernünftig sie auch seien. In den meisten Kriegen hat die Hysterie plötzliche und unerklärliche Paniken ausgelöst, und das häufig bei Truppen, die für ihre Kampftradition berühmt waren. Cäsars alte Legionäre gehörten zu den besten Kämpfern der Antike, und aus den Reihen ihrer Tapfersten wählte er seine Feldzeichenträger. Aber auch sie konnten nach zehn bis dreizehn Jahren fortgesetzter Kriegszüge in Gallien plötzlich zusammenbrechen. Sueton[45] berichtet über zwei Fälle von hysterischen Standartenträgern, die bei verschiedenen Gelegenheiten davonliefen. Als Cäsar sie aufhalten wollte, versuchte der eine, ihn mit der scharfen Spitze des Feldzeichens anzugreifen, der zweite ließ die Standarte in seiner Hand und floh. Aber das sind extreme Fälle. Auch die Anfälligkeit der Londoner gegen Gerüchte während der Luftangriffe zeugt für Hysterie. Es war Gehirnerschöpfung, was sie dahin brachte, Geschichten über »Lord Ha-Ha's« Radionachrichten aus Deutschland zu glauben, die sie in entspannterem und weniger erschöpftem Zustand sofort als unwahr abgelehnt hätten. Die durch den Fall Frankreichs, die Schlacht in England und die Luftangriffe auf London erzeugte Angst schaffte einen Zustand, in dem große Gruppen von Menschen zeitweilig imstande waren, neue und manchmal sonderbare Überzeugungen kritiklos anzunehmen. Der Mechanismus wachsender Zustände von Suggerierbarkeit wird in späteren Kapiteln mehrfach besprochen werden, da er eines der Mittel ist, durchschnittliche Menschen sowohl religiös wie politisch zu indoktrinieren (zu »schulen«).

In solchen Zuständen von Angsthysterie können die kritischen Fähigkeiten einer Hemmung unterliegen. »Wen die Götter verderben wollen, den schlagen sie mit Blindheit.« So können Soldaten und Zivilisten in akuten Zuständen nervösen Zusammenbruchs manchmal durch keine noch so vernünftige Bemerkung beschwichtigt werden; andere wieder nehmen jede noch so törichte Beruhigung an. In vielen Gebieten der Erde verlassen sich die Polizeiorgane auf diese Hemmung der kritischen Funktionen und normalen Urteilsfähigkeit, um von geschwächten oder emotionalen Belastungen ausgesetzten Gefangenen volle Geständnisse zu erlangen, ohne daß andere körperliche Zwangsmittel angewandt zu werden brauchten. Die gleiche Erscheinung kann aber auch von Psychiatern zu Heilzwecken verwendet werden, wie dies später dargestellt werden soll. Es setzt sie instand, neue Lebenseinstellungen und Verhaltensformen zu suggerieren, in der Hoffnung, daß diese die schädlichen und störenden Haltungen ersetzen können.

Pawlow hat in seinen Vorlesungen die Aufmerksamkeit auf viele weitere Übereinstimmungen zwischen menschlichen Neurosen und denen der Hunde gelenkt. Daß wir hier die Vielfalt des neurotischen Verhaltens in Kriegszeiten so besonders betonten, liegt daran, daß uns so genaue Berichte vieler psychologischer »Feld-Bearbeiter« zur Verfügung stehen, und weil es sich dabei um durchschnittliche Menschentypen handelte statt um die überwiegend neurotischen und psychotischen, wie sie im Frieden in die psychiatrischen Kliniken eingewiesen werden. Auch Pawlow befaßte sich überwiegend mit gewöhnlichen Hunden. In beiden Fällen wurden die Gehirne Stress-Situationen ausgesetzt, denen nicht ausgewichen werden konnte. Der Hund, der auf seinem Experimentierstand isoliert war, der Soldat im Graben oder einsam im Schützenloch, und der Zivilist bei der Flak oder bei einem Rettungskommando — sie alle mußten hinnehmen, was kam, und unterstanden den gleichen harten Proben. In einer friedlichen Gesellschaft findet sich im allgemeinen für Menschen in Situationen, die zu große Anforderungen an ihr Nervensystem stellen, eine Ausweichmöglichkeit; daher treten bei durchschnittlichen Menschen unter nervöser Störung selten auffällig abnorme Verhaltensformen auf. Und selbst im modernen Krieg kommt die Zivilbevölkerung gewöhnlich besser davon als der Soldat. Während der Luftangriffe auf London konnten Einwohner, die Angstsymptome zu entwickeln begannen, doch oft ihre Evakuierung erreichen oder bekamen eine Ruheperiode zugebilligt. Für die Soldaten aber handelte es sich im allgemeinen um ein »sieg oder stirb«, wo kein Rückzug offenstand.

Pawlow mußte, um bei seinen Hunden experimentelle nervöse Störungen erzeugen zu können, in der Regel ihre Mitarbeit gewinnen. Auch bei menschlichen Wesen kommen nervöse Störungen am häufigsten bei denen vor, die sich bemühen, die Spannungsbelastungen zu überwinden, denen sie ausgesetzt sind. Wie der Hund auf dem Experimentierstand, der sich weigert, bei dem Experiment mitzumachen, können auch Soldaten, die davonlaufen, ehe der erste Schuß fällt, ihr Nervensystem intakt halten und schwere Zusammenbrüche vermeiden, bis sie schließlich vor Schwierigkeiten stehen, denen sie sich bis dahin entziehen konnten. Es spricht manches für die taoistische Philosophie Chinas, die die Vermeidung aller Spannung preist — im Gegensatz zur Philosophie des aggressiven Wagemuts, wie sie in Europa und Amerika noch heute gilt.

Pawlows Entdeckungen bringen auch Licht in viele der abnormen Verhaltensweisen, die man bei den gewöhnlichen Formen von Nerven- und Geisteskrankheiten sieht. William Gordon[46] veröffentlichte 1948 eine sehr interessante Arbeit über diese Fragen. Er wies nach, daß das erwachsene Gehirn Systeme positiver und negativer bedingter Reflexe aufbaut, mit deren Hilfe sich das Individuum an seine Umgebung anpaßt, wobei es sein augenblickliches Verhalten meist auf vergangene Erfahrung stützt, und daß die geistige Gesundheit von der Leistungsfähigkeit dieser Anpassung abhängt. Bei einer so schweren geistigen Störung wie der Schizophrenie beobachtet man eine teilweise oder völlige Umkehr fast des gesamten früheren Verhaltens. Gordon glaubt, wie auch Pawlow, daß die Schizophrenie aus der ultraparadoxen Phase der Hirntätigkeit resultiert. Er weist darauf hin, daß Schizophrene häufig alles Interesse an ihren früheren Freuden und Zielen verloren haben, um plötzlich verderbliche selbstmörderische oder antisoziale Verhaltensformen zu entwickeln. Manchmal läßt sich diese Veränderung durch den Nachweis erklären, daß der Patient jetzt positiv auf eine frühere negative Formung antwortet und negativ auf seine frühere positive.

Gordon beschreibt in einer Reihe von treffenden Illustrationen, wie zerstörerisch solch eine plötzliche Umkehrung der positiven und negativen Konditionierung eines Menschen sein kann. Das menschliche Wesen entwickelt zum Beispiel Eßgewohnheiten, bei denen eine

Anzahl von Reizen einschließlich des Geruchs, des Sehens, Hörens und Schmeckens eine starke positive Verhaltensform erwerben, während andere ebenso starke negative Reaktionen entwickeln. Manche Gerüche etwa lassen den Mund des Menschen in Erwartung des Essens Speichel absondern — wie bei Pawlows Hunden —, andere verursachen Übelkeit und zeitweiligen Appetitverlust. Geistig erkrankte Patienten aber beginnen plötzlich Dinge zu essen, gegen die sie früher einen Widerwillen hatten, und lehnen Nahrungsmittel ab, die sie früher schätzten.

Kinder werden dazu erzogen, zu bestimmten Zeiten und an geeigneten Orten zu urinieren und zu defäzieren. Wie Gordon nachweist, wird beim kleinen Kind der Anblick oder die Berührung des Nachttopfes zu einem stark *positiv* bedingten Reflex, während Kleider, Betten, Fußböden und Möbel negativ geladen werden. Wird der Patient aber geisteskrank, so läßt sich oft beobachten, daß Kleider, Betten, Böden usw. stark positiv auf die Entleerung wirken und es fast unmöglich wird, den Patienten zu veranlassen, das Klosettbecken oder die Bettpfanne zu benutzen, weil sie jetzt negative Reaktionen auslösen. Gordon betont auch die anscheinende »Vorsätzlichkeit« und »Absichtlichkeit« der neuen Tätigkeiten.

Zahlreichen anderen Beispielen begegnet man auf den verschiedensten Gebieten des menschlichen Verhaltens. Falsche Konditionierung in der Kindheit oder eine plötzliche Umkehr der Bahnungen durch nervöse oder Geisteskrankheit im späteren Leben können die sexuelle Funktion völlig verwirren, die beim zuvor Gehemmten schamlos erotisch oder bei Menschen mit normalen Neigungen völlig gehemmt werden kann.

Besonders quälend wird das krankhafte Denken, wenn die paradoxe und ultraparadoxe Phase der Hirntätigkeit eintritt. Die gewissenhafteste Mutter kann plötzlich von der Angst besessen sein, daß sie ihr Kind schädigen könne, das sie doch mehr als alles in der Welt liebt. Menschen, die größte Angst vor dem Tode haben, werden plötzlich von dem Gedanken besessen, daß sie sich aus einem Fenster stürzen oder auf die Stromschienen einer elektrischen Bahn werfen könnten. Sie realisieren die Absurdität dieser Gedanken wohl, aber je mehr sie dagegen kämpfen, desto stärker pflegen sie zu werden. Die christliche Kirche hat sich immer stark mit dem Problem beschäftigt, wie böse Gedanken, die gegen den Willen des Menschen beharrlich fortbestehen, ausgetrieben werden könnten. Ein manchmal empfohlener Weg besteht darin, sich keine Sorgen darüber zu machen, daß man böse Gedanken hat; es gibt einen anderen Weg, wobei fortgesetzte Gebete *und* Fasten angewandt werden, bis ein Punkt zeitweiliger Schwäche erreicht ist, in dem dann ein Priester oder heiliger Mann imstande sein kann, die Verhaltensformen in der Seele des Bußfertigen zu ändern.

In einem Brief an einen Mitjesuiten beschreibt im Mai 1635 Vater Surin, ein Exorzist der Nonnen von Loudun, in religiösen Zusammenhängen etwas, was als höchst qualvolle paradoxe und ultra-paradoxe Hirnstörung imponiert, die durch die Anstrengungen und Ängste seiner psychotherapeutischen Bemühungen ausgelöst wurde:

»Die äußersten Zustände, in denen ich mich befinde, sind dergestalt, daß ich kaum mehr über eine freie Fähigkeit verfüge. Will ich sprechen, so ist mein Mund verschlossen; bei der Messe kann ich plötzlich nicht mehr fortfahren; bei Tische bringe ich den Bissen nicht zum Munde, bei der Beichte vergesse ich im Augenblick alle meine Sünden; und ich fühle, daß der Teufel, wie in seinem eigenen Hause, in mir ein- und ausgeht. Kaum wache ich auf, so ist er mit mir am Gebet; wenn es ihm gefällt, beraubt er mich meines Bewußtseins, will mein Herz sich ausweiten in Gott, so füllt er's mit Zorn; will ich wachen, so schläfert er mich ein; und rühmt sich, daß er mein Herr sei.«[47]

Es ist nicht der Zweck dieses Buches, alle nur möglichen Vorkommnisse »äquivalenter«, »paradoxer« und »ultra-paradoxer« Phasen bei menschlichen Wesen durch spezielle Falldarstellungen zu illustrieren. Trotzdem sollte dieses Kapitel den Gedanken nahelegen, daß, obgleich »Menschen keine Hunde sind«, es doch unsinnig wäre, die gesamten experimentellen Arbeiten über das höhere Nervensystem bei Hunden und seine Funktionen als irrelevant für die menschliche Psychologie oder die Frage, wie menschliches Denken und Glauben erfolgreich verändert werden könne, zu vernachlässigen.

DIE VERWENDUNG VON MEDIKAMENTEN
IN DER PSYCHOTHERAPIE

Schon im Sommer 1940 verschrieben wir Barbitursäurepräparate in hohen Dosen, oral verabreicht, als Beruhigungsmittel für die nervös übererregten Überlebenden von Dünkirchen, und in kleinen Mengen intravenös, um einen halben Rauschzustand zu erzeugen, in dem sie ihre gehemmten Gefühle von Schrecken, Wut, Versagen und Verzweiflung etwas abreagieren konnten. Der Wert der Behandlungsmethode, die auch schon vor dem Kriege in beschränktem Umfang angewandt wurde, bestätigte sich während der späteren Luftangriffe auf London.[48] Sie wird heute als »medikamentöse Abreaktion« bezeichnet, wobei der Ausdruck »Abreaktion« aus der Zeit der frühen Studien von Breuer und Freud über die Behandlung der Hysterie stammt, als beide feststellten, daß es manchem Patienten schon half, wenn er »sich aussprechen« konnte.[49] Freud stellte dabei fest: »Affektloses Erinnern ist fast immer wirkungslos«, was besagt, daß die bloße Tatsache des Erinnerns an ein Erlebnis keine Heilung bringen kann, wenn es dem Arzt nicht gelingt, seinen Patienten zu helfen, die Gefühle wieder zu erleben, die ursprünglich mit dem verdrängten Erlebnis verbunden waren, das die Neurose verursachte. W. S. Sadler hat später das Abreagieren als »einen Prozeß« definiert, »bei dem die Erinnerung an ein verdrängtes unlustvolles Erlebnis wiederbelebt wird und die ihm zugehörigen Empfindungen in Sprache und Handlung zum Ausdruck gelangen«.[50]

Schon im ersten Weltkrieg war ziemlich die gleiche abreagierende Behandlung mit Erfolg angewendet worden, aber meist unter hypnotischem und nicht unter medikamentösem Einfluß. Damals wurde festgestellt, daß das für eine Neurose verantwortliche Erlebnis auch eines sein konnte, woran sich der Patient intellektuell durchaus erinnerte, dessen emotionale Assoziationen er aber verdrängt hatte. Freud akzeptierte diese Beobachtungen, da es immer offensichtlicher wurde, daß selbst durchaus unvergessene Ereignisse in der Vergangenheit eines Patienten neurotische Symptome hervorrufen konnten.

In beiden Weltkriegen hatte das Abreagieren, sei es unter Hypnose, sei es mit Hilfe von Medikamenten, seinen festen Platz in der Behandlung akuter Kampfneurosen. Millais Culpin[51] schreibt darüber: »War erst einmal der bewußte Widerstand des Mannes gegen das Durchsprechen seiner Kriegserlebnisse überwunden, so hatte der ausbruchartige Bericht über die emotional geladenen Ereignisse eine große seelische Entspannung zur Folge. Es war, als hätten die durch seinen bewußten Widerstand aufgestauten Gefühle durch ihre Spannung Symptome hervorgebracht. Die Erinnerungen, die meist von einer für mich unerwarteten Art waren, kamen an die Oberfläche, wobei ihre Wiederkehr unter Umständen durch Blutandrang zum Kopf, Zittern, Verbergen des Gesichts in den Händen und andere körperlichen Zeichen der Erregung angekündigt wurden.«

1920 hatte William Brown[52] darauf hingewiesen, daß das emotionale Abreagieren häufig ein viel wirksameres Mittel war, eine Kriegsneurose zu heilen, als die einfache Suggestion unter Hypnose. »Die Suggestion behebt die Symptome, aber die Abreaktion behebt die Ursache des Symptoms, indem sie eine völlig entsprechende Wiederassoziation veranlaßt.« Ich hoffe aber doch nachzuweisen, daß auch die Suggestion bei der Heilung durch Abreaktion eine wichtige Rolle spielen kann.

Berichte über den Erfolg der medikamentösen Abreaktion bei der Behandlung von neurotischen Zusammenbrüchen in Dünkirchen und bei Luftangriffen führten dazu, diese Behandlungsform in England in großem Umfang einzuführen. Unter amerikanischen Psychiatern gewann die Methode starkes Interesse, als Grinker und Spiegel sie etwas später (1942) in Nordafrika anwandten, obwohl sie sie, etwas irreführend, in »Narkosynthese«[53] umbenannten. Überdies hatte ein englischer Psychiater, Harold Palmer, auf dem gleichen Kriegsschauplatz durch die Verwendung von Äther an Stelle von Barbitursäurepräparaten interessante Resultate erzielt[54], womit er eine von Penhallow in Boston 1915 zum ersten Mal beschriebene Technik zur Behandlung hysterischer Symptome[55] verbesserte, die auch Hurst und seine Mitarbeiter während des ersten Weltkrieges angewandt hatten.[56]

Als auch wir 1944 begannen, anstelle von Barbitursäurepräparaten, wie Palmer das empfohlen hatte, Äther zu verwenden, um Abreaktion zu erzielen, stellten wir sofort einen großen Unterschied bei unseren Patienten fest. In den meisten Fällen löste der Äther einen viel höheren Grad explosiver Erregung aus, der die Berichte der Patienten außerordentlich dramatisch oder heftig werden ließ.[57] Eine weitere, höchst auffällige Beobachtung war die, daß nach emotionalen Ausbrüchen, die durch Äthergaben ausgelöst waren, viel häufiger plötzliche Kollapszustände auftraten als nach Abreaktionen unter Narkose oder Barbitursäuregaben.

Mein Kollege Dr. H. J. Shorvon und ich kamen auf den Gedanken, daß das Kollapsphänomen, das wir jetzt wiederholt beobachteten, Pawlows »transmarginaler Hemmung« entsprechen könnte, die eintritt, wenn die Hirnrinde vorübergehend unfähig ist, ihre Tätigkeit auszuüben. Wir erinnerten uns daran, wie die Überschwemmung von Leningrad zufällig bei manchen der Pawlowschen Hunde die kurz vorher gebahnten Verhaltensweisen ausgelöscht hatte. Geschah das gleiche bei manchen unserer Patienten, die plötzlich auf diese Weise kollabierten? Stimmte das, so konnten wir auch erwarten, daß andere für Suggestionen zugänglicher wurden oder eine Umkehr früherer Verhaltensformen zeigten, wenn eine paradoxe oder ultraparadoxe Phase ausgelöst worden war. Zumindest in einigen Fällen erwies sich dies als zutreffend.[58]

Unter Äthereinwirkung konnten bestimmte Patienten leicht dazu überredet werden, Erlebnisse von Schrecken, Wut oder sonstiger

Aufregung wieder durchzuleben. Einige unter ihnen brachen dann unter Umständen aus emotionaler Erschöpfung zusammen und lagen eine Minute oder länger bewegungslos da, ohne daß gewöhnliche Reize sie wecken konnten. Kamen sie wieder zu sich, so brachen sie häufig in eine Flut von Tränen aus und berichteten, daß ihre schlimmsten Symptome plötzlich verschwunden waren, oder auch, daß ihr Gemüt jetzt von dem Schrecken befreit sei, den gewisse sie verfolgende Bilder verursacht hatten. Sie konnten wohl noch an sie denken, wenn sie wollten, aber ohne die frühere hysterische Angst. Erreichte die einfache Erregung bei der Erzählung verflossener Erlebnisse nicht die Phase der transmarginalen Hemmung und des Zusammenbruchs, dann ließ sich bei dem Patienten auch wenig oder nichts von einer Veränderung oder Besserung des seelischen Zustands beobachten. Wurde die Abreaktionsbehandlung aber wiederholt und wurden zur Steigerung der emotionalen Reizung bis zum Zusammenbruch Medikamente verwendet, dann konnte plötzlich eine Besserung eintreten.

Nicht immer war solch eine drastische Technik notwendig. Manche Patienten zum Beispiel, die erst seit kurzem unter Gedächtnisverlust litten, bedurften nur einer kleinen Dosis von intravenös verabreichten Barbitursäurepräparaten, um zu einer Entspannung des Gehirns zu gelangen; das genügte, um die Erinnerungen ohne weitere Anstrengung zurückfluten zu lassen. In Fällen, wo diese Behandlung nicht ausreichte, erwies sich der Äther als sehr brauchbar; zum Beispiel dort, wo das abnorme Verhalten so organisiert und fixiert war, daß es der von Pawlow bei seinen Hunden beschriebenen Stereotypie glich. Derartige Zustände konnten chronisch werden, zur Invalidität führen und einfachen Heilungsmaßnahmen widerstehen. Die massive Erregung aber, die unter Ätherwirkung entsteht und in einem Zustand von transmarginaler Hemmung und Kollaps endet, kann den ganzen Teufelskreis des Verhaltens durchbrechen und eine schnelle Rückkehr zu einer normaleren seelischen Situation herbeiführen.

Berichte über zwei Fälle dieser Art, die 1945 zum erstenmal veröffentlicht wurden, können zur Illustration dienen.[59] Ein etwa zwanzigjähriger Soldat war weinend, sprechunfähig und gelähmt in eine Notsammelstelle in der Normandie eingeliefert worden. Er hatte vorher vier Jahre als LKW-Fahrer in der Armee gedient und war niemals als nervenkrank gemeldet gewesen, bis er dann plötzlich zur Infanterie versetzt und an die Front geschickt wurde, wo Granat- und Mörserbeschuß seinen schnellen Zusammenbruch verursachten. Da er auf eine 14tägige Beruhigungsbehandlung in Frankreich nicht reagierte, wurde er nach England evakuiert. Bei der Einlieferung in unser Lazarett erschien er noch geistig verlangsamt, gespannt und angstvoll. Es wurden weitere Beruhigungsmittel verabreicht und eine Woche später eine Insulinkur begonnen, die sein Gewicht verbessern sollte. Aber sein seelischer Zustand änderte sich nicht. Er ging langsam, mit gebeugtem Rücken und starren Zügen, und seine Ängstlichkeit und das verlangsamte Denken machten es uns schwer, seine Geschichte herauszukriegen.

In diesem Stadium wurde eine intravenöse Barbituratspritze verabreicht und der Patient aufgefordert, zu erzählen, was geschehen war. Das Medikament machte ihn seelisch viel entspannter, und er beschrieb jetzt, wie er eine Woche lang im selben Frontabschnitt unter Mörserfeuer lag. Er war dann über einen Fluß geschickt und zum Angriff kommandiert worden. Im Wald wurde er immer nervöser und begann zu zittern und zu beben. Mehrere Männer wurden in seiner Nähe durch Granateinschläge getötet. Daraufhin verlor er die Herrschaft über seine Stimme, brach in Tränen aus und wurde teilweise gelähmt. Zwei Verwundete halfen ihm schließlich zurück zu einem Ambulanzwagen. »Ich fühlte mich wie erschlagen. Ich legte mich hin und weinte. Ich konnte nicht sprechen, ich konnte nur weinen und Laute von mir geben.« Aber die Barbitursäurepräparate förderten nur geringe Gefühle zutage, während der Mann erzählte, und weder unmittelbar anschließend noch am nächsten Tag ließ sich eine Veränderung in seinem Zustand beobachten.

Am Nachmittag wurde aber eine neue Abreaktion eingeleitet und diesmal Äther an Stelle des Barbiturats gegeben. Auf dasselbe Thema hingeleitet, erzählte der Patient die Geschichte nun mit viel mehr Gefühl, wurde schließlich verwirrt und erschöpft, versuchte die Äthermaske abzureißen und atmete in panischer Angst zu tief, bis die Behandlung abgebrochen werden mußte. Als er wieder zu sich kam und von der Couch aufstand, war eine offensichtliche Veränderung mit ihm vorgegangen. Er lächelte zum erstenmal und sah erleichtert aus. Ein paar Minuten später sagte er, daß mit dem Äther seine Verwirrung fast ganz verschwunden sei. Noch eine Woche später meinte er: »Ich bin ein ganz anderer Kerl. Ich fühle mich wohl.« Die Besserung hielt auch nach weiteren vierzehn Tagen an.

Ein weiterer Fall illustriert die Auflösung einer Hirn-Stereotypie durch die Anwendung von Äther. Hier zeigt sich nun aber, daß der Äther allein nicht hinreicht, um eine vollständige Abreaktion herbeizuführen; nach einem ersten Versagen wurde die Erregung des Patienten absichtlich weiter gesteigert, bis er an den notwendigen Kollapspunkt gelangte. Dann brach die Stereotypie seiner Verhaltensformen zusammen und sein Befinden besserte sich weitgehend.[60]

Dieser Mann hatte viereinhalb Jahre als Fahrer und Mechaniker in der Armee gedient und war zwei Wochen nach dem Tage D in der Normandie an Land gesetzt worden. Seine Symptome entwickelten sich allmählich, nachdem er mehrere Wochen an Kämpfen teilgenommen hatte. Auch er wurde eine Woche lang in Frankreich mit Beruhigungsmitteln behandelt, reagierte nicht darauf und gelangte nach England in ein Lazarett. Er war jetzt niedergeschlagen und apathisch, klagte über Schwindel und daß er das Geräusch der Flak nicht ertragen könne. Die Gedanken an seine in Frankreich gefallenen Freunde bedrängten ihn dauernd. Immer wieder tauchte in seiner Phantasie eine Szene auf, in der einer seiner Kameraden mit einem Kopfschuß gestorben war, während einem anderen das Kinn fortgerissen wurde; einem dritten sprudelte das Blut aus der Hand.

Obgleich der Patient weiterhin Beruhigungsmittel und Insulin zur Verbesserung seines Gewichts erhielt, klagte er vierzehn Tage später, daß er sich schlechter fühle als je. Die Szene, in der seine Freunde getötet oder verwundet worden waren, beherrschte seine Phantasie fortgesetzt. Er erhielt jetzt Äther, um ihn zu veranlassen, die Szene nochmals zu durchleben, und geriet auch so weit in Erregung, daß er meinte, der nächste Kopf, der drankäme, wäre nun sein eigener. Die Kollapsphase erreichte er aber nicht. Nachdem er wieder bei Bewußtsein war, weinte er und sagte, er fühle sich wohler als zuvor. Er konnte aber »immer noch alles vor sich sehen«. So erhielt er eine zweite Ätherbehandlung. Diesmal wurde er auf ein anderes angsterregendes Erlebnis hingelenkt, das einige Tage vor dem nun in seinem Geist fixierten vorgefallen war. Auf einem Friedhof war er in Mörserbeschuß und Tieffliegerangriffe geraten. Als ihm der Therapeut nun unter Äther suggerierte, daß er sich wieder auf demselben Friedhof befände, begann er in der Vorstellung, in einem Graben zu liegen, an der Couch zu kratzen. Der Therapeut steigerte absichtlich seine Ängste, indem er ihm realistisch schilderte, wie sich die Situation immer mehr verschlimmerte, bis der Patient in einer Klimax der Erregung plötzlich kollabierte und fast wie tot dalag. Die transmarginale Hemmung war eingetreten. Als er dieses Mal wieder zu Bewußtsein kam, lächelte er und sagte: »Alles ist weg. Alles ist anders. Ich fühle mich offener, Herr Doktor. Ich fühle mich wohler als damals, als ich hier ankam.«

Auf die Frage, ob er sich daran erinnere, wie das Gesicht seines Freundes weggerissen wurde, verzog er den Mund zu einem Lachen und meinte: »Sieht aus, als hätt ich's vergessen. Frankreich macht mir keine Sorgen mehr.« Nochmals über die Vorfälle befragt, sagte er: »Ja, und der Bursche mit dem Loch im Kopf! Aber es liegt mir nicht mehr auf dem Gemüt.« Auf die Frage, warum das wohl geschehen sei, gab er zur Antwort: »Ich kann's nicht erklären.« Er sprach dann ganz frei und ohne die übliche Gefühlsentfaltung über die Vorfälle in Frankreich. Später am Tag äußerte er: »Ich fühl mich so viel wohler. Ich bin die Sache los. Ich weiß noch alles darüber, aber es steckt nicht mehr in mir. Es rührt mich nicht mehr in derselben Weise an.« Es ging ihm von nun an bald besser.

Am auffälligsten an diesem Fall ist die Tatsache, daß das Erlebnis, das dazu verwendet wurde, genug Erregung aufzurühren, um die abnormen Verhaltensweisen zu durchbrechen, nicht das gleiche war, das ihn verfolgte. Mit anderen Worten: Der explosive Gefühlsausbruch hatte ein ganzes Kapitel der kürzlich durchlebten emotionalen Lebensgeschichte und die damit assoziierte Verhaltensweise fortgeräumt, die auf Grund der wachsenden Unfähigkeit des Patienten, unter fortwährender Spannungsbelastung durchzuhalten, sich entwickelt hatte.

Je länger abnorme Verhaltensweisen bestehen, desto schwerer sind sie natürlich durch so einfache Methoden wie die eben beschriebenen wieder zu beheben. Ein dritter Fall zeigt aber, daß auch eine sechs Monate bestehende Stereotypie des Denkens, verbunden mit Depressionen und Hysterie, manchmal auf gleiche Art gebessert werden kann.

Eine Frau in den Fünfzigern äußerte bei ihrer Aufnahme in die Klinik, 1946:[61] »Mir geht's immer noch so komisch, und ich sehe verschiedene Sachen — mit Raketenbomben — die ich mitgemacht habe.« Sie war während des ganzen Krieges hauptberuflicher Luftschutzwart in einem schwer betroffenen Gebiet Londons gewesen. Die neurotischen Hauptsymptome hatten erst 1945 eingesetzt, als ihre Aufgabe schon dem Ende zuging. Damals war ihr durch eine schwere Raketenexplosion der Helm fortgerissen worden und etwas hatte ihren Hinterkopf getroffen. Aber sie kümmerte sich nicht darum und setzte ihre Rettungsarbeiten fort. »Ich habe schreckliche Dinge gesehen; viele Menschen, die unter den Trümmern in Stücke zerquetscht waren.« Tatsächlich waren damals 50 Menschen entweder getötet oder verwundet worden. Einige Monate später erst begann das Ereignis sie zu verfolgen. Sobald sie die Augen schloß, um auszuruhen, sah sie zerrissene, blutende Menschen. Die gleichen Bilder tauchten in ihren Träumen auf. Das war sechs Monate so weitergegangen, ehe sie in unsere Klinik kam. Sie war niedergedrückt und beunruhigt, unfähig, sich zu konzentrieren; sie hatte beträchtlich an Gewicht verloren und klagte über ein Gefühl von Unwirklichkeit, über Schwindel, Schlaf-

Die Raketenexplosion

störungen und eine Schwäche in den Beinen, die sie praktisch bewegungsunfähig machte. Eine Nachbarin sagte aus, daß die Kranke, die eine sehr energische, heitere und aufgeweckte Person war, jetzt teilnahmslos, vergeßlich und »flach« geworden sei.

Unter Äther durchlebte sie den Raketeneinschlag mit großer Erregung und Intensität nochmals. Sie beschrieb, wie sie mit ihrem Ehemann unter den Trümmern begraben war, bis ihr Bruder sie rettete. Sie unterbrach ihre Erzählung mit verzweifelten Rufen nach ihrem Mann: »Wo bist du? Wo bist du?« Sie wiederholte das mehrere Male mit äußerstem Stimmaufwand, während sie gleichzeitig mit den Fingern umhertastete, als suchte sie unter den Trümmern nach ihm. Die Klimax trat ein, als sie ihre Rettung beschrieb. Sie fiel plötzlich nach hinten, kollabierte und blieb unbeweglich so liegen. Als sie zu Bewußtsein kam, stellte sie fest, daß sie ihre Gliedmaßen wieder vollständig beherrschte, bei klarem Verstand war und keine Ängste und Phantasiebilder sie mehr verfolgten. Die Besserung hielt an, und eine Insulinkur stellte auch das Gewicht wieder her.

Trotzdem fanden wir es für die Abreaktion nicht immer wesentlich, den Patienten sich genau an das Ereignis erinnern zu lassen, das dem Zusammenbruch voranging. Häufig genügte es, einen Erregungszustand zu schaffen, analog dem, der die neurotische Veränderung verursacht hatte, und ihn aufrechtzuerhalten, bis der Patient kollabierte. Von da an pflegten die Kranken sich zu bessern. So mußten wir unsere Phantasie gebrauchen, um künstliche Situationen zu erfinden oder tatsächliche Ereignisse zu intensivieren, vor allem dann, wenn die Patienten bei der Erinnerung an das wirkliche Erlebnis, das die Neurose verursacht hatte, und auch beim Wiedererleben unter Medikamentwirkung nicht die transmarginale Phase des Zusammenbruchs erreicht hatten, die notwendig ist, um die neuen krampfhaften Verhaltensformen zu durchbrechen. Unter den Patienten, aus deren Krankengeschichten wir zu der oben erwähnten wichtigen Schlußfolgerung gelangten, war ein Soldat aus einem Panzerregiment, den wir unter Äthereinwirkung nur dadurch zum Punkt des emotionalen

Zusammenbruchs bringen konnten, daß wir ihm suggerierten, er sei in einem brennenden Panzer eingeschlossen und müsse um jeden Preis versuchen herauszukommen. Die Sache war nie wirklich passiert, obwohl er während des ganzen Feldzuges gefürchtet haben muß, es könne so weit kommen.

Manchem neurotischen Patienten kann offensichtlich zur Heilung verholfen werden, wenn vergessene Erinnerungen wieder ins Bewußtsein gelangen. Sowohl Freud als auch Pawlow weisen in ihren Untersuchungen über die Vorgänge im Gehirn des Menschen bzw. des Hundes darauf hin, daß verdrängte emotionale Erlebnisse bei manchen Temperamentstypen schwere generalisierte Angstzustände hervorrufen können. Auch Janet betonte die Wichtigkeit der Wiedererweckung der ursprünglichen Erregung beim Patienten, während man versucht, solche Erinnerungen wieder ins Bewußtsein zu rufen.[62] Unsere Erfahrungen im zweiten Weltkrieg deuten jedoch darauf hin, daß die Erweckung von heftiger Erregung an sich häufig von viel größerem Heilwert ist als das Wiederdurchleben irgendeines bestimmten vergessenen oder erinnerten Erlebnisses. In der Tat scheint das Ausmaß der aufgerührten Erregung der entscheidende Faktor für den Erfolg oder Mißerfolg vieler Versuche zu sein, neuerworbene krankhafte Verhaltensweisen zu durchbrechen. Eine Emotion, die den Patienten nicht bis zum Punkt der transmarginalen Hemmung und des Zusammenbruchs bringt, ist unter Umständen von geringem Wert — eine Entdeckung, die von großer Bedeutung für das Hauptthema dieses Buches ist, nämlich für die Physiologie der religiösen und politischen Konversion. Gleich wichtig sind die Zunahme der Suggerierbarkeit und die plötzliche Umkehr des Verhaltens, die man bei neurotischen Patienten beobachten konnte, wenn die ultraparadoxe Phase der Hemmung erreicht war: die negativ bedingten Reflexe werden dann positiv, und die positiven negativ.

In diesem Zusammenhang muß ausdrücklich festgestellt werden: Viele Patienten, die monate- und sogar jahrelang auf der Couch eines Psychotherapeuten immer wieder abreagiert haben, werden bekanntlich zunehmend empfänglich für die Suggestionen des Therapeuten. Er kann dann imstande sein, ihre früheren Verhaltensweisen ohne allzugroße Schwierigkeiten zu verändern: Sie reagieren bereitwilliger auf seine Versuche, ihnen neue Ideen oder neue Deutungen für alte Ideen einzuimpfen, denen sie sich vor der Entwicklung einer »Übertragung« auf ihn unverzüglich widersetzt hätten.

Kurzum, wir hoffen, hier nachweisen zu können, daß beachtliche grundlegende Übereinstimmungen bestehen: erstens zwischen dem Verhalten vieler neurotischer Patienten während und nach dem Abreagieren; zweitens dem Verhalten normaler Menschen, die durch eindrucksvolle Priester angsterregenden Kulthandlungen ausgesetzt werden, und schließlich dem Verhalten politisch Verdächtigter in Polizeigewahrsamen und Gefängnissen, wo den Menschen Geständnisse entlockt und »linientreues Denken« eingeimpft werden. Außerdem können in Friedenszeiten normale Menschengruppen durch Predigten oder auf die Masseninstinkte ausgerichtete, demagogische Reden ebenso sicher gereizt werden, wie neurotische Individuen durch Medikamente während einer Abreaktionsbehandlung in einem Kriegslazarett. In späteren Kapiteln soll eine Anzahl von Methoden dargestellt werden, die, in verschiedenen Zusammenhängen gebraucht, ähnliche Effekte erzielen. Folgendes soll aber unverzüglich betont werden: Manche Menschentypen sind besonders widerstandsfähig gegen die »Abreaktion« unter Hypnose oder Medikamenten und auch gegen die friedlicheren religiösen und politischen Bekehrungsformen. Die übergewissenhafte und genaue Person etwa, die sich verpflichtet fühlt, keinen i-Punkt auszulassen, jedes t mit einem Querstrich zu versehen und kein p und q zu verwechseln, wird sich selbst unter Ätherwirkung selten zu sehr erregen, und auch manche melancholischen Patienten sind zu tief niedergeschlagen, um ihre aufgestauten Gefühle durch medikamentöse Reizung entladen zu können.

Vielleicht ist »Abreagieren« unter Medikamentwirkung ein zu ernsthaft klingender Ausdruck für eine recht bekannte Erscheinung:

Die Verwendung von Medikamenten in der Psychotherapie

Wenn ein Mensch sich etwas von der Seele reden möchte, was ihn plagt, dann wird er sich vermutlich ein paar scharfe Getränke einverleiben und hoffen, daß sie seine Zunge lösen. Umgekehrt wird das Trinken im Geschäftsleben, im Journalismus und im Geheimdienst gebraucht, um von Menschen, die nur schwer ein Geheimnis bewahren können, indiskrete Äußerungen zu erzwingen. Und nach Siegen auf dem Schlacht- oder Fußballfeld brauchen viele ausdrucksgehemmte Sieger etwas Trinkbares, um ihre verdrängten Gefühle in sozial annehmbarer Weise zu entladen: *In vino veritas*.

Auch durch heftiges Tanzen können Gefühle zur Abfuhr kommen. Den Waffenstillstand von 1918 begrüßte England mit wilden hysterischen Tänzen. Für die Kriegsneurotiker jener Zeit war der Negerjazz ein wahres Gottesgeschenk — Walzer und Twostep waren nicht zur Entladung starker Gefühle erfunden worden —, und diese Heilbehandlung dauerte bis weit in die zwanziger Jahre hinein. Manche primitiven Stämme gebrauchen den Tanz zum gleichen Zweck. Das Abreagieren durch Trinken — zuerst Bier, später Wein — und wildes rhythmisches Tanzen war auch das Ziel vieler antiker Riten zu Ehren Dionysos'; aber die Griechen hatten dafür ihr eigenes Wort — Katharsis oder »Reinigung«. Die Abreaktion ist ein uralter physiologischer Trick, der von Generationen von Predigern und Demagogen auf Gedeih und Verderb angewendet wurde, um die Gemüter ihrer Zuhörer zu erweichen und sie zu veranlassen, erwünschte Glaubens- und Verhaltensformen anzunehmen. Ob dabei häufiger zu edlen und heldischen Taten aufgerufen wurde oder zu Grausamkeiten und Torheiten — das zu entscheiden ist Sache des Historikers, nicht des Physiologen.

PSYCHOANALYSE, SCHOCK-BEHANDLUNG UND LEUKOTOMIE

Es scheint also, daß die Wirksamkeit der Abreaktions-Techniken häufig von machtvollen physiologischen Kräften abhängt, die in dem Prozeß entfesselt werden — wenngleich man die Wirkung früher verschiedenen vom Abreagierenden angerufenen Medien zuschrieb. Um das ganz zu realisieren, muß man überlegen, wie vielen Menschen, die an Hemmungsneurosen litten, durch plötzliche, nichtspezifische emotionale Schocks geholfen wurde. Ein plötzlicher lauter Donnerschlag hat Menschen von hysterischer Blindheit befreit, andere haben nach einem heftigen emotionalen Schrecken durch einen plötzlichen Schlag auf den Kopf den Gebrauch ihrer Beine wiedergefunden. Während der letzten zehn Jahre wurden in England recht intensive Forschungen über den Wert verschiedener Medikamente angestellt, die sich zur Psychotherapie eignen, besonders über solche, die bei verschiedenen Formen neurotischer Erkrankungen zerebrale Erregung hervorrufen können. Stickoxydul (Lachgas),[63] hohe Kohlendioxyd- und Oxygen-Mischungen,[64] Mittel wie Methedrin (dem Benzedrin ähnliche Substanz, die aber intravenös verabreicht wird)[65] und verschiedene Kombinationen dieser Substanzen sind einer Prüfung und Testung unterzogen worden.[66]

Wie schon erwähnt, reagieren gewöhnliche Friedens-Neurosen nicht so dramatisch auf eine Behandlung, wie die Neurosen, mit denen wir während der Schlacht in der Normandie und der Londoner »Blitz«-Angriffe zu tun hatten. Nur in den seltenen Fällen, in denen eine bis dahin ausgeglichene Persönlichkeit durch einen schweren psychologischen Schock oder unerträgliche Spannungsbelastung aus dem Gleichgewicht gerät, wiederholt sich die Erfahrung aus dem Krieg. Die Friedenszeit bietet uns aber zahlreiche Beispiele für das, was geschieht, wenn das normale oder abnorme Gehirn einer andauernden Abreaktionsbehandlung unterworfen wird. Das kann uns zu einem besseren Verständnis der »Gehirn-Wäsche« und der traditionellen Techniken religiöser Bekehrung verhelfen.

Tierexperimente haben — um dies nochmals zu wiederholen — bewiesen, daß, wenn das Hirn über die Grenze seiner Fähigkeit, Stress-Situationen zu ertragen, gereizt wird, schließlich eine Schutzhemmung eintritt. Geschieht dies, so können nicht nur vorher dem Gehirn eingeimpfte Verhaltensweisen unterdrückt, sondern früher positiv bedingte Reaktionen negativ werden und umgekehrt. In gleicher Weise kann manchmal die Zuführung zu intensiver oder zu häufiger Gehirnreize menschliche Opfer veranlassen, ihre früheren Verhaltensweisen umzukehren. Andere wieder können zugänglicher für Suggestionen werden und alles, was ihnen gesagt wird, als unausweichliche Wahrheit hinnehmen, gleichgültig, wie unsinnig es ist.

Man kann alle diese Wirkungen beobachten, wenn in Friedenszeiten psychiatrische Patienten wiederholten Abreaktionen mit oder ohne Medikamente unterzogen werden. Je durchschnittlicher die frühere Persönlichkeit war, desto bereitwilliger kann dabei die Reaktion des Patienten sein, desto zuversichtlicher seine Reden darüber, daß er »die Dinge in einem neuen Licht sieht«. Nach ein paar besonders schweren Abreaktionen kehrt ein Patient manchmal in seinen religiösen oder politischen Ansichten oder auch in der Haltung gegen seine Familie und Freunde »den Kompaß um«. Diese Haltungen können sich auch mit alarmierender Geschwindigkeit schlagartig ändern. Der Patient kann so weit kommen, vom Psychotherapeuten verschiedene Formen einfacher Beschwichtigung anzunehmen, die er in einem ruhigeren Gemütszustand niemals, weder von seinem Rechtsanwalt, noch von seinem Priester, noch von seinem Hausarzt akzeptiert hätte.

Außerdem neigen Patienten dazu, gegenüber dem Therapeuten, der ihre wiederholten emotionalen Erschütterungen verursacht hat, äußerst sensibilisiert zu werden — genau wie Pawlows Hunde sensibel gegenüber der ursprünglichen Ursache ihrer geistigen Störung blieben — nämlich gegenüber dem Wasser, das während der Überschwemmung von Leningrad unter der Laboratoriumstüre eindrang. Psychoanalytiker haben diese Sensibilisierung beim Menschen als die Bildung positiver oder negativer Übertragungen auf den Therapeuten bezeichnet. Auch hier bietet Pawlow für etwas, das bisher in komplizierten psychologischen Ausdrücken gedeutet wurde, eine mögliche physiologische Erklärung. Freud und seine psychoanalytische Schule wollen den Erfolg ihrer Behandlungsmethoden gerade durch die Herbeiführung des »Übertragungs«-Phänomens erklären. Obgleich heute allgemein zugegeben wird, daß nicht alle seelischen Erkrankungen auf sexuelle Traumen zurückgehen, ermutigen sie in der Praxis den Patienten doch, sich ausführlich mit seinen frühen sexuellen Erregungen und den damit zusammenhängenden Schuldgefühlen zu beschäftigen. Damit tragen sie dazu bei, im Patienten die Gefühle zu erregen, die für eine erfolgreiche Abreaktion notwendig sind.

Manche der psychotherapeutischen Techniken beweisen tatsächlich, daß die Methoden der politischen und religiösen Konversion ihr Gegenstück in der gewöhnlichen psychiatrischen Praxis haben und daß der Patient dahin gebracht werden kann, »das Licht zu sehen«, gleichgültig, welches nun gerade das Licht der Lehre ist — ohne daß man für die Abreaktion zu Medikamenten oder speziell veranlaßter Schwächung oder sonst irgendeiner Kunsthilfe Zuflucht nehmen müßte. Medikamente beschleunigen den Prozeß, indem sie die nötigen physiologischen Veränderungen in der Hirnfunktion hervorbringen, aber das gleiche kann auch durch die Verwendung wiederholter psychologischer Reize erreicht werden.

Ein Patient in psychoanalytischer Behandlung zum Beispiel wird veranlaßt, auf einer Couch zu liegen, wo er monate- und vielleicht jahrelang täglich ermutigt wird, sich »freien Gedankenassoziationen« hinzugeben. Er wird dann vielleicht gefragt: »Was bedeutet ‚Regenschirm' für Sie?« — »Onkel Tobias.« »Was bedeutet ‚Apfel' für Sie?« — »Das Mädchen nebenan.« Vielleicht wird auch festgestellt, daß diese Antworten sexuelle Bedeutung haben. Der Patient muß sich seine verflossenen sexuellen Sünden und Sündchen ins Gedächtnis rufen und andere Ereignisse wieder lebendig werden lassen, die einmal, besonders in der Kindheit, intensive Angst, Befürchtungen, Schuldgefühle oder Aggression erregten. Mit dem Fortgang der Analyse und den vielleicht zunehmenden Gefühlsstürmen wird der Patient immer sensibilisierter gegen den Analytiker. Die sogenannten »Übertragungssituationen«, sowohl die positiven wie die negativen, werden physiologisch aufgebaut, häufig in den frühen Stadien der Behandlung unterstützt durch die Müdigkeit und Schwäche, die aus der erregten Angst resultieren. Die Spannung des Patienten und seine Abhängigkeit vom Therapeuten kann sehr gesteigert werden. Schließlich wird ein Stadium erreicht, in dem der Widerstand nachläßt und der Patient beginnt, die Deutungen des Therapeuten in Hinsicht auf seine Symptome viel bereitwilliger anzunehmen. Er glaubt nun an Theorien über seinen nervösen Zustand und handelt auch nach ihnen, die sehr häufig seinen früheren Überzeugungen widersprechen. Ebenso können viele der gewöhnlichen Verhaltensweisen des Einzelnen durch diesen Prozeß erschüttert und durch neue ersetzt werden. Diese Veränderungen werden dadurch konsolidiert, daß das Verhalten des Patienten so übereinstimmend wie möglich mit den gewonnenen neuen »Einsichten« gestaltet wird. Dann werden, vor dem Abschluß der Behandlung, Versuche unternommen, die emotionale Abhängigkeit des Patienten vom Therapeuten zu verringern. Wie ein von Freud persönlich analysierter Patient mir gegenüber bemerkte: Die ersten paar Monate konnte ich nichts empfinden als wachsende Angst, Beschämung und Schuld. Nichts in meinem verflossenen Leben schien mehr befriedigend, und alle meine früheren Gedanken über mich selbst schienen hinfällig zu sein. Als ich in einen völlig hoffnungslosen Zustand geriet, schien er (Freud) mein Selbstvertrauen allmählich wiederherzustellen und alles in neuem Zusammenhang aufzubauen.[67]

Die psychoanalytische Behandlung braucht viel länger, um das zustande zu bringen, was gewalttätigere oder intensivere Methoden auf psychiatrischem, politischem oder religiösem Gebiet erreichen. Obgleich manche Therapeuten ungern zugeben, daß ihre Form der Behandlung je zu einem Bekehrungserlebnis führen könnte, scheint mir das doch eine recht wahrscheinliche Erklärung für etwas zu sein, was nicht nur manchen ihrer Patienten, sondern sogar den Ärzten selbst geschehen kann, wenn sie sich einer Lehranalyse unterziehen. Wenn nämlich die Behandlung erfolgreich war, können sie so fest mit Freudschen Prinzipien indoktriniert werden, daß sie die meisten andern ablehnen. Ja, sie können, um ihren Glauben zu bekräftigen, sogar Träume der bestimmten Freudschen Richtung haben, die ihre Lehrer erwarten. Mehr als das: Der gleiche Menschentyp (oder sogar derselbe Patient) in einer Jungschen Analyse beendet seine Psychoanalyse mit einer Jungschen Sorte von »Einsicht«, nachdem er Jungsche »kollektive unbewußte« Träume geträumt hat. Ein bekannter Psychiater legt dafür Zeugnis ab. Er erzählte dem Autor, daß er als junger Mann in den zwanziger Jahren nach England kam und sich dem Experiment einer dreimonatlichen Analyse bei einem Freudianer unterzog, gefolgt von drei Monaten einer Analyse bei einem Therapeuten der Jungschen Schule. Seine Aufzeichnungen aus der Behandlungszeit zeigen nun, daß die Träume aus der Zeit der Freudschen Behandlung sehr verschieden von denen waren, die er in der Jungschen Behandlung träumte; außerdem habe er weder vorher noch nachher je solche Träume gehabt. Zu den Zielen der Therapie scheint tatsächlich eine Auflösung der ehemaligen Verhaltensformen des Patienten zu gehören, die durch die Erregung starker Emotionen gefördert wird. Die erhöhte Empfänglichkeit des Patienten Suggestionen gegenüber kann dem Therapeuten nicht nur helfen, das bewußte Denken des Analysanden zu ändern, sondern sogar dessen Traumleben zu lenken. Die Analyse gilt häufig nur dann als vollständig abgeschlossen, wenn die Ansichten des Therapeuten gänzlich absorbiert worden sind und der Widerstand — oder die sogenannte

»negative Übertragung« — gegen die Deutungen verflossener Ereignisse durch den Therapeuten zusammengebrochen ist.

Auch unter primitiveren Völkern findet man die Fähigkeit, für einen bestimmten Therapeuten besondere Arten von Träumen zu träumen. Bengt Sundkler zeigt in seinem Buch »Bantupropheten in Südafrika«[68], wie christliche eingeborene Pastoren aus dem Bantustamm größten Wert darauf legen, daß die Anwärter auf den christlichen Glauben oder Neubekehrte die richtige Art von »Stereotyp«-Träumen haben. Er berichtet:

»Manche Missionare fühlten sich angesichts der Wichtigkeit, die die Afrikaner Träumen beimessen, gedemütigt und teils sogar tief verärgert. Die Missionare sind beinahe schockiert darüber, daß eine so bedeutsame geistige Revolution wie die Bekehrung in vielen Fällen irgendwelchen absurden Träumen zugeschrieben wird, statt der bewußten Entscheidung des freien Willens ... Die eindrucksvollsten Symbole, die in den von Allier zitierten Träumen sich immer wiederholen, sind: helle, schimmernde Kleider, Gruppen von Christen auf dem anderen Flußufer, die dem Träumer zurufen, herüberzukommen ... Charakteristisch sind auch die klaren und deutlichen Eindrücke, wie der Träumer sie darstellt. Immer wird über die Länge oder eigentlich die Kürze des grünen Grases berichtet, das im Himmel gesehen wurde. Häufig wurden winzige Details der Kleidung und Ausstattung erwähnt.«

Sundkler gibt viele andere interessante Details über die künstliche Hervorrufung solcher Träume:

»Manche Zionisten kennen das, was sie als die ‚Gabe der Träume' bezeichnen ... Andere wieder müssen belehrt und geübt werden, um die richtigen Stereotyp-Träume zu erreichen ... Prophet X maß den Träumen seiner Neophyten hohen Wert zu. Nach einem einleitenden, allgemeinen Sündenbekenntnis forderte er sie auf, für drei Tage nach Hause zu gehen und ihm später alles zu berichten, was sie während dieser Zeit geträumt hatten. Er versicherte ihnen, daß sie mit Gewißheit bedeutsame Träume haben würden. Das eine, worauf der Träumer wartet und das er erhofft, ist die Erscheinung Jehovas oder des Engels oder Jesu, die immer in schimmernden weißen Kleidern auftreten.«

Wie in anderen psychotherapeutischen Disziplinen haben die produzierten stereotypen Träume die »Abgabe stereotyper und standardisierter Deutungen« zur Folge.

»So übt die Sekte im Namen der ‚Freiheit des Heiligen Geistes‘ eine totalitäre Kontrolle über das Individuum aus, die nicht einmal die verborgenen Tiefen des Unbewußten des einzelnen verschont. Das Individuum ist formbar, und die Sekte preßt es in einen Standardtypus.«

Es überrascht nicht, daß der normale Mensch im allgemeinen viel leichter zu indoktrinieren ist als der abnorme. Bei so schweren psychiatrischen Störungen wie der Schizophrenie und der depressiven Melancholie kann selbst intensive Psychoanalyse sehr wenig ausrichten, und auch bei gewissen fixierten Zuständen von chronischer Angst und Besessenheit kann sie fast ebenso erfolglos bleiben. Ein Mensch gilt in seiner Umgebung als »normal« oder »gewöhnlich«, weil er die meisten sozialen Maßstäbe und Verhaltensformen dieser Umgebung akzeptiert; das heißt in Wirklichkeit, daß er Suggestionen zugänglich ist und dazu überredet werden kann, bei den meisten gewöhnlichen und außergewöhnlichen Gelegenheiten mit der Mehrheit zu gehen.

Leute, die sich an die Ansichten der Minderheiten halten, werden, auch wenn sich diese Ansichten posthum als richtig erweisen, oft während ihrer Lebenszeit als »verrückt« oder zumindest als »exzentrisch« bezeichnet. Daß sie aber imstande sind, entweder fortschrittliche oder veraltete Ansichten zu vertreten, die die Gemeinschaft als Ganzes verabscheut, beweist, daß sie weniger Suggestionen unterliegen als ihre »normalen« Zeitgenossen; und kein Patient ist so schwer durch Suggestionen zu beeinflussen wie der chronisch Geisteskranke. Gewöhnliche Menschen besitzen auch eine viel größere Anpassungsfähigkeit an äußere Umstände als die meisten Exzentriker und Psychotiker. Während der Londoner Luftangriffe wurden die gewöhnlichen Zivilisten auf die bizarrsten und schreckerregendsten Situationen konditioniert. Obwohl sie durchaus wußten, daß Nachbarn in den umliegenden Häusern lebendig begraben worden waren, gingen sie ruhig ihrer Arbeit nach. Sie waren sich im klaren darüber, daß Sorgen und Kummer über die Opfer, nachdem doch nichts für ihre Rettung getan werden konnte, nur zum eigenen nervösen Zusammenbruch führen mußten. Tatsächlich waren die Leute, die während des »Blitz«-Angriffs kollabierten, zum größten Teil abnorm ängstliche oder abnorm erschöpfte Menschen, die sich nicht mehr an die außerordentlichen Schrecken und Belastungsspannungen anpassen konnten.

Dieser letzte Punkt kann hinsichtlich seiner Bedeutung für das Phänomen der politischen oder religiösen Konversion gar nicht entschieden genug hervorgehoben werden. Es ist ein weitverbreiteter Irrtum, daß der durchschnittliche Mensch den Techniken der modernen Gehirnwäsche besser widersteht als der anomale. Hätte das gewöhnliche menschliche Gehirn nicht eine besondere Anpassungsfähigkeit an eine immer wechselnde Umgebung besessen — immer wechselnde bedingte Reflexe und Reaktionsweisen aufgebaut, und zeitweilig nachgegeben, wo weiterer Widerstand nutzlos schien —, so hätte die Menschheit den Kampf ums Dasein niemals überlebt und wäre nicht zum herrschenden Säuger geworden. Ein Mensch von mangelhafter Anpassungsfähigkeit und übermäßig starrem Verhalten oder Denken ist stets in Gefahr zusammenzubrechen, in eine Heilanstalt zu kommen und zum chronischen Neurotiker zu werden.

Bemerkenswert ist übrigens auch, daß öffentlich auftretende Hypnotiseure ihre Versuchspersonen stets unter den allergewöhnlichsten Freiwilligen aussuchen, die sich anbieten. Der fröhliche, gutgewachsene junge Soldat oder der unbeschwerte Athlet pflegt sich im allgemeinen als geeignetes Versuchsobjekt zu erweisen. Hingegen sind Hypnotiseure vorsichtig genug, die Hände von mißtrauischen und ängstlichen Neurotikern zu lassen.

Daß bei den normalen Durchschnittsmenschen unter den akuten

Kriegsbelastungen hysterische Erscheinungen häufiger waren als in friedlichen Zeiten mit ihren geringeren Spannungen, aber auch als bei den chronisch ängstlichen und neurotischen Menschen sowohl im Krieg wie im Frieden, ist ein weiterer Beweis für unsere Behauptung (wenn wir dessen überhaupt noch bedürfen), daß der einfache, gesunde Extrovertierte mit zu den leichtesten Opfern der Gehirnwäsche oder der religiösen Konversion gehören kann.

Die moderne Schockbehandlung und die Leukotomie

Ehe man die Grundformen des Denkens und Handelns im menschlichen Gehirn schnell und erfolgreich verändern kann, ist es offenbar in vielen Fällen nötig, irgendeine Form der physiologischen Störung im Gehirn herbeizuführen. Das Objekt der Behandlung muß also auf die eine oder andere Art erschreckt, in Wut versetzt, frustriert (d. h. lebensnotwendiger Bedürfnisse beraubt) oder emotional gestört werden, da all diese Reaktionen mit einiger Sicherheit gewisse Störungen in der Funktion des Gehirns verursachen, die ihrerseits seine Anfälligkeit gegenüber Suggestionen steigern oder es veranlassen können, seine normale Konditionierung aufzugeben. Im allgemeinen erweisen sich psychotherapeutische Methoden, bei denen nur zum Patienten gesprochen wird, auch wenn sie heftige Gefühle erregen, als unzureichend für die Heilung ernster geistiger Störungen. In den meisten Fällen solcher schweren Geisteskrankheiten sind die normalen Grundformen des Verhaltens bereits zerstört und durch abnorme ersetzt worden, oder dieser Prozeß hat zumindest schon begonnen. Es lassen sich in solchen Fällen viel bessere Erfolge durch eine Kombination von Psychotherapie mit der einen oder anderen der neuentwickelten modernen Schockbehandlungen erzielen oder auch mit Operationen am Gehirn. Die Geschichte der Psychiatrie beweist nun, daß seit unvordenklichen Zeiten Versuche unternommen wurden, geistige und seelische Störungen durch physiologische Schockwirkungen, plötzlichen Schrecken und verschiedene chemische Mittel zu heilen, und daß diese Mittel bei *bestimmten Typen von Kranken* tatsächlich immer ausgezeichnete Ergebnisse erzielten. Allerdings wurden sie wahllos auch bei Patienten angewandt, die auf diese besondere Behandlung nicht reagieren konnten, und wirkten hier nur schädlich.

Während der letzten 20 Jahre wurden eine ganze Anzahl unabhängig voneinander entdeckter Schockbehandlungen verwendet. Faszinierend ist die Gleichheit ihrer Wirkungen, wenn man sie einmal im Licht der Pawlowschen Experimente einerseits und der Erfahrungen mit den Kampferkrankungen des zweiten Weltkriegs andererseits betrachtet. Es war schon davon die Rede, daß die schnellsten und dramatischsten Heilungen mit Hilfe der medikamentösen Abreaktion oder anderer psychotherapeutischer Methoden dann eintreten, wenn im Gehirn hervorgerufene Erregungszustände sich bis zur Phase der Schutzhemmung und des Zusammenbruchs steigern und das Gehirn dadurch von kürzlich erworbenen (Fehl-)Formen des Verhaltens und Denkens befreit wird. Die Elektroschockbehandlung, die sich zur Auflösung gewisser Zustände schwerer seelischer Depression als sehr brauchbar erwiesen hat, ist nichts anderes als ein künstlich hervorgerufener epileptischer Anfall. Das wird dadurch erreicht, daß ein elektrischer Stromstoß durch das Gehirn geschickt wird, dessen Stärke nur eben so hoch ist, um den Anfall auszulösen.[69] Eine Serie von vier bis zehn solcher Elektroschocks, ein- oder zweimal wöchentlich verabreicht, kann Depressionszustände auf wenige Wochen abkürzen, die sonst vermutlich ein bis zwei Jahre oder länger dauern würden. Diese elektrische Behandlung hat aber nur dann Erfolg, wenn ein vollständiger epileptischer Anfall erzeugt wird. Ein sogenannter »Sub-Schock«, das heißt, ein elektrischer Schock, der keinen Krampf im Gehirn hervorruft, ist schlimmer als nur nutzlos. Ein voller Krampf bedeutet, daß das Gehirn bis zu dem Punkt krampft, wo es dies nicht mehr weiter fortsetzen kann. Es ist zeitweilig erschöpft und gehemmt. Zwischen solch einem Krampf und einer sehr heftigen emotionalen Abreaktion unter medikamentöser Wirkung bestehen erstaunliche Übereinstimmungen.

Bei schwer depressiven Patienten ist es tatsächlich äußerst schwierig, mit Hilfe von Drogen zu einer Abreaktion und Entladung aufgestauter Gefühle zu gelangen. Außerdem sind diese Gefühle dann keine aggressiven, wie das bei der Behandlung der temperamentvolleren Typen der Fall zu sein pflegt, sondern bestehen vorwiegend aus Selbstherabsetzungen und Selbstvorwürfen. Nach einer Reihe elektrisch hervorgerufener Krämpfe aber löst sich dieser anomale Zustand, der deutliche Anzeichen der paradoxen und ultraparadoxen Hirntätigkeit aufweist, bald auf. Der Patient beginnt wieder, eine normale Aggressivität der Welt gegenüber zu zeigen, statt gegenüber sich selbst; er hört auf, sich für alles, was schiefgegangen ist, verantwortlich zu fühlen, und kann sich sogar zornig gegen den Arzt wenden, der ihn behandelt. An diesem Punkt wird er wieder zugänglich für die üblichen Formen der Suggestion und Psychotherapie. Nachdem sein Geist erst wieder von der hemmenden Zwangsjacke befreit ist, verblassen seine Wahnvorstellungen von Schuld und drohender Katastrophe und lösen sich in Nichts auf.

Eine depressive amerikanische Patientin, die im Versuch, sich selbst von einer schweren seelischen Depression mit religiösen Schuldgefühlen zu befreien, sogenannte »Erweckungs«-Meetings besuchte, lieferte uns einen bedeutsamen Hinweis. Sie stellte fest, daß es ihr nicht gelang, genug Enthusiasmus zu entwickeln, um an der Gruppenerregung teilzunehmen, die fast alle anderen Anwesenden ergriff und verklärte – bis eine Reihe von Elektroschockbehandlungen sie dazu instand setzten. Das legt den Gedanken nahe, daß gewisse Zustände abnormer Hirntätigkeit viel bereitwilliger auf wiederholt elektrisch hervorgerufene Krämpfe reagieren als auf eine Abreaktion mit oder ohne Drogen, deren Aufgabe es in ähnlicher Weise wäre, eine zeitweilige Störung der Hirnfunktion hervorzurufen. Es könnte sich aber durchaus herausstellen, daß beide Methoden nach dem gleichen physiologischen Prinzip wirken. Eine andere amerikanische

Patientin war durch die Teilnahme an Erweckungs-Meetings zweimal von Anfällen von Depression geheilt worden. Bei einer dritten, viel schwereren Attacke blieb die Wirkung aber aus. Diese reagierte erst auf Elektroschockbehandlung.[70]

Schon vor dem zweiten Weltkrieg wurde die Schizophrenie, besonders in ihren frühen Stadien, erfolgreich mit Insulinschock-Therapie behandelt.[71] Die Methode besteht darin, einem Patienten große Dosen von Insulin zu verabreichen, um den Zuckergehalt seines Blutes zu senken und so einen Zustand geistiger Verwirrung und Erregung hervorzurufen. Eine Stunde oder auch länger liegt der Patient halb bewußtlos, zuckt und krampft, führt unter Umständen zusammenhanglose Reden, bis ein tiefes Koma eintritt. Der Psychiater, der diese Behandlung bei der Schizophrenie anwendet, kann den Patienten für etwa eine halbe Stunde im Koma halten. Mit Hilfe eines Magenschlauchs oder intravenöser Injektionen wird dem Patienten dann Zucker zugeführt, und er erwacht schnell. Nach einer Reihe solcher täglich durchgeführten Behandlungen können sich die Symptome ohne viel zusätzliche Psychotherapie auflösen. Hier haben wir also noch eine Behandlung, die ein Initialstadium oft unkontrollierter Hirnerregung aufweist und mit einer zeitweiligen Hirnhemmung und Stupor endet.

Sowohl die Elektroschock- als auch die Insulinschockbehandlung bezwecken die Auflösung neuerworbener anomaler Verhaltensweisen, obgleich sie sich in Fällen, in denen diese schon zu lange bestehen, selten als wirksam erweisen. Die erfolgversprechenden Gebiete für die verschiedenen Behandlungsformen zeichnen sich jetzt deutlicher voneinander ab; so wird zum Beispiel allgemein festgestellt, daß schwere Fälle jugendlicher Schizophrenie am besten auf die kompliziertere Insulintherapie, manchmal in Kombination mit Elektroschockbehandlung, reagieren, während Zustände seelischer Depression, die etwa durch längerwährende geringfügige Ängste hervorgerufen werden, häufig durch Elektroschock allein geheilt werden können. Kriegsneurosen mit depressiven Symptomen wiederum, die durch viel heftigere seelische Belastungen entstanden sind, können auf die viel weniger schweren Abreaktionen unter Drogenwirkung reagieren.[72]

Unter den verschiedenen Typen von Patienten, die weder auf Psychotherapie noch auf irgendeine der modernen Schockbehandlungen recht ansprechen, findet man den Neurotiker mit Zwangsvorstellungen, der den Drang fühlt, gewisse Handlungen in ständiger Wiederholung auszuführen — wie Dr. Johnson bestimmte Wegweiser berühren mußte, wenn er die Fleet-Street entlangging. Solche Kranke sind oft harmlos. Ein Oxforder Professor der klassischen Sprachen fragte in den zwanziger Jahren den verstorbenen Dr. William Brown, ob sein Zwang, bei den Vorlesungen immer sieben Schritte den Saal hinauf- und hinunterzuwandern, gefährlich sei. Brown beruhigte ihn: »Wenn Sie feststellen, daß Sie die Mehrfachen von sieben gehen, dann kommen Sie wieder zu mir. Die einfachen Siebener sind ganz in Ordnung.«[73] Es gibt allerdings progressive Grade der Zwangsvorstellung. Eine Mutter etwa kann beständig von der Vorstellung verfolgt sein, sie habe eine offene Sicherheitsnadel in eine Milchflasche fallen lassen, die Flasche ginge in die Molkerei zurück, würde dort nicht richtig gereinigt und das nächste Kind, das aus der Flasche trinkt, würde die Nadel verschlucken. Sie kann die völlige Unwahrscheinlichkeit dieser sich wiederholenden Ängste durchaus einsehen und sich doch gedrungen fühlen, jede leere Milchflasche fünf- oder sechsmal zu kontrollieren, ehe der Milchmann sie abholt. In jeder anderen Hinsicht kann sie eine vernünftige und tüchtige Hausfrau sein. Andere wieder, die geringfügigere Symptome der gleichen Krankheit haben, müssen sich vor dem Schlafengehen vergewissern, daß alle Gashähne abgedreht und alle Türen richtig verschlossen sind, und diese Prüfung zwei- oder dreimal wiederholen. Natürlich werden sie ihr Verhalten manchmal zu rationalisieren suchen, indem sie sagen, daß »alle vernünftigen Menschen mehrere Sicherheitskontrollen machen — es lohnt die Mühe«.

Solche Neurotiker mit Zwangsvorstellungen neigen auch dazu,

ihrem Äußeren und der Sauberkeit ihrer Wohnungen übertriebene Sorgfalt zu widmen. Sie waschen ihre Hände unnötig oft und sind in ihren seelischen Grundverhaltensformen auf rigide Art peinlich genau. Die Nachbarn können gewöhnlich nach der Zeit, zu der der Zwangsneurotiker zur Arbeit geht und wiederkommt, ihre Uhren stellen. Das entspricht einem Menschentyp, der sich rühmt, in 30 Jahren nie zu spät und nie mehr als ein oder zwei Minuten zu früh zur Arbeit gekommen zu sein. Vermutlich wird er aber seinen geistigen Berater mit kleinen Bedenken und zwanghaften religiösen Zweifeln, die er nicht lösen kann, quälen. Der Zwangsneurotiker ist gewöhnlich unzugänglich für Suggestionen und die Verzweiflung des Psychotherapeuten oder Bühnenhypnotiseurs.

Wird er schließlich so chronisch krank und zwanghaft, daß er sich selbst und seinen Angehörigen zur Last fällt, dann kann manchmal von seiten der Psychiatrie wenig zu seiner Hilfe getan werden — abgesehen von einer Hirnoperation, die »Leukotomie« genannt wird und über die wir gleich sprechen werden. Diese Resistenz gegenüber jeder Behandlung wird sich bei der späteren Diskussion des Mechanismus der Konversion und der Gehirnwäsche als außerordentlich bedeutsam erweisen. Manche dieser Patienten haben bis zu 15 Jahren psychoanalytischer Behandlung durchgemacht. Sie neigen dazu, ihre Psychotherapie in die gleiche zwanghafte Verhaltensweise einzubauen, in der Hoffnung, daß eines Tages irgendeine unterbewußte Erinnerung ausgegraben würde, die alles erklärte.

Das Studium dieser Zwangsneurosen zeigt aber, wie eigensinnig gewisse Gehirntypen an ihren festgefahrenen Verhaltensweisen haften können. Abreagierende Behandlungen sind häufig wirkungslos, und ein Patient mit Zwangsvorstellungen kann bis zu 20 oder 30 Elektroschockbehandlungen bekommen: wenn sie auch zu geistiger Verwirrung und sogar zu zeitweiligem weitgehenden Gedächtnisverlust für kürzer zurückliegende Ereignisse führen, so werden doch die alten Wahnvorstellungen höchstwahrscheinlich in voller Stärke wiederkehren, sobald die Erinnerungen zurückzufluten beginnen.

Die beunruhigendsten Symptome solch einer Zwangsneurose verschwinden im Laufe der Zeit häufig allmählich von selbst. Unter Umständen sind sie nur akut, wenn sie mit einer Depression einhergehen. Kann diese letztere behoben werden, so profitiert der Patient von einer Elektroschockbehandlung. Wird er aber einer einfachen psychologischen Abreaktion unterzogen, so findet er es meist unmöglich, selbst beim Fehlen einer Depression, »sich gehen zu lassen«. Leidet er zum Beispiel unter einem Bombenschock, so kann er mit peinlicher Genauigkeit darüber reden, ob die Explosion fünf oder zehn Minuten nach drei Uhr nachmittags eintrat. Er wird auch Versuche, ihn transmarginal zu erregen, dadurch unterbrechen, daß er auf absoluter Genauigkeit in allen seinen Mitteilungen besteht, und ist selbst unter Äther jeder Suggestion unzugänglich. Sollte daher je ein einfaches medizinisches Mittel entdeckt werden, chronische Zwangsvorstellungen aufzulösen, so wäre damit eine der entscheidensten Waffen für die Rüstung der religiösen und politischen Bekehrungspraktiker geschmiedet. Bis dahin sind ihre Methoden viel erfolgreicher gegenüber der gesunden Mehrheit. Beim Sonderling versagen sie häufig, es sei denn, sie können ihn zuvor bis zu einem Punkt physisch schwächen und erschöpfen, an dem seine Überzeugungen nicht mehr so festgehalten werden und er seine einzige Hoffnung zu überleben in der Unterwerfung sieht; dann kann er unter Umständen völlig »umgeschaltet« und »umgeschult« werden. Vielleicht ähneln viele überspannte Persönlichkeiten den kräftigeren Hunden Pawlows, die neue Verhaltensweisen nur dann annahmen, wenn sie zuvor durch Kastration, Hunger oder künstlich herbeigeführte Verdauungsstörungen, die große Gewichtsverluste mit sich brachten, geschwächt wurden. Waren sie erst einmal neu indoktriniert, dann wurden sie aufgefüttert und die neuen Verhaltensformen so fest fixiert wie die alten; Pawlow konnte sie in der Tat nicht mehr loswerden.

Zwangserscheinungen treten bei Menschen häufig nach schwächenden Gewichtsverlusten, schwerem Fieber oder nach Operationen und Krankheiten auf, die Drüsenfunktionen verändern. Es werden jetzt gelegentlich Versuche unternommen, solche Patienten durch gewichtsvermindernde Diät oder die Verabreichung appetitdämpfender Mittel zu behandeln; man geht dabei von der Hoffnung aus, daß die resultierende Schwäche dazu beiträgt, die Zwangshandlungen aufzulösen, die unter gleichartigen Bedingungen erworben wurden.[74] Die Religionsgeschichte kennt viele Berichte von sündhaftem Zwangsdenken, das durch Abführ- und Brechmittel oder durch Hungern geheilt wurde, nachdem einfachere Methoden versagten. Obwohl es sich herausgestellt hat, daß jeder Hund schließlich seine Erschöpfungsphase erreicht und wohl auch für menschliche Wesen die gleiche Tatsache gilt, kann man sich aber doch nicht darauf verlassen, daß eine Schwächung obsessionale Denk- und Verhaltensweisen ändert, wenn sie erst einmal durch die Zeit fest fixiert worden sind.

In einer klinischen Darstellung religiöser und politischer Bekehrungen läßt sich die Klassifizierung menschlicher Subjekte entsprechend ihren temperamentsmäßigen Grundformen nicht vermeiden, deren jede eine verschiedene Art physiologischer und psychologischer Behandlung erfordern kann. Je stärker die Zwangshandlungen, desto unzugänglicher wird sich das Subjekt für manche der gewöhnlichen Bekehrungstechniken erweisen; die einzige Hoffnung liegt dann im Zusammenbruch durch Schwächung und in verlängerten psychologischen und physiologischen Maßnahmen, um die Zugänglichkeit für Suggestionen bei den Betreffenden zu steigern. Einzelnen neurotischen und psychotischen Typen gegenüber erweist sich auch die individuelle wie die Massenhypnose als wirkungslos. In der Regel kann die Hypnose nur dort auf Erfolg bauen, wo Anzeichen von Zugänglichkeit gegenüber Suggestionen vorliegen.

In der gegenwärtigen Situation des medizinischen Könnens und Wissens besteht bei manchen chronisch Zwangskranken, chronisch schizophrenen und chronisch angstvollen oder depressiven Patienten, die auf keine Form der Schocktherapie, Psychotherapie oder medikamentöser Behandlung ansprechen, die einzige Hoffnung in einem chirurgischen Eingriff, den man in der Regel nur vornimmt, wenn alles andere versagt. Eine neuere Modifikation dieser Operation wird als »präfrontale Leukotomie« bezeichnet. Sie kann so interessante Folgen haben, daß sie verdient, in diesem Zusammenhang erwähnt zu werden.

Diese Operation in ihren inzwischen vielfach variierten Formen wirft ein recht beachtliches Licht auf die zerebralen Mechanismen, durch die menschliche Denk- und Verhaltensformen eingeimpft oder ausgerottet werden. Die Operation wurde 1936 von dem portugiesischen Neurologen Moniz[75] eingeführt, der für seine Erfolge, die so viele chronisch Kranke in die Lage versetzten, die Irrenhäuser zu verlassen und zu ihrer Arbeit und zu ihren Familien zurückzukehren, den Nobelpreis erhielt. Die Nachwirkungen solcher Operationen auf die Denkprozesse wurden an englischen Patienten sorgfältig untersucht, die die Operation bis zu zehn Jahren früher durchgemacht hatten. Allein in Großbritannien sind bisher etwa fünfzehntausend Patienten so behandelt worden.

Die Leukotomie bleibt für Patienten vorbehalten, die unter schweren, dauernden Angst- und Erregungszuständen leiden, die in manchen Fällen durch tatsächliche und unlustvolle Erlebnisse, in anderen durch Halluzinationen oder Wahnbildungen entstehen, in beiden Fällen aber sich der Auflösung durch nichtchirurgische Behandlungsformen widersetzen. Die Operation kann, besonders in ihren neuerlich verbesserten und abgewandelten Formen, die Spannung und Erregung weitgehend herabsetzen, während sie die Gedankeninhalte, die die Spannung hervorgerufen hatten, nicht immer behebt. Man kann auf diesem Weg tatsächlich übermäßige Angst, die sowohl normalen wie abnormen Denkvorgängen entspringt, herabsetzen, ohne andere Denkprozesse oder die Intelligenz selbst in irgend bemerkbarem Maße zu beeinträchtigen. Dabei hat man gute Chancen, daß ein günstiges Resultat auch andauert. In den letzten Jahren wurde die Operation weitgehend verfeinert und kann heute mit viel geringeren Veränderungen der Gesamtpersönlichkeit durchgeführt werden.

Beobachtet man die Fortschritte solcher Patienten nach der Operation, so stellt man fest, daß, ist erst einmal die Angst vor einem realen oder imaginären Gedanken geringer geworden, auch der Gedanke selbst eine Tendenz zeigt, an Wichtigkeit zu verlieren. Ein Patient ist etwa in eine psychiatrische Klinik gekommen, weil er von dem Wahn besessen ist, ein abnorm gebildetes Gesicht zu haben, über das jeder, der es sieht, lacht. Nach der Leukotomie kann er noch immer an sein abnormes Gesicht glauben, hört aber auf, es als soziale Beeinträchtigung zu empfinden. Das macht es ihm möglich, das Krankenhaus zu verlassen, zur Arbeit zurückzukehren und sich so gut zu halten, wie es viele Menschen tun, die wirklich an einer Gesichtsentstellung leiden. Ein paar Monate später kann sich unter Umständen feststellen lassen, daß auch die Wahnidee bezüglich des Gesichts verschwunden ist oder dem Patienten, da die beständige emotionale Wiederverstärkung der Angst wegfällt, viel weniger wichtig erscheint.

Es wird behauptet, daß die Leukotomie die Menschen nüchtern und konventionell macht, so daß sie ihre Persönlichkeit verlieren. Es ist richtig, daß das Resultat im allgemeinen darin besteht, die Patienten zu durchschnittlicheren Mitgliedern einer Gruppe zu machen, offen für Suggestion und Überredung ohne eigensinnigen Widerstand — denn sie haben aufgehört, in bezug auf ihre Gedanken so tief zu empfinden. Sie können daher logischer denken und neue Theorien ohne emotionale Tendenzen prüfen. Als Beispiel: Ein Patient mit einem Messias-Wahn hatte sich als völlig unzugänglich für intensive psychoanalytische Behandlung erwiesen. Nach der Leukotomie aber war er imstande, seine messianischen Ansprüche mit einem intelligenten Wärter zu diskutieren, und ließ sie sich ausreden. Man bekommt nach den neu modifizierten Leukotomieoperationen auch echte religiöse Bekehrungen zu sehen. Das Denken ist befreit von seiner alten Zwangsjacke und neue religiöse Überzeugungen und Einstellungen können nun leichter den Platz der alten übernehmen.

Wird eine *zu ausgedehnte* Operation an den Stirnlappen vorgenommen, so können die religiösen Gefühle beim Menschen zerstört werden. Rylander hat solche Patienten in Schweden beschrieben, während Ström-Olsen und Tow[76] andere in England beobachtet haben. Einer der Patienten Rylanders war »eine Mitarbeiterin der Heilsarmee, ein weiblicher Offizier von sehr hohem Rang. Sie heiratete einen Pfarrer. Jahrelang lag sie in der Klinik und klagte beständig darüber, schwere Sünden gegen den Heiligen Geist begangen zu haben. Sie klagte wochen- und monatelang, und ihr armer Mann tat sein Bestes, sie abzulenken, aber ohne Erfolg. Dann entschlossen wir uns, sie zu operieren ... Nachdem die Verbände abgenommen worden waren, fragte ich sie: ‚Wie geht es Ihnen jetzt? Was ist mit dem Heiligen Geist?' Lächelnd gab sie zur Antwort: ‚Ach, der Heilige Geist; es gibt keinen Heiligen Geist.'«[77]

Wendet man aber modernere Operationsformen und viel begrenztere Schnittführungen in den Vorderlappen an, dann können Angstsymptome und Wiederholungszwang vermindert werden, ohne zu viel unerwünschte Auswirkungen auf die gewöhnlichen religiösen Überzeugungen hervorzurufen. Kürzlich berichtete John Pippard nach einer sorgfältigen Untersuchung von über einhundert Patienten, die nach der Operation eineinhalb bis fünf Jahre lang katamnestisch weiter beobachtet worden waren:

»Die religiöse Haltung wird durch die rostrale (modifizierte) Leukotomie nicht direkt beeinträchtigt, ist aber während der Reintegration der Persönlichkeit nach der Operation Veränderungen ausgesetzt, wie das auch bei der Reintegration nach Psychotherapie oder einer anderen Behandlung der Fall sein kann. Nach 95% der rostralen Leukotomien, die gute symptomatische Entspannung erbrachten, sind die Persönlichkeitsdefekte unerheblich, im Vergleich zu nur 44% nach ausgedehnteren Standard-Leukotomien. Positive unerwünschte Veränderungen fanden sich nur bei zwei von 114 Fällen, im Vergleich zu 29% bei Standard-Leukotomien.«[78]

Für manche Leute wird es natürlich immer ein strittiger Punkt bleiben, ob es richtig ist, psychisch gequälte Menschen in durchschnittlichere zu wandeln, die nicht über so überwältigend starke Gefühle verfügen. Auf alle Fälle aber mahnt uns der Erfolg der Leukotomie an die Zwecklosigkeit der nur rationalen Betrachtungsweise in bezug auf viele Patienten, die an Zwangsideen leiden, und erinnert uns an die dementsprechend unglückliche, durch die ganze Geschichte zu verfolgende Zufluchtnahme zu Irrenanstalten, Gefängnissen, Konzentrationslagern, Galgen oder Scheiterhaufen, als Mittel, alle diejenigen aus der Gesellschaft auszumerzen, die auf andere Weise nicht dahin gebracht werden konnten, die Überzeugungen der durchschnittlicheren und Suggestionen zugänglicheren Mehrheit als die ihren zu akzeptieren.

ZUR TECHNIK DER RELIGIÖSEN BEKEHRUNG

Wenn wir uns nun der Frage der Technik der religiösen Konversion zuwenden, so wollen wir ausfindig zu machen versuchen, was so viele Religionen in ihren Methoden der plötzlichen Bekehrung gemeinsam haben und wie ihre Priester und Verkündiger sie anwenden. Wir wollen die Ergebnisse dann in Beziehung zu all dem zu setzen versuchen, was wir über die Physiologie des Gehirns wissen. Wir müssen uns aber davor hüten, von dem abgelenkt zu werden, was jeweils verkündet wird.

Die Wahrheiten des Christentums haben nichts mit den Überzeugungen zu tun, die durch die Rituale der heidnischen Religionen oder der Teufelsanbeter inspiriert werden. Aber die psychologischen Mechanismen, die von den Religionen zu beiden Seiten des trennenden Abgrunds verwendet wurden, sollen der genauesten Prüfung unterzogen werden.

Man kann tatsächlich behaupten, daß die Führer erfolgreicher Glaubensgemeinschaften in ihren Bemühungen, ihren Mitmenschen geistige Segnungen zukommen zu lassen, niemals ganz auf physiologische Waffen verzichtet haben. Fasten, Abtötung des Fleisches durch Geißeln und körperliche Entbehrungen, Atemregelung, Enthüllung schreckerregender Mysterien, Trommeln, Tanzen, Singen, Einflößen panischer Angst, unheimliche und strahlende Beleuchtung, Weihrauch, berauschende Drogen — das sind nur einige der vielen Methoden, die angewendet werden, um die normale Hirnfunktion zu religiösen Zwecken zu verändern. Manche Sekten wenden der direkten Erregung von Empfindungen als Mittel, um das höhere Nervensystem zu beeinflussen, mehr Aufmerksamkeit zu als andere: aber wenige verzichten völlig darauf.

Die schon dargestellten Beweise legen den Gedanken nahe, daß die physiologischen Mechanismen, die die Implantierung und Wiederaufhebung von Verhaltensformen möglich machen, bei Mensch und Tier die gleichen sind, und daß, wenn das Gehirn unter schwerer Spannungsbelastung zusammenbricht, die resultierenden Verhaltensänderungen sowohl vom ererbten Temperament des Individuums wie auch von den bedingten Verhaltensweisen abhängen, die es durch eine allmähliche Anpassung an die Umgebung aufgebaut hat.

Es wurde auch gezeigt, daß die Aussichten auf Erfolg für alle, die falsche Überzeugungen und unerwünschte Verhaltensformen auflösen wollen, um danach gesündere Grundsätze und Einstellungen einzupflanzen, größer sind, wenn sie zuerst einmal einen gewissen Grad nervöser Spannung verursachen oder genug Zorn- oder Angstgefühle erregen, um sich die ungeteilte Aufmerksamkeit des betreffenden Individuums zu sichern und dessen Suggerierbarkeit nach Möglichkeit zu steigern. Durch die Erhöhung oder Verlängerung von nervöser Belastung auf die verschiedensten Weisen oder durch die Zufügung körperlicher Schwächung kann eine gründlichere Veränderung der Denkprozesse des Betreffenden erreicht werden. Der unmittelbare Erfolg solch einer Behandlung besteht gewöhnlich in einer Herabsetzung der Urteilskraft und in gesteigerter Zugänglichkeit für Suggestionen, und wenn auch bei Nachlassen der Spannung die Suggerierbarkeit ebenfalls absinkt, so ist doch damit zu rechnen, daß die während der Spannungsperioden eingeimpften Ideen haften bleiben. Werden die nervöse oder die physische Schwächung oder beide um eine weitere Stufe gesteigert, dann kann es geschehen, daß Denk- und Verhaltensweisen, besonders wenn sie erst neuerlich erworben wurden, zerfallen und verschwinden. Nun können neue Verhaltensformen an ihre Stelle gesetzt werden oder verdrängte, unterdrückte Formen sich wieder durchsetzen, oder der Betroffene kann in einer Weise zu denken und zu handeln beginnen, die seinen früheren Denk- und Handlungsweisen genau widerspricht. Manche temperamentmäßige Typen scheinen relativ unempfindlich gegenüber allen ihnen zugefügten emotionalen Spannungsbelastungen. Andere halten an ihren einmal fest fixierten Überzeugungen mit einer Zähigkeit fest, die den schwersten psychologischen und physiologischen Schockbehandlungen widersteht, ja selbst Hirnoperationen, die speziell zur Durchbrechung solcher Haltungen bestimmt sind. Ein derartiger Widerstand ist aber selten.

Hält man sich diese Tatsachen vor Augen, so darf man hoffen, die physiologischen Mechanismen, die bei manchen Formen plötzlicher religiöser Bekehrung am Werk sind, besser zu verstehen. Aus diesem Grund haben wir nochmals diese wiederholende Zusammenfassung gebracht. Die Methoden der religiösen Konversion wurden bisher mehr von psychologischen und metaphysischen Blickpunkten aus betrachtet; aber die dabei angewandten Techniken ähneln häufig den modernen politischen Methoden der Gehirnwäsche und Gedankenkontrolle so sehr, daß eine jede die Mechanik der anderen erhellt. Es ist wohl richtig, mit der besser dokumentierten Geschichte der plötzlichen religiösen Bekehrung zu beginnen, die mit der politischen Konversion das gemeinsam hat, daß ein Individuum oder eine Gruppe von Individuen infolge von Erleuchtungen, die plötzlich und mit großer Heftigkeit auf die Seele eindringen, neue Überzeugungen annehmen können, und zwar oft nach Perioden intensiver nervöser Belastung. Da aber politische Gefängnisse keine uns zugänglichen klinischen Berichte über die physiologischen Veränderungen ihrer Insassen, die unerträglichen seelischen Belastungen ausgesetzt sind, veröffentlichen, wird es zweckdienlich sein, die klinischen Berichte über Beobachtungen an analogen Kampferkrankungen heranzuziehen und sie mit den Beobachtungen bei plötzlichen religiösen Bekehrungen zu vergleichen. Zwei brauchbare parallele Texte finden sich in John Wesleys Tagebuch von 1739 und in dem Bericht von Grinker und Spiegel über die Behandlung akuter Kriegsneurosen in Nordafrika im Jahr 1942.

Zur Technik der religiösen Bekehrung

Grinker und Spiegel[79] beschreiben die Wirkung des Abreagierens von Kriegserlebnissen unter der Einwirkung von Barbitursäurepräparaten folgendermaßen:

»Es ist beklemmend, den Schrecken zu beobachten, der hier zum Ausdruck gelangt. Der Körper wird zunehmend gespannt und steif, die Augen werden aufgerissen, die Pupillen erweitern sich, während sich die Haut mit feinem Schweiß bedeckt. Die Hände bewegen sich krampfhaft. Der Atem wird unglaublich schnell oder flach. Die Intensität des Gefühls wird manchmal unerträglich, und häufig tritt auf der Höhe der Reaktion ein Kollaps ein. Der Patient fällt aufs Bett zurück und liegt für einige Minuten still.«

Wesley berichtet am 30. April 1739:

»Wir verstehen, daß viele Anstoß nahmen an den Schreien derer, über die die Macht Gottes kam; unter ihnen war ein Arzt, der sehr fürchtete, daß es sich dabei um Betrug und Schwindel handeln könne. Heute brach eine, die er viele Jahre gekannt hatte, als erste ‚in heftige Schreie und Tränen' aus. Er konnte seinen eigenen Augen und Ohren kaum glauben. Er ging hin und stand ganz nahe bei ihr und beobachtete jedes Symptom, bis große Schweißtropfen über ihr Gesicht liefen und all ihre Gebeine zitterten. Er wußte nicht, was er denken sollte, da er nun klar überzeugt wurde, daß es nicht Betrug war, noch irgendeine natürliche Störung. Als aber ihre Seele wie ihr Leib in einem Augenblick geheilt wurden, erkannte er den Finger Gottes.«[80]

Grinker und Spiegel berichten:

»Die Stumpfen werden wach und beweglich, die Stummen können sprechen, die Tauben hören, die Gelähmten sind imstande, sich zu bewegen, und aus den angstgejagten Psychotikern werden wohlgeordnete Individuen.«

Auch Wesley kann sagen:

»Ich will ihn euch zeigen, der ein Löwe war bis dahin und ist jetzt ein Lamm; der ein Trunkenbold war und ist nun vorbildlich nüchtern; den Hurenjäger von einst, der jetzt selbst ‚das vom Fleisch befleckte Gewand' verabscheut.«

Der Hauptunterschied liegt in den Erklärungen, die für die gleichen eindrucksvollen Erfolge gegeben werden. Wesley und seine Anhänger schrieben das Phänomen dem Eingreifen des Heiligen Geistes zu: »Es ist des Herrn Werk, und es ist wunderbar in unseren Augen.« Grinker und Spiegel andererseits glauben, daß ihre Erfolge die Richtigkeit der Freudschen Theorien beweisen, an denen sie selbst festhalten. Wie später gezeigt werden soll, können in den primitivsten wie in den höchst zivilisierten Kulturen aus religiösen Heilmethoden und Bekehrungstechniken fast identische physiologische und psychologische Erscheinungen resultieren. Sie können als überzeugende Beweise für die Wahrheit jeder beliebigen religiösen oder weltanschaulichen Überzeugung angeführt werden. Da diese Überzeugungen aber häufig logisch unvereinbar miteinander sind und die Gleichheit der physiologischen und psychologischen Erscheinungen, die durch ihre Anrufung produziert werden, das einzige ist, was sie gemeinsam haben, stehen wir einem mechanischen Prinzip gegenüber, das die sorgfältigste Prüfung verdient.

So wie wir bisher Pawlows Versuche an Hunden gewählt hatten, um eine Seite unseres Problems zu illustrieren und die Kriegsneurosen des zweiten Weltkrieges zur Illustration einer anderen, so wollen wir jetzt John Wesleys Methoden und Ergebnisse als typisch für eine wirksame und sozial wertvolle religiöse Situation heranziehen. Niemand kann die religiöse Wirksamkeit und den sozialen Wert dieser Methoden und ihre Ergebnisse anzweifeln. Wesleys Predigten bekehrten Tausende von Menschen und er errichtete ein wirkungsvolles System, diesen Überzeugungen auch Dauer zu verleihen.

Harold Nicolson schrieb 1955:

»Und schließlich trat ein genialer Erneuerer in der Person von John Wesley auf den Plan. Als Wesley im Jahre 1791 starb, kehrte England für kurze Zeit wieder zu heidnischen Zuständen zurück. Die Kirche sank fast auf ein Niveau, wie es im Jahre 1736 Ziel der Anklagen Bischof Butlers gewesen war... Bischof Butler sah nicht voraus, eine wie große Flamme nur kurze Zeit danach John Wesley anzünden würde, noch daß nach vorübergehender Reaktion die evangelische Richtung aus Wesleys Hand eine Fackel erhalten würde, die mehr denn achtzig Jahre rauchen und flackern sollte.«[81]

Es wird heute ganz allgemein zugegeben, daß Wesley eine große Anzahl durchschnittlicher Engländer dahin brachte, weniger über ihr materielles Wohlergehen als über ihre geistige Erlösung nachzudenken, und sie so in der kritischen Zeit der Französischen Revolution gegen die gefährlichen materialistischen Lehren eines Tom Paine feite. Der machtvolle Einfluß der methodistischen Erweckung ist in England noch heute in der Form eines »nonkonformistischen Gewissens« allgegenwärtig. Außerdem waren es die Nachfahren der Leute, die diese mächtige religiöse Bewegung in England unterstützten, die später zu Pionieren der großen Trade-Union-Bewegung unserer Tage wurden.

Das achtzehnte Jahrhundert hielt sich, ähnlich wie das zwanzigste, für ein »Zeitalter der Vernunft«. Man schätzte den Intellekt tatsächlich viel höher ein als das Gefühl, wenn es sich darum handelte, Denk- und Verhaltensgewohnheiten vorzuschreiben. Wesleys großer Erfolg aber beruhte auf seiner Entdeckung, daß derartige Gewohnheiten am leichtesten durch heftige Angriffe auf die Gefühle eingeimpft oder auch ausgelöscht werden konnten. Die meisten wesleyanischen Geistlichen geben heute zu, daß die detaillierten Berichte seiner Bekehrungen sie verwirren. Sie verschließen ihre Augen vor der unerhörten Macht, die noch heute in der von ihm verwendeten Technik latent schlummert. Alle Anzeichen weisen darauf hin, daß es keine neue protestantische Erweckung geben kann, solange die Politik des fast ausschließlichen Appells an die erwachsene Intelligenz und Vernunft fortgesetzt wird und solange die Führer der Kirche nicht damit einverstanden sind, den emotionalen Mechanismus des normalen Menschen mehr auszunutzen, um alte Verhaltensweisen niederzubrechen und neue einzupflanzen.

Wesleys eigene Bemühungen als Prediger waren relativ wirkungslos, bis bei einem Meeting in Aldersgate Street im Jahre 1738 sein eigenes Herz »sonderbar erwärmt« wurde. Vorher hatte er sich in einem Zustand schwerer seelischer Depression an Peter Böhler, einen moravischen Missionar, gewandt, nachdem er als völliger Versager als Priester der neugegründeten Kolonie Georgia von dort zurückgekehrt war. Bis dahin hatte er immer geglaubt, daß die geistige Erlösung nur durch gute Werke erreichbar sei, im Gegensatz zum Glauben allein. Seine plötzliche Bekehrung verwandelte ihn in einen Menschen, der den Glauben über alles stellt, und machte es ihm möglich, alle seine Ängste zu überwinden. In seinem Bruder Charles, der mit ihm in Georgia gewesen war, fand er einen plötzlichen Verbündeten. Auch ihn hatte Peter Böhler zu wandeln versucht. Charles litt ebenfalls an einer akuten seelischen Depression, die sowohl durch seine eigenen Erlebnisse in Georgia wie durch physische Schwäche und einen zweiten Anfall von Rippenfellentzündung ausgelöst worden war. Die plötzliche Bekehrung der beiden Brüder zur Überzeugung von der Gewißheit der Erlösung durch den Glauben statt durch gute Werke, die mit nur drei Tagen Abstand erfolgte, wird vermutlich in einem von Charles Wesleys berühmten Kirchenliedern dargestellt:

> In Ketten lag mein Geist so lang,
> Sünd und Natur hielt ihn in Nacht.
> Ein belebender Strahl deinem Auge entsprang,
> Licht flammte um mich, daß ich erwacht'.
> Die Fessel fiel vom Herzen mir,
> Auf stand ich, ging, und folgte Dir.[82]

Wahrscheinlich wird es dem heutigen Leser einigermaßen schwerfallen, die damalige unerhörte Wichtigkeit des religiösen Problems zu realisieren, das Peter Böhler den Brüdern Wesley zu lösen half. Den Glauben vor die guten Werke zu stellen, bedeutete eine völlige Umorientierung ihrer religiösen Einstellung; es war ein so radikaler Wechsel, wie es heute ein Übertritt von der politisch konservativen Front zum Kommunismus wäre.

Zur Technik der religiösen Bekehrung

Nachdem sich John Wesley einmal an die neuen Denkformen gewöhnt hatte, machte er sich daran, sie anderen einzuimpfen. Mit der Hilfe seines Bruders Charles, dessen Hymnen sich mehr an die religiösen Gefühle als an die Intelligenz wendeten, stieß er auf eine außerordentlich wirksame Bekehrungstechnik — eine Technik, die nicht nur in vielen anderen erfolgreichen Religionen zur Anwendung gelangte, sondern auch im modernen politischen Kampf.

Zuerst einmal rief Wesley bei den möglicherweise zu Bekehrenden hohe emotionelle Spannungen hervor. Es erwies sich als leicht, in jener Epoche große Zuhörermengen davon zu überzeugen, daß sie notwendig zum ewigen Höllenfeuer verdammt würden, falls sie es versäumten, Erlösung zu erlangen. Aufs nachdrücklichste wurde dann darauf gedrungen, den Ausweg aus diesem grausigen Schicksal augenblicklich zu ergreifen, da jeder, der die Versammlung »unverwandelt« verließe und noch vor der Annahme seiner Erlösung einen plötzlichen tödlichen Unfall erlitte, geradewegs in den Feuerofen gelange. Dies Gefühl der Dringlichkeit erhöhte noch die herrschende Angst, die, mit zunehmender Anfälligkeit gegenüber Suggestionen, die ganze Gruppe anstecken konnte.

Die Angst vor der ewigen Höllenstrafe, die Wesleys eigenem Denken so real erschien wie die Häuser und Felder, wo er predigte, beeindruckte das Nervensystem seiner Hörer weitgehend ebenso, wie die Furcht vor dem Ertrinken Pawlows Hunde bei der Überschwemmung von Leningrad beeinflußt hatte. Monsignore Ronald Knox zitiert den nachfolgenden autobiographischen Bericht John Nelsons (später einer der tüchtigsten Offiziere Wesleys) über seine eigene Bekehrung:

»Sobald er (Wesley) das Rednerpult betrat, strich er das Haar zurück, wandte sein Gesicht dahin, wo ich stand, und richtete, so schien mir, seine Augen fest auf mich. Sein Ausdruck flößte mir solch einen furchtbaren Schrecken ein, noch ehe ich ihn reden hörte, daß mein Herz wie ein Uhrpendel zu hämmern begann, und als er sprach, glaubte ich, seine ganze Rede richte sich an mich.«[83]

Die Angst vor der Höllenstrafe

Wesley lernte bald, daß er, um eine Zuhörerschaft zu fesseln, erst ihr intellektuelles und emotionales Fassungsvermögen abschätzen mußte. Er berichtet von einer Reise durch Irland im Jahr 1765:

»Ich ritt nach Waterford und predigte in einem kleinen Hof über ‚Unseren großen Hohenpriester, der in die Himmel erhoben wurde'. Aber ich stellte bald fest, daß ich für die meisten meiner Zuhörer zu hoch war: ich hätte über den Tod oder das Gericht sprechen sollen. Am Dienstagabend paßte ich meine Rede der Zuhörerschaft an ... und tiefe Aufmerksamkeit stand auf fast jedem Gesicht.«[84]

Er füllt sein Tagebuch mit tagtäglichen Notizen über die Erfolge seiner Predigten. So etwa:

»Während ich sprach, fiel einer vor mir nieder, als wäre er tot, und alsbald ein zweiter und dritter. Fünf weitere sanken in einer halben Stunde nieder, die meisten in heftiger Agonie. Die ‚Qualen der Hölle kamen über sie, das Schnauben des Todes überwältigte sie'. In ihren Bedrängnissen riefen wir den Herrn an, und er gab uns eine Botschaft des Friedens. Einer lag fast eine ganze Stunde weiter in starkem Schmerz und ein oder zwei andere drei Tage lang, aber die übrigen wurden in dieser Stunde hoch getröstet und gingen fort in Freude und lobten Gott.«

Wesley berichtet auch:

»Um zehn Uhr morgens etwa wurde J. C., als sie bei der Arbeit saß, plötzlich von schmerzlichen Seelenängsten ergriffen, begleitet von starkem Zittern. So ging es den ganzen Nachmittag; aber bei der Versammlung am Abend wandte Gott ihre Beschwernis in Freude. Auch fünf oder sechs andere wurden den Tag ins Herz getroffen und fanden bald danach *Ihn*, dessen Hände heil machen; wie auch eine, die viele Monate in Traurigkeit gewesen war, ohne daß sie getröstet werden konnte.«[85]

Das geschah in Bristol; aber im Gefängnis von Newgate, wo viele, die ihn predigen hörten, bald danach durch öffentliches Erhängen sterben sollten, war seine Botschaft, was ganz natürlich schien, sogar noch wirkungsvoller:

Zur Technik der religiösen Bekehrung

»Alsogleich sank eine und noch eine und noch eine zur Erde. Sie fielen auf allen Seiten, wie vom Blitz gefällt. Eine von ihnen schrie laut. Wir flehten zu Gott um ihretwillen, und er wandte ihre Beschwernis in Freude. Eine zweite lag in der gleichen Todesnot, und auch für sie riefen wir zu Gott, und er sandte Frieden in ihre Seele... Eine war so verwundet vom Schwert des Geistes, daß du glauben mochtest, sie könnte keinen Augenblick länger leben. Aber alsogleich zeigte sich Seine überströmende Güte, und sie sang laut von Seiner Gerechtigkeit.«[86]

Aber bei solchen Predigtmethoden genügt es nicht, frühere Verhaltensweisen durch emotionale Angriffe auf das Gehirn zu erschüttern; man muß auch einen Ausweg aus der verursachten Spannungsbelastung schaffen. Das höllische Feuer wird nur als Ergebnis der Ablehnung des Angebotes ewiger Erlösung durch den Glauben dargestellt. Emotional durch diese Drohung erschüttert und dann errettet von der ewigen Qual durch eine völlige Wandlung des Herzens, ist der Bekehrte nun in einem Zustand, in dem ihm durch die beharrliche Einprägung der komplementären Botschaft der Liebe geholfen werden kann. Die Strafe für einen Rückfall aus dem Stande der Gnade muß stets im Bewußtsein gehalten werden; aber hat die Bekehrung erst einmal stattgefunden, dann kann Liebe statt weiterer Angst dazu verwendet werden, den Gewinn zu festigen. Am 20. Dezember 1751 schreibt Wesley:

»Ich glaube, die richtige Methode zu predigen ist diese: Bei unserem ersten Predigtbeginn an jedem Ort, nach einer allgemeinen Erklärung der Liebe Gottes zu den Sündern und Seiner Bereitschaft, sie zu erretten, in der stärksten, der nahegehendsten, der eindringlichsten Weise, die nur möglich ist, das Gesetz[87] zu predigen. Wenn mehr und mehr Personen sich ihrer Sünden bewußt sind, können wir mehr und mehr von der Heilsbotschaft beimengen, um Glauben zu erzeugen, um die zum geistigen Leben zu erheben, die das Gesetz geschlagen hat. Ich würde nicht raten, das Gesetz ohne die Heilsbotschaft zu predigen, ebensowenig wie die Botschaft ohne das Gesetz. Zweifellos sollten beide zu ihrer Zeit gepredigt werden, ja, beide zugleich oder beide in einem. All die göttlichen Versprechungen unter bestimmten Bedingungen sind Beispiele dafür. Sie sind Gesetz und Heilsbotschaft, zusammen vermengt.«[88]

Auch die politische Gehirnwäsche eröffnet neue Heilswege, nachdem Furcht, Zorn und andere heftige Gefühle erregt wurden, um die alten bourgeoisen Denkformen zu erschüttern und zu zerstören. Wird das kommunistische Evangelium akzeptiert, so kann auch hier Liebe an Stelle der Furcht treten. Schwere Strafen aber erwarten den Rückfälligen, der der Lehre wieder untreu wird und von ihr abweicht.

Wie es Pawlows experimentelle Entdeckungen bei Hunden und wie es die Erfahrungen mit Kriegsneurosen erwarten lassen, bestand die Wirkung einer zu starken positiven oder negativen emotionalen Beteiligung an Wesleys Predigten in einer deutlichen Zunahme der Wahrscheinlichkeit, bekehrt zu werden. Es geschah häufig, und völlig unerwartet für die betreffende Person, daß sie auf dem Gipfel ihrer durch die Vorgänge erregten Empörung und ihres Ärgers ganz plötzlich zusammenbrach und jede von ihr geforderte Überzeugung akzeptierte. Denn es wurde ja schon in früheren Kapiteln nachgewiesen, daß Zorn, ebenso wie Angst, Störungen der Hirnfunktion verursachen kann, die einen Menschen in hohem Grade für Suggestionen zugänglich machen und seine bedingten Verhaltensweisen umkehren, ja selbst die »kortikale Tafel« völlig reinfegen können.

So berichtet Wesley am Sonntag, dem 1. Juli 1739:

»Die erste, die tief berührt war, war L. W., deren Mutter einen oder zwei Tage zuvor nicht wenig verstimmt war, als sie erfuhr, wie ihre Tochter sich vor der ganzen Gemeinde bloßgestellt hatte. Die Mutter selbst war dann die nächste, die niederfiel und im Augenblick das Bewußtsein verlor, aber heimging mit ihrer Tochter voll Freude, wie die meisten von denen, die in Schmerzen gewesen waren.«

Und am 30. Juli 1739:

»Eine von diesen hatte auffällig gegen jene geeifert, die geschrien hatten und Lärm verursachten, und war sicher, daß ein jeder das unterlassen könne, wenn er nur wolle. Und der gleichen Meinung war sie noch immer, bis zum Augenblick, wo sie durchschlagen wurde wie mit einem Schwert und zitternd zu Boden sank. Dann schrie sie laut, wenngleich nicht artikuliert, da ihre Worte verschluckt wurden. In solchem Schmerz blieb sie 12 oder 14 Stunden, und dann wurde ihre Seele befreit.«

Diese Erscheinungen waren am verbreitetsten, als Wesley im Anschluß an seine eigene Bekehrung zu predigen begann und zu Versammlungen sprach, die noch nicht an seine Methoden gewöhnt waren. Aber er berichtet darüber mehr als 20 Jahre später, noch immer überzeugt davon, daß die »Heiligung«, um wirksam zu sein, plötzlich und dramatisch sein müsse. Ursprünglich hatte er diese Theorie, als Peter Böhler sie vorschlug, abgelehnt, aber beim Wiederdurchlesen seines Neuen Testamentes stellte er fest, daß die wirksamen Bekehrungen, von denen dort berichtet wurde, plötzlich aufgetreten waren.

Wesley machte sich die Mühe, seine Erfolge wissenschaftlich zu überprüfen:

»Allein in London fand ich 652 Mitglieder unserer Gesellschaft, die außerordentlich klar in ihrem Erleben waren und deren Zeugnis zu bezweifeln ich keine Ursache sehe. Und ein jeder von diesen (ohne eine einzige Ausnahme) hat erklärt, daß seine Befreiung von Sünde eine augenblickliche war; daß die Veränderung in einem Moment bewirkt wurde. Hätte die Hälfte von ihnen oder ein Drittel oder einer unter 20 erklärt, daß sie bei *ihnen allmählich* bewirkt wurde, so hätte ich das, in Hinsicht auf *diese*, geglaubt und wäre der Meinung gewesen, daß manche allmählich und andere augenblicklich geheiligt werden. Aber da ich in einem so langen Zeitraum nicht eine einzige Person gefunden habe, die so spricht, so kann ich nicht anders als glauben, daß die Heiligung gewöhnlich, wenn nicht immer, ein Werk des Augenblickes ist.«[89]

Das bedeutet natürlich nicht, daß der »Heiligung« nicht eine Periode intensiver Angst, Niedergeschlagenheit, Zweifel und Unentschiedenheit vorangegangen wäre, häufig verstärkt durch körperliche Schwäche auf Grund mannigfacher Ursachen. Derartige »Erweichungs«-Prozesse können alle zu den Störungen der Hirnfunktion beitragen, die auftreten, wenn die Spannungsbelastungen zu groß werden und ein Schutzmechanismus einzusetzen beginnt. Wesleys Appell richtete sich am erfolgreichsten an die Armen und Unerzogenen, aber wir lesen auch in einem Bericht aus dem Jahr 1742:

»Ich konnte nicht umhin zu beobachten, daß hier die sogenannten allerbesten Leute so tief überzeugt waren wie offensichtliche Sünder. Einige unter ihnen waren gedrängt, aus Unruhe ihrer Herzen laut zu schreien, und dies im allgemeinen keine Jungen (wie in den meisten anderen Orten), sondern entweder von mittlerem Alter oder weit fortgeschritten in Jahren.«

1758 begann ein mächtiger Erweckungsfeldzug in Everton. Die Landarbeiter aus Cambridgeshire sind keineswegs eine leicht erregbare Gruppe. Aber der Reverend John Berridge war zufällig ebenfalls auf die Grundmechanismen des plötzlichen Bekehrungsvorganges gestoßen. Wenngleich seine religiösen Verleumder an der nahe gelegenen Universität von Cambridge ihm vorwerfen, er habe seine Zuhörerschaft ermahnt: »Fallt! Wollt ihr nicht fallen! Warum fallt ihr nicht? Besser hier fallen, als in die Hölle fallen!«, so hatte er doch keine Hemmungen, den finalen Kollapszustand bei seinen Bekehrten herbeizuführen, denn die Zahl der »Seufzenden, Stöhnenden, Niederstürzenden und Krampfbefallenen« erregte auch an der Universität Bestürzung. Charles Smyth zitiert in »Simeon and Church Order« Berridges schriftliche Äußerung:

»Und nun laßt mich eine Überlegung anstellen. Sechs Jahre lang predigte ich in einer früheren Kirchengemeinde sehr ernsthaft von der Heiligung und brachte doch niemals Einen zu Christum. Das gleiche tat ich zwei Jahre lang in dieser Gemeinde, ohne irgendwelchen Erfolg, aber sobald ich Jesus Christus predigte und den Glauben an sein Blut, traten beständig Gläubige der Kirche bei; und dann strömten Menschen aus allen Gegenden zusammen, dem erhabenen

Zur Technik der religiösen Bekehrung

Klang des Evangeliums zu lauschen, wobei manche sechs Meilen weit kamen, andere acht und andere zehn und das andauernd...«

Berridge sagte ihnen »... sehr deutlich, daß sie Kinder des Zorns seien und unterm Fluch Gottes, obgleich sie's nicht wüßten; ... bemühte sich, die Selbstgerechtigkeit niederzubrechen; bemühte sich, ihnen zu zeigen, daß sie alle in verlorenem, verdammtem Stande seien und daß nichts sie aus diesem Zustand erheben und zu Kindern Gottes machen könne als der Glaube in den Herrn Jesus Christus.«[90]

Durch diese Methode, schreibt Southey, »brachte dieser Mann einen heftigeren Ausbruch von Fanatismus zustande, als je auf die Predigten Whitfields oder Wesleys gefolgt war.«[91]

Manche Leute neigen dahin, das Gewicht psychologischer Faktoren, emotionaler Zweifel, körperlicher Schwäche und dergleichen bei religiösen Bekehrungen zu verkleinern, sie aber zu betonen, wo es sich darum handelt, die Opfer politischer Bekehrung, die in gleicher Weise bewerkstelligt wurde, zu entschuldigen. Aber auch eine erfolgreiche »Gehirnwäsche« erfordert die Erregung starker Gefühle, und diese brauchen keine bestimmte Beziehung zu dem neuen Glauben zu haben, vorausgesetzt, sie sind erschütternd genug. So beschreibt zum Beispiel Arthur Koestler in seinem »Pfeil ins Blaue«[92] seine Konversion zum kämpferischen Kommunismus mit folgenden Worten:

»Obwohl ich dem aktiven Kommunismus seit über einem Jahr immer näherrückte, kam der Entschluß, der Partei beizutreten, wieder auf plötzliche und unvermutete Weise... Der Anlaß, der diesmal den Ausschlag gab, war profanerer Natur. Genaugenommen handelte es sich um eine Serie grotesker Ereignisse, die sich an einem Dezemberabend des Jahres 1931 abspielten.«

Koestler erklärt dann, wie er an einem Samstagnachmittag ausging, um seinen Wagen aus einer Garage abzuholen, wo er fast drei Wochen lang zur Reparatur gewesen war. Glücklich, ihn wiederzuhaben, fuhr er direkt zu der Wohnung eines Freundes, wo eine Pokerpartie in Gang war. Koestler pokerte gerne, war nicht allzu geschickt, verlor aber selten viel. An jenem Nachmittag aber verlor er einen Betrag, der mehreren Monatsgehältern entsprach — beträchtlich mehr, als er sich leisten konnte.

»Niedergeschlagen fuhr ich zur Abendgesellschaft einer radikalen Bohemeclique, wo ich mich, wie es unter diesen Umständen zu erwarten war, prompt betrank. Die Gesellschaft dauerte bis zwei oder drei Uhr früh; ich vergaß, daß ich kein Frostschutzmittel im Kühler hatte, und merkte nicht, daß es draußen sehr kalt geworden war. Als ich zu meinem neureparierten Auto zurückkehrte, hing ein dicker Eiszapfen aus einem der geborstenen Zylinderköpfe — ein Anblick, der jeden Autofahrer, auch wenn der Wagen nicht ihm gehört, zum Weinen bringen muß.«

Aber es sollte noch schlimmer kommen:

»Gerührt durch mein Mißgeschick, bot mir eine der anwesenden jungen Damen, die mir stets auf die Nerven gegangen war, die Gastfreundschaft in ihrer benachbarten Wohnung an, was wiederum zu den Konsequenzen führte, die unter diesen Umständen zu erwarten waren. Ich erwachte am nächsten Morgen in einem erbarmungswürdigen Zustand der Selbstvorwürfe, der Angst und Schuld — verkatert, bankrott, mit einem kaputten Wagen, neben einer Person, die ich nicht mochte.«

Koestler bemerkt dazu:

»In meiner Erfahrung ist die ‚Sprache des Schicksals' oft in recht vulgäre Wendungen gekleidet. Die Serie grotesker Mißgeschicke an jenem Samstagabend sah ganz so aus, als sei sie von einem derben Spaßvogel in Szene gesetzt worden; aber das Gesicht eines Clowns, das sich nahe über dich beugt, kann sehr erschreckend wirken. Als ich in meine Wohnung zurückkehrte, stand der Entschluß in mir fest: doch nicht so, als habe ich ihn gefaßt — er hatte sich selbst gemacht. Ich ging in meinem Schlafzimmer auf und ab, und es war mir, als schaute ich von einer Höhe auf den Weg, den ich gegangen war. Ich sah mich mit kalter Klarheit als einen Poseur und Schwindler, der in großen Tönen über die Revolution redet, welche die Welt aus den

Angeln heben soll, dabei aber das Dasein eines bürgerlichen Karrierejägers führt, die wurmstichige Leiter des Erfolges hinaufklettert, Poker spielt und in ungesuchten Betten landet.«

Die Grundformen von Koestlers Leben änderten sich vollständig, und er blieb ein loyaler Kommunist, bis er sechs Jahre später eine ebenso intensive Rückkonversion erlebte. In dem Buch »Der Gott, der keiner war«[93] kann man beobachten, wie dieses Phänomen im Anschluß an eine Serie emotionaler Schocks eintrat, die Koestler durchmachte, als er während des Spanischen Bürgerkriegs gefangengenommen und eingekerkert wurde.

»Die für diesen Wandel verantwortlichen Erlebnisse waren Furcht, Mitleid, und ein drittes Element, das sich viel schwerer beschreiben läßt. Meine Furcht galt nicht dem Tode an sich, sondern den demütigenden, unerfreulicheren Formen des Sterbens... Das dritte Erlebnis schließlich war ein Geisteszustand, den man gewöhnlich mit Ausdrücken aus dem Sprachschatz des Mystizismus belegt, und der sich ganz unerwartet einzustellen und mich mit einem inneren Frieden zu erfüllen pflegte, wie ich ihn nie zuvor gekannt hatte und auch später nie wieder erlebte.«

In der »Geheimschrift«[94] sagt Koestler:

»An dem Tag, an dem Sir Peter und ich verhaftet wurden, glaubte ich dreimal, daß meine Verhaftung unmittelbar bevorstünde... Bei allen drei Anlässen ist mir das bekannte Phänomen des gespaltenen Bewußtseins zu Hilfe gekommen — eine traumähnliche, halbbetäubte Selbstentfremdung, die das bewußte Ich von dem agierenden trennt, so daß das erstere zum unbeteiligten Zuschauer wird, das letztere ein Automat; dabei summt es einem in den Ohren wie in einer leeren Seemuschel...

Viel schlimmer war ein anderer Zwischenfall an dem gleichen Tag: Ich wurde für das Verbrecheralbum photographiert und mußte dazu mit gefesselten Händen an einer Wand stehen, inmitten einer feindlichen Menschenmenge.«

Dieses letzte Vorkommnis hatte Platzangstgefühle wachgerufen, die der Autor während eines chirurgischen Eingriffs in der Kindheit erlebt hatte. Er berichtet:

»Das, zusammen mit den Ereignissen des gleichen Tages und der drei darauffolgenden Tage mit ihren Massenexekutionen, hatte offenbar eine Auflockerung und Umlagerung psychischer Schichten zur Folge — eine Lockerung der Widerstände und Umordnung der seelischen Struktur, die dadurch vorübergehend einer neuen Art des Erlebens, die ich gleich beschreiben werde, zugänglich wurde.«

Diese klinischen Beobachtungen werden noch interessanter, wenn Koestler nun in nicht-religiösen Ausdrücken die gleiche Art mystischer Erlebnisse darstellt, wie sie die Literatur der religiösen Bekehrung erfüllen. Tatsache ist, daß die mystischen Erlebnisse, wie plötzliche Bekehrungen, nicht immer nur rein religiösen Einflüssen und Spannungen entspringen; manchmal können sie durch mechanische Mittel erzeugt werden — wie etwa durch Meskalin, Äther und Lachgas.

Koestlers detaillierte Berichte von seinen beiden Konversionen und den quasi-mystischen Erlebnissen, die die zweite begleiteten, zeigen, wie verschiedenartig die physiologischen und emotionalen Spannungsbelastungen sind, die Konversionen fördern können. Bei ihm waren es ein schwerer alkoholischer Kater, eine unerfreuliche sexuelle Begegnung, ein ruinierter Wagen, ein peinlicher finanzieller Verlust; Bürgerkrieg, Gefangennahme, Drohung des plötzlichen Todes durch Erschießen und das Wiederauftauchen einer Kindheitspanik. In jedem Falle häuften sich die neuen Sorgen auf die alten, bis sich ihr kombiniertes Gewicht vielleicht als zu schwer für sein Nervensystem erwies und offenbar ein Wechsel in den Grundformen der Gehirnfunktion eintrat.

Man sollte Koestlers »Geheimschrift« lesen, um sich ein Bild von seinen nicht-religiösen mystischen oder traumartigen Erlebnisformen im Gefängnis zu machen:

»Dann wurde mir, als glitte ich, auf dem Rücken liegend, in einen Fluß des Friedens unter Brücken des Schweigens. Ich kam von nirgendwo und trieb nirgendwo hin. Dann war weder der Fluß mehr da noch ich. Ich hatte aufgehört, zu sein ... Die Rückkehr zu einer niedrigeren Rangstufe der Wirklichkeit geschah so allmählich wie das Aufwachen aus einer Narkose ... Ich wußte nie, ob das Erlebnis ein paar Minuten oder eine Stunde gedauert hatte. Am Anfang ereignete sich das zwei- oder dreimal in der Woche, dann wurden die Pausen länger. Ich konnte es nie willentlich herbeiführen. Nach meiner Befreiung trat es nach noch größeren Pausen auf, etwa ein- bis zweimal im Jahr. Da waren die Grundlagen für einen Wechsel der Persönlichkeit aber bereits gelegt.«

Derartige Erlebnisse können durch die verschiedensten Spannungsbelastungen des Gehirns hervorgerufen werden. Und mehr noch: Die Gefühle göttlicher Besessenheit und die daran anschließenden Bekehrungen zu einer religiösen Überzeugung können durch die Anwendung vieler Arten von physiologischen Reizen gefördert werden. Es sollte z. B. viel allgemeiner bekannt sein, daß elektrische Aufzeichnungen der Hirntätigkeit beweisen, daß dieses Organ unter anderem ganz besonders empfindlich gegenüber einer rhythmischen Reizung durch Klopfen und helles Licht ist, und daß bestimmte Tempi des Rhythmus nachweisbare Abweichungen der Hirnfunktion und explosive Spannungszustände erzeugen können, die hinreichen, um bei prädisponierten Subjekten sogar Krampfanfälle auszulösen. Man kann bestimmte Menschen dazu bringen, nach solchem Rhythmus zu tanzen, bis sie erschöpft zusammenbrechen. Außerdem ist es leichter, die normale Hirnfunktion zu desorganisieren, wenn man das Hirn gleichzeitig mit Hilfe mehrerer starker Rhythmen, die in unterschiedlichen Tempi gespielt werden, attackiert. Das führt entweder schnell – nämlich beim schwachen Hemmungstyp – oder nach einer längeren Erregungsperiode – beim stark erregbaren Typ – zur Schutzhemmung.

Rhythmisches Trommeln findet man überall auf der Erde bei den Festen und Zeremonien vieler primitiver Religionen. Auch die damit einhergehende Erregung und das Tanzen werden bis zu dem gleichen

Punkt getrieben, in dem der körperliche und emotionale Zusammenbruch einsetzt.[95] Oft werden Alkohol und andere Drogen benutzt, um die Erregung des religiösen Tänzers zu steigern, und auch das beschleunigt den Zusammenbruch, wonach Gefühle der Befreiung von Sünden und schlechten Neigungen sowie die Empfindung eines neuen Lebensbeginns auftreten können. In solchen Momenten kommt es oft zur Überzeugung von einer göttlichen Besessenheit oder zu mystischen Trancezuständen, die im wesentlichen dem gleichen, was so viele christliche und andere Heilige in überfüllten Gefängniszellen oder unterm Martyrium erlebten oder was Koestler widerfuhr, als er erwarten mußte, von den Leuten Francos erschossen zu werden.

Der Vudu-Kult in Haiti zeigt, wie leicht es ist, die Zugänglichkeit für Suggestionen zu steigern, indem man das Gehirn schweren physiologischen Spannungsbelastungen unterwirft. Der Vudu-Kult hat zahlreiche Gottheiten oder *Loas;* manche sind ursprünglich afrikanische Stammesgötter, die durch Sklaven nach Westindien gelangten; andere sind christliche Heilige, die anzurufen katholische Priester die Sklaven später lehrten. Die Loas sollen herabsteigen und Gewalt über Menschen gewinnen können, besonders während diese nach dem Rhythmus der Trommeln tanzen. Der Besessene benimmt sich dann so, wie sich die betreffende Gottheit benehmen würde, wobei die verschiedenen Gewohnheiten der Loas traditionell festgelegt sind. Ähnlich wie Soldaten, die weiterkämpfen, nachdem sie durch eine Explosion zeitweilig betäubt waren, oder Fußballspieler, die in den ersten Phasen eines aufregenden Spiels einen Schlag auf den Kopf einsteckten, haben die Besessenen, wenn sie nach einer Stunde oder mehr wieder zu sich kommen, keine Erinnerung an das, was für andere wie eine intelligente und konsequente Handlungsweise aussah.

Die Tatsache, daß Männer und Frauen durch das Vudu-Trommeln in einen Zustand gesteigerter Suggerierbarkeit versetzt werden, beweist die Macht solcher Methoden. Obwohl offensichtlich unbewußt, führen sie sich bis in Einzelheiten so auf, wie es von der bestimmten Gottheit erwartet wird, von der sie sich besessen glauben. Ein Vudu-Priester erhöht die Erregung und Suggerierbarkeit noch, indem er Stärke und Rhythmus der Trommeln ändert, wie ich das selbst auch bei einem religiösen Schlangenberührungs-Kult in den Vereinigten Staaten beobachtet habe. Der Priester benutzte Tempo und Stärke des Gesangs und des Händeklatschens, um die religiöse Begeisterung zu steigern. Am Ende wurde die emotionale Krise dadurch herbeigeführt, daß den Gläubigen lebendige Giftschlangen in die Hände gelegt wurden. In beiden Fällen können die Teilnehmer nach einem terminalen Kollaps in Bewußtlosigkeit mit dem Gefühl der geistigen Wiedergeburt erwachen.

1949 ging Maya Deren mit einem Stipendium der Guggenheim-Stiftung nach Haiti, um die dortigen Tänze zu erforschen und zu filmen.

In dem Buch »Divine Horsemen« (Göttliche Reiter)[96] hat sie einen detaillierten Bericht über die physiologischen und psychologischen Auswirkungen des Trommelns auf ihr eigenes Gehirn gegeben, die bei ihr zu einer scheinbaren Besessenheit durch Erszulie, die Göttin der Liebe, führten. Sie erzählt, wie die Trommeln allmählich unkontrollierbare Körperbewegungen veranlaßten, bis sie als Höhepunkt das Herannahen der Besessenheit erlebte:

»Mein Schädel ist eine Trommel, jeder große Schlag treibt dies Bein, wie einen Pfahl, in den Boden. Das Singen ist direkt an meinem Ohr, ist innen in meinem Kopf. Dieser Ton wird mich ertränken... Warum hören sie nicht auf? Warum hören sie nicht auf? Ich kann das Bein nicht frei bekommen. Ich bin gefangen in diesem Zylinder, diesem tönenden Brunnen. Da ist nirgendsmehr etwas außer diesem. Da ist kein Weg hinaus. Die weiße Dunkelheit steigt in den Venen meines Beines auf, wie eine schnell steigende Flut, steigend, steigend; ist eine große Kraft, die ich nicht unterdrücken kann, die sicherlich meine Haut sprengen wird. Sie ist zu viel, zu hell, zu weiß für mich; das ist ihre Dunkelheit. ‚Gnade!' rufe ich tief in mir. Ich höre das Echo der Stimmen, schrill und unirdisch: ‚Erszulie'. Die strahlende Dunkelheit flutet aufwärts durch meinen Körper, erfaßt meinen Kopf, nimmt mich auf. Ich werde zugleich hinabgesogen und nach oben geschleudert. Das ist alles.«

Sie versucht auch einige der seltsamen Gefühle und Eindrücke zu übermitteln, die sie überkamen, während sie in einem Trancezustand in der Säulenhalle des Vudu-Versammlungshauses tanzte, wobei sie sich so benahm, wie das von der Göttin Erszulie bei solchen Gelegenheiten erwartet wird.

»Wenn die Erde eine Kugel ist, dann ist der Abgrund unter ihr auch ihr Himmel. Und der Unterschied zwischen ihnen ist nur der Unterschied der Zeit, der Zeit, in der die Erde sich dreht.«

Solche Gefühle sind, in gewöhnlicher Sprache ausgedrückt, für Leser, die niemals durch unerträgliche nervöse Belastung verursachte paradoxe und ultraparadoxe Phasen der Hirntätigkeit erlebt haben, unbegreiflich und sogar unsinnig: »Weiße Dunkelheit« zum Beispiel hat für sie ebensowenig vernünftigen Sinn wie die intensive mystische Freude, die durch Geißelung erregt wird.

Maya Deren genoß beim Erwachen aus der Entrückung Gefühle einer geistigen Wiedergeburt:

»Wie klar die Welt aussieht in diesem ersten vollständigen Licht! Wie ganz nur Form, ohne, in diesem Augenblick, den Schatten einer Bedeutung... Wie die Seelen der Toten, so bin auch ich zurückgekommen. Ich bin wiedergekehrt.«

Diese Erlebnisse, die ihre Zukunftspläne wie ihre Ansichten über Vudu umstießen, zeigen auch deutlich, was einem Menschen geschehen kann, der den Versuch macht, sich diesen mechanischen Prozessen durch zuviel Aufwand an Willenskraft zu widersetzen, statt ihnen aus dem Wege zu gehen. Die Emotion, die bei dieser Anstrengung aufgewandt wird, beschleunigt manchmal nur den Zusammenbruch. Maya Deren beschreibt, wie sie so überrumpelt wurde. Gerade ehe sie in die Besessenheit geriet, hatte sie gespürt, wie sie »verletzlich« für das Trommeln wurde, und den Tänzern den Rücken zugekehrt — hatte sich dann aber, aus einem stolzen Gefühl beruflicher Verpflichtung heraus, wieder umgewandt.

»Denn ich weiß jetzt, daß heute die Trommeln, das Singen, die Bewegungen auch mich einfangen können. Fortzulaufen wäre Feigheit. Ich könnte widerstehen; aber ich darf nicht fliehen. Und ich kann am besten widerstehen, so denke ich mir, wenn ich Furcht und Nervosität nicht beachte; wenn ich, statt argwöhnisch meiner Verletzlichkeit nachzufühlen, mich eisern auf den Wettkampf einlasse mit all dem, das mich da seiner Autorität unterwerfen möchte.«

Aber am Ende sah sie sich zur Unterwerfung gezwungen:

»Mit einem großen Schlag vereinigt uns die Trommel noch einmal auf der Spitze des linken Beins. Die weiße Dunkelheit beginnt hochzuschießen. Mit Gewalt reiße ich den Fuß vom Boden, aber die Wirkung schleudert mich über einen, wie mir scheint, weiten, weiten Raum, und ich komme auf einen festen Widerstand von Armen und Körpern zu liegen, die mich aufhalten wollen... Mit jedem Muskel reiße ich mich los und stürze wieder quer über einen weiten Raum, und wiederum, kaum stehe ich wieder aufrecht im Gleichgewicht, schlägt mein Bein Wurzeln. So geht es: das Bein festgewachsen, dann losgerissen, ein langer Sturz quer durch den Raum, wieder schlägt das Bein Wurzeln — wie lange, wie oft — ich weiß es nicht.«

Die beste Art, Besessenheit, Bekehrung und alle ähnlichen Zustände zu vermeiden, besteht darin, eine gefühlsmäßige Beteiligung an den Vorgängen zu vermeiden. Zu heftiger Ärger oder Verachtung gegenüber den Vudu-Priestern oder den religiösen Schlangenberührern kann ebenso gefährlich sein, als wenn man vor Angst zittert, wenn die einen oder die anderen feierlich eine Versammlung eröffnen.

Horace Walpoles distanzierte Gefühlshaltung gegenüber John Wesleys Predigten, die Knox zitiert, war wahrscheinlich die Einstellung, die ihn am sichersten vor der »Heiligung« bewahrte:

»(Wesley war) so offensichtlich ein Schauspieler, wie Garrick einer war. Er sprach eine Predigt, aber so schnell und mit so geringer Betonung, daß ich sicher bin, er hatte sie schon oft gehalten, denn es war wie eine Lektion. Es war wohl Anlage und Beredsamkeit dabei, aber gegen das Ende exaltierte er seine Stimme und stellte einen sehr häßlichen Enthusiasmus zur Schau.«[97]

Aber ob Walpole wohl diese Haltung hätte bewahren können, wenn Wesley Strawberry Hill mit einer Macht von Armeetrommlern heimgesucht hätte — darunter seine geheiligten Bekehrten —, um ihn mit Trommelwirbel und Paukenschlag zu überwältigen?

Pawlow hat nachgewiesen, daß, wenn seinen Hunden neue Verhaltensformen eingeimpft wurden, sie gegenüber den bestimmten Reizen, die mit dieser Veränderung assoziiert waren, sensibilisiert werden konnten. Das gleiche kann mit menschlichen Wesen geschehen. Maya Deren erlebte sieben oder acht Anfälle von Besessenheit. Manchmal brauchte sie dabei bis zu vier Stunden, um wieder zu Bewußtsein zu kommen. Es wurde ihr immer leichter, auf die Trommeln und das Tanzen zu reagieren, und sie betont in ihrem Bericht das Gefühl, »von einer transzendentalen Kraft überwältigt zu sein«.

Jeder, der den Vudu-Trommeln und -Tänzen oder den Schlangenberührern unterlegen ist und nichts von den beteiligten physiologischen Prozessen weiß, kann glauben, daß die Gefühle der Besessenheit oder der Heiligung nur allein dem angerufenen Gott oder den Göttern zuzuschreiben sind.

In Westafrika, der ursprünglichen Heimat des Vudu, hat Jean Rouch, der französische Sozialanthropologe, der auch ein Experte für die Kultur des Songhay-Stammes ist, vor kurzem einen Dokumentarfilm aufgenommen. Er zeigt umherziehende Songhays, die von der Goldküste zur Elfenbeinküste zurückkehren. Sie tanzen Tänze, die sie von einer Kulturgruppe der Goldküste übernommen haben, die an Besessenheit durch Geister glaubt und die die notwendige Begeisterung und Suggerierbarkeit durch Trommeln anregt. Interessant an dem Film ist auch, daß die Kultanhänger glauben, nicht, nach der alten Tradition, von Loas besessen zu sein, sondern von den Persönlichkeiten lebender bedeutender Leute. Sie sind überzeugt, daß der Generalgouverneur der Goldküste und höhere Offiziere der West African Rifles in sie fahren, und mimen deren Gesten höchst realistisch;

merkwürdig genug zählt zu den Geistern auch eine zum Dämon erhobene Lokomotive, da viele Songhays Gelegenheitsarbeiter bei der Goldküsten-Eisenbahn sind. Im Film sieht man die Tänzer am nächsten Tag weiterwandern, nüchtern und offensichtlich erhoben von ihren Abreaktionserlebnissen.

Alle diese Methoden, Überzeugungen einzuimpfen oder zu verstärken, können zu etwa gleichen Resultaten führen. Wenn Maya Deren sich über die geistigen Werte des Vudu ausläßt, kann man sie gut mit einem Patienten vergleichen, der versucht, in vernünftiger und zurückhaltender Weise eine nunmehr erfolgreich abgeschlossene Psychoanalyse zu diskutieren:

»Ich würde sagen ..., daß Vudu Werte enthält, mit denen ich persönlich übereinstimme, unorganisiertes psychisches und praktisches Können und Wissen verrät, das ich bewundere, und Ergebnisse erzielt, denen ich zustimme. Ich würde weiterhin sagen, daß ich glaube, daß die Prinzipien, die Ghede und andere Loas repräsentieren, wirklich und wahr sind.

... Diese Art der Zustimmung zu und Bewunderung für die Prinzipien und die Praxis des Vudu war und ist meine bewußte Haltung ihnen gegenüber.«

Erwähnenswert wäre auch ein Vergleich zwischen den bereits dargestellten Methoden und jenen, die gewisse primitive Stämme anwenden, um heranwachsende Knaben in religiöse Gemeinschaften einzuweihen und entsprechende Reflexe bei ihnen zu bahnen, da die dabei jeweils zugrunde liegenden physiologischen Prinzipien gewisse Übereinstimmungen zeigen. Allerdings entsprechen in diesen Fällen die neu einzuprägenden Haltungen weitgehender den früheren Erfahrungen und der allgemeinen Tradition der jeweiligen Kultur, als das in manchen der in diesem Kapitel schon erwähnten Beispiele der Fall ist. Gustav Bolinder beschreibt in seinem Buch »Devilman's Jungle«[98], wie die westafrikanischen Knaben von den Eltern fortgeholt und in ein Lager in den Wäldern gebracht werden, wo ihnen alle ihre Kleider abgenommen und sie schweren physischen Anstrengungen und Entbehrungen unterworfen werden. Die ganze Prozedur ist entsprechend angsterregend. Zuerst erhalten sie eine Medizin, von der ihnen gesagt wird, sie würde sie früher oder später töten, falls sie je die Geheimnisse der Gruppe oder Einzelheiten der Einweihungszeremonien verraten würden. Als nächstes folgt das rituelle Bad. In der Dämmerung werden sie zusammengerufen, und es wird ihnen erzählt, »daß ein Leben außerhalb des ‚Poro' kaum zu leben lohnt. Wer ihm nicht zugehört, wandert in der Finsternis. Nur durch Poro kannst du erfahren, wofür du leben mußt. Wer ein Mitglied des Poro werden will, muß dem Leben, wie er es bisher geführt hat, Lebewohl sagen und neu geboren werden.«

»In stetig wachsender Angst sehen die Knaben nun die erschrekkendste Maske der Geheimgesellschaft auf sich zukommen, starren Auges, mit buschigen Brauen und riesigen Kiefern, gleich einem Krokodil, dessen Zähne rot von Blut schimmern. Der Dämon ist bärtig wie ein alter Mann und trägt Hörner und Federn auf dem Kopf. Ein Umhang aus Pflanzenfasern verhüllt seinen Körper, der nichts Menschliches mehr verrät.« Für die Knaben ist er ein wirklicher Dämon, aber sie dürfen keinen Ton von sich geben. Dann werden sie nebeneinander auf die Erde gelegt, einer nach dem anderen wird von den Begleitern des Dämons ergriffen und, fast bewußtlos vor Angst, zwischen dessen Kiefer gehoben. Unmittelbar darauf folgt eine äußerst schmerzvolle rituelle Tätowierung. Die Zeremonie wird durch lautes Getöse hölzerner Instrumente begleitet.

Allmählich kommen die halb bewußtlosen Novizen wieder zu sich. Sie sind überzeugt, daß der Dämon sie getötet, aber Poro sie zu neuem Leben erweckt hat.

Einige Tage später, wenn die Tätowierungsnarben verheilt sind, beginnen die Knaben mit einer längeren Übungszeit im Waldlager, das den Zweck hat, sie zu nützlichen Mitgliedern des Stammes und der Gesellschaft zu machen, deren Adepten sie nun sind. Die Gewohnheiten der Kindheit werden ausgelöscht. Sie lernen unter anderem die richtige Haltung, die sie in Zukunft ihren Vorgesetzten gegenüber einzunehmen haben, und erhöhen ihre Widerstandsfähigkeit und Kraft durch die Teilnahme an anstrengenden Prüfungen auf Mut und Ausdauer. Sie erhalten Unterricht im sexuellen Verhalten und in primitiven Handfertigkeiten, im Schreinern, Fischen und dergleichen: was alles zusammen auf einen neuen Konditionierungs-Prozeß (conditioning-process) als Mitglieder ihres Stammes und der Geheimgesellschaft hinausläuft. Auch hier also treibt ein überwältigender emotionaler Reiz das Subjekt zum Punkt des emotionalen Zusammenbruches und der gesteigerten Empfänglichkeit für Suggestionen. Und auch hier wird der angsterregende Reiz abgelöst durch das Heilmittel — den gütigen Poro — an den der Knabe sich in seinem neuen Bahnungsprozeß klammert. Gustav Bolinder berichtet weiterhin, daß bestimmte Übungen dazu dienen sollen, Überreste persönlicher Individualität oder unorthodoxer Ideen auszurotten. Sie beginnen mit monotonen Körperbewegungen und enden mit mystischen Riten. Der Hauptfaktor dabei ist der Tanz, der alles andere als statisch ist, suggestiv in seiner Einförmigkeit — »rings um den Baum tanzen die Novizen mit gesenkten Köpfen. Nun haben die dröhnenden Holztrommeln die Begleitung übernommen. Pausenlos, langsam und einförmig dauert der Tanz Stunde um Stunde. Am Ende sind die Novizen nur mehr halb bei Bewußtsein, mechanisch in immergleichem Rhythmus stampfend. Sie sind nicht mehr auf der Erde — sie sind eingegangen in die Einheit der mächtigen Walddämonen und fühlen sich geistig erhoben.«

Sir James Frazer gibt in *The Golden Bough* (Der goldene Zweig)[99] weitere Beispiele derartiger Initiationsriten. Bei manchen Stämmen in Nordguinea und Australien ist die Beschneidung ein wesentlicher Teil der Stammesweihe, und die Initiation (Einweihung) wird von ihnen als Verschlungen- und Wiederausgespienwerden durch ein mythologisches Ungeheuer aufgefaßt, dessen Stimme im brummenden Ton des *Rhombos* zu hören ist. (Der Rhombos, Bullroarer, »Stiergebrüll«, den auch die alten Griechen verwendeten, ist ein hölzernes Instrument, das an einer Schnur um den Kopf gewirbelt wird und ein Geräusch wie ein brüllender Stier oder ein Sturmwind erzeugt.) Frazer beschreibt verschiedene angsterweckende Arten des Verschlungenwerdens, aber immer wird der Initiant gerettet. In einem Stamm »muß er nun die schmerzlichere und gefährlichere Operation der Beschneidung durchmachen. Sie folgt unmittelbar, und der Messerschnitt des Operateurs wird als Biß oder Verletzung erklärt, die das Ungeheuer dem Novizen zufügt, indem es ihn aus seinem geräumigen Maul speit. Während der Operation wird durch das Schwingen des Rhombos ein ungeheurer Lärm erzeugt, der das Gebrüll des schauerlichen Wesens darstellt, das den jungen Mann verschlingt.«

Dann findet der gleiche Prozeß der Neu-Formung von Reflexen statt:

»Nachdem sie beschnitten sind, müssen die Jungen für einige Monate in der Abgeschiedenheit bleiben, jede Berührung mit Frauen und selbst deren Anblick meiden. Sie leben in der langen Hütte, die den Bauch des Ungeheuers darstellt. Wenn sie, die nun als eingeweihte Männer gelten, schließlich mit Pomp und großer Feierlichkeit zum Dorf zurückkehren, werden sie von den Frauen mit Freudentränen empfangen, als hätte das Grab seine Toten wieder freigegeben.«

Ein interessantes Detail über die Anwendung derartiger Methoden bringt Frazers Feststellung, daß manche Stämme von Neuguinea das gleiche Wort für den Rhombos oder »bull-roarer« gebrauchen wie für das Ungeheuer, das die Novizen verschlingen soll, und dessen schreckerregendes Gebrüll vom Ton des Instruments dargestellt wird. So wird zwischen dem Ton des Rhombos und dem mächtigen Dämon oder Ahnengeist, der den Novizen bei der Initiation verschlingt und ausspeit, eine enge Gedankenassoziation begründet. Der Rhombos wird tatsächlich »zum materiellen Vertreter des Dämons auf Erden«.

Diese Verwendung des Rhombos als ständigem Mahner an die Macht und Gegenwart des Gottes oder Ahnengeistes erinnert an Pawlows Entdeckung, daß die meisten seiner Hunde, die während der Überschwemmung von Leningrad fast in ihren Käfigen ertrunken waren und deren bedingte Verhaltensweisen dadurch zerstört wurden, in hohem Maße allergisch gegen den Anblick des Wasserrinnsals unter der Laboratoriumstüre geworden waren.

In hochzivilisierten christlichen Ländern wird heutzutage manchmal ein ähnlicher Versuch gemacht, Gottes Stellvertreter auf Erden mit so viel religiös getönter Emotion wie möglich zu begaben. Um aber Säuglinge und kleine Kinder vor der Verdammung zu bewahren, wird der Ritus der Taufe, der ursprünglich den Erwachsenen vorbehalten war und tatsächlich eine eindringliche Zeremonie darstellte, ein paar Wochen oder Monate nach der Geburt ausgeführt. An Stelle der Taufe als Einweihungsritual ist im allgemeinen die Konfirmation getreten und bildet bei den Protestanten noch immer einen starken emotionalen Reiz für die Jungen und Mädchen im Pubertätsalter. In den lateinischen Ländern hingegen wird die »Erste Kommunion« im allgemeinen zu früh gefeiert, um einen vollen emotionalen Effekt zu erzielen. Sicher scheint, daß solche Reize emotional aufrührend gestaltet werden müssen, um den gewünschten Effekt zu erzielen, ja manchmal so erregend, daß sie mystische Erlebnisse auslösen. Ist erst einmal ein mystisches Erlebnis mit dem Zeichen des Kreuzes oder sonst einem religiösen Emblem in Verbindung getreten, so kann es durch die nachfolgende Erscheinung des betreffenden Emblems wieder erweckt und bestätigt werden.

Eine intellektuelle Indoktrination ohne emotionale Erregung ist auffällig wirkungslos, wie die leeren Stühle der meisten englischen Kirchen beweisen, nachdem der soziale Druck, der einst selbst den Ungläubigen oder Lauen zum sonntäglichen Gottesdienst drängte, längst nachgelassen hat. Erst kürzlich haben wir einen höchst eindrucksvollen amerikanischen Fundamentalisten bei uns begrüßt, der gekommen war, um der Kirche die Gemeinde zurückzugewinnen, die sie verloren hat. Frazer zeigt in seinem Bericht über die Verehrung der syrischen Astarte (in: *The Golden Bough*), was die Macht der Religion einst leisten konnte, wenn sie ihre wirksamen Methoden selbst unter zivilisiertem Heidentum zur Anwendung brachte.

»Während die Flöten spielten, die Trommeln dröhnten und die Eunuchenpriester sich selbst mit Messern Wunden zufügten, stieg die religiöse Erregung unter der Masse der Zuschauer allmählich wie eine Woge an, und manch einer tat, was er wohl kaum beabsichtigt hatte, als er zum Fest als müßiger Zuschauer kam. Denn ein Mann nach dem anderen, die Adern pochend von der Musik, die Augen fasziniert vom Anblick des strömenden Blutes, warf seine Kleider von sich, sprang mit einem Schrei nach vorne, ergriff eines der Schwerter, die dazu bereitstanden, und kastrierte sich selbst auf der Stelle ... War der Tumult der Erregung verklungen und der Mann wieder zu sich gekommen, dann muß dem unwiderruflichen Opfer wohl häufig verzweifelter Kummer und lebenslange Reue gefolgt sein. Catull beschreibt in einem berühmten Gedicht eindrucksvoll den Umschlag der natürlichen Gefühle nach der Raserei einer fanatischen Religion.«

Es scheint, daß die mächtigsten religiösen Bewegungen von physiologischen Phänomenen begleitet sind, die bei Unbeteiligten intellektuellen Abscheu und Bestürzung erregen. So erhielten Fox' untadelige »Freunde«, deren Glaube auf der Gewaltlosigkeit beruhte, den Spottnamen »Quäker« (Zitterer), weil sie »vor dem Herrn zitterten und bebten«.

»Männer, Frauen und kleine Kinder werden bei ihren Zusammenkünften merkwürdig von Anfällen ergriffen und zu Fall gebracht; Schaum vor dem Munde, schreien sie, und ihre Bäuche schwellen an.«[100]

Fox selbst berichtet in seinem Tagebuch:

»Der Kapitän Drury, obgleich er sich gelegentlich wohlverhielt, war doch mir und der Wahrheit feindlich und widersetzte sich ihr. Und als Professoren zu mir kamen (während ich unter seiner Verwahrung stand) und er zugegen war, höhnte er über das Zittern und nannte uns Quäker, wie die Unabhängigen und Presbyterianer zuvor schon uns verspottet hatten. Aber später kam er zu mir und erzählte, daß, als er einmal bei Tage auf seinem Bett lag, um zu ruhen, er zu zittern begonnen habe, daß seine Glieder aneinanderstießen; und sein Körper bebte, daß er nicht vom Bett aufstehen konnte; es war keine Kraft mehr in ihm und er schrie zum Herren. Und fühlte, daß Seine Macht über ihm war und stürzte vom Bett und schrie zum Herrn und sagte, er wolle niemals wieder gegen die Quäker reden und jene, die zittern beim Worte Gottes.«[101]

Später wurden die Quäker reich und respektabel und gaben die Mittel preis, mit deren Hilfe sie ihre frühere geistige Kraft begründet hatten. Es ist das Los neuer religiöser Sekten, die Dynamik ihrer »enthusiastischen« Gründer zu verlieren. Spätere Führer können wohl die Organisation verbessern, aber die ursprünglichen Bekehrungstechniken werden oft stillschweigend aufgegeben. Der ungezügelte Kampfgeist der frühen Heilsarmee des Generals Booth ist dahin. Die leidenschaftlichen Szenen der Wälischen Erweckung sind in neuen, ehrenwerten Kirchen in Vergessenheit geraten, wo man das *hwyl* selten mehr hört (eine wälische Predigtmethode, die die Kirchenversammlung zu religiöser Raserei anstachelte, wobei sie in wilden Gesang ausbrach). Die Verblüffung, die Dr. Billy Grahams Erfolge in England auslösten, wo seine einzige Konkurrenz in den religiösen Ansprachen bestand, die sich an die Intelligenz der Kirchengemeinde statt an deren Gefühle wenden, zeigt, wie verbreitet die allgemeine Unwissenheit in bezug auf die Dinge ist, die in diesem Buch zur Diskussion stehen.

Selbst innerhalb der christlichen Religionsgemeinschaften wird die Gabe des »Sprechens in Zungen«, obgleich es sich dabei manchmal um nicht mehr als eine zusammenhanglose babylonische Sprachverwirrung handelt, von bestimmten primitiven Sekten hoch eingeschätzt, wobei von der Annahme ausgegangen wird, daß es sich hier um eine Wiederholung der Erlebnisse der Jünger Jesu an Pfingsten handelt. Auch in anderen Religionen wird dem Auftreten von Tranceerscheinungen große Wichtigkeit beigemessen. Das zeigte sich etwa im klassischen Griechenland in der dem Delphischen Orakel zugeschriebenen göttlichen Weisheit. Es zeigt sich in Tibet, wo die nationale Politik noch immer durch ein derartiges Orakel entschieden werden kann. Harrer beschreibt in seinem Buch »Sieben Jahre in Tibet«,[102] wie sein tibetanischer Freund Wangdüla ihn zu einer offiziellen Befragung des Staatsorakels im Netschungkloster in Lhasa mitnahm. Damals war ein neunzehnjähriger Mönch das Sprachrohr des Orakels, und Harrer berichtet:

»Ein merkwürdiges Erlebnis war es immer, wenn ich dem Staatsorakel im Leben des Alltags begegnete. Ich konnte mich nie ganz daran gewöhnen, mit ihm an einem Tisch zu sitzen und ihn genauso wie alle übrigen seine Nudelsuppe schlürfen zu hören. Wenn wir einander auf der Straße begegneten, zog ich den Hut, und er lächelte mir mit höflichem Nicken zu. Sein Gesicht war dann das eines netten jungen Mannes seiner Altersstufe und erinnerte in nichts an die rote, aufgedunsene Fratze der Ekstase.«

Harrer schildert im einzelnen, was vor sich geht, wenn das Orakel in Trance verfällt. Er »zerbricht sich den Kopf darüber«, ob dabei Drogen oder irgendwelche andere Hilfsmittel zur Anwendung kommen:

»Um als Orakel zu wirken, muß der Mönch seinen Geist vom Körper trennen können, damit der Gott des Tempels von ihm Besitz ergreift und durch ihn spricht ... Aus dem Tempel klingt uns eine dumpfe, unheimliche Musik entgegen. Wir treten ein — der Anblick ist furchterregend! Von allen Wänden grinsen grausige Fratzen und Totenköpfe auf uns herab, die weihrauchgeschwängerte Luft beengt die Brust. Gerade wird der junge Mönch aus seinen Privatgemächern in die düstere Tempelhalle geführt.«

Hier folgt Harrers Schilderung des nun eintretenden tatsächlichen Besessenheitszustandes:

»Das Zittern wird stärker, auf und ab schwankt der viel zu schwer belastete Kopf, die Augen quellen hervor. Das Gesicht ist aufgedunsen und von einem ungesunden Rot überzogen. Zischende Laute brechen zwischen den Zähnen hervor ... Jetzt beginnt er mit einem riesigen Daumenring wild auf sein schimmerndes Brustschild zu schlagen — das Klirren übertönt das dumpfe Rollen der Trommeln — jetzt dreht er sich auf einem Fuß, aufrecht unter der riesigen Krone, die vorhin zwei Männern zu schwer war ... Nun wird er etwas ruhiger. Diener halten ihn mit festem Griff, und ein Kabinettsminister tritt vor ihn hin. Über den von der Last gebeugten Kopf wirft er eine Seidenschleife und beginnt die vom Kabinett ausgeklügelten Fragen zu stellen. Die Besetzung einer Gouverneursstelle, die Auffindung einer hohen Inkarnation, Krieg oder Frieden, das alles wird dem Orakel zur Entscheidung vorgelegt.«

Harrer erzählt weiter, daß er vielen Befragungen des Orakels beigewohnt habe, aber »eine auch nur annähernde Erklärung dieses Rätsels ist mir nie gelungen«.

Manche Menschen können bei sich selbst oder anderen einen Zustand der Trance und »Dissoziation« (Spaltung) herbeiführen, wobei die Notwendigkeit starker und wiederholter emotionaler Spannungsbelastungen zur Auslösung dieser Zustände allmählich abnimmt, bis der ganze Vorgang so weitgehend zu einem bedingten Reflex der Hirntätigkeit wird, daß er mit nur geringer Spannungsbelastung und ohne Schwierigkeit herbeigeführt werden kann — etwa im primitiven religiösen Zusammenhang auf das erneute Schlagen der Trommeln oder den brüllenden Ton des Rhombos hin. Besessenheits- und Trancezustände werden von zahlreichen Religionen auch dazu verwendet, dem Zuschauer so gut wie dem Besessenen selbst die Annahme der betreffenden Lehre als Wahrheit zu erleichtern. Ist die Trance von einem Zustand seelischer Dissoziation begleitet, so kann die erlebende Person in ihrem späteren Denken und Verhalten aufs tiefste beeinflußt werden. Selbst wenn die Zuschauer unbewegt und frei von irgendwelcher emotionaler Erregung bleiben, kann der Vorgang doch dazu beitragen, sie von der Wahrheit der hier bekannten Glaubenssätze zu überzeugen, besonders, wenn man sie zu der Ansicht gebracht hat, daß die bekennende Person jetzt von einem bestimmten Gott besessen oder mit ihm in Beziehung getreten ist. Wenn heute das moderne spiritistische Medium in seiner Vorstadtwohnung die Botschaften toter Verwandter oder des Geistes eines

Die rasende Pythia

indischen Fakirs oder eines kindlichen Gespenstes namens Vergißmeinnicht verwendet, um den Glauben an seinen Spiritismus zu stärken, so sieht man hier den gleichen Mechanismus am Werk wie bei dem Staatsorakel von Tibet, das sich im Netschungkloster in Zuckungen windet, oder bei der von Drogen trunkenen Pythia von Delphi, die mit entstelltem Gesicht, ergriffen von Apollos göttlicher Besessenheit, auf ihrem Dreifuß raste und einen Strom wirrer Prophezeiungen von sich gab, den der Priester vom Amt, vorausgesetzt, er hatte die nötige Bezahlung empfangen, dem Besucher in Hexameter übersetzte.

Der Zweck heiligt die Mittel. Wesley wandelte das religiöse und soziale Leben Englands mit Hilfe solcher Methoden in einer modifizierten und gesellschaftlich annehmbaren Form zum Besseren. In anderen Händen und anderen Ländern sind sie zu düsteren Zwecken mißbraucht worden. Aber man kann dankbar dafür sein, daß es immer und in allen Zeitaltern wissenschaftlich neugierige Menschen gegeben hat, die bereit waren, die tatsächlich erzielten Resultate zu untersuchen und darzustellen, ehe sie den Gebrauch solcher Methoden kurzerhand verdammten. Schon 1743 hatte Thomas Butts in bezug auf Wesleys Predigtweise folgendes zu sagen:

»Was die Personen anbelangt, die schreien oder in Krämpfe verfallen, so will ich nicht behaupten, daß ich genaue Erklärungen dafür besäße, sondern nur folgende Bemerkung machen: Es ist wohl bekannt, daß die meisten von denen, die so ergriffen wurden, zuvor überhaupt keine Religion besaßen, aber seitdem ein Gefühl der Vergebung und Gnade erlangten, Frieden und Freude im Glauben haben und jetzt frömmer und glücklicher sind als je zuvor. Und wenn dies so ist, so ist es gleichgültig, welche Bemerkungen über ihre Anfälle gemacht werden.«[103]

Auch der Bericht, der in der Apostelgeschichte im 2. Kapitel von der Predigt des heiligen Petrus an Pfingsten gegeben wird, unterstreicht die Wirksamkeit der religiösen Methoden, wie wir sie in diesem Kapitel besprechen. Es wird da berichtet, daß an diesem Tage nicht weniger als 3000 Bekehrte sich der kleinen Gruppe von Jüngern und anderen Gläubigen, die nach Jesu Abschied auf dem Ölberg treu geblieben waren, anschlossen. Das Kapitel beginnt wie folgt:

»Und als der Tag der Pfingsten erfüllet war, waren sie alle einmütig beieinander. Und es geschah schnell ein Brausen vom Himmel, als eines gewaltigen Windes, und erfüllte das ganze Haus, da sie saßen. Und es erschienen ihnen Zungen, zerteilet wie von Feuer; und er setzte sich auf einen jeglichen unter ihnen; und wurden alle voll des Heiligen Geistes und fingen an zu predigen mit andern Zungen, nach dem der Geist ihnen gab auszusprechen... und... es hörte ein jeglicher, daß sie mit seiner Sprache redeten.«

Dann erhob sich Petrus und begann zu predigen. Seiner schon durch die Neuigkeit dieser merkwürdigen Gabe des »Sprechens in Zungen« halbverwirrten Zuhörerschaft fügt er weitere Spannung zu. In einer machtvollen Rede verkündet er ihnen, daß sie jetzt miterlebten, was schon vor langem durch die Propheten vorausgesagt war. Er zitiert den Propheten Joel:

»Und es soll geschehen in den letzten Tagen, spricht Gott... Und ich will Wunder tun oben im Himmel und Zeichen unten auf Erden, Blut und Feuer und Rauchdampf. Die Sonne soll sich verkehren in Finsternis, und der Mond in Blut, ehe denn der große und offenbarliche Tag des Herrn kommt. Und soll geschehen, wer den Namen des Herrn anrufen wird, soll selig werden.«

Dann schleudert der Prediger einen emotionalen Donnerkeil auf seine erschrockenen und erregten Zuhörer herab. Er sagt ihnen, daß Jesus von Nazareth ein Mann war »von Gott unter euch mit Taten und Wundern und Zeichen erwiesen... Denselbigen habt ihr genommen durch die Hände der Ungerechten und ihn angeheftet und erwürget.«

Er läßt sie wissen, wer dieser Mann eigentlich war, den sie den Hohenpriestern überantworteten, die ihn ihren römischen Herren zur Kreuzigung auslieferten, den aber Gott nun von den Toten erhob. Petrus beharrt darauf, daß sie durch das Unterlassen eines Massenprotestes, gleichgültig wie beschäftigt sie durch die Vorbereitungen für das Passahfest waren, zu Mördern zweiter Hand geworden seien.

»So wisse nun das ganze Haus Israel gewiß, daß Gott diesen Jesum, den ihr gekreuziget habt, zu einem Herrn und Christ gemacht hat.« Petrus' Zuhörerschaft war nun soweit, zu glauben, daß die »Gabe, in Zungen zu reden« ein Zeichen von Gott sei, von Gott, der nach der eschatologischen Prophezeiung die Sonne während der Kreuzigung verdunkelt und den Mond durch einen furchtbaren Sandsturm zu blutiger Farbe gewandelt hatte. Nun wird ihnen versichert, daß das Opfer Gottes Stellvertreter auf Erden war und sie der Schuld an seinem Tod nicht entgehen können.

So ist es leicht zu verstehen, daß, »als sie aber das hörten, es ihnen durchs Herz ging und sie zu Petrus und zu den anderen Aposteln sprachen: Ihr Männer, lieben Brüder, was sollen wir tun? Petrus sprach zu ihnen: Tut Buße und lasse sich ein jeglicher taufen auf den Namen Jesu Christi zur Vergebung der Sünden, so werdet ihr empfahen die Gabe des Heiligen Geistes... Auch mit vielen andern Worten bezeugte er und ermahnte und sprach: Lasset euch erretten aus diesem verkehrten Geschlecht. Die nun seine Worte gern annahmen, ließen sich taufen; und wurden hinzugetan an dem Tage bei dreitausend Seelen.«

Den Bekehrten wurden nun offenbar schnell neue Überzeugungen und Gewohnheiten beigebracht:

»Sie blieben aber beständig in der Apostel Lehre und in der Gemeinschaft und im Brotbrechen und im Gebet. Es kam auch allen Seelen Furcht an; und geschahen viel Wunder und Zeichen durch die Apostel... Der Herr aber tat hinzu täglich, die da selig wurden, zu der Gemeine.«

Der Fall Sauls auf der Straße nach Damaskus bestätigt unsere andere Entdeckung: daß der Zorn kein weniger mächtiges Gefühl ist als die Angst, um plötzliche Bekehrungen zu Überzeugungen hervorzubringen, die den früher gehegten Ansichten genau widersprechen. In der Apostelgeschichte im 9. Kapitel wird uns berichtet:

Zur Technik der religiösen Bekehrung

»Saulus aber schnaubete noch mit Dräuen und Morden wider die Jünger des Herrn und ging zum Hohenpriester. Und bat ihn um Briefe gen Damaskus an die Schulen, auf daß, so er etliche dieses Weges fände, Männer und Weiber, er sie gebunden führete gen Jerusalem. Und da er auf dem Wege war und nahe bei Damaskus kam, umleuchtete ihn plötzlich ein Licht vom Himmel; und er fiel auf die Erde und hörte eine Stimme, die sprach zu ihm: Saul, Saul, was verfolgest du mich? Er aber sprach: Wer bist du? Der Herr sprach: Ich bin Jesus, den du verfolgest. Es wird dir schwer werden, wider den Stachel zu löcken. Und er sprach mit Zittern und Zagen: Herr, was willst du, daß ich tun soll?«

Dem akuten Stadium nervöser Erregung scheint ein Zustand transmarginaler Hemmung gefolgt zu sein. Offenbar kam es zum totalen Kollaps, zu Halluzinationen und gesteigerter Suggerierbarkeit. Auch andere Hemmungsmanifestationen hysterischer Art werden geschildert:

»Saulus aber richtete sich auf von der Erde, und als er seine Augen auftat, sah er niemand. Sie nahmen ihn aber bei der Hand und führeten ihn gen Damaskus. Und war drei Tage nicht sehend und aß nicht und trank nicht.«

Diese Periode der körperlichen Schwächung durch Fasten, die noch zu den anderen Spannungsbelastungen trat, dürfte seine Angst und Zugänglichkeit für Suggestionen noch erhöht haben. Erst nach drei Tagen erschien Bruder Ananias, um die nervösen Symptome und die seelische Verzweiflung zu beheben und gleichzeitig neue Glaubensgrundsätze einzuprägen:

»Und Ananias ging hin und kam in das Haus und legte die Hände auf ihn und sprach: Lieber Bruder Saul, der Herr hat mich gesandt, der dir erschienen ist auf dem Wege, da du herkamest, daß du wieder sehend und mit dem Heiligen Geist erfüllet werdest. Und alsbald fiel es von seinen Augen wie Schuppen, und er ward wieder sehend. Und stund auf, ließ sich taufen und nahm Speise zu sich und stärkte sich.«

Dann folgt die notwendige Periode der Indoktrinierung, die Saulus von den Brüdern zu Damaskus auferlegt wurde, gleichzeitig die Periode seiner vollen Annahme der neuen Glaubensgrundsätze, die sie von ihm forderten.

»Saulus aber war eine Zeitlang bei den Jüngern zu Damaskus. Und alsbald predigte er Christum in den Schulen, daß derselbige Gottes Sohn sei. Sie entsetzten sich aber alle, die es hörten, und sprachen: Ist das nicht der zu Jerusalem verstörte alle, die diesen Namen anrufen, und darum herkommen, daß er sie gebunden führe zu den Hohenpriestern?«

Auf alle Fälle werden in der Apostelgeschichte sowohl die erstaunlichste und schnellste individuelle Bekehrung als auch die umfänglichste Massenkonversion in der Geschichte der frühen Kirche geschildert, und zwar in Ausdrücken, die mit den modernen physiologischen Beobachtungen erstaunlich übereinstimmen. Die Autorschaft der Apostelgeschichte wird dem heiligen Lukas zugeschrieben, der selbst ein Arzt war. Es wäre daher töricht, die Wirksamkeit solcher Methoden zu unterschätzen. Sie haben nicht nur an der Entwicklung des Christentums zur heute führenden Religion der westlichen Welt mitgewirkt, sondern sind immer und immer wieder zur Stärkung zahlreicher anderer Formen religiösen und politischen Glaubens verwendet worden, die in den weiteren Teilen dieses Buches besprochen werden sollen.

DIE ANWENDUNG RELIGIÖSER
BEKEHRUNGSMETHODEN

Die Epen Homers werden noch heute, dreitausend Jahre nach ihrer Entstehung, in vielen Sprachen veröffentlicht. Ihre Leser durch alle diese Jahrhunderte sind in den verschiedensten sozialen und religiösen Umgebungen erzogen worden, und doch waren und sind sie durchaus imstande, die psychologischen Typen und die normalen oder anomalen Verhaltensweisen, die er schildert, zu erkennen und zu verstehen. Oft vermitteln uns seine Darstellungen seelischer Konflikte das Gefühl, als beschriebe er unsere eigenen Schwierigkeiten.

Träfe zu, wovon einige Leute überzeugt sind, daß unser Temperament und unsere Denkweisen so weitgehend Ergebnisse der Umgebung, der Erziehung und der Übung des »freien Willens« sind, dann dürfte das Verhalten der Figuren in der antiken Literatur recht wenig für uns bedeuten. Aber wie schon Ben Jonson[104] in seinen Komödien zeigte, besteht wenig Unterschied zwischen den Temperamentstypen der jakobinischen Ära und den Grundtemperamenten, die Hippokrates zweitausend Jahre früher beschrieb. Die grundlegenden Verhaltensweisen des Menschen hängen tatsächlich viel weitgehender von unseren ererbten Nervensystemen ab, als wir das manchmal zugeben wollen. Die Persönlichkeit kann nur in beschränkten Bahnen auf alle Veränderungen der Umgebung und auf ein Leben voller Spannungsbelastungen reagieren. Ist die Belastung schwer genug, so kann die sicherste und stabilste Persönlichkeit Symptome der Angst, der Hypochondrie, der Depression, Hysterie, des Mißtrauens, der Erregung, der Wut oder der Aggressivität zeigen, womit die Liste dann fast vollständig wäre.

Da also die gleichen grundlegenden Formen der Reaktion auf Spannungsbelastung alle schon in der klassischen Antike, wenn nicht sogar Tausende von Jahren früher beobachtet wurden, und da ihre Äquivalente auch im Verhalten der Tiere nachzuweisen sind, so dürften sie doch höchstwahrscheinlich physiologisch bedingt sein. Außerdem läßt sich zeigen, daß physiologische Behandlungsweisen am erfolgreichsten dafür sind, gewöhnliche Gehirne von alten Verhaltens- und Denkformen zu befreien. Auch ist in diesem Buch schon mehrfach darauf hingewiesen worden, daß bei abnormen Persönlichkeiten und übermäßig pedantischen Kranken radikale Behandlungsformen notwendig sein können, um fixierte Wahnbildungen und Zwangsgewohnheiten überhaupt wirklich zu ändern.

1902 schrieb William James in seinen »Varieties of Religious Experience« über den Zustand tiefer geistiger Niedergeschlagenheit:

»Aber die Befreiung muß in ebenso heftiger Form eintreten wie das Leiden, wenn sie wirksam sein soll; und das scheint der Grund dafür zu sein, warum die roheren Religionsformen, die erweckenden, orgiastischen, die mit Blut und Wundern und übernatürlichen Handlungen einhergehen, möglicherweise nie zu ersetzen sind. Manche Konstitutionen bedürfen ihrer zu sehr.«[105]

Die Heilbehandlung für die schwersten Formen religiöser Melancholie, für die zu James' Lebzeiten nichts getan werden konnte, hat sich sogar als noch drastischer erwiesen, als er das voraussehen konnte. Melancholikern, die selbst bei orgiastischen Erweckungsgottesdiensten kalt und unbeeindruckt bleiben, kann man heute schnell durch einfache Krämpfe helfen, die mechanisch ausgelöst werden, indem man elektrische Ströme durch ihr Hirn schickt.[106]

Bei manchen Menschentypen erregte Wesleys Art zu predigen einen derartigen Zustand innerer oder äußerer Erregung, daß schließlich eine Hirnhemmung eintrat und die Betreffenden aus emotionaler Erschöpfung zusammenbrachen. Bei geeigneten Personen können auch Vudu-Tänze, Trommeln und ähnliche Methoden, die das Gefühl einer Bekehrung zu und der Besessenheit durch einen Gott erwecken, derartige Zustände von Gehirnerregung hervorrufen. Es gibt viele Arten von spirituellen Heilern und Therapeuten, die offenbar die gleiche Grundtechnik, nur mit unterschiedlichen zusätzlichen Deutungen, anwenden. Alberto Denti di Pirajno[107] beschreibt zum Beispiel die Behandlung eines nordafrikanischen Mädchens, das an einer Melancholie leidet, die vermutlich »von einem finsteren und bösen Geist« verursacht wurde. Ein großer Frosch mit hennagefärbten Beinen sollte dabei den Dschinn oder Geist beherbergen, der dem eingeborenen Heilkundigen die Macht verleiht, ohne Medizinen zu heilen, »indem er heilende Krämpfe in den Kranken hervorruft«. Die Methode erfordert, daß der depressive Kranke stundenlang zu Trommelschlag und rhythmischem Gesang und einer immer steigenden Gruppenerregung pausenlos tanzt, bis er den Punkt der Raserei erreicht und »Schaum und Schweiß ... von den Mundwinkeln herabrinnen«. »Mit einem durchdringenden Schrei« wirft sich die Patientin schließlich zu Boden, wird entkleidet und mehrmals in Wasser eingetaucht.

»Nackt schien das Mädchen aus Elfenbein zu sein, wie sie dort zwischen den pechschwarzen Armen der Negerinnen hing, die sie zum Kübel trugen. Einen Augenblick wurde mir die Sicht von der Menge verstellt, ich hörte nur, daß der Körper mehrmals ins Wasser getaucht wurde. Als ich das Mädchen wieder erblickte, war sie in eine Decke gehüllt, und ihr Ausdruck hatte sich völlig verändert. Sie lächelte verzückt und richtete die Augen gen Himmel inmitten der Frauen, die sich um sie geschart hatten. Sie küßte die Sängerin auf den Kopf und ließ sich freudestrahlend von ihren Freundinnen beglückwünschen, die sie vor den Magier führten. Der *faqth* hatte sich während des ganzen Vorganges nicht gerührt, außer daß er den Frosch mit den hennagefärbten Beinen auf den Schoß genommen hatte.«[107]

Die elektrische Krampf-(Schock-)Therapie für depressive Patienten gehört offenbar ebenfalls zu der gleichen physiologischen Kategorie, da hier das Gehirn des Patienten elektrisch bis zum Krampf gereizt wird und diese Konvulsionen andauern, bis das Hirn völlig erschöpft ist und eine zeitweilige Betäubung (Stupor) einsetzt. Erstaunlich ist es, die verblüffenden Wirkungen zu beobachten, die eine Reihe solcher elektrisch produzierter Anfälle auf Melancholien auch in *religiösen* Zusammenhängen haben können, trotz all der komplizierten philosophischen und metaphysischen Theorien, die zu ihrer Erklärung herangezogen zu werden pflegen.

Die meisten Leser kennen Fälle von Verwandten oder Freunden, die unter seelischen Depressionen litten, deren Symptome — äußerst übertriebene Gefühle von Unwürdigkeit und Schuld — plötzlich und vollständig verschwinden, wenn der Anfall vorüber ist. Eine längere Periode der Überarbeitung etwa, ein emotionaler Schock oder ein Trauerfall können die Patienten dazu bringen, sich mit der Erinnerung an kleine Sünden und Verfehlungen zu quälen und sie mit lastenden Angstgefühlen vor der Zukunft erfüllen. Solch ein Kranker hat das Bedürfnis, allen und jedem zu beichten — eine Gewohnheit, die ihn nach seiner Wiederherstellung nachträglich in Verlegenheit bringt. Er kann versuchen, sich das Leben zu nehmen, selbst wenn er überzeugt ist, daß der Selbstmord mit ewiger Verdammnis bestraft wird, da er glauben muß, daß dies auf alle Fälle sein Los sein wird.

Ein Hauptsymptom der Krankheit ist die völlige Unzugänglichkeit der Kranken für intellektuelle Argumente oder geistige Tröstungen. Gleichgültig, ob die Umgebung angenehm oder unangenehm ist, dauern die Schuldgefühle fort, bis die Depression verschwindet. Manchmal sind die Anfälle periodisch, und es gibt dazwischen Intervalle von normalem Verhalten und sogar heiterer Erregtheit; manchmal ist die Depression chronisch und dauert jahrelang. William James sagt über die religiöse Melancholie:

»... wollten wir uns aber dem Kapitel der wirklichen krankhaften Melancholie zuwenden ..., so wäre das eine noch schlimmere Geschichte — absolute und völlige Verzweiflung. Das ganze Universum gerinnt rings um den Leidenden zu einer Materie überwältigenden Schreckens ..., und keine andere Auffassung, keine andere Empfin-

Die Anwendung religiöser Bekehrungsmethoden

dung kann in ihrer Gegenwart nur einen Augenblick leben . . ., hier ist der wirkliche Kern des religiösen Problems: Hilfe! Hilfe! Kein Prophet kann den Anspruch erheben, eine entscheidende Botschaft zu bringen, es sei denn, er sagte Dinge, die einen Ton der Wahrhaftigkeit in den Ohren solcher Opfer hätten, wie diese es sind.«[108]

Und nun bedeutet die Einführung einer einfachen physiologischen Methode — die Elektroschock-Behandlung —, daß zahlreiche Leidende, denen weder die frömmsten noch die verständnisvollsten Priester helfen konnten, innerhalb von drei bis vier Wochen geheilt sind, statt, wie das manchmal der Fall war, an Erschöpfung zu sterben, die sich aus den fortgesetzten Selbstvorwürfen und Schuldgefühlen entwickeln kann. Unter Umständen ist überhaupt keine Psychotherapie nötig, um einen Anfall zu beheben, und die Behandlung scheint heute ebenso wirksam, wo sie am narkotisierten und tief bewußtlosen Patienten durchgeführt wird, der nichts spürt, obgleich er noch immer einen vollständigen »zerebralen Anfall« haben muß, damit gute Resultate erzielt werden. Wichtig ist zu wissen, daß bei anderen Formen von Nervenkrankheiten, wie etwa Angstzuständen oder Zwangsneurosen, die gleiche, außerordentlich wirksame Behandlung Patienten kränker machen kann statt gesünder. Das legt wiederum den Gedanken nahe, daß verschiedene Formen des abnormen Hirnverhaltens oft auch verschiedene Behandlungsmethoden erfordern.

Die Erweckungsprediger haben schon seit langem erkannt, wie gefährlich es ist, bei depressiven Patienten angsterregende Predigten anzuwenden. Wenngleich die Erwähnung des höllischen Feuers bei vielen Menschen als erste Phase der Bekehrung von Nutzen sein kann, kann sie andererseits den religiösen Melancholiker zum Selbstmord treiben. Er ist der Gruppensuggestion nicht mehr zugänglich, weil er unter Umständen schon zu gehemmt ist, um auf Tänze, Trommeln, Geschrei, Gruppengesang oder selbst das Berühren von Giftschlangen zu reagieren. Früher konnten die Erweckungsprediger diesen unzugänglichen Kranken nur raten, auf die Rückkehr der göttlichen Gnade und das spontane Schwinden der Depression zu warten; nun ist es möglich, die Elektroschock-Behandlung zu empfehlen. Folgt der Patient dem Rat, so kann er wieder zugänglich für Gruppensuggestionen werden und beim nächsten Erweckungsgottesdienst wieder die Gefühle geistiger Besessenheit erleben, so daß das enorme Gewicht der Schuldgefühle über triviale kleine Verfehlungen von ihm abfällt.

Dr. Denis Hill beschreibt den epileptischen Anfall selbst folgendermaßen:

»Ein epileptischer Anfall kann mit einem politischen Aufruhr im Leben einer Bevölkerung verglichen werden. Vorausgehend und zu ihm führend, finden wir entweder ein schwerwiegenderes oder viele geringfügigere Versagen des Organismus gegenüber seiner Aufgabe, Schwierigkeiten zu bewältigen, Spannungen aufzulösen, sich an störende innere Vorgänge anzupassen. Der Anfall verändert, wie eine Revolution, die gesamte Situation des Organismus. Wir brauchen die Analogie nicht fortzusetzen, aber es ist ja allgemein bekannt, daß die Spannung, Reizbarkeit und Persönlichkeitsveränderung, die häufig dem Anfall vorausgehen, meist durch ihn behoben werden.«[109]

Die Spannungsentlastung nach einem Anfall kann bei bestimmten Patienten geradezu dramatisch sein. Früher nahm man an, daß der Epileptiker eine grundlegend andere Persönlichkeit als ein Normaler sei; aber die Möglichkeit, Anfälle auf elektrischem Wege herbeizuführen, hat uns gezeigt, daß jedes menschliche Wesen ein potentieller Epileptiker ist. Wird das Gehirn mittels genau berechneter Strommengen hinreichend erregt, dann tritt der Anfall ein, genauso wie Vudu-Trommeln oder orgiastische Tänze nach entsprechender Dauer zu hysterischer Erregung und Erschöpfungskollaps führen. Wir wissen auch, daß bestimmte Drogen wie Meskalin oder Lysergsäure mystische Zustände hervorrufen können. Meskalin, das Alkaloid einer Kakteenart, wurde schon lange bei bestimmten mexikanischen Stammeszeremonien verwendet, um den Teilnehmern die volle Sicherheit zu geben, wirklich von einem Gott besessen zu sein.

Aldous Huxley gibt einen höchst interessanten und scharfsinnigen Bericht seiner eigenen Erfahrungen mit Meskalin.[110] Er bringt sein Erstaunen über die Ähnlichkeit zum Ausdruck, die zwischen den mystischen Phänomenen, die er selbst erlebte, und der Mystik christlicher und indischer Religionen besteht. Aber das Hirn verfügt nur über eine begrenzte Zahl von Denkformen, die es unter derartigen physiologischen und chemischen Belastungsspannungen produzieren kann, und in manchen Fällen kann ein langwährender und unausgesetzter Mystizismus zu Verhaltensweisen führen, die sich kaum mehr von der Schizophrenie unterscheiden lassen. Manchmal geben Fälle von Schizophrenie dem Arzt Gelegenheit, Bedingungen zu untersuchen, die einigermaßen den ekstatischen Zuständen entsprechen, wie mittelalterliche Heilige sie schildern oder neuerdings Menschen, die Meskalin oder ähnliche Rauschmittel verwendet haben. Der Betreffende sieht die Außenwelt wie durch einen Zerrspiegel und wird völlig präokkupiert von seinen eigenen subjektiven Erlebnissen. Es wurde auch schon die Behauptung vertreten, daß manche der höchsten Werke der Kunst, der Religion und der Philosophie von Visionären stammten, bei denen mindestens einige Symptome der Schizophrenie vorgelegen hätten. Ein glückliches Schicksal ist es aber nicht, schizophren zu sein. Der Kranke fühlt sich selbst unkontrollierten Impulsen oder dunklen Einflüssen preisgegeben. Tag und Nacht verfolgen ihn Stimmen, teils gute, teils böse; meist aber böse. Tatsächlich kommt es sehr selten vor, daß ein Patient ständig Wahnbildungen und Halluzinationen angenehmer Art hat. Kann ihm nicht in einem frühen Stadium die richtige Behandlung zuteil werden, so ist sein Schicksal, unter Umständen dreißig Jahre und länger, eine Hölle auf Erden.

Früher wurde die Schizophrenie als Gottesstrafe für Sünden oder als Teufelsbesessenheit aufgefaßt. In neuerer Zeit sprechen psychologische Spekulationen von einem unbewußt motivierten Rückzug des Individuums aus der Wirklichkeit, einem Versuch, den Problemen des Lebens zu entfliehen. Man weiß aber andererseits, daß die rein psychologischen Behandlungsmethoden nur manchen Patienten dieser Art helfen. Noch heute sind mehr Betten der psychiatrischen Kliniken mit jugendlichen Schizophrenen belegt als mit irgendwelchen anderen Geisteskranken.

Vor einigen Jahren wurde für viele Therapeuten die Theorie, daß die Schizophrenie in erster Linie durch einen unbewußt motivierten Rückzug aus der Wirklichkeit bedingt sei, rücksichtslos zerstört, als das erstemal die Insulinschock-Therapie angewandt wurde. Bei dieser Behandlung wird, wie schon im Kapitel »Die Verwendung von Medikamenten in der Psychotherapie« erwähnt, durch hohe Insulindosen eine zeitweise Blutzuckersenkung herbeigeführt, wodurch Perioden geistiger Verwirrung und Erregung eintreten, die zu einem tiefen Koma führen. Es wird eine Reihe täglicher Schockbehandlungen verabreicht. Häufig taucht der Schizophrene dann aus seiner mystischen Wahn- und Schreckenswelt auf, offensichtlich glücklich, wieder gesund zu sein und seinen normalen Lebensaufgaben nachgehen zu können. Er wird auch wieder zugänglicher für Überredung und die Korrektur seiner in der Krankheit erworbenen Wahnideen. Der Insulinschock hat sich als die wirkungsvollste Behandlung in der größten Zahl von Fällen jugendlicher Schizophrenie erwiesen; sie muß allerdings so früh wie möglich angewendet werden und ist keine sichere Heilmethode. Obgleich etwa zwei von drei Patienten in den ersten Wochen oder Monaten der Erkrankung geholfen werden kann — wenn notwendig in Verbindung mit Elektroschocks und Psychotherapie —, sinken die Heilungschancen durch Insulinbehandlung ab, wenn die Fälle schon zwei bis drei Jahre vernachlässigt oder vielleicht nur psychotherapeutisch betreut worden waren.[111] Wenn alles andere versagt und die Wahnideen so fixiert sind, daß sie durch keine Form von Schockbehandlung, medikamentöser Therapie oder Gespräche mehr auflösbar sind, dann stehen noch immer die neueren Formen der Leukotomie zur Verfügung.

Wir haben hier die Schizophrenie und die depressive Melancholie besprochen, um zu zeigen, daß die menschliche Seele, wenn sie religiös erkrankt ist (ebenso wenn sie religiös gesund ist), durch physiologische Mittel noch immer tief beeinflußt werden kann. Der gleiche Effekt läßt sich auch durch die Hervorrufung nervöser Erregung erzielen, die zu einem Zustand erhöhter Suggerierbarkeit und schließlich zu Geistesverwirrung und Kollaps führt, wobei kürzlich erworbene krankhafte Symptome verschwinden können. Weiter erwähnten wir, daß in Fällen, wo selbst die drastischen Formen dieser Behandlung versagen, eine Hirnoperation häufig die Fixierung anomaler religiöser Überzeugungen löst, die keine noch so eindringliche religiöse Überredung (weder eine intellektuelle noch eine emotionale) überwinden kann. So gelingt die Wiederherstellung der Patienten zu einem Zustand von Friede und Glück und zu einem Leben im Dienst ihrer Mitmenschen, wie es viele von ihnen vor ihrer Erkrankung führten.

Die enormen Möglichkeiten der Technik der physiologischen Gruppenerregung, wie sie beispielsweise Wesley und viele andere demonstrierten, werden auch von katholischen Theologen wie etwa Monsignore Ronald Knox zugegeben. In seinem Buch »Enthusiasmus«[112], einer Untersuchung der religiösen Sekten, die solche Methoden verwendeten und damit orthodoxe Gläubige ihrer Zeit, Katholiken wie Protestanten, empörten, unterstreicht Knox die Vielfalt und weite Spanne der religiösen Standpunkte, die durch erregende Spannungsbelastung vielen Menschen fest eingeprägt werden können.

Er beschäftigt sich ausführlich mit Wesley, befaßt sich aber weniger mit der Mechanik der Prozesse als mit der zugrunde liegenden Weltanschauung, die diese verschiedenen heterodoxen Bewegungen beeinflußt:

»Wie diese Phänomene zu erklären sind — die camisardischen Kinderpropheten, die jansenistischen Krämpfe, die methodistischen Ohnmachten, das irvingistische Gelalle — ist eine Frage, die uns nicht zu beschäftigen braucht. Wichtig ist nur, daß sie alle Teil einer bestimmten Art von Geistigkeit sind, die nicht glücklich sein kann, ehe sie Resultate sieht. Wesley nannte es ‚Herzarbeit': Die Empfin-

Zeitgenössische Karikatur von Hogarth über Wesleys Predigten (1762)

Bei kultischen Handlungen primitiver Religionen helfen die Priester, die Erregung anzufachen

Es kann bei den Teilnehmern zu akuten Erregungszuständen kommen, die oft dem Einwirken eines Gottes zugeschrieben werden

Massenhysterie beim Auftreten von Elvis Presley in Amerika

Religiöses Schlangenberühren in Nord-Karolina. Die Erregung wird auch hier durch Trommeln, Händeklatschen, Musik und Tanzen gesteigert. Giftschlangen werden aus den Behältern genommen (oben)

Die Spannung steigt, während die Gläubigen die Schlangen in die Hände nehmen (unten)

Nach einer längeren Periode des Tanzens und der Erregung tritt offenbar die terminale Hemmung ein. Die Empfänglichkeit für Suggestionen steigt, und frühere Reflexbahnungen werden erschüttert

Terminale Erschöpfung

Der völlig furchtlose Umgang mit den Schlangen zeigt, welcher Glaube sich durch solche Methoden einflößen läßt

Wer bei einer Sekte der Erweckungsbewegung in Cincinnati das Gefühl plötzlicher Bekehrung und »Heiligung« erleben möchte, geht nach vorne und spricht mit den anderen, die diesen Punkt schon erreicht haben. Evangelisten passen hinten auf und greifen mögliche Konvertiten heraus (unten)

Evangelisten versuchen, die Erregung weiter zu steigern, wenn sie Zeichen von Bekehrung und »Heiligung« beobachten

Beispiel der finalen Phase des Zusammenbruchs. (Bei der hier gezeigten Sekte heißt dieser Zustand »Die Tafel reinfegen für Gott«)

Hogarths zeitgenössisches Bild (1747) Wesleys (oder eines seiner Prediger), der einen Verurteilten auf dem Henkerskarren zur Richtstätte in Tyburn begleitet. Auf dem Buch in seiner Hand steht »Wesley«

dungen müssen in häufigen Intervallen durch unverantwortliche Gefühle von Zerknirschung, Freude, Friede und so weiter bis in ihre Tiefen aufgerührt werden; oder wie könntest du sonst sicher sein, daß die göttliche Berührung in deiner Seele wirkt?«

Knox war ursprünglich Katholik, konvertierte dann zum Calvinismus; er zollt der außerordentlichen Wirksamkeit dieser Methoden unwillentlich seinen Tribut:

»Wenn ich mich ausführlich mit diesem Einzelzug in Wesleys Charakter beschäftigt habe — ich meine mit seiner Präokkupation durch merkwürdige psychologische Störungen, die heute im allgemeinen möglichst wenig erwähnt werden —, so geschah das, weil ich glaube, daß es ihm und den anderen Propheten der evangelischen Bewegung gelungen ist, der englischen Christenheit ihre eigenen Formen aufzuzwingen. Es ist ihnen gelungen, die Religion mit einem wirklichen oder vermuteten Erlebnis zu identifizieren... Das England, das den Erregungen und Enttäuschungen des frühen neunzehnten Jahrhunderts standhielt, überließ sich auf Gedeih und Verderb einer Erlebnisreligion. Du bautest deine Hoffnung nicht auf diese oder jene doktrinäre Berechnung; du *wußtest*. Aus diesem Grund war und ist der durchschnittliche Engländer merkwürdig unberührt von Vernunftgründen, die ihn seiner theologischen Gewißheit berauben wollen, gleichgültig, was sie nun besagen.«

Die Technik der Gruppenerregung hat in den Vereinigten Staaten, wohin zahlreiche Sekten in Zeiten religiöser Verfolgung flohen, viele merkwürdige Formen hervorgebracht. Monsignore Knox' Ausführungen zeigen, wie ähnlich das Verhalten mancher amerikanischen Gemeinden dem ist, was Wesley in England beobachtete.

»... zitternd, schluchzend und in Ohnmacht sinkend, bis jedes Lebenszeichen verschwand und die Gliedmaßen Leichenkälte annahmen. Bei einer Zusammenkunft fielen nicht weniger als tausend Personen zu Boden, anscheinend besinnungslos und bewegungsunfähig.«

Er weist an Beispielen nach, daß zahlreiche Menschen von Erweckungspredigern selbst zu dem Glauben überredet werden können, daß ein Verhalten, wie bestimmte Tiere es zeigen, Zeichen göttlicher Besessenheit sei.

»Wenn sie von Zuckungen ergriffen wurden, hüpften die Opfer des Enthusiasmus manchmal wie Frösche und produzierten sehr groteske und abstoßende Verzerrungen des Gesichtes und der Glieder... Das ‚Gebell' bestand darin, daß sie sich auf allen vieren niederließen, knurrten, die Zähne bleckten und bellten wie Hunde... Die letzteren (die wie Hunde bellten) waren besonders heimgesucht von Prophetien, Trancezuständen, Träumen, von Engelsvisionen, dem Anblick des Himmels und der Heiligen Stadt.«

1895 hatte allerdings ein protestantischer Priester, der Reverend George Salmon[113], später Provost des Trinity College in Dublin, die katholischen Schriftsteller und vor allem die zeitgenössischen Jesuiten gewarnt, nicht allzu kritisch gegenüber den Erregungsmethoden zu sein, die andere Sekten anwendeten:

»Die Person, die vielleicht am besten die Kunst verstand, religiöse Gefühle zu erregen, und die sie in ein reguläres System brachte, war der Gründer des Jesuitenordens. Jeder Mensch, der etwas von dem System der geistigen Übungen weiß, das er erfand — wie die Gefühle der Schüler in ihren abgeschiedenen Klausen, versammelt in einer verdunkelten Kapelle, aufgeregt werden durch Ausrufe, die allmählich in dringliche Darstellungen übergehen: zuerst von der Bestrafung der Sünden, von den Qualen der Hölle und des Fegefeuers, dann von der Liebe Gottes, von den Leiden unseres Erlösers, der Zärtlichkeit der Jungfrau Maria; wie die Gefühle sich dann steigern, wenn der Leiter der Meditation fortfährt, und wie die Erregung durch sympathetische Ansteckung sich von einem zum anderen überträgt — ich sage: jeder, der irgend etwas darüber weiß, muß sich dessen bewußt sein, daß die römisch-katholische Kirche nichts von alledem zu lernen braucht, was die enthusiastischen protestantischen Sekten erfunden haben. Die heftigste und umfänglichste religiöse Erregung, die die Geschichte kennt, trug sich in einer der dunkelsten Perioden der Kirchengeschichte zu. Ich denke an die Erregungszustände, die zu den

Kreuzzügen führten; als Millionen von Christen, im Glauben an ihren Ruf ‚es ist der Wille Gottes', ihre Heimat verließen, nur um in Massen in fremden Ländern zugrunde zu gehen.«

Salmon legt noch besonderen Nachdruck auf diesen Punkt und fügt hinzu:

»Wer dürfte behaupten, daß diese Bewegung (die Kreuzzüge) nichts als Aberglauben und Fanatismus waren; denn es waren die Besten und Frömmsten ihrer Zeit, die daran teilnahmen..., und doch beweist das Ergebnis, wie sehr diese große Bewegung aus rein menschlichen Gründen entsprungen war. Denn wir können nicht annehmen, daß es Gott war, der diese großen Massen mit falschen Versprechungen verführte, um sie in fernen Ländern elend zugrunde gehen zu lassen. So sehen wir, daß es religiöse Erregung ohne religiöses Wissen geben kann.«

P. F. Kirby weist in seiner Schrift »*The Grand Tour in Italy*« darauf hin, daß hundert Jahre zuvor schon Smollet über die Art und Weise gesprochen hatte, in der die Katholiken die furchterregenden und grausameren Seiten ihrer Religionsgeschichte unterstrichen, um die Gefühle zu erregen.

»Der Eskurialpalast in Spanien ist in seinem Grundriß in Form eines Bratrosts angelegt, da das Kloster auf Grund eines Gelübdes an den heiligen Laurentius erbaut wurde, der wie ein gebratenes Schwein zu Tode geröstet wurde. Es ist bedauerlich, daß die Mühen der Malerei so häufig auf die abstoßenden Themen der Martyrologie verwendet wurden. Abgesehen von den zahllosen Darstellungen der Geißelung, Kreuzigung und Kreuzabnahme besitzen wir Judith mit dem Haupt des Holofernes, Herodias mit dem Haupt Johannes des Täufers, Jael, die Sisera im Schlaf ermordet, Petrus, der sich am Kreuze windet, St. Stefan, der zu Tode gesteinigt, Bartholomäus, der lebend gehäutet wird und Hunderte von weiteren ebenso schrecklichen Bildern, die zu nichts anderem dienen können, als die Vorstellung mit trüben Ideen zu erfüllen und den Geist des religiösen Fanatismus zu fördern.«[114]

Auch Salmon kam zu der Ansicht, daß es viel intensiverer Forschung bedürfe, um die Erscheinungen zu erklären, die damals bei der »Großen Erweckung« in Nordirland auftraten. Er bemerkt:

»Vieles haben wir noch zu lernen über die Gesetze, nach denen der Geist und der Leib aufeinander einwirken und nach denen ein Geist auf einen anderen wirkt; aber das ist gewiß, daß ein großer Teil dieser wechselseitigen Wirkung auf allgemeine Gesetze zurückgeführt werden kann und daß, je mehr wir von solchen Gesetzen wissen, unsere Macht um so größer sein wird, anderen wohlzutun.«

Er vergleicht auch ganz richtig die auffälligeren Erweckungssymptome mit hysterischen Zuständen und den Erscheinungen der Hypnose, die damals schon in Großbritannien praktiziert und diskutiert wurde. Salmon warnt seine Leser vor den Gefahren und Risiken derartiger Versuche, ist aber aufrichtig genug, zu schreiben:

». . . Ich möchte aber hinzufügen, daß nach den Zeugnissen, die mir zukamen, kein Zweifel bestehen kann, daß die Erweckungsbewegung im Norden mit der Unterdrückung der Trunksucht und Gottlosigkeit Hand in Hand ging; daß der moralische Charakter sich allgemein besserte; daß das Interesse an allen religiösen Dingen zunahm, daß die öffentlichen Gottesdienste und die Heilige Kommunion fleißiger besucht wurden. Daß diese Wirkung in allen Fällen anhalten wird, wäre zuviel erwartet, daß sie es in sehr vielen Fällen tun wird, hoffe und glaube ich.«

In einer Nachschrift werden einige der bei dieser »Großen Erweckung« beobachteten Erscheinungen, die nach allgemeiner Ansicht im großen ganzen sehr günstige Resultate hatten, im einzelnen beschrieben:

»Starke Männer brachen in Tränen aus; Frauen wurden ohnmächtig und verfielen in hysterische Anfälle. Die durchdringenden Schreie derer, die laut um Gnade riefen, und die seelischen Qualen, die sie erlitten, waren vielleicht das Eindrucksvollste, was man sich vorstellen kann. Die Reuigen warfen sich zu Boden, rauften sich die Haare, flehten alle umher an, für sie zu beten, und schienen zutiefst überzeugt von ihrer Verworfenheit vor Gott.«

Er fährt dann fort:

»Die körperlichen Affektionen sind dabei zweierlei Art: 1. Der Kranke wird tief beeindruckt von dem Anruf, den er gehört hat, und bricht in die lautesten und wildesten Ausdrücke des Kummers aus, betet ununterbrochen und fleht Gott um Gnade an, und das manchmal stundenlang; oder 2. er fällt völlig bewußtlos nieder und verharrt in diesem Zustand verschieden lang, von etwa einer Stunde bis zu zwei Tagen.«

Auch die Resultate der Fortsetzung solcher Erregung bis zum Zusammenbruch werden geschildert:

»Während der Fortdauer dieses Zustandes (2.) bleibt die betroffene Person völlig ruhig, offenbar unbewußt alles dessen, was um sie her vorgeht; manchmal werden die Hände, wie im Gebet, gefaltet, die Lippen bewegen sich, manchmal entströmen Tränen den Augen; der Puls ist im allgemeinen regelmäßig, ohne jedes Anzeichen von Fieber..., die Personen, die wieder zu sich kommen, bezeichnen es als die Zeit ihrer ‚Bekehrung'. Ihr Gesicht zeigt einen höchst bemerkenswerten Ausdruck, ein vollkommenes Strahlen der Freude, wie ich es niemals bei irgendeiner sonstigen Gelegenheit gesehen habe. Ich könnte die Menschen, die diesen Zustand durchgemacht haben, an ihrem Gesichtsausdruck erkennen.«

In den »Großen Volkskrankheiten des Mittelalters« beschreibt J. F. C. Hecker[115] die hysterische »Tanzwuth«, die in Europa im 14. Jahrhundert auftrat:

»Noch waren die Nachwehen des schwarzen Todes nicht verwunden und die Gräber so vieler Millionen kaum eingesunken, als in Deutschland ein seltsamer Wahn die Gemüther ergriff und, der göttlichen Natur des Menschen hohnsprechend, Leib und Seele in den Zauberkreis höllischen Aberglaubens fortriß... Man nannte sie den *Tanz des heiligen Johannes* oder des *heiligen Veit*, bacchantischer Sprünge wegen, mit denen die Kranken im wilden Reigen schreiend und wuthschäumend den Anblick von Besessenen darboten ...

Schon im Jahr 1374 sah man in Aachen Schaaren von Männern und Frauen aus Deutschland ankommen, die, vereint durch gemeinsamen Wahn, in den Straßen und in den Kirchen dem Volke dies sonderbare Schauspiel gewährten. Hand in Hand schlossen sie Kreise, und, ihrer Sinne anscheinend nicht mächtig, tanzten sie stundenlang in wilder Raserei, ohne Scheu vor den Umstehenden, bis sie erschöpft niederfielen; dann klagten sie über große Beklemmung und ächzten, als stände ihnen der Tod bevor ... Während des Tanzes hatten sie Erscheinungen, sie sahen nicht, sie hörten nicht, ihre Phantasie gaukelte ihnen die Geister vor, deren Namen sie hervorkrächzten, und späterhin sagten einige aus, sie wären sich so vorgekommen, wie in einen Strom von Blut getaucht, und hätten deshalb so hoch springen müssen. Andere sahen in ihrer Verzückung den Himmel offen, mit dem thronenden Heiland und der Mutter Gottes, wie denn der Glaube des Zeitalters sich in ihrer Phantasie wundersam und mannigfach spiegelte.«

Die Krankheit dehnte sich bald von Deutschland auf Belgien aus. Viele Priester machten den Versuch, sie mit Hilfe des Exorzismus auszutreiben, da sie die Krankheit trotz des religiösen Charakters der von vielen Befallenen geäußerten Ideen für eine Teufelsbesessenheit hielten. Es wird berichtet, daß bei Gelegenheit die Straßen der Stadt Metz von elfhundert Tänzern erfüllt waren.

St. Veit galt als Schutzpatron der Tanzwütigen, so wie der heilige Martin bei den schwarzen Blattern und St. Denis von Frankreich von den Syphilitikern als Nothelfer angerufen wurde. Auch der heilige Johannes wurde mit dieser besonderen Art der »Tanzwuth« in Verbindung gebracht, diesmal nicht als ihr Heiliger, sondern weil der Johannistag an die Stelle des vorchristlichen Mittsommernachts-Festes trat, das schon immer mit orgiastischen Tänzen verbunden war. Hecker hält es tatsächlich für möglich, daß die wilden Ausschweifungen des Johannistags in Aachen im Jahre 1374 die Epidemie einleiteten. Davon abgesehen wurden aber in Erfurt schon im Jahre 1237 beinahe hundert Kinder von den gleichen Symptomen erfaßt. Unter den vielen merkwürdigen Erklärungen, die damals für den Ausbruch gegeben wurden, wird auch »die unkräftige Taufe von unzüchtigen Priestern« erwähnt.

Bis zum Beginn des 16. Jahrhunderts, als die Tanzwut zum Gegenstand des medizinischen Interesses von Paracelsus und anderen wurde, galt allein die Kirche als imstande, die Zustände zu behandeln. Faszinierend ist es, bei Hecker eine Vorwegnahme moderner Entdeckungen zu finden, wenn er berichtet, daß die zuverlässigste Heilmethode darin bestand, den Patienten bis zur völligen Erschöpfung und zum Zusammenbruch tanzen zu lassen.

»Brüllend und schäumend, konnten sie von den Umstehenden nicht anders gebändigt werden, als daß man sie mit Bänken und Stühlen umstellte, damit sie durch hohe Sprünge ihre Kräfte desto früher aufrieben, worauf sie denn wie entseelt zu Boden fielen und sich nur nach und nach wieder erholten... Bei vielen war die Heilung durch stürmische Anfälle so gründlich und entschieden, daß sie in die Werkstatt und an den Pflug zurückkehrten, als wäre mit ihnen nichts vorgefallen.«

Eine allgemeine Diagnose der Krankheit läßt sich nicht stellen: manche Befallenen litten vermutlich mehr unter den üblichen Formen von Geisteskrankheiten, manche unter einer induzierten Hysterie, und die Symptome, von denen bei anderen berichtet wird, lassen an eine Vergiftung durch Mutterkorn denken, eine Pilzerkrankung des Roggens, die ins Brot gelangen kann. Auch die Pest löste weitverbreitete nervöse Depressionen aus. Was uns hier aber interessiert, ist immer wieder die Tatsache, daß die erfolgreichste Behandlung darin bestand, derartige Zustände anomaler Erregung bis zur terminalen Erschöpfung voranzutreiben, wonach die Symptome sich von selbst auflösten.

»Die Obrigkeiten der Städte mietheten deshalb Musiker, um die Anfälle der Veitstänzer desto rascher vorüberzuführen, und ließen kräftige Männer sich unter ihre Haufen mischen, um ihre Erschöpfung recht vollständig zu machen, wovon man so oft gute Erfolge gesehen hatte.«

Hecker zitiert auch Matthioli (1565), der folgendes beobachtet hat: »Deshalb sorgte man dafür, daß die Musik bis zu ihrer Erschöpfung fortdauerte, und bezahlte lieber einige Spielleute mehr, damit sie sich ablösten, als daß man die Kranken mitten aus ihrem heilbringenden Tanze in so trauriges Leiden zurücksinken ließ.«

Eine sehr ähnliche Manie trat im 17. Jahrhundert in Italien auf. Man schrieb ihre Erscheinungen dem Biß der Tarantel zu, und es wurde eine besondere Tanzmelodie zur Heilung der Kranken gespielt, die Tarantella. Hecker zitiert G. Baviglis Berichte aus dem Jahr 1710, wonach dieser Glaube damals noch derart feststand, daß man Patienten, die unter bösartigen Fiebern litten, nach Musik zu tanzen zwang, aus Angst, ihre Symptome könnten von einem Tarantelbiß herstammen. Einer der Kranken, die Bavigli gesehen hatte, starb auf der Stelle, zwei andere bald nachher.

Die katholische Kirche sah die Pest als eine Strafe für die allgemeine Schlechtigkeit der Christenheit an und verwandte diese Drohung, um die Menschen zu Unterwerfung und aufrichtiger Reue zu bewegen. Mit ihrer Zustimmung begann die Bruderschaft der Geißler, auch Brüder vom Kreuz genannt, besondere Zusammenkünfte einzurichten, wo Sünden öffentlich bekannt und demütige Bitten an Gott gerichtet werden konnten, die Plage abzuwenden. Obgleich sie als Volksbewegung der unteren Klassen begonnen hatten, wurden die Geißlergruppen allmählich gut organisiert und gelangten unter die Führung der wohlhabenderen Klassen. Ihre Methoden, Gruppenerregung anzufachen, waren höchst wirkungsvoll: sie läuteten Glocken, sangen Psalmen, und geißelten sich, bis das Blut in Strömen floß. Ihre Führer hielten es für angebracht, eine Judenverfolgung zu organisieren, und zwar nicht nur mit dem traditionellen Vorwurf der Kreuzigung Christi, sondern mit der neuen und ebenso abgeschmackten Anklage, die Juden verbreiteten die Pest, indem sie die Brunnen ver-

Die Bruderschaft der Geißler

gifteten. Wie Hitlers Bekehrung der deutschen Massen zum Nazismus durch Riesenversammlungen unterstützt wurde, wo rhythmische Rufe, Fackelumzüge und dergleichen mehr die Menschen in Zustände hysterischer Suggerierbarkeit versetzten, noch ehe er überhaupt zu reden begann, so war es auch bei den Geißlern, die schon seinen antisemitischen Wahnsinn vorwegnahmen. Allein in Mainz wurden zwölftausend Juden getötet oder begingen Selbstmord. Das Eintreffen einer Geißlerprozession war häufig das Signal für ein Massaker.

Hecker, der vor über hundert Jahren schrieb, scheint eine viel klarere Einsicht in die physiologischen Mechanismen solcher Gruppenreaktionen besessen zu haben als mancher moderne Theoretiker. Er begriff die Bedeutung dessen, was die Psychologen heute »die Übertragung« nennen: in einem eigenen Kapitel seiner frühen Arbeit »Die Tanzwuth, eine Volkskrankheit im Mittelalter« (Berlin, 1832), über »Sympathie«, weist er auf die erhöhte Bereitschaft gegenüber Suggestionen hin, die bei all solchen Bewegungen vorliegt, auf einen Instinkt, von dem er sagt:

»Nachahmung, Mitleidenschaft, Sympathie — dies sind unvollkommene Bezeichnungen für ein gemeinsames Band aller menschlichen Wesen, für einen Trieb, der den Einzelnen an die Gesamtheit bindet, der mit gleicher Gewalt Vernunft und Thorheit, Gutes und Böses umfaßt und den Ruhm der Tugend wie die Strafbarkeit des Lasters verringert.«

Er weist weiter auf die Ähnlichkeit zwischen diesem Trieb und »den ersten geistigen Regungen des Kindes« hin, »welche größtenteils auf Nachahmung beruhen«.

»Auf dieser höchsten Stufe gesellt sich dem Triebe der Nachahmung die *Willenlosigkeit* hinzu, die sich einfindet, sobald der sinnliche Eindruck Wurzel geschlagen hat, dem Zustande kleiner Thiere vergleichbar, wenn sie durch den Blick der Schlange gelähmt werden.«

Nachdem er so Pawlows Vergleich hypnotischer Phänomene bei Mensch und Tier vorwegnimmt, meint Hecker, daß seine Entdekkungen »die Selbständigkeit der Mehrzahl der Sterblichen in ein sehr zweifelhaftes Licht stellen und ihren Verein zu einem gesellschaftlichen Ganzen anschaulich machen. Der krankhaften Sympathie noch näher ... steht die Verbreitung großer Leidenschaften, vornehmlich der religiösen und politischen, welche die Völker alter und neuer Zeit so mächtig erschüttert haben, und die ‚nach anfänglicher Verwilligung' (Paracelsus) in gänzliche Willenlosigkeit und Seelenkrankheit übergehen können.«

Aus seinem Studium solcher Volkskrankheiten war Hecker dazu gelangt, manche der Grundmechanismen dessen, was wir heute »Gehirnwäsche« und »Gedankenkontrolle« nennen, recht gut zu verstehen. Er hatte auch bemerkt, daß diese Studien ihn auf gefährlichen Boden führten, und hielt es für geraten, seine Entdeckungen etwas vorsichtiger vorzutragen:

»Es sei fern von uns, dieser Saite alle Töne entlocken zu wollen, mit denen sie die innerste Natur der Sterblichen verkündigt —, die Kräfte möchten uns bei einem so großartigen Gegenstande versagen; nur mit der krankhaften Sympathie haben wir es hier zu thun, auf deren Flügeln die Tanzwuth des Mittelalters zu einer wahren Volkskrankheit sich steigerte.«

Um seine These zu bekräftigen, wonach die Neigung zur »Sympathie« und zur »Nachahmung« bei Erregungszuständen ansteigt, beschreibt Hecker Vorfälle in einer englischen Spinnerei, wo ein Mädchen, das sich vor Mäusen fürchtete, in heftige Zuckungen verfiel, als ihm »ein anderes aus Mutwillen eine Maus in den Busen gesteckt hatte«. Der Anfall, in den sie augenblicklich verfiel, dauerte, mit heftigen Zuckungen, 24 Stunden lang. Am nächsten Tag hatten drei andere Frauen Anfälle, und am vierten waren nicht weniger als 24 Menschen angesteckt. Unter ihnen befand sich ein männlicher Arbeiter, der so erschöpft von den Anstrengungen war, die hysterischen Frauen festzuhalten, »damit sie sich nicht die Haare ausrissen oder den Kopf an den Wänden zerstießen«, daß er selbst der Krankheit verfiel; weiterhin zwei Mädchen von zehn Jahren. Die Krankheit breitete sich in benachbarten Fabriken aus, da sich ein Gerücht verbreitet hatte, »daß durch einen Ballen Baumwolle eine ansteckende Krankheit in die Anstalt gebracht worden sei«. Die angewendete Behandlung klingt erstaunlich modern:

»Die Heilung gelang sehr bald durch Electricität, die Krankheit verbreitete sich seit der Ankunft des Arztes nicht weiter, und schon sechs Tage nach dem Ausbruch des Übels (am 15. II. 1787), das unter geeigneten Umständen große Fortschritte hätte machen können, waren alle genesen.«[116]

Hecker erwähnt auch eine viel ernsthaftere religiöse Epidemie, die durch Massensuggestion in Cornwall ausbrach:

»In einer Methodisten-Kapelle zu Redruth rief während des Gottesdienstes ein Mann mit lauter Stimme: ‚Was soll ich thun, um selig zu werden‘; wobei er die größte Unruhe und Besorgniß über seinen Seelenzustand zu erkennen gab. Einige andere Gemeindeglieder wiederholten, seinem Beispiele folgend, denselben Ausruf, und schienen kurz darauf an den größten Körperschmerzen zu leiden.«

Der Vorfall erregte allgemeine Aufmerksamkeit, und manche, die aus Neugierde zur Kapelle kamen, verfielen der hysterischen Ansteckung:

»Die Kapelle blieb einige Tage und Nächte offen, und von hier aus verbreitete sich die neue Krankheit mit Blitzesschnelle über die benachbarten Städte Camborne, Helston, Truro, Penryn und Falmouth sowie über die naheliegenden Dörfer...«

»Die Befallenen verriethen die größte Angst und verfielen in Zukkungen, andere schrieen wie besessen, der Allmächtige werde sogleich seinen Zorn über sie ausschütten, das Geschrei der gequälten Geister erfülle ihre Ohren, und sie sähen die Hölle offen zu ihrem Empfange.«

Die Bekehrung Cornwalls von einer traditionsgemäß katholischen Grafschaft in eine vorwiegend nonkonformistische kann teilweise durch die Geschicklichkeit der Erweckungsprediger erklärt werden, denn Hecker fährt fort:

Die Anwendung religiöser Bekehrungsmethoden

»Sobald die Geistlichen während ihrer Predigten die Leute so ergriffen sahen, so redeten sie ihnen dringend zu, ihr Sündenbekenntniß zu verstärken, und bemühten sich eifrig, sie zu überzeugen, daß sie von Natur Feinde Christi seien, daß Gottes Zorn deshalb über sie komme, und daß, wenn der Tod sie in ihren Sünden überrasche, die ewige Qual der Höllenflammen ihr Antheil sein würde. Die überspannte Gemeinde wiederholte dann ihre Worte, und natürlich mußte dies die Wuth der Zuckungsanfälle steigern. Wenn nun die Predigt ihre Wirkungen getan hatte, so veränderten die Geistlichen den Inhalt ihrer Rede, erinnerten die Verzückten an die Kraft des Heilandes wie an die Gnade Gottes und schilderten ihnen mit glühenden Farben die Freuden des Himmels. Hierauf erfolgte früher oder später eine auffallende Sinnesänderung; die Verzückten fühlten sich aus dem tiefsten Abgrunde des Elends und der Verzweiflung zur höchsten Glückseligkeit erhoben und riefen triumphierend aus, daß ihre Banden gelöset, ihre Sünden vergeben und sie in die wundervolle Freiheit der Kinder Gottes versetzt seien.«

In den Berichten über diese Erweckungsbewegung in Cornwall werden praktisch alle Symptome erwähnt, wie wir sie bei den Kampfneurosen des zweiten Weltkrieges kennenlernten; sie zeigen sogar, daß die unteren Extremitäten vergleichsweise später ergriffen werden als der übrige Körper — wie es bei den Patienten aus den Luftangriffen und von der Normandiefront der Fall war, und wie es auch bei den Pawlowschen Hunden unter schwersten Spannungsbelastungen beobachtet wurde.

Deutlich zeigt sich die zunehmende Empfänglichkeit für Suggestionen, wie sie sich bei Anwendung derartiger Methoden häufig entwickelt, in den Berichten des Reverend Jonathan Edwards über den von ihm im Jahr 1735 eingeleiteten Erweckungsfeldzug in Northampton, Massachusetts. Es wäre durchaus möglich, daß Wesley Edwards' Darstellung gelesen hatte, bevor er vier Jahre später seine eigene Kampagne begann. Edwards gibt auch beiläufig zu, daß einer übererregten Versammlung sogar Selbstmordideen eingeimpft und von Person zu Person übertragen worden wären. Eines seiner Gemeindekinder hatte in einem Anfall von religiöser Melancholie einen Selbstmordversuch unternommen, und einem anderen war es später gelungen, sich die Kehle durchzuschneiden (was damals als eine der schwersten überhaupt nur denkbaren Sünden galt).

»Die Neuigkeit dieses außerordentlichen Vorfalls erregte die Gemüter der Leute hier und versetzte sie in Erstaunen. Nach dem schien es, als wäre es einer Großzahl von Menschen in dieser und anderen Städten aufs dringendste nahegelegt worden und sie wären gezwungen, das gleiche zu tun; und viele, die offenbar nicht von der Melancholie ergriffen waren, manch fromme Leute, die weiter nicht in Düsternis und Zweifel über ihren Gnadenstand waren und keine sonderlichen Sorgen oder Bedenken des Gemüts über irgendwelche geistigen noch zeitlichen Dinge hatten, waren doch gedrängt dazu, als hätte einer zu ihnen gesagt: ,Schneid dir den Hals durch, jetzt ist eine gute Gelegenheit! Jetzt! Jetzt!' So daß sie genötigt waren, mit aller Macht zu kämpfen, dem zu widerstehen, und war ihnen doch kein Grund bekannt, warum sie's tun sollten.«[117]

Auch die religiösen Praktiken Rasputins, des orthodoxen russischen Mönchs, dessen hypnotischer Einfluß auf die letzte Zarin mit zum Ausbruch der Märzrevolution beitrug, gibt gewisse Aufschlüsse über die hier besprochenen Methoden. Fürst Jussupoff, der es 1916 als seine patriotische Pflicht empfand, Rasputin zu ermorden, sagt darüber folgendes aus:

»Er (Rasputin) geriet unter den Einfluß eines Priesters, der in ihm den Mystiker wachrief, aber seiner Bekehrung fehlte die innere Aufrichtigkeit. Seine brutale sinnliche Natur zog ihn bald zur Sekte der Geißler, der *Khlystys*, hin. Sie behaupteten, vom *Wort* ergriffen zu sein und Christus zu verkörpern. Diese himmlische Communio erzielten sie durch die viehischsten Praktiken, eine ungeheuerliche Vermengung von religiösen mit heidnischen Ritualen und primitivem Aberglauben. Die Gläubigen pflegten sich nachts in einer durch Hunderte von Kerzen erleuchteten Waldhütte zu versammeln. Zweck dieser

Feiern (radenyi) war es, eine religiöse Ekstase, eine erotische Raserei zu erzeugen. Nach Anrufungen und Gesängen bildeten die Gläubigen einen Kreis und begannen sich im Rhythmus zu wiegen und dann sich immer schneller und schneller um sich selbst zu drehen. Da ein Zustand von Schwindel wesentlich für den ‚göttlichen Zusammenfluß' war, peitschte der Leiter der Zeremonie jeden, dessen Schwung nachließ. Der *radenyi* endete in einer fürchterlichen Orgie, in der alle in Ekstase und Krämpfen sich am Boden wälzten. Sie verkündeten, daß derjenige, der vom ‚Geist' ergriffen ist, nicht mehr sich selbst, sondern dem ‚Geist' angehört, der ihn lenkt und der für alle seine Taten und alle Sünden, die er begehen könnte, verantwortlich ist.«[118]

G. R. Taylor[119] erwähnt die Möglichkeit, daß die frühen Christen auf Grund der Tänze, die sie verwendeten und »weil sie vom ‚Geist' ergriffen wurden, von den Persern ‚Tarsa' oder ‚Zitterer' genannt wurden«. Er weist auch darauf hin, daß sich eine durchgehende Linie von den Johannäischen Christen über die mittelalterlichen Tänzer und die nach-mittelalterlichen »Zitterer« und Quäker bis zu den Tanz- und Zitter-Sekten des neunzehnten und zwanzigsten Jahrhunderts ziehen läßt; und dieses Tanzen »ist tatsächlich der Mechanismus, durch den die Theolepsie erzeugt wird«. In einem frühen ägyptischen Papyrus werden die Worte eines Tanzgesanges zu Ehren des gnostischen Ogdoad sogar Christus zugeschrieben.[120]

Der gemeinsame Nenner für manche der Veränderungen, die sowohl die frühen Methodisten als auch die Holy Rollers, die Jansenisten, die modernen Psychotherapeuten wie auch die Psychiater erzielen, die mit Insulin, Elektroschocks, Leukotomie und dergleichen arbeiten, liegt wahrscheinlich in der Hirnphysiologie und nicht auf psychologischem Gebiet; vor allem nachdem sich herausgestellt hat, daß die Bahnung und die Unterbrechung von Verhaltens- und vermutlich auch von Denkformen auch bei Tieren durch analoge Störungen der Hirnfunktion beeinflußt zu sein scheinen. Das ist keineswegs eine neue Einsicht, aber die Fortschrittsgläubigkeit unserer Zeit läßt häufig den Gedanken nicht zu, daß die Intelligenz von künstlich herbeigeführten Hirnstörungen überwältigt sein könnte, wo neue Glaubensgrundsätze verkündet werden. William James schrieb 1903 in seinen »Varieties of Religious Experience«:

»Am Ende kommen wir doch auf das abgedroschene Symbol eines mechanischen Gleichgewichts zurück. Das Bewußtsein ist ein System von Ideen, jede mit der Erregung, die sie auslöst, und mit impulsiven und hemmenden Tendenzen, die einander gegenseitig aufheben oder verstärken ... eine neue Wahrnehmung, ein plötzlicher, emotionaler Schock oder eine Gelegenheit, die die organische Störung bloßlegt, läßt das ganze Gebäude zusammenstürzen; und dann sinkt das Gravitationszentrum auf eine stabilere Haltung ab, denn die neuen Ideen, die bei der Wiederherstellung des Gleichgewichts das Zentrum erreichen, scheinen nun hier festgelegt zu sein, und die neue Struktur bleibt bestehen.«

James kommt auf Grund seiner Untersuchung zu dem Schluß:

»Emotionale Momente, besonders sehr heftige, sind vor allem dazu angetan, geistige Gleichgewichtsveränderungen hervorzubringen. Die plötzliche und explosive Art, in der Liebe, Eifersucht, Furcht, Reue und Zorn einen Menschen ergreifen können, ist allgemein bekannt. Auch Hoffnung, Glück, Sicherheitsgefühl und Erlösung von Zweifeln, alles Charakteristika der Bekehrung, können explosiv sein. Und Gefühle, die derartig explosiv eintreten, hinterlassen selten die gleiche Situation, wie sie vorher bestand.«

Hier zitiert James die Schlußfolgerungen Professor Leubas[121]:

»Der Grund für die spezifische Zuversicht, die religiöse Dogmen erwecken, liegt also in einem affektiven (gefühlsmäßigen) Erlebnis. Die Objekte des Glaubens können selbst unsinnig und lächerlich sein, der affektive Strom wird sie tragen und ihnen unerschütterliche Gewißheit verleihen. Je verblüffender das affektive Erlebnis, je unerklärlicher es erscheint, desto leichter wird es zum Träger unbegründbarer Vorstellungen.«

Auch John Wesley, obgleich er die Tausende von Bekehrungen, die er überall in England und bei den unwahrscheinlichsten Leuten erzielte, durchaus der Hand Gottes zuschrieb, machte sich über mögliche zusätzliche physiologische Faktoren Gedanken:

»Wie leicht wäre es, zu vermuten, daß ein heftiger, lebhafter und plötzlicher Begriff von der Scheußlichkeit der Sünde und dem Zorne Gottes und den bitteren Schmerzen des ewigen Todes sowohl Leib als Seele berühren, die augenblicklichen Gesetze der Lebenseinheit aufheben und, den gewöhnlichen Kreislauf unterbrechend oder störend, die Natur aus ihren Bahnen werfen könnte.«[122]

Diese wissenschaftliche Beobachtung der Ergebnisse, die die verschiedenen Arten zu predigen hervorriefen, ermöglichte es Wesley, selbst in England, das ja bekanntlich jedem Wechsel widerstrebt, bestimmte traditionelle religiöse und politische Verhaltensweisen umzuformen.

Es ist recht unwahrscheinlich, daß Dr. Billy Graham den gleichen Erfolg wie Wesley haben sollte, sei es auch nur, weil er nicht versucht, seine Erfolge durch ein gleiches wirksames System der Nachbehandlung zu festigen. Wer seine Versammlungen besucht, ist von der Umsicht beeindruckt, mit der er die Erwähnung der Hölle vermeidet — eine der Hauptwaffen der Bekehrung bei Wesley. Vielleicht war es eine der entscheidendsten Gelegenheiten in der englischen Religionsgeschichte, als, dem Bericht nach, ein Arbeiter jubelnd aus einer Kirche gelaufen kam, wo Dean Farrar predigte, und ausrief: »Gute Nachrichten, Kumpels, der alte Farrar sagt, es gibt keine Hölle!«[123] Dies könnte im Jahre 1878 gewesen sein, als Farrar sein Buch *Eternal Hope* (Ewige Hoffnung) veröffentlichte, das seine fünf Predigten in Westminster enthält, in denen er den Gedanken der ewigen Höllenstrafe kritisiert.[124] Aber Dr. Graham ist sich dessen bewußt, daß die Furcht vor der Hölle noch nicht gänzlich gebannt ist. Sollte er gelegentlich die gebräuchliche Technik der Erweckungsprediger anwenden: »Das Erlösungsflugzeug verläßt den Flugplatz pünktlich um 3.30 — wer von euch Sündern wird an der Sperre sein, um es noch zu kriegen?«, dann wird er vermutlich nicht die Flammen, den Schwefel und des Teufels Ofengabel beschreiben, sondern sich auf ein eindrucksvolles »beeilt euch lieber — sonst! ...« beschränken. Das »sonst« scheint in vielen Fällen wirksam genug. Der Leser wird auch realisieren, wie nützlich die H-Bombe für den zukünftigen Erfolg gewisser Sorten religiöser Evangelisten werden kann. Wir lesen bereits, wie Dr. Graham seine Landsleute warnt:[125]

»Die größte Sünde Amerikas ist unsere Mißachtung Gottes... Gott könnte Rußland gestatten, Amerika zu zerstören... Sehe ich eine so schöne Stadt wie New York, dann habe ich auch eine Vision von stürzenden Gebäuden und Staubwolken. Ich habe immer das Gefühl, Gott werde gestatten, daß etwas in einer Weise, die ich nicht vorausahne, auf uns niederstürzt, wenn wir nicht zu Ihm zurückkehren.«

Und wie viele Evangelisten vor ihm, glaubt auch Dr. Graham auf Grund der vielen plötzlichen Bekehrungen, die er durch solche Methoden erzielt, ein Vertreter dieses alles-zerstörenden Gottes zu sein.

»Ich bin kein großer Intellektueller, und es gibt Tausende, die bessere Prediger sind als ich. Sie können mich nicht begreifen, wenn Sie das Übernatürliche ausschließen. Ich bin nur ein Werkzeug Gottes.«

DIE GEHIRNWÄSCHE IN RELIGION UND POLITIK

Das in den Kapiteln »Zur Technik der religiösen Bekehrung« und »Die Anwendung religiöser Bekehrungsmethoden« zusammengestellte Beweismaterial zeigt, wie nach genügender Störung der Hirnfunktion durch zufällig oder absichtlich hervorgerufene Angst, Wut oder Aufregung vielen Menschen die verschiedensten Überzeugungen eingeimpft werden können. Die bekanntesten Ergebnisse solcher Störungen sind das Nachlassen der Urteilskraft und die erhöhte Bereitschaft gegenüber Suggestionen. Die verschiedenen Gruppenmanifestationen solcher Art werden gelegentlich unter dem Begriff »Herdentrieb« zusammengefaßt und treten höchst auffällig im Verlauf von Kriegen, schweren Epidemien und allen ähnlichen Perioden gemeinsamer Gefahr zutage, in denen die Angst zunimmt und damit die individuelle wie die Massen-Suggerierbarkeit ansteigt.

Ein anderes Ergebnis der Übererregung kann das Auftreten »äquivalenter«, »paradoxer« und »ultraparadoxer« Phasen abnormer Hirnaktivität sein, die, wie schon dargestellt, die normalen Verhaltensweisen des Individuums umkehren. Gelingt es, durch verlängerte oder gesteigerte Spannungsbelastung einen plötzlichen, vollständigen Zusammenbruch hervorzurufen, dann können unter Umständen die Tafeln des Gehirns von ihren erst kürzlich gebahnten Verhaltensweisen vollständig reingefegt werden, so daß sich andere leichter an ihre Stelle setzen lassen.

Tatsächlich scheint das gleiche, was mit Tieren geschieht, wenn sie einer Spannungsbelastung unterworfen werden, auch für Menschen zuzutreffen; das heißt, daß die betreffenden mechanischen Prinzipien, wenn man einmal die psychologische Verhaltensdeutung beiseite läßt und sich auf die rein physiologischen Erscheinungen konzentriert, sich häufig als gleichartig erweisen.

Die Techniken der politischen und der religiösen Indoktrinierung sind oft derart ähnlich, daß sie in primitiven Gemeinschaften oder in höher entwickelten theokratischen Staaten, wie etwa dem antiken Israel, tatsächlich identisch sind. So dürfte eine Untersuchung der genauer bekannten Methoden religiöser Indoktrination Ergebnisse liefern, die, ceteris paribus, ebensogut auf das politische Gebiet anwendbar sind. Trotzdem werden häufig die offensichtlichsten Übereinstimmungen vernachlässigt, weil entweder die religiösen Methoden (wie heute in Westeuropa und den Vereinigten Staaten) oder die politischen (wie in Osteuropa und China) auf Kosten der jeweils anderen offiziell respektiert werden.

Die gleichen tiefgehenden Glaubensunterschiede, wie sie zwischen Katholiken und Protestanten in religiöser Hinsicht bestehen, trennen auf dem politischen Gebiet die Kommunisten von den kapitalistischen Demokraten. Weitgehend ähnliche kleine funktionelle Streitigkeiten haben in der Vergangenheit die Beziehungen der Stalinisten und Trotzkisten, der Methodisten, der Primitiven Methodisten und Calvinistischen Methodisten verbittert. Die politischen Anführer waren ebenso bereit, Massenerschießungen und Gaskammern anzuwenden, um ihre Überzeugungen durchzusetzen, wie in der Vergangenheit religiöse Führer, die zu Feuer und Schwert griffen. Weder die Katholiken noch die Protestanten dürfen hier auf eine fleckenlosere Vergangenheit pochen als ihre Widersacher. Was die Grausamkeit anbetrifft, so bestand zwischen den Protestanten und den Katholiken der deutschen Religionskriege wenig Unterschied. Die katholischen Massenmorde an den protestantischen Hugenotten waren nicht weniger fanatisch als die Hinschlachtung irischer Katholiken durch Cromwells Protestanten. Außerdem haben sowohl die Katholiken wie die Protestanten mit gleichem Eifer das Schwert Gottes gegen die Heiden in anderen Kontinenten und gegen die Angehörigen vorchristlicher Hexenkulte in Europa geschwungen. Und immer handelten sie in der festen Überzeugung, daß sie von den höchsten und edelsten Beweggründen beseelt seien. Tatsächlich sind im ganzen Verlauf der Geschichte die gütigsten, edelmütigsten und humansten Menschen in einer Weise reflektorisch so geprägt worden, daß sie Akte ausführten, die jedem, der anders geprägt wurde, rückschauend entsetzlich erscheinen müssen. Viele sonst vernünftige Menschen können sich von bestimmten merkwürdigen und grausamen Ansichten nicht lösen, einfach weil sie ihnen in frühem Alter fest eingeprägt worden sind; sie können durch Gegenargumente ebensowenig überzeugt werden, wie einst die Generation, die noch an der Vorstellung festhielt, die Erde sei flach, obwohl sie damals schon mehrmals umschifft worden war. Aber um grundsätzliche Standpunkte zu verändern, bedarf es nicht unbedingt einer Erschütterung durch Vudu- oder religiöse Erweckungsrituale — es gibt andere, weniger grobe und weniger dramatische Methoden, die sehr wirkungsvoll sind.

An dieser Stelle wird der Leser vielleicht eine Wiederholung der physiologischen Grundprinzipien entschuldigen.

Es hatte sich herausgestellt, daß bei Tieren mit ihren verschiedenen Temperamenten ein Zusammenbruch oder eine dramatische Änderung in den Verhaltensweisen nicht nur durch eine Reizsteigerung zu erzielen ist, sondern auch auf drei anderen und wichtigen Wegen:

1. Man konnte die Zeit zwischen einem vorbereitenden Signal und der Verabreichung oder Entziehung von Futter oder der Versetzung eines unerwarteten elektrischen Schocks verlängern; die Verlängerung eines Zustandes von Spannung und Angst erwies sich als außerordentlich störend. Das Ergebnis war eine Schutzhemmung, die schnell »transmarginal« werden konnte und chaotische Auswirkungen auf die Hirnfunktion hatte.

2. Verhaltensweisen konnten verändert werden, indem man das Hirn dadurch in Verwirrung brachte, daß positive und negative Futter-Reflexsignale schnell aufeinander folgten und nicht von der erwarteten Nahrung oder den Schocks gefolgt wurden. Die meisten

Tiere schienen imstande, sich in bestimmten Grenzen an das anzupassen, was sie zu erwarten gelernt hatten. Sich mit dem Unvorhergesehenen auseinanderzusetzen, machte ihnen größere Schwierigkeiten.

3. Versagten alle diese Mittel, um Verwirrung oder Zusammenbrüche zu produzieren, so konnte man seine Zuflucht zu körperlicher Schwächung, zu Fiebern usw. nehmen, die, wenn die gleichen Reize dann später angewendet wurden, zum Erfolg führten.

Alle diese physiologischen Mechanismen treten auch bei den nun zu besprechenden Konversions- und Gehirnwäsche-Techniken in Aktion, teils einzeln, teils in Kombination miteinander. Es setzt uns nicht weiter in Erstaunen, daß die Methoden der Bekehrung oder der Geständniserzwingung, die die spanische Inquisition im 16. und 17. Jahrhundert anwandte, sich wenig von denen der Kommunisten hinter dem Eisernen Vorhang unterscheiden. Trotzdem steht zu vermuten, daß die Kommunisten eine größere technische Perfektion erreichten, da sie an Tieren die physiologischen Grundprinzipien besser verstehen gelernt hatten und an ihnen ihre empirischen Entdeckungen nachprüften. Andererseits ist die Anwendung körperlicher Gewalt zur Erzwingung von Aussagen und Geständnissen in Rußland ebenso wie in den Vereinigten Staaten und England offiziell gesetzlich untersagt. Angeklagte Personen werden außerdem im allgemeinen ausführlich darüber belehrt, daß das, was sie aussagen, in ihrem späteren Prozeß als Beweis herangezogen werden kann.

Die Gehirn-Wäscher wenden eine Konversionstechnik an, die sich nicht allein auf erhöhte Zugänglichkeit für Massensuggestion stützt, sondern auch in der Erregung individueller Angst, im Anschüren eines realen oder imaginären Schuldgefühls besteht; und das alles stark und lange genug, um den gewünschten Zusammenbruch herbeizuführen. Bei dem schon erwähnten Erweckungsfeldzug Jonathan Edwards' in Northampton wuchs die Empfänglichkeit für Massensuggestion bis zu einem Punkt, wo der Selbstmordversuch eines depressiven Gemeindemitglieds und der gelungene Selbstmord eines anderen dessen Nachbarn so tief beeindruckte, daß viele von ihnen, ungeachtet ihrer neugefundenen Freude und Erlösungsgewißheit, von einer Besessenheit ergriffen wurden, die sie als diabolische Versuchung empfanden, das gleiche zu tun. Jeder, der die Technik der Gehirnwäsche und Geständniserpressung kennenlernen will, wie sie hinter dem Eisernen Vorhang üblich ist (und übrigens auch auf unserer Seite in gewissen Polizeirevieren, wo dem Geist des Gesetzes Hohn gesprochen wird), beginnt am besten mit dem Studium der amerikanischen Erweckungsbewegungen des 18. Jahrhunderts — etwa vom Jahre 1730 an. Die physiologischen Mechanismen scheinen die gleichen zu sein, und die dabei eingeimpften Überzeugungen und Verhaltensweisen wurden an Starrheit und Intoleranz nicht einmal in der UdSSR in der stalinistischen Ära übertroffen. Vor allem gilt das für die puritanische Bewegung in Neuengland. Wir befassen uns hier nicht mit der Richtigkeit oder Fälschlichkeit ihrer fundamentalistischen oder calvinistischen Überzeugungen. Dieses Buch handelt ausschließlich von der Physiologie der Konversion und der Gedankenkontrolle.

Edwards war der Ansicht, daß die Welt durchaus »in einen großen See oder flüssigen Ball von Feuer verwandelt werden könnte, in den die Bösen gestürzt werden sollen — und ihre Häupter, ihre Augen, ihre Zungen, ihre Hände, ihre Füße, ihre Lenden und ihre Eingeweide sollen immerdar voll glühenden, schmelzenden Feuers sein, genug, selbst die Felsen und die Elemente zum Schmelzen zu bringen. Und sie sollen voll des wachsten, lebendigsten Gefühls sein, die Qualen zu empfinden, nicht zehn Millionen Jahre lang, sondern immer und ewig, ohne irgendein Ende...«

Er sprach auch davon, daß die auf ewig Verdammten »auch in der Gegenwart der verklärten Heiligen gequält würden. Dadurch würden die Heiligen tiefer empfinden, wie groß ihre Erlösung sei. Der Anblick des Elends der Verdammten wird die Inbrunst der Liebe und Dankbarkeit der Heiligen im Himmel verdoppeln.«[126]

In einem Bericht über die Erweckungskampagne von Northampton[127] stellt er fest, daß vor ihrem Beginn »unter der Jugend der Stadt seit einigen Jahren Zügellosigkeit herrschte. Viele von ihnen neigten sehr zu nächtlichem Umherschweifen, besuchten die Wirtshäuser und liederliche Veranstaltungen, wodurch manche durch ihr Beispiel andere außerordentlich verdarben..., aber... im folgenden April 1734 geschah der sehr plötzliche und schreckliche Tod eines jungen Mannes in der Blüte seiner Jugend..., danach erfolgte der Tod einer jungen verheirateten Frau, die sehr bewegt im Geiste über die Rettung ihrer Seele gewesen war, ehe sie erkrankte und zu Beginn der Krankheit in große Verzweiflung verfiel.«

Es hat den Anschein, als ob diese Todesfälle Edwards' Pfarrkinder empfänglicher als gewöhnlich für seine Predigten über das höllische Feuer machten, denn in kurzer Zeit »gab es in der Stadt kaum einen einzigen, sei es jung oder alt, der unbetroffen geblieben wäre von den großen Dingen der Ewigkeit. Die zuvor die Eitelsten und Leichtfertigsten gewesen waren und am geneigtesten, über Vital- und Experimentalreligion gering zu denken und zu reden, unterlagen nun allgemein den großen Erweckungen.«

Edwards beschreibt nun weiter das »Erwecken«, das sich als so nützlich für die religiöse und politische Bekehrung erwiesen hat:

»Die Menschen werden zuerst erweckt mit dem Gefühl ihres von Natur aus elenden Standes; mit der Gefahr, in der die sich befinden, auf ewig verloren zu sein: daß es von großer Wichtigkeit für sie ist, in Eile daraus zu fliehen und in einen besseren Stand zu treten. Die zuvor sicher waren und ohne Einsicht, werden nun empfänglich dafür, wie sehr sie in ihrem früheren Tun auf dem Weg zum Untergang waren.«

Er kennt auch die wichtigen Unterschiede in den Temperamentstypen, auf die während der »Erweichungsphase« vor der Bekehrung geachtet werden muß.

»Es bestehen sehr große Unterschiede hinsichtlich des Grades an Angst und Sorge, davon die Menschen betroffen werden, ehe sie irgendeine tröstliche Gewißheit von der Vergebung Gottes erlangen und das Gefühl, angenommen zu sein. Manche werden von Anfang an mit unendlich mehr Mut und Hoffnung angetrieben als andere; manche haben zehnmal weniger Seelenqualen gehabt als andere, wobei doch das Ergebnis das gleiche zu sein scheint; manche hatten solch ein Gefühl vom Mißfallen Gottes und der großen Gefahr der Verdammnis, darin sie sich befanden, daß sie bei Nacht nicht schlafen konnten; und viele sagten, daß beim Niederlegen der Gedanke, in solch einem Stande zu schlafen, ihnen Angst erregte, und daß sie auch im Schlafe kaum frei waren vom Schrecken, und daß sie mit Furcht erwachten, in Schwere und Verzweiflung, die noch in ihrem Geiste herrschte. Je mehr sie sich der Erlösung näherten, desto mehr nahmen meist die furchtbaren Ängste, die die Menschen in ihrem Leiden hatten, zu; obgleich sie oft vielerlei Wechsel und Veränderungen in den Umständen ihres Geistes durchmachen: manchmal glauben sie sich völlig von Verstand und fürchten, daß der Geist Gottes sie verlassen hat und sie der Strenge des Gerichts überliefert seien; dennoch erscheinen sie tief bewegt von dieser Angst und in großem Ernste, wiederum zum Glauben zu gelangen.«[128]

Edwards machte es sich zur Gewohnheit, als ersten Schritt zur Bekehrung Schuldgefühl und akute Angst zu erregen, und behauptete, daß die Spannung gesteigert werden müsse, bis der Sünder zusammenbricht und sich völlig dem Willen Gottes unterwirft. Seine Pfarrkinder hatten aber offenbar erkannt, daß solch ein Vorgehen im Falle eines Sünders, der schon unter religiöser Melancholie litt, ihn zu dem furchtbaren Verbrechen des Selbstmordes treiben könnte:

»Eine andere Sache, um derentwillen manchen Geistlichen gewisse Vorwürfe gemacht werden — und ich glaube zu Unrecht —, ist das Sprechen vom *Schrecken* zu solchen, die schon im großen Schrecken sind, statt sie zu trösten... Einem Prediger Vorwürfe zu machen, daß er solchergestalt denen, die im Erwachen sind, die Wahrheit erklärt, und ihnen nicht sogleich Trost spendet, ist gerade so, als wolle man einem Arzt Vorwürfe machen, weil er, wenn er begonnen hat, die Lanzette einzustechen, wodurch er dem Patienten schon große

Schmerzen bereitet, so daß dieser zurückweicht und in Schmerzen schreit, nun so grausam ist und nicht einhält, sondern noch tiefer sticht, bis er den Grund der Wunde erreicht.«

So müßten gelegentliche Fälle von Selbstmord und Wahnsinn auf die Soll-Seite seiner Bekehrungs-Hauptbücher gesetzt werden. Aber während er von den Schrecken der Hölle und der ewigen Verdammnis predigte, dachte er stets daran, einen Fluchtweg offenzulassen, der in der wichtigsten Überzeugung bestand, die eingeimpft werden sollte.

»Denen, deren Gewissen erweckt ist, muß tatsächlich noch etwas anderes als der Schrecken gepredigt werden. Ihnen soll man sagen, daß es einen Heiland gibt, der wunderbar und ruhmreich ist, der sein kostbares Blut für die Sünder vergossen hat und in jeder Weise genügt, sie zu erretten; der bereitsteht, sie zu empfangen, wenn sie ihn von Herzen empfangen wollen; denn auch dies ist die Wahrheit, ebenso, als daß sie sich jetzt in einem unendlich furchtbaren Stande befinden... Zur gleichen Zeit, da den Sündern gesagt wird, wie elend ihr Fall ist, sollten sie auch ernstlich aufgefordert werden, herbeizukommen und ihren Heiland zu empfangen und ihm ihre Herzen zu unterwerfen, mit all den überzeugenden tröstlichen Argumenten, die das Evangelium gewährt.«

Edwards fand, daß manche seiner Konvertiten tage-, wochen-, ja monatelange Seelenkonflikte und -leiden zu erdulden hatten, ehe sie zusammenbrachen und die calvinistischen Ansichten von der Erlösung annahmen, wie er sie predigte, und so gerettet wurden. Er stellte auch fest:

»Jene, die, während sie vor dem Gesetz schuldig befunden waren, die größten Schrecken erlitten, haben nicht immer das höchste Licht und den höchsten Trost erreicht; noch haben sie immer das Licht am plötzlichsten empfangen. Aber doch glaube ich, daß bei solchen Personen die Zeit der Bekehrung allgemein sehr wahrnehmbar war. Oft ist die erste bemerkbare Veränderung nach dem Gipfelpunkt des Schreckens die Ruhe; und dann breitet sich allmählich das Licht aus;

zuerst nur in kleinen Schimmern ..., und dann fühlen sie innerlich vielleicht eine gewisse Neigung, Gott zu preisen, und nach einer kleinen Weile wird das Licht klarer und stärker. Aber mir scheint, daß häufiger große Schrecken von plötzlicherer und stärkerer Erleuchtung und von Trost gefolgt waren, wenn der Sünder, sozusagen, unterjocht scheint und, zur Ruhe gebracht, aus einer Art Aufruhr des Geistes.«

Diese terminale Ruhe des plötzlichen Konversionszustandes beschreibt auch William James in seinen »*Varieties of Religious Experiences*« sehr gut. Die verstockten Sünder, das heißt also diejenigen, deren Temperamentsform Suggestionen wenig zugänglich ist, verlieren unter den sich länger hinziehenden Seelenkämpfen weitgehend an Körpergewicht, ehe die endliche Unterwerfung und »Heiligung« eintritt. Ihre Situation erinnert an die der »starken« Hunde Pawlows, die geschwächt werden mußten, ehe sich ihre Verhaltensweise niederbrechen ließ. All die physiologischen Mechanismen, die Pawlow in seinen Tierexperimenten ausnutzte, wurden offenbar auch von Edwards und seinen Nachfolgern in ihren calvinistischen Missionsfeldzügen verwendet, abgesehen von Drüsenveränderungen durch Kastration.

Die langwährenden Erfolge dieser Methoden lassen sich noch 100 Jahre später an den Reaktionen Harriet Beecher-Stowes erkennen, der Autorin von »Onkel Toms Hütte«, deren Heimatgemeinde noch immer vom Geist Jonathan Edwards' beherrscht wurde:

»Ihre erste ernstliche theologische Prüfung begegnete ihr im Alter von 11 Jahren, als ihre ältere Schwester Catherine bei einem Schiffsuntergang den Bräutigam verlor und nicht sicher war, ob er erlöst sei. Lyman Beecher (ihr Vater) konnte ihr keine Beruhigung zuteil werden lassen. Catherine beschäftigte sich eingehend mit dem Fall und fand schließlich ein Tagebuch. O Schrecken! Ihr Liebster hatte niemals bereut und war zu ewiger Qual verdammt! Catherine verfiel in Verzweiflung, und Harriet teilte ihre Angst, aber beide begannen von diesem Zeitpunkt an, ernstlich an der calvinistischen Grunddoktrin zu zweifeln, daß Gott nur einige wenige zur Gnade auserwählte und die übrigen der Verdammung überließe, ohne daß weder der Errettete noch der Sündige imstande wären, das Ergebnis zu beeinflussen ... 1840 gelangte sie dahin, Jonathan Edwards' Worte (in seinen Schriften) abzulehnen ..., und 1857 war sie soweit gekommen, die Ursünde zu leugnen.«[129]

1835 veröffentlichte Charles G. Finney, der im Staate New York Massenbekehrungen vorgenommen hatte, ein offenes und ausführliches Handbuch über dieses Problem: *Lectures on Revivals of Religion*[130] (Vorlesungen über religiöse Erweckungen).

Alles, so empfiehlt er, muß den möglicherweise zu Bekehrenden in einfacher schwarz-weißer Malerei dargestellt werden. So sollen sie zum Beispiel nach Hause geschickt werden, um allein den folgenden Hymnus von Dr. Watts zu lesen:[131]

Meine Gedanken quälen sich mit furchtbaren Dingen,
Verdammung und Tod: Welche Schrecken ergreifen die schuldige
Seele auf dem Totenbett?

An den sterblichen Ufern zögernd, hält sie sich lange auf,
bis der Tod, einer Flut gleich, die Unglückliche mit reißender
Gewalt fortspült.

Dann stürzt sie, schnell und fürchterlich, hinab zu der feurigen
Küste, zwischen den verabscheuungswürdigen Furien selbst ein
erschrockener Geist.

Da liegen endlose Mengen von Sündern, Dunkelheit bildet ihre
Fesseln; gefoltert von wilder Verzweiflung weinen sie, aber
grimmigerer Schmerz erwartet sie noch.

All ihre Pein und ihr Blut aber können die Schuld ihrer Vergangenheit nicht tilgen, noch wird das Mitleid eines Gottes auf ihr Stöhnen hören.

Ein abschließender Vers aber eröffnet dem erschrockenen Leser den Ausweg, und er wird beglückwünscht, nicht in Sünden dahingegangen zu sein, ehe er die Rettung erkannt hatte:

Erstaunliche Gnade, die mich am Leben erhielt und meine Seele nicht von dannen führte, ehe ich den Tod meines Heilands erfuhr und mich seiner Liebe recht versicherte.

Finney schrieb auch:
»Schau, gleichsam wie durch ein Fernrohr, das sie dir nahe bringen wird, schau in die Hölle und höre sie stöhnen; dann wende das Glas nach oben und sich zum Himmel, sieh die Heiligen dort, in ihren weißen Gewändern, Harfen in den Händen, und höre sie den Gesang von der erlösenden Liebe singen; und frage dich selbst — ist es denn möglich, daß ich Gott dazu bewege, den Sünder dorthin emporzuheben?«

Wer hinsichtlich der theologischen Unwahrscheinlichkeit der ewigen Verdammnis mit Dekan Farrar übereinstimmt, wird diese Dinge weniger erschreckend finden, als sie den meisten Hörern Finneys erschienen. Aber man braucht die Drohung mit dem ewigen Feuer nur in eine Drohung mit lebenslänglicher Zwangsarbeit in einem arktischen Gefangenenlager zu vertauschen, um die Wirksamkeit der Methode, sei es in politischem, sei es in religiösem Zusammenhang, deutlich zu empfinden.

Die Schaffung von Schuldgefühlen und Konflikten kann in ihrer physiologischen Bedeutung für die Gehirnwäsche und die Erzwingung von Geständnissen kaum überschätzt werden. Der Gefangene wird mit Anklagen und dauernden Kreuzverhören bombardiert, bis die Angst ihn in Verwirrung versetzt und er sich in einem kleinen Punkt widerspricht. Das wird dann als Waffe gegen ihn verwendet; bald hört sein Gehirn auf, normal zu funktionieren, und er bricht zusammen. In dem nun folgenden Zustand leichter Suggerierbarkeit, in dem die alten Denkweisen gehemmt sind, wird er bereitwillig unterschreiben und die geforderten Geständnisse liefern.

Auch Finney beharrt darauf, daß der Erweckungsprediger niemals mit dem seelischen Druck auf einen voraussichtlichen Konvertiten nachlassen dürfe:

»Einer der Wege, auf dem die Leute verzweifelten Sündern falschen Trost gewähren, besteht darin, sie zu fragen: ‚Was hast du denn getan? Du bist gar nicht so schlecht.' Während die Wahrheit doch ist, daß sie ein gut Teil schlimmer waren, als sie selbst denken. Kein Sünder hatte je die Vorstellung, daß seine Sünden größer wären, als sie sind. Kein Sünder hatte je eine entsprechende Vorstellung davon, was für ein großer Sünder er ist. Es ist unwahrscheinlich, daß irgend jemand unterm vollen Anblick seiner Sünden leben könnte. Gott hat in seiner Gnade allen seinen Kreaturen auf Erden den schlimmsten Anblick erspart, ein nacktes menschliches Herz. Die Schuld des Sünders ist viel tiefer und verdammenswerter, als er glaubt, und die Gefahr, in der er sich befindet, ist größer, als er denkt; und könnte er sie sehen, wie sie vermutlich sind, so würde er keinen Augenblick länger leben.«

War erst einmal das Schuldgefühl erweckt, dann durften, um die Situation zu festigen, keine Konzessionen irgendwelcher Art gemacht werden:

»Ein ängstlicher Sünder ist oft bereit, alles, außer dem einen, zu tun, was Gott von ihm verlangt. Er ist bereit, bis ans Ende der Welt zu gehen, sein Geld zu opfern, Leiden zu ertragen oder alles sonst, statt sich gänzlich und augenblicklich Gott zu unterwerfen. Wenn du ihm nun Kompromisse anbietest und ihm von etwas anderem erzählst, was er etwa tun könnte, und dabei doch *diesen Punkt* umgehst, so wird er getröstet sein.«

Er fand auch, daß »lang hingezogene Zeiten der Verurteilung (Schuldgefühle. D. Übers.) im allgemeinen mangelhafter Unterrichtung zuzuschreiben sind. Wo immer den Sündern klare und genaue Belehrungen erteilt werden, da wirst du allgemein finden, daß die Verurteilung *tief* und *brennend*, aber kurz ist... Wo die Sünder durch falsche Ansichten getäuscht sind, können sie Wochen und vielleicht Monate und manchmal Jahre in Schmachten hingehalten werden und zuletzt vielleicht in das Königreich versammelt und gerettet werden. Aber wo dem Sünder die Wahrheit klar vor Augen gestellt wird, und er unterwirft sich nicht bald, so ist sein Fall hoffnungslos... Soweit ich Gelegenheit zu beobachten hatte, haben jene Bekehrungen, die am plötzlichsten waren, gemeinhin die besten Christen hervorgebracht... Nicht ein Fall von lang hingezogener Verurteilung ist in der ganzen Bibel berichtet. Alle die Bekehrungen, von denen dort berichtet wird, sind plötzliche Bekehrungen.«

Angesichts der Spannungsbelastungen, die Finneys Methode in den Hirnen seiner Zuhörer hervorrufen mußte, nachdem er sie einmal dahin gebracht hatte, seinen Glauben an die Realität der Hölle anzunehmen, sind seine Schlußfolgerungen wahrscheinlich gerechtfertigt:

»Angst vor plötzlichen Bekehrungen! Einige der besten Christen meiner Bekanntschaft wurden im Verlauf weniger Minuten verurteilt und bekehrt... und sind seitdem leuchtende Lichter in der Kirche und haben ganz allgemein die gleiche Charakterfestigkeit in der Religion gezeigt, wie damals, da sie zuerst heraustraten und sich auf die Seite des Herren stellten.«

Es wird behauptet, daß er für viele Tausende solcher Bekehrungen verantwortlich war.

William B. Sprague veröffentlichte in einem Buch »*Lectures on Revivals*«[132] zeitgenössische Ansichten einiger religiöser Führer über Finneys Methoden. Es kommt dabei die Sorge zum Ausdruck, daß Menschen, die durch solch eine Form der Evangelisation zum Gefühl der Erlösung gelangt sind, dazu neigen, kritisch gegen die gesetzteren und intellektuelleren Gottesdienstformen zu werden. Wenn nicht große Sorgfalt geübt würde, dann versuchten die Bekehrten, kraft ihrer eigenen neuen Überzeugung, die Prediger zu beherrschen. So berichtet z. B. Reverend Edward D. Griffin, Präsident des Williams College in Williamstown, Massachusetts:

»Unter anderen Ausschreitungen begannen einige Frauen, die, als die Erweckten herausgerufen wurden, sich bekehrt fanden, inmitten der versammelten Gemeinde und mit lauter Stimme für ihre Ehemänner zu beten. Und das wurde von Männern, die bisher als nüchtern galten — vielleicht für *zu* nüchtern — als Beweis für das Herabkommen des Heiligen Geistes genommen. Solche Unordnung und Schlimmeres noch wird sich unfehlbar überall ausbreiten, falls nicht Geistliche und hervorragende Kirchenmitglieder sich ernstlich zusammenfinden, derartige Dinge zu unterbinden... Solche Exzesse... legen Fallstricke für die Blinden, darüber Millionen in die Hölle stürzen werden.«

Auf der anderen Seite bricht Reverend Noah Porter, Pastor einer Kongregationskirche in Farmington, Connecticut, eine entschiedene Lanze zugunsten der Erweckungsgottesdienste. Er faßt seine Ansichten folgendermaßen zusammen:

»Es erscheint also, daß durch diese gnadenreichen Heimsuchungen während einer Zeit von 37 Jahren 460 Personen dieser Kirche beitraten. Im gleichen Zeitraum übertrifft die gesamte Zahl, die außerdem beitrat, 300 nur um ein Geringes, und von diesen kamen 100 von anderen Kirchen... In diesen wenigen kurzen Perioden hat Gott weit mehr für uns getan als während all der langen Monate und Jahre, die dazwischenlagen, und es hat tatsächlich den Anschein, daß die Kirche hauptsächlich in diesen kurzen Perioden ihre Kraft so weit erneuern konnte, um ihr Zeugnis in den Zwischenzeiten mit einigem Erfolg aufrechtzuerhalten.«

Sein Beitrag schließt mit der wichtigen Beobachtung:

»Aber wenn Erfahrung und Beobachtung mich etwas gelehrt haben, so ist es, daß es eine Art gibt, diese Dinge höchst logisch auf der Kanzel zu besprechen, die wenig nützt..., (die Zuhörer) müssen fühlen, daß sie ihre eigenen Zerstörer sind, daß, gefallen, hilflos und verloren, wie sie sind, die Erlösung ihnen doch aufrichtig und freimütig angeboten wird und daß, wenn sie verderben, der Vorwurf für immer bei ihnen selbst liegen wird.«

Noch ein Wort von Finney, das bedeutsam für unser Problem ist:

»Gib dir Mühe, seinen Geisteszustand kennenzulernen — woran er denkt, wie er fühlt und was ihn am tiefsten bewegt —, und dann dränge nachdrücklich darauf und lenke seinen Geist nicht ab, indem du über etwas anderes sprichst. Hab keine Angst, auf diesen Punkt zu drängen, aus Furcht, ihn in Verwirrung zu treiben. Manche fürchten sich, auf einen Punkt zu drängen, für den der Geist bebend empfänglich ist, damit sie nicht den Geist schädigen ... Du sollst den Punkt aufklären, das Licht der Wahrheit rings um ihn verbreiten und die Seele zum Nachgeben bringen, und dann kommt der Geist zur Ruhe.«

Es könnte keine bessere Methode beschrieben werden, um das Nervensystem im notwendigen ständigen Spannungs- und Erregungszustand zu halten, bis die Zugänglichkeit für Suggestionen ansteigt und die schließliche Unterwerfung eintritt. Alle Methoden, die lauten wie die erschreckenden leisen, zielen auf diesen Punkt, einen Punkt, den auch die Pferdetrainer meinen, wenn sie ein Jungpferd »brechen« — wo das Subjekt zu dem paradoxen Gefühl gelangt, daß die neue »Dienstbarkeit vollkommene Freiheit ist«. Dieses Gefühl, das die Christen als einzigartiges Kennzeichen ihres Glaubens in Anspruch nehmen, wurde schon von Marcus Apulejus' Helden Lucius in Worte gefaßt, als er zur Verehrung der Isis bekehrt wurde.[133]

Finneys Ratschlag an die Erweckungsprediger, den Punkt ausfindig zu machen, für den »der Geist bebend empfänglich ist«, unterstreicht nochmals die Bedeutung der erwähnten Beobachtung, daß jeder Hund (und daher wahrscheinlich auch jeder Mensch) eine Schwäche oder Empfindlichkeit des Nervensystems besitzt, die, ist sie erst einmal entdeckt worden, ausgenutzt werden kann. Orwell erzählt in seinem Roman »1984«[134], wie der Held bei seiner Indoktrination (»Umschulung«) eine überwältigende Angst vor Ratten verrät, die der Überrest einer frühen Kindheitsfurcht ist. Dieses Wissen wird von den Untersuchungsbeamten dazu benutzt, die endgültige Unterwerfung herbeizuführen und den Haß des Helden auf den großen Bruder in kritiklose Liebe zu verwandeln. Ob Orwell nun Wahrheit in Dichtung verwandelt oder nicht, die beschriebene Methode ist physiologisch überzeugend. Ein Studium der Techniken moderner politischer Gehirnwäsche und Geständniserzwingung zeigt, daß die Verhörenden immer nach Themen suchen, denen gegenüber das Opfer empfindlich ist. Mit diesen Punkten spielen sie, bis sie den Menschen zwingen, zu gestehen oder zu glauben, was immer sie wollen. Läßt sich in seiner Vergangenheit nichts entdecken, was Angst- oder Schuldgefühle erregen könnte, dann müssen geeignete Situationen oder Ausdeutungen von Situationen erfunden werden, um solche Gefühle zu schaffen — wie manche Psychiater das im zweiten Weltkrieg machten, um bei ihren Patienten während der medikamentösen Abreaktion Erregungszustände und Zusammenbrüche hervorzurufen.

Finney mußte einen gewöhnlichen, anständigen, amerikanischen Bürger erst überzeugen, daß er ein sündiges Leben geführt habe und sicherlich zur Hölle verdammt sei, ehe er ihn überreden konnte, eine besondere Art religiöser Erlösung zu akzeptieren. So bringen auch Spezialisten in politischer Bekehrung gewöhnliche Menschen zu dem Bekenntnis, ein Leben plutokratischen Irrtums geführt oder sich wie faschistische Bestien benommen zu haben. Sie sind dann auch bereit, zur Sühne jede schwere Strafe, einschließlich der Todesstrafe, auf sich zu nehmen.

Edwards und Finney haben Methoden bis zum Extrem durchgeführt, die schon seit unvordenklichen Zeiten von vielen religiösen Sekten als wirkungsvoll erkannt worden waren und heute von gewissen politischen Richtungen zunehmend kopiert werden. So waren im Verlauf von Jahrhunderten viele Menschen fasziniert von der unerhörten Stärke und Beharrlichkeit des Verhaltens und des Glaubens, wie man dies bei den ausgezeichnet geschulten Jesuitenpriestern findet. Somerset Maugham sagt in seinem Buch »*Don Fernando*« über die berühmten »Exerzitien« des heiligen Ignatius, welche die Jesuiten als Übungsmanual verwenden:

»Wenn man die Übungen als Ganzes betrachtet, kann man nicht

umhin zu bemerken, wie wunderbar sie geeignet sind, ihr Ziel zu erreichen ..., es scheint, daß das Ergebnis der ersten Woche darin besteht, den Novizen zur äußersten Demütigung herabzuzwingen. Zerknirschung bedrückt ihn, Scham und Furcht quälen ihn. Er ist nicht nur erschreckt durch die furchtbaren Bilder, mit denen sein Geist sich beschäftigte, er ist geschwächt durch Mangel an Nahrung und erschöpft durch Mangel an Schlaf. Er ist in solche Verzweiflung gestürzt worden, daß er nicht weiß, wohin er um Hilfe fliehen soll. Dann wird ihm ein neues Ideal gezeigt: das Ideal Christi, und dorthin wird er mit gebrochenem Willen geführt, um sich selbst freudigen Herzens aufzuopfern. Die ‚Exerzitien' sind die wunderbarste Methode, die je erfunden wurde, um die Kontrolle über dieses schweifende, unstete und eigenwillige Ding, die menschliche Seele, zu gewinnen.«[135]

Wer unseren Ausführungen bis hierher gefolgt ist, wird nicht so erstaunt sein wie Maugham, der meint:

»Angesichts der Tatsache, daß ihre Erfolge durch einen beständigen unerbittlichen Appell an Schrecken und Scham erzielt werden, ist es erstaunlich, zu bemerken, daß die allerletzte ‚Betrachtung' eine Betrachtung der Liebe ist.«

Somerset Maugham spricht auch über eine alte spanische Ausgabe der »Exerzitien«, in der der Herausgeber, Pater Raymond Garcia, S. J., dem Novizen zu helfen sucht, indem er ihm ausführlich die Gegenstände einiger seiner Meditationen schildert. Zu der Meditation über die Hölle zum Beispiel schreibt Maugham:

»Mit seiner Phantasie muß der Büßende die furchtbaren Flammen und die gleichsam in Feuermassen eingeschlossenen Seelen sehen. ‚Sieh', so ruft er (Pater Raymond), ‚sieh die unseligen Geschöpfe sich in den brennenden Flammen winden, die Haare gesträubt, die Augen hervorquellend, fürchterlich ihr Anblick, die Hände sich beißend, in Schweiß und Todesangst und tausendmal schlimmer als tot ... Und was', fragt Pater Raymond, ‚sollen wir von dem Hunger und Durst sagen, der sie quält?' Viel. Rasend ist der Durst, der durch die Hitze und das unaufhörliche Wehklagen hervorgerufen wird ...

Die Verdammten leben darin eingetaucht wie Fische im Wasser oder eher (besser, sagt mein Autor) durchtränkt wie von glühender Kohle. Die Flammen dringen in ihre Kehlen, Adern, Muskeln, Gebeine und all ihre Eingeweide.«

Die Meditationslektion wurde dem Exerzierenden durch Pater Raymond auch noch mit folgender grimmiger Ermahnung eingetränkt:

»Was sagst du dazu, meine Seele? Wenn es so schmerzlich für dich ist, in deinem weichen Bett eine lange Nacht der Schlaflosigkeit und der Pein zu verbringen, sehnsüchtig auf die Hilfe der Morgendämmerung wartend, was wirst du in der ewigen Nacht fühlen, deren Morgen niemals anbricht, während derer du niemals einen Augenblick der Erfrischung haben wirst, während derer du niemals einen Strahl der Hoffnung sehen wirst?«

Somerset Maugham empfindet die »Exerzitien« als ein Buch, das man nicht ohne ehrfurchtsvolle Scheu lesen kann: »Denn man darf nicht vergessen, daß es das wirksame Instrument darstellte, das die Societas Jesu befähigte, ihre Vorherrschaft aufrechtzuerhalten. Vierhundert Kommentare wurden dazu verfaßt... Leo XIII. sagte von ihm: ‚Dies ist die Nahrung, die ich meiner Seele wünschte.'«

All diese Methoden können dazu verwendet werden, die edelsten Lebensformen hervorzubringen. Aber wir müssen uns auch klar darüber sein, daß sie sich dazu verwenden lassen, eben diese Lebensformen zu zerstören.

Politische Konversion und Gehirnwäsche

In seinem Nachwort zu den »Teufeln von Loudun« betont Huxley[136] die Macht der hier besprochenen Methoden:

»Kein Mensch, so hochzivilisiert er sein mag, kann lange afrikanischem Trommeln, indischem Psalmodieren oder walisischem Kirchenliedersingen zuhören und seine kritische und bewußte Persönlichkeit unbeeinträchtigt bewahren. Es wäre interessant, eine Gruppe der hervorragendsten Philosophen der besten Universitäten zu nehmen, sie in einen heißen Raum mit marokkanischen Derwischen oder haitischen Wuduisten einzuschließen und mit einer Stoppuhr die Stärke ihres psychischen Widerstandes gegen die Wirkungen rhythmischer Klänge zu messen. Wäre der logische Positivist imstande, länger auszuhalten als der subjektive Idealist? Würden sich die Marxisten als zäher erweisen denn die Thomisten oder die Vedanisten? Was für ein fesselndes, was für ein fruchtbares Versuchsfeld! Mittlerweile können wir mit Sicherheit nicht mehr vorhersagen, als daß jeder einzelne unserer Philosophen, wenn er den Tamtams und dem Singsang lange genug ausgesetzt wäre, dabei enden würde, im Verein mit den Wilden umherzuspringen und zu heulen.«

Er meint auch:

»Und inzwischen wurden neue und früher unerträumte Vorrichtungen zum Aufputschen der Massen erfunden. Da ist einmal der Rundfunk, der die Reichweite des heiseren Geschreis der Demagogen ungeheuer vergrößert hat. Da gibt es den Lautsprecher, der die zu Kopf steigende Musik des Klassenhasses und des militanten Nationalismus verstärkt und unendlich vervielfältigt. Da ist die Kamera (von der es einmal naiv hieß, ,sie kann nicht lügen') und ihre Nachkommenschaft, die Kinos und die Fernsehapparate... Versammle eine vorher durch das tägliche Lesen von Zeitungen präparierte Menschenmasse, traktiere sie mit durch Lautsprecher verstärkter Blechmusik, hellen Lichtern und der Redekunst eines Demagogen, welcher (wie Demagogen das immer sind) zugleich der Ausbeuter und das Opfer der Herdenberauschung ist, und im Handumdrehen kannst du sie alle auf einen Zustand fast völlig geistlosen Untermenschentums herunterbringen. Noch nie waren so wenige in der Lage, Dumme, Tolle oder Verbrecher aus so vielen zu machen.«

Trotz des Erfolges solcher Attacken auf das Gefühl unterschätzen die westlichen Demokraten deren politische Bedeutsamkeit: vielleicht weil die in ähnlicher Weise erzielten Resultate auf religiösem Gebiet lieber ausschließlich geistigen Kräften zugeschrieben werden, statt, mindestens teilweise, physiologischen Auswirkungen. Es gilt noch immer als ein Geheimnis, wie Hitler viele intelligente Menschen in Deutschland dazu überreden konnte, ihn als beinahe gottähnlich anzusehen. Hitler hat aber seine Methoden nie verheimlicht, die unter anderem in einer absichtlichen Hervorbringung solcher Erscheinungen durch organisierte Erregung und Massensuggestion bestanden. Er prahlt sogar damit, wie leicht es gewesen sei, seinen Opfern »die geniale Lüge« beizubringen.

Auch die Stärke des Mau-Mau-Aufstandes wurde von den Regierungsstellen in Kenya unterschätzt, die nicht realisierten, daß Jomo Kenyatta, der Gründer der Bewegung, sich niemals in erster Linie an den Intellekt seiner Anhänger wandte. Er verwendete mit Absicht eine emotionale religiöse Technik für politische Zwecke. 1953 erwies sich die Stärke der Mau-Mau-Methoden als so wirksam, daß, einem Bericht nach, in Nairobi Gefangene der Polizei, die für den nächsten Tag zum Tode verurteilt waren, in ihrem Gewahrsam sangen und die ganze Hütte mit ihrer Fröhlichkeit erfüllten.[137] Diese Erscheinung dürfte manchen ebenso verblüfft haben, wie in Wesleys Tagen die enthusiastischen Lobgesänge in den Gefängnissen von Newgate. Die Einweihungsfeiern und Schwurzeremonien bei den Mau-Mau waren mit Absicht dazu bestimmt, Angst und Erregung bei den Beteiligten zu erwecken — in einem derartigen Ausmaß, daß sie nicht einmal im einzelnen dargestellt werden können, da die englischen Gesetze zur Verhinderung von Obszönitäten dies verbieten.[138]

Der nachfolgende Bericht legt den Gedanken nahe, daß bei Menschen, die wahrscheinlich solch eine sorgfältige politisch-religiöse Bekehrung durchgemacht haben, grobe Prügelmethoden wirkungslos bleiben. Zwei europäische Polizeioffiziere wurden zu je 18 Monaten Zwangsarbeit verurteilt, weil sie einem Kikuju-Gefangenen, Kamau Kichina, schweren körperlichen Schaden zugefügt hatten, so daß er in der Haft starb. Ein Oberinspektor wurde zur Zahlung von 25 £

und ein ehemaliger Distriktsoffizier zu 10 £ verurteilt, und zwar unter der geringeren Anklage der einfachen Körperverletzung.

»Der Friedensrichter Mr. A. C. Harrison teilte mit, daß der medizinische Sachverständige, Dr. Brown, als vermutliche Todesursache die Verletzungen bezeichnete, die Kamau davongetragen hatte, zusammen mit Schädigungen durch Kälte:

‚Während Kamaus Gefangenschaft wurde nichts unterlassen, um ihn zum Eingeständnis seiner Schuld zu zwingen. Er wurde geprügelt, getreten, seine Hände wurden zwischen den Beinen oder im Nacken gefesselt, zeitweise erhielt er keine Nahrung, mindestens zwei Tage lang blieb er in einem nur aus einem Dach bestehenden Schuppen ohne Wände an einen Pfahl gefesselt, wobei er zum Schutz gegen die Kälte nur ein Tuch trug. Obgleich er ein oder zwei Tage vor seinem Tode nicht mehr richtig gehen und stehen konnte, wurde ihm keine ärztliche Hilfe zuteil oder auch nur angefordert. Er wurde niemals vor einen Richter gestellt, und es kam zu keinerlei Verhandlung — ein Recht, das allen englischen Untertanen zusteht. Der Friedensrichter sagte weiter aus, daß die beunruhigende Möglichkeit bestehe, daß Kamau tatsächlich und auch vor dem Gesetz unschuldig war. Trotz der Behandlung, die ihm zuteil wurde, starb er, ohne irgendeine Schuld zugegeben zu haben.‘«[139]

Die chinesischen Kommunisten verbreiteten ihre Lehre mit Hilfe ähnlicher Mittel. Sie waren klug genug, rein intellektuelle Methoden zu vermeiden und den politischen Zorn durch ständige Berichte über die feindliche Haltung der Vereinigten Staaten gegenüber dem neuen China zu schüren. Hätte aber die feindliche Haltung Amerikas — im Gegensatz zu dem verbindlicheren Ton Englands zu jener Zeit — den Kommunisten keinen Anlaß geliefert, Haß und Wut in der Bevölkerung anzufachen, so hätten sie einen anderen äußeren Feind erfinden müssen, um die Gefühle wachzurufen, die Tschiangkaischek erweckt hatte, ehe sie ihn besiegten. Die Amerikaner machten den Kommunisten die Sache leicht, indem sie Tschiang weiter unterstützten.

Als Massensuggestionsmittel werden übrigens nicht nur Wut und

Angst in bezug auf äußere Feinde verwendet, sondern auch gegen mutmaßliche innere Feinde werden vielleicht noch stärkere Gefühle provoziert, wie etwa gegen reiche Landbesitzer, Bankiers und Kaufherren. Jede Anstrengung wurde gemacht, bei so viel wie möglich Nichtkommunisten intensive Schuld- und Angstgefühle zu erzeugen. Selbst kleine Ladenbesitzer ließ man fühlen, daß sie reaktionäre Kapitalisten und abscheuliche Sünder gegen den neuen kommunistischen Staat seien. Orgien von Massenbekenntnissen politischer Abtrünnigkeit wurden inszeniert. Die Denunziation von Eltern und Verwandten durch die Kinder trug, wie unter Hitler, zu der erwünschten Atmosphäre von Unsicherheit und Angst bei, da ja fast jeder irgendeinen Punkt in der Vergangenheit hat, dessen er sich schämt. Aber ausgenommen in Fällen, wo man es für notwendig hielt, die Massen durch dramatische Hinrichtungen zu erregen (wie etwa in Frankreich zur Zeit der Schreckensherrschaft), wurde im allgemeinen ein Ausweg aus den wirklichen oder imaginären Sünden geboten: Selbst den schlimmsten Sündern, wenn sie erst einmal aufrichtig Reue gezeigt hatten, stand theoretisch die Rückkehr zur gesellschaftlichen Zugehörigkeit offen, wenn vielleicht auch erst nach vielen Jahren schwerer Sklavenarbeit. Diese Methoden machen Berichte verständlicher wie den folgenden über ein Interview mit einer 35jährigen Amerikanerin, die kurz zuvor aus einem Gefängnis in Peking entlassen worden war. Sie war dort länger als vier Jahre gefangen gewesen und erklärte, daß die Chinesen »absolut gerechtfertigt« gewesen seien, sie wegen ihrer »feindseligen Handlungen gegen das chinesische Volk« zu verhaften. Sie sagte, daß sie bis 1953 mit Unterbrechungen mehrere Monate lang in Ketten und Handfesseln gelegt worden sei. »Ich trug Handfesseln und Ketten an den Fußgelenken. Ich hielt das nicht für eine Tortur. Sie verwenden Ketten, damit man ernstlich über die Dinge nachdenkt. Man könnte es als eine Art Strafe für intellektuelle Unaufrichtigkeit bezeichnen. Die Hauptsache an einem kommunistischen Gefängnis ist, daß es ein Ort der Hoffnung ist« ... Auf weitere Fragen erwiderte sie: »Ich bin nicht wert, Kommunistin zu sein. Ein Kommunist zu sein, ist eine schrecklich anspruchsvolle Sache.« Sie sagte, sie sei nicht indoktriniert worden, sondern sie sei »genesen«, habe viele Bücher gelesen und reguläre Studien betrieben. Ihr Geständnis den Chinesen gegenüber wurde freiwillig abgelegt.[140]

Der seelische Zustand mancher Amerikaner, die jetzt nach den USA zurückkehren dürfen, nachdem sie in chinesischen Gefängnissen »umgeschult« wurden, zeigt, wie verletzlich selbst hochintelligente Menschen gegenüber solchen Überzeugungskünsten sein können, auch wenn man noch nicht wissen kann, wie lange die Bekehrungseffekte andauern, wenn die Opfer erst einmal wieder in ihrer alten Umgebung sind.

Han Suyin, eine Schriftstellerin, schildert in ihrem Buche *»Alle Herrlichkeit auf Erden«*[141] die Methoden, die im kommunistischen China bald nach Beendigung des Bürgerkrieges angewendet wurden:

»Drei Monate nach der Befreiung der Stadt erklangen die Trommeln immer noch. Manchmal aus der Richtung der Technischen Hochschule oder von der Missionsschule am Osttor her, oft aus dem Soldatenlager außerhalb der südlichen Stadtmauer. Als ich abreiste, trommelten sie. Sie trommeln heute noch, wenn durch die Hauptstraße langsam die offenen Lastwagen rollen, die die ‚Feinde des Volkes' zum schnellen Tode führen, während die Massen vor Haß und Beifall zischen und brüllen, die Anführer der Sprechchöre ihre hohen, schrillen Stimmen für ein Schlagwort erheben und man Feuerwerk abbrennt wie zu einem Fest — und die Tänzer tanzen, tanzen, tanzen.

Ich frage mich, Sen, ob Meister Konfuzius diesen fünftaktigen Wirbel gekannt und für ein gutes Mittel gehalten hat, um die Empfindungen der Menge zu regulieren. Ich frage mich, ob achthundert Jahre vor der Geburt des sanften Juden Christus unsere Ahnen ihre Frühlingsfeste und ihre Fruchtbarkeitsfeiern mit diesen Tänzen und zu diesem Wirbel abgehalten haben. Sie kommt tief aus dem Innern unseres Volkes, diese trommelnde Behexung. Ich fühle vom Leib her, wo alle wirklichen Gefühle liegen, es stark und zwingend wie die

Liebe hochbranden, als ob das Mark meiner Knochen es schon millionenfach vor diesem heutigen Tage vernommen hätte ...

Der Mensch wird immer danach streben, die Welt zu erobern und die Herrschaft des menschlichen Willens im Namen seines Gottes mit Fahnen, Jubel, Massenaufmärschen und mit Blut aufzurichten. Die Füße im Staub, das Haupt in den Sternen. Alte Götter, neu angestrichen, noch naß.«

Und sie betont:

»Für den Kommunisten bedeutete jeder Mensch eine Festung, die allein durch moralische Belagerung einzunehmen war. Daß dieser Kampf schlaflose Nächte und höchste physische Anstrengungen bedeutete, war ihnen ein Beweis mehr für ihre geistige Überlegenheit. Sie zogen aus, um Seelen zu erobern, die Leiber würden schon folgen.«

Die Angst vor einem fortdauernden Bürgerkrieg oder dem Eingreifen fremder Mächte, oder beides zusammen, überzeugte die chinesischen Kommunistenführer von der Notwendigkeit, Schocktaktiken anzuwenden, um die Massen zu bekehren. Intellektuellere Methoden hätten vielleicht eine dauerhaftere Bekehrung erzielt, dafür aber gefährlich lange Zeit gebraucht und sich nur mit dem allmählichen Absterben derer vollzogen, die noch in den alten Denkweisen groß geworden waren, und mit dem Heranwachsen der Kinder, die in den neuen Denkweisen erzogen wurden. Um über Nacht ein neues China zu schaffen, war eine emotionale Erschütterung unerläßlich. Die Methoden, die dabei zur Anwendung kamen, waren derart wirkungsvoll, daß Tausende sich in Verzweiflung das Leben nahmen; das ihnen künstlich eingeimpfte Schuldgefühl war so überwältigend, daß sie sich unwürdig fühlten, die angebotene kommunistische Erlösung anzunehmen. Die widerstandsfähigen Millionen aber tanzten, tanzten, tanzten vor Freude über ihre Befreiung von den tausendjährigen Fesseln — bis sie es lernten, vor den periodischen Besuchen der Haushaltspolizei zu zittern, die heute einen Akt über Vorgeschichte und Tätigkeit eines jeden Haushalts führt.

Das amerikanische Magazin *Time* hat kürzlich gefordert, daß die »nichtkommunistische Welt, die nicht imstande war, diesen riesigen Aufstand zu verhindern, zumindest die Pflicht hat, ihn zu verstehen«.[142]

»Was dem chinesischen Terror Tempo und Gewicht verlieh, waren die erprobten Techniken, die von der Sowjetunion übernommen wurden, zur Zeit als Stalin auf dem Gipfel seiner Macht stand. Aber das chinesische System unterscheidet sich in einer wichtigen Hinsicht vom russischen ... Maos Terror erhält die größtmögliche Propaganda ... Hunderte von Massenprozessen, oft mit Tausenden von blutdürstigen Teilnehmern, werden in den großen Städten abgehalten, gewöhnlich auf einem Sportplatz, wobei die Opfer öffentlich ausgestoßen und dann öffentlich erschossen werden. Es gibt einen offiziellen Ausdruck für diese merkwürdige chinesische Variante des kommunistischen Terrors: ‚Feldzug für die Unterdrückung von Gegenrevolutionen mit Pauken und Trompeten.‘«

Lo Jui-ching, der Erfinder dieses treffenden Ausdrucks, wurde Polizeichef und führender »aktiver Terrorist« des kommunistischen China. Es wird behauptet, daß der neue Widerstand gegen die kommunistische Reglementierung »nicht bei den Gewehren von ein paar Tausend Guerillas lag, sondern in Millionen Herzen«. Er gab den Chinesen wiederholt den Rat: »Zwei Wege stehen allen Gegenrevolutionären offen: der Weg des Todes für die, die widerstreben, und der Weg des Lebens für die, die gestehen. Zu gestehen ist besser, als nicht zu gestehen.« Im Oktober 1949 startete Lo zwei aufeinanderfolgende Kampagnen:

»Die ‚Fünf-Anti‘-Kampagne (manchmal auch die ‚Fünf-Laster-Kampagne‘ genannt) richtete sich vorgeblich gegen Bestechlichkeit, Steuerhinterziehung, Kontraktbetrüge, Diebstahl von staatlichem Eigentum und Diebstahl von staatsökonomischen Geheimnissen. Unter diesem Vorwand wurden Geschäftsleute und Industrielle mit endlosen ‚Kampf-Meetings‘ (Gehirnwäschen) bedrängt ... Hunderttausende begingen Selbstmord. Zu einer Zeit wurden die Dächer der großen Gebäude in Shanghai bewacht, um Selbstmorde zu verhindern, und die Bewohner vermieden es, in der Nähe von Wolkenkratzern auf den Bürgersteigen zu gehen, aus Angst, Selbstmörder könnten von den Dächern auf sie herabstürzen.«

Manche, die Geständnisse ablegten, wurden trotzdem erschossen. Andere erhielten Gelegenheit, in Konzentrationslagern für ihr politisches Seelenheil zu arbeiten.

»Im Hintergrund des terroristischen Bildes stehen die Zwangsarbeitslager ... Nach der kommunistischen Theorie sind alle Zwangsarbeiter ‚Freiwillige', und die Kader, die die Sklavenarbeit überwachen, verwenden stets hochtönende, fast liebevolle Worte, um ihre Schutzbefohlenen zu bezeichnen. Diejenigen, die an Überarbeitung und Mangel zugrunde gehen, werden als ‚Tote Helden' gepriesen.«

Schließlich berichtet *Time*:

»Etwas von tiefer Bedeutung für China, für Asien und die ganze Welt trug sich während der letzten sechs Monate des Jahres 1955 zu. Das Crescendo des Terrors im Jahre 1951 und die geschickt im richtigen Zeitpunkt einsetzenden und sorgfältig geplanten Terroraktionen zeitigten ihre kumulativen Auswirkungen. Eines der geduldigsten und anpassungsfähigsten Völker gab anscheinend die Hoffnung auf ... Pläne, die in 10 oder 15 Jahren ausgeführt werden sollten, wurden auf fünf Jahre herabgesetzt. ‚Die Sozialistische Revolution könnte in wesentlichen Zügen in nationalen Ausmaßen in etwa drei weiteren Jahren vollendet sein', sagte Mao.«

Richard L. Walker gibt in seinem Buch *China under Communism* (China unterm Kommunismus)[143] einen ins einzelne gehenden Bericht über die Methoden, aktive kommunistische Mitarbeiter individuell und in kleinen Gruppen zu schulen, damit sie als »Transmissionsriemen« zwischen der Partei und den Massen dienen können. Wo immer sie hingeschickt werden, müssen sie den Standpunkt der Partei zum Ausdruck bringen. Walker stellt fest, daß diese Methoden ihren Ursprung in den von der kommunistischen Partei der Sowjetunion entwickelten Schulungstechniken haben und heute überall im kommunistischen Einflußgebiet zur Anwendung kommen — von Rumänien und Ostdeutschland bis zu den Urwäldern Malayas und den verwüsteten Städten Nord-Koreas. Er sagt weiter:

»Pawlow war der Ansicht, daß der Mensch Eindrücke aus seiner Umgebung in seine Reflexe integriert. Das scheint in idealer Weise auf die kommunistische Überzeugung von der ökonomischen umgebungsbedingten Determinierung zu passen. So behaupteten die sowjetischen Psychologen, in Erweiterung der Pawlowschen Theorien, nachdem diese in den UdSSR die Oberhand über die voluntaristischen Theorien gewonnen hatten, daß das menschliche Wesen, wenn es die richtige Formung (Konditionierung) erfährt, in den idealen neuen Sowjetmenschen verwandelt werden kann. Die Pawlowsche Psychologie vertritt die Ansicht, daß die menschliche Physis sich der Formung nicht entziehen kann, und sowjetische Wissenschaftler haben seitdem versucht, die Pawlowschen Techniken zu verbessern, so daß jeder Widerstandsherd im Individuum überwunden werden kann.«

Diese speziellen Schulungskurse dauern gewöhnlich 9—12 Monate. Es wird dabei stets das gleiche Grundprogramm verwendet, allerdings mit Variationen in Rücksicht auf das jeweilige intellektuelle Niveau des Schulungsteilnehmers. Die Details, die Walker erwähnt, bestätigen genau die physiologischen Prinzipien, wie wir sie skizziert haben. Er beschreibt die sechs Faktoren, die während der ganzen Schulungsperiode eine Rolle spielen. Erstens findet die Schulung in einem besonderen Gebiet oder Lager statt, was alle Beziehungen des Teilnehmers zu Familie und Freunden fast völlig unterbindet und die Auflösung alter Verhaltensweisen erleichtert.

»Ein zweiter konstanter Faktor ist die Müdigkeit. Den Teilnehmern wird ein Tagesplan vorgeschrieben, der sie während der ganzen Schulungszeit körperlich und geistig erschöpft. Es gibt keine Gelegenheit zur Entspannung und zum Nachdenken; sie werden damit beschäftigt, große Mengen von theoretischem Material auswendig zu lernen und müssen die neue Terminologie völlig beherrschen. Zur Müdigkeit kommt eine dritte Konstante: Spannung. Ungewißheit ist ein vierter Faktor, der während des ganzen Prozesses eine Rolle spielt ... Schulungsteilnehmer, die in den ersten Wochen die Lebensformen des Lagers sichtlich nicht begreifen, verschwinden über Nacht, und es fehlt gewöhnlich nicht an geschickt verbreiteten Gerüchten über ihr Schicksal ... Ein fünfter konstanter Faktor besteht in Beschimpfungen ..., der letzte Faktor ist der Ernst, der den gesamten Prozeß beherrscht. Humor ist verboten.«

Es gibt stets kleine Diskussionsgruppen von zehn oder zwölf Teilnehmern, die während des ganzen Kurses zusammenbleiben. In dieser Gruppe gibt es immer einen »Spitzel«, obwohl es für die Mitglieder meist außerordentlich schwierig ist, ihn zu identifizieren. Die kleinen Gruppen treffen sich in größeren Gruppenzusammenkünften, um Vorträge zu hören und über Geständnisse zu berichten, die Einzelmitglieder abgelegt haben. Ein wichtiger Teil der Schulung besteht im Niederschreiben von Selbstbiographien und Tagebüchern, die dann sowohl in den kleinen wie in den größeren Gruppen durchgesprochen werden.

Walker zitiert einen ehemaligen Schulungsteilnehmer, der erklärte: »Eine einfache Erzählung deines vergangenen Lebens genügte nicht. Für jede Handlung mußtest du ihr Motiv im einzelnen erklären. In jedem Satz mußte man deine erwachte Kritik erkennen können. Du mußtest sagen, warum du trinkst, warum du rauchst, warum du gesellschaftliche Beziehungen zu bestimmten Leuten hattest — warum? warum? warum?«

Derartige detaillierte Beichten wurden dann Allgemeingut und wurden von den Leitern dazu benutzt, wunde Punkte ausfindig zu machen, auf die sie Einfluß nehmen konnten. (Wir haben schon darauf hingewiesen, daß wunde Punkte auch von den Erweckungspredigern des 18. und 19. Jahrhunderts gesucht und ausgenutzt wurden, um schnelle religiöse Bekehrungen herbeizuführen.)

Um die Müdigkeit noch zu steigern, wurden die Schulungsteilnehmer aufgefordert, freiwillige Sonderarbeiten und Studien zu übernehmen und andere in der Gruppe dazu zu veranlassen, dasselbe zu tun. Ein wichtiger Teil des Prozesses ist die Erregung von Angst und Zweifeln. Soll er der Gruppe alles sagen? Wenn ja, wird man es gegen ihn verwenden? Der Schulungsteilnehmer muß allein und schweigend mit all diesen Ängsten und Konflikten ringen, bis er schließlich zusammenbricht und beschließt, alles preiszugeben. Das ist der Anfang seines Endes als Individuum.

Die erste Phase des Konversionsprozesses wird als »Phase der körperlichen Kontrolle« bezeichnet und dauert etwa zwei Monate. Den Neulingen werden alle Arten körperlicher Routineaufgaben gestellt, oft sehr anstrengender Art. Und, wie zu erwarten, »sind während dieser Periode körperlicher Erschöpfung die Schulungsthemen dazu bestimmt, dem Geist des Schulungsteilnehmers ein Maximum an Desillusionierungen einzuflößen. Er wird desillusioniert in Hinsicht auf seine Vergangenheit, desillusioniert in Hinsicht auf seine Schulung ... Während dieser Zeit wird die Grundform für die nächste Stufe festgelegt. Die kleinen Gruppen treffen sich einmal täglich für mindestens zwei Stunden zu ‚Studienzwecken'. Das Anfangsstudium ist der Analyse des Milieus eines jeden Teilnehmers gewidmet, seinen Ideen, seiner Familie, ehemaligen Freunden, Idealen usw. Das gibt dem Leiter und dem im geheimen errichteten Kader die Möglichkeit, mit jedem Gruppenmitglied intim bekannt zu werden und schwache Punkte für ihre spätere Ausnutzung anzumerken. Kritik und Selbstkritik spielen eine wichtige Rolle. Es besteht ein Wettstreit darum, welcher Rekrut die Irrtümer seiner Vergangenheit am besten aufdecken kann.«

Nach zwei Monaten körperlicher Kontrolle beginnt eine zweite Phase intensiver Schulung. Die körperliche Arbeit wird reduziert und die Zahl der Zusammenkünfte der kleinen und größeren Gruppen sehr gesteigert. Es wird dafür gesorgt, daß der Schulungsteilnehmer sechs- und auch siebenmal wöchentlich geistig und körperlich völlig erschöpft zu Bett geht. »In dieser Periode wird die intensive Beanspruchung allen deutlich. Aber es gibt keinen Ausweg. Die Spannung steigt in den Diskussionssitzungen; in den Wohnquartieren wird die Stimmung gereizt; bei allen Betätigungen herrscht scharfer sozialer Wettstreit.«

In dieser Zeit werden die verheißungsvollen Kandidaten allmählich von den wenig versprechenden getrennt. Wer auf die Spannungsbelastungen in unerwünschter Weise reagiert, wird ausgemerzt und irgendwo anders hingeschickt — »von vielen hört man niemals wieder«. Schließlich erreichen die übrigen, wie ebenfalls zu erwarten war, ein drittes Stadium der »Krise« und des Zusammenbruchs. Es tritt nach etwa sechsmonatiger Schulung ein.

»Die Krise beginnt gewöhnlich mit hysterischem Verhalten und nächtlichem Weinen, was sich bis in die Gruppenzusammenkunft am nächsten Tag fortsetzt und sofort besprochen wird ... Meist tritt die Krise bei allen Mitgliedern einer kleineren Gruppe etwa zur gleichen Zeit ein. Offenbar löst der Zusammenbruch eines Mitgliedes eine Kettenreaktion aus ..., in manchen Fällen natürlich ist sie viel deutlicher als in anderen. Die Zyniker und diejenigen, die Sinn für Humor haben, scheinen am besten durchzuhalten. Häufig brechen Teilnehmer mit starkem Gefühlsleben oder tiefen religiösen oder anderen Überzeugungen als erste zusammen.«

Nach Walker sagte ein ehemaliger Schulungsteilnehmer aus, daß ein Fünftel von ihnen völlig zusammenbrach und manche als »stammelnde Maniaks« endeten. Gewöhnlich kommt es während dieser akuten Krise zu dem, was die Chinesen zutreffend als »Zopfabschneiden« bezeichnen. Die »Zöpfe« sind die Bindungen an die alte Gesellschaft; das heißt an die Familie, an Freunde, an alte Werte usw.

Mit dieser vollständigen Zerstörung der alten Verhaltensweisen verwurzeln sich die neuen viel fester, wie das ja auch bei plötzlichen religiösen Bekehrungen der Fall ist.

»Bis zur Zeit der Krise war der kommunistische Jargon größtenteils relativ bedeutungslos. Er war einfach eine neue Sprache, die man zu lernen, mit der man zu spielen, die man in ihren Grundformen zusammenzusetzen hatte. Jetzt beginnt der Schulungsteilnehmer zu entdecken, daß dieser Jargon irgendwie eine Beziehung zu seinem Problem hat... An Stelle seiner Schuldgefühle ist er nun von der Überzeugung befeuert, daß er seine neue Sicherheit öffentlich zeigen und anderen zum Seelenfrieden durch den Dienst an der Organisation verhelfen muß. Es erfordert mindestens nochmals vier Monate intensiver Arbeit, um die Macht über den nun willigen Geist zu konsolidieren. Für Enthusiasmus und in Anerkennung der Konversion gibt es gewisse Belohnungen.«

Diese jetzt höchst geschulten und »geweihten« Missionare ziehen hinaus, um in ganz China Diskussions- und Bekenntnisgruppen verschiedener Art zu organisieren. Jeder Beruf hat seine spezialisierte Gruppe, in welcher die gleichen Schulungstechniken angewendet werden, wenn auch in weniger intensivem Maße. Walker bemerkt: »Die Methoden der gegenseitigen Bespitzelung und die in der Kader-Schulung erworbenen Haltungen kennen keine Grenzen. Sie dringen in das innerste Privatleben in Heim und Familie ein: ,Im China Mao Tse-tungs ist jede Handlung politisch.'«

Tatsächlich erweist es sich, daß die chinesischen Experimente in bezug auf Massen-Erregung, Niederbrechung und Neu-Bildung (Konditionierung) des Geistes von Mitgliedern kleiner Gruppen auf den gleichen physiologischen Prinzipien beruhen, die nicht nur verschiedene Formen der religiösen Bekehrung lenken, sondern auch manche individuellen und Gruppen-Behandlungen psychotherapeutischer Art: In allen Fällen werden Spannung erzeugt, Furcht, Angst und Konflikte wachgerufen, und der Leiter zielt auf einen Punkt hin, wo sein Subjekt beginnt, selbstunsicher zu werden, wo die Zugänglichkeit für Suggestionen ansteigt und alte Verhaltensweisen erschüttert werden. Ist das Stadium des »Zopfabschneidens« erreicht, so nehmen neue Verhaltensweisen und Überzeugungen leicht eine völlig neue Kraft und Bedeutsamkeit an. Die lange Geschichte der religiösen Bekehrung bietet zahlreiche Beispiele von Menschen, die die Bibel zur Hand nehmen und plötzlich in altbekannten Texten neue Bedeutungen aufleuchten sehen. So entdeckt auch der bekehrte Kommunist plötzlich erstaunliche Erleuchtungen in Parteischlagworten, die ihn bisher kalt ließen; und der Patient auf der Couch hört in ähnlicher Weise auf, gegen seinen Psychotherapeuten zu kämpfen, und es wird ihm endlich eine neue, faszinierende »Einsicht« in seinen eigenen Seelenzustand zuteil. Bei dem Studium der Auswirkungen der Stress-Techniken auf die Hirnfunktionen (gleichgültig, welche Disziplinen sie benutzen) darf aber nie vergessen werden, daß sie bei ungeschickter Handhabung zu einer Steigerung der Gegensuggerierbarkeit führen können, statt die Zugänglichkeit für Suggestionen zu erhöhen. Jede Disziplin hat ihre Fehlschläge und Versager, wenn sie auf die falschen Temperamentsformen angewendet wird. Die hohe Versagerquote bei den »Transmissionsriemen«, von der Walker berichtet — jeder fünfte ein vollständiges, nervöses Wrack, viele andere liquidiert —, erklärt sich vielleicht durch die exzessive Standardisierung der Schulungsmethoden; aber gerade das sichert zumindest eine größere geistige und seelische Gleichförmigkeit der Überlebenden — koste es, was es wolle.

Eine der Methoden, den durch derartige politische oder religiöse Konversionen gewonnenen Grund zu festigen, ist immer noch die Aufrechterhaltung kontrollierter Furcht und Spannung. Die chinesischen Kommunisten wissen, vielleicht aus dem Studium der katholischen Missionierungsmethoden, daß jeder Mensch einmal »böse Gedanken« hat. Wird nun die Lehre akzeptiert, daß das Denken in seiner Art so schlimm ist wie die Tat, so haben sie die Peitsche für das Volk in Händen. In den politischen Demokratien gilt allgemein die Regel, daß jeder so Schlechtes *denken* kann, wie er will, solange er den Gedanken nicht in antisoziale Taten umsetzt. Aber der Text des Evangeliums bei Matthäus V, 28, nach dem der in Gedanken verübte Ehebruch ebenso tadelnswert ist wie der körperliche, hat manche christlichen Sekten veranlaßt, die gleiche Regel auf alle zehn Gebote anzuwenden. Die so bei den Gläubigen erzeugte Angst und das Schuldgefühl können sie in einem dauernden Zustand physiologischer Spannung halten und sie völlig von ihren religiösen Ratgebern abhängig machen. Während aber der Reuige, der von begehrlichen Gedanken an seines Nachbarn Weib oder von mörderischen Gedanken an seinen Nachbarn selbst geplagt ist, sich im Beichtstuhl sicher genug fühlt, da der Priester durch die heiligsten Eide gebunden ist, diese Geständnisse keinem anderen zu eröffnen, ist eine kommunistische Schreckensherrschaft eine andere Sache. Viele Chinesen, die von unerlaubten Gedanken verfolgt werden, überlegen es sich zwanzigmal, ehe sie dem örtlichen Gruppenleiter beichten, trotz aller Einladungen, es zu tun. Sie leben in ständiger Angst, im Schlaf zu reden oder sich öffentlich durch irgendein Versprechen zu verraten. Das führt dazu, daß sie sich die größte Mühe geben werden, politisch das Richtige zu tun, selbst wenn sie es nicht denken können. Die Haushaltspolizei wird sie beständig an die Gefahr erinnern, in der sie schweben.

Solche Angst bildet einen Teufelskreis. Selbst die konformistischen Mitglieder einer Diktatur müssen unvermeidlich unter immer wiederkehrenden Ängsten oder Schuldgefühlen leiden. Angesichts der häufigen Modifikationen der Parteilinie und der Palastrevolutionen, die erfordern, daß man ehemalige Führer verdammt, werden sie oft automatisch falsche Gedanken denken müssen. Die Strafe für falsches Denken ist aber nicht die Hölle im zukünftigen Dasein, sondern die wirtschaftliche und soziale Katastrophe im gegenwärtigen. Diese gespannte Atmosphäre gestattet es den Diktatoren, die Methoden der Erweckungsprediger sogar mit noch besserem Erfolg anzuwenden als die Führer der Kirche, die sie zuerst entwickelten.

Auch die Londoner *Times* brachte einen Artikel über »*Moulding Minds for the New China*«[144], in dem auf die Ähnlichkeit zwischen manchen religiösen Praktiken und dem neuen Kommunismus hingewiesen wird. Ihr Spezialkorrespondent schreibt:

»Die Kommunisten leugnen, daß der Marxismus eine Religion sei, aber jeder, der den scheuen und recht zögernden Bericht des alten Mannes über seine Behandlung durch die Autoritäten anhörte, mußte an religiöse Fanatiker denken, die um die Seele eines Sünders ringen — und den Menschen dahin bringen, den Kampf selbst zu gewinnen. Er war der Besitzer eines bescheidenen Drogen- und Chemikaliengeschäfts gewesen, er sah, wie die Dinge liefen, und ging zu den Autoritäten, um ihnen sein Geschäft als Geschenk anzubieten.

Statt ihm für sein großzügiges und vorausschauendes Angebot zu danken, befragten sie ihn ziemlich streng, sagten ihm, daß sie keineswegs davon überzeugt seien, daß sein Angebot aus eigenem spontanen Willen, ohne weitere Motive, gemacht worden sei, und schickten ihn zurück, die Dinge in Ruhe allein zu überdenken. Sie würden sich nicht einmischen; sie wollten nur bereitwillige und überzeugte Freiwillige. Er kam nach einem Monat zurück und wurde wieder fortgeschickt, um sein Herz zu prüfen. Dann, als er natürlich sein Angebot mit jeder Verzögerung eifriger vorbrachte und sie schließlich zugaben, daß seine Motive rein seien, erinnerten sie ihn an seine Teilhaber. Waren sie alle eines Herzens und einer Meinung? Er mußte die Gruppe zusammenrufen, und nun erst, als sie alle um die Erlaubnis flehten, den neuen Weg einschlagen zu dürfen — erst dann stimmte der Staat der Übernahme des Geschäftes zu und versprach ihm einen Anteil an den Gewinnen.«

Der Korrespondent der *Times* fügt hinzu, daß er nicht gewußt habe, wie weit er diese Methoden der Autoritäten bewundern sollte, und wie weit sie ihn erschreckten.

»Es war ein Blick in den Prozeß der ‚moralischen Regeneration' oder ‚Gehirnwäsche', über den man so viel in China hört. Bei irgendeinem Versuch, die Kräfte zu verstehen, die hier am Werk sind, darf er nicht übersehen werden. Nichts ist so erstaunlich wie die Geschicklichkeit und Geduld, mit der die Parteimitglieder aller Ränge die Geisteshaltung der Menschen beeinflussen. Unterstützt von allen sozialen Druckmitteln, verbringen sie Stunden, Tage und Wochen in der Bemühung um Bekehrung und willige Mitarbeit, wo immer es möglich ist. Und sie erzielen Resultate, seien es öffentliche Bekenntnisse oder private Eingeständnisse. Wo Rußland in allererster Linie bemüht ist, das Leben seiner Menschen zu gestalten, da hat China sich die Aufgabe gesetzt, auch die Geister zu formen. Das ist etwas viel Furchtbareres... Über die Stabilität des Regimes und seine intellektuelle Entschlossenheit, das Land zu neuer Stärke zu führen, kann kein Zweifel bestehen.«

Aldous Huxley hat sich ganz allgemein zu diesen Dingen geäußert: »Allerdings ist ein von Angehörigen der Opposition oder im Namen ketzerischer Grundsätze hervorgerufener Massenwahn überall von den Machthabern verurteilt worden. Aber ein von Agenten der Regierung, ein im Namen der Rechtgläubigkeit erzeugtes Massendelirium ist etwas ganz anderes. In allen den Fällen, wo es den Interessen der die Kirche und den Staat Beherrschenden dienstbar gemacht werden kann, wird die durch Herdenberauschung erzeugte abwärtsgerichtete Selbstüberschreitung als etwas Rechtmäßiges und sogar höchst Erstrebenswertes behandelt. Wallfahrten und Parteitage, korybantische Glaubenserweckungsversammlungen und patriotische Paraden, sie sind alle ethisch recht und gut, solange sie *unsere* Wallfahrten, *unsere* Parteitage, *unsere* Versammlungen, *unsere* Paraden sind... Wenn Massendelirium zum Vorteil von Regierungen und orthodoxen Kirchen ausgebeutet wird, sind die Ausbeuter stets sorgsam darauf bedacht, die Berauschung nicht zu weit gehen zu lassen.«

Aber die Herrschenden begrüßen gelenkte religiöse und politische Festlichkeiten, da sie »Gelegenheit bieten, Suggestionen in Gehirne einzupflanzen, welche für den Augenblick ihre Fähigkeit zu Vernunft und freiem Willen verloren haben.«[145]

Obwohl es immer Andersdenkende geben wird, die durch keine Methode beeinflußt werden, können die Mechanismen, große und kleine Gruppen von Menschen »umzuschulen«, relativ einfach sein, und sollten daher von allen, die ihnen vielleicht einmal begegnen, besser verstanden werden. Die historische Richtigkeit oder logische Folgerichtigkeit der eingeimpften Überzeugung steht manchmal in keinem Verhältnis zur Größe des Erfolgs, wenn nur die erschütternden menschlichen Gefühle von Angst und Wut aufgerufen und lange genug lebendig erhalten werden, um die Suggerierbarkeit zu steigern und die anderen, schon besprochenen Mechanismen in Gang kommen zu lassen.

Eine englische Veröffentlichung des Verteidigungsministeriums schildert, wie es den chinesischen Kommunisten gelang, durch Anwendung irgendwelcher beliebiger Methoden, die der britischen Denkweise oft wenig angepaßt waren, eine ganze Anzahl britischer junger Unteroffiziere und einfacher Soldaten, die in Korea gefangen waren, »umzuschulen«. In den meisten Fällen war diese Indoktrinierung unvollständig oder nur zeitweise. Aber 40 Männer wurden standhaftere Konvertiten. Die Offiziere und alle älteren Unteroffiziere, die von den übrigen Männern getrennt gehalten wurden, sind, offiziellem Verlauten nach, fast völlig unbeeinflußt geblieben. Offenbar wurde auch physische Gewalt angewendet. Aber wären nicht die Sprachschwierigkeiten und die von den Chinesen bei dieser Gelegenheit offenbar verwendeten ungeschickten Techniken gewesen, so hätten sicher mehr Soldaten sich überzeugen lassen. Trotz des englischen Weißbuchs über die Angelegenheit kann man doch nur sehr schwer glauben, daß der Rang eines Offiziers oder älteren Unteroffiziers einen Mann so immun gegen Methoden macht, denen selbst ein Kardinal Mindszenty, mindestens zeitweise, erlag.

EIN BLICK AUF DIE ANTIKE TECHNIK DER GEHIRNWÄSCHE

Von Robert Graves

> *Da die Grundverhaltensformen des Menschen sich offenbar nicht ändern, wäre es wichtig, festzustellen, ob griechische Ärzte oder Priester schon etwas von den Dingen gewußt haben, mit denen dieses Buch sich beschäftigt — unbeeinflußt von der »Jenseitigkeit« des Christentums und mit einer mechanischeren Naturauffassung vertraut. Ich habe dieses Problem Robert Graves vorgelegt und ihm die mir wichtig erscheinenden mechanischen Prinzipien geschildert. Es wurde bald deutlich, daß viele Vorwegnahmen der modernen Methoden existieren. Im folgenden gibt Robert Graves einen Bericht über einige solcher Vorgänge, den er mir freundlicherweise zur Verfügung stellte:*

Die Griechen befragten aus manchen besonderen und dringlichen Gründen Orakel, wenn sie Rat oder auch psychologische Behandlung brauchten, so wie man heute etwa einen Psychiater, einen Wahrsager oder einen katholischen Priester aufsucht. Wie heute die Freudschen und Jungschen Therapeuten den Anspruch erheben, körperliche Symptome im Sinne unbewußter Konflikte erklären zu können, indem sie die symbolischen Träume ihrer Patienten in langwährenden Behandlungen auf der Couch deuten, so deuteten auch die griechischen Priester die Träume der bedrängten Tempelbesucher und gaben auch für hysterische und Krampfsymptome Erklärungen theologischer Art ab. Autoren der hyppokratischen medizinischen Schule, mit ihrem Hauptquartier in Cos, waren diesen priesterlichen Psychiatern gegenüber nicht weniger kritisch als es heutige Neurologen gegenüber manchen der psychosomatischen Theoretikern gerne sind.

»Macht der Patient eine Ziege nach, brüllt er oder verfällt in Krämpfe, so sagen sie, die Mutter der Götter sei die Ursache... Hat er Schaum vor dem Munde und stößt um sich, so wird das den Aries zugeschrieben. Handelt es sich bei den Symptomen um Erschrecken und Ängste bei Nacht oder Delirien, springt der Kranke aus dem Bett und läuft ins Freie, so wird das dem Einfluß der Hekate zugeschrieben oder den Geistern der Toten.«[146]

Die Träume und Trancezustände scheinen häufig mit Absicht durch Suggestionen veranlaßt worden zu sein. Die Darstellungen, die Marcus Apulejus in seinem »Goldenen Esel« von den Visionen im Tempel der Isis gibt, vermitteln ein deutliches Bild:

»Und sieh! Nach einer ganz kurzen Zeitspanne wurde ich abermals durch unerwartete und in jeder Hinsicht wunderbare Befehle der Götter bestürzt und veranlaßt, auch die dritte Weihe auf mich zu nehmen. Und keine leichte Sorge war es, die mich quälte, sondern überaus ängstlich gespannten Herzens plagte ich mich in meinem Innern schwer mit dem Gedanken, worauf dies neue und unerhörte Ansinnen der Himmlischen ziele, was denn noch übriggeblieben sei bei der Unterweisung, obwohl sie doch schon zweimal vollzogen war: ,Offenbar haben beide Priester mich falsch oder unvollständig beraten'; und weiß Gott, ich begann schon von ihrer Zuverlässigkeit schlecht zu denken. Als ich so in einer Flut von Gedanken, bis zum Wahnsinn aufgeregt, umhertrieb, belehrte mich in nächtlicher Weissagung ein gütiges Traumbild also: ,Es liegt kein Grund vor', sagte es, ,durch die zahlreiche Reihe der religiösen Handlungen dich schrecken zu lassen.'«[147]

Ich höre, daß auch die heutigen Psychotherapeuten häufig auf die gleiche anfängliche Schwierigkeit stoßen, den Patienten beim Glauben an den Arzt zu halten, und daß sie immer wieder auf ihre ursprünglichen Ideen über ihr Leiden zurückkommen müssen, bis der Patient schließlich gefälligerweise das träumt, was von ihm erwartet wird — und dies wird dann als positiver Beweis für die Richtigkeit der Diagnose benutzt.

Die alten Griechen wendeten auch religiöse Tänze zur Heilung nervöser Erkrankungen an. Die korybantischen Riten bestanden aus lasziven Tänzen zu Flöten und Trommeln bis zum Zusammenbruch der Beteiligten. Die Korybanten induzierten nicht nur Trancezustände und das Gefühl göttlicher Besessenheit bei den Gläubigen, sondern behaupteten auch, solche Zustände heilen zu können. Aristoteles bemerkte später, daß krankhafte Prozesse, ehe sie ausgetrieben werden können, unter Umständen erst künstlich stimuliert werden müssen, was, wie ich wiederum höre, auch bei den medikamentösen Abreaktionen des letzten Krieges der Fall war.

Die jungen Griechen, die in diese Mysterien eingeweiht wurden — sei es in die eleusinischen, samothrakischen, korinthischen oder in den Mithraskult —, machten eine umständlichere Form der religiösen Schulung durch, als die Besucher der Orakel. Was bei diesen geheimen Anlässen vor sich ging, läßt sich unglücklicherweise nur in Umrissen aus gelegentlichen Andeutungen und Indiskretionen von Initianten erschließen, meist solchen, die später zum Christentum übertraten. Ich gebe aber hier eine kurze Zusammenfassung der Vorgänge bei den eleusinischen Mysterien, die auf Darstellungen vertrauenswürdiger Kapazitäten fußt, einschließlich J. E. Harrisons *Prolegomena to the Study of Greek Religion*[148] und Victor Magnions *Les Mystères d'Eleusis*.[149]

Die niedrigeren Mysterien, die der Persephone und dem Dionysos geweiht waren, fanden im Frühling statt und waren eine Vorbereitung für die höheren. Die Verfassung des Kandidaten und seine Vergangenheit mußten von den Priestern sorgfältig geprüft werden, von denen er nichts als kalte Verachtung zu erwarten hatte. Zuerst ließen sie ihn symbolisch sein Vermögen dem Tempel ausliefern und dazu eine längere Probe auf Enthaltsamkeit und Schweigen ablegen. Schließlich erhielt er einen betäubenden Trank und schlief in einer Hütte aus Zweigen ein, auf einem Lager von Blättern und Blüten. Sanfte Musik weckte ihn, und nachdem er eine Frucht vom Baume des Lebens gepflückt und eine symbolische Wahl zwischen dem rechten und dem falschen Weg getroffen hatte, wurde er in einer geheimen philosophischen Lehre unterrichtet, durch Feuer und Wasser gereinigt und schließlich zum heiligen Chor zugelassen.

Nun verfügte er über die Parole für die (viel spätere) Zulassung zu den höheren und älteren Mysterien, die der Demeter geweiht waren und um derentwillen er sich willig einer viel schwereren Prüfung unterwarf. Er enthielt sich vieler Speisen, so von Fleisch, Knoblauch, Bohnen, Krebsen, Eiern und bestimmten Fischen, lebte keusch, bewahrte völliges Schweigen, trank nur geweihtes Wasser, badete im Meer und nahm abführende Mittel. Die bevorstehende Weihe sollte Tod und Wiedergeburt darstellen. Beim Eintritt in den Tempel wurde er völlig entkleidet und trat sogleich vor einen Richter, der ihn zum Tode verurteilte. Nachdem die Hinrichtung symbolisch vollzogen war, führte ihn ein Mystagoge einen abschüssigen Gang hinab in eine dunkle Höhle, die die Unterwelt darstellte, wo er die Schreie der Verdammten hörte und schauerlichen Phantomen begegnete, wilden Tieren, Schlangen und der geilen Empusa. Unsichtbare Hände besudelten ihn mit Schmutz, und er konnte nicht fliehen, da Furien mit ehernen Geißeln ihn von hinten bedrohten. Dann wurde er aufgefordert, in einem Teich zu baden und sich zu reinigen, ehe er vor ein neues Tribunal trat.

Zur Züchtigung verurteilt, wurde er auf den Kopf geschlagen, an den Haaren gefaßt, niedergeworfen und von den Dämonen gründlich geprügelt, wagte aber nicht, sich zu verteidigen. Schien er hinlänglich demütig im Geiste, dann gab der Mystagoge moralische Belehrungen zu diesen Leiden und reichte ihm einen Trank Lethewasser, um ihn das Vergangene vergessen zu lassen. Als nächstes gelangte er offenbar in einen magischen Kreis, in dem er unermüdlich in der Runde lief, bis es ihm endlich gelang, zu entschlüpfen — aber nur durch ein Ritual der Wiedergeburt, durch die Göttin selbst —, und erhielt einen neuen Namen. Er stieg nun in einen hellen, angenehmen Raum hinauf, legte reine Kleider an, erhielt Milch und Honig und wurde in die Gruppe der Erleuchteten aufgenommen. Schließlich nahm er am Höhepunkt der Mysterien teil — einer heiligen geschlechtlosen ehelichen Vereinigung im Dunkel zwischen ihm selbst, dem Hauptthierophanten und der Priesterin der Demeter. Er sah dann noch, wie eine Kornähre schweigend geschnitten wurde, und hörte die Verkündigung von der Geburt des heiligen Kindes.

Professor George Thomson bemerkt dazu, daß »mehrere griechische Autoren die emotionalen Wirkungen der mystischen Weihe im einzelnen schildern. Die Einheitlichkeit der Symptome beweist, daß sie als normal empfunden wurden. Sie bestanden in Schauern, Zittern, Schwitzen, geistiger Verwirrung, Verzweiflung, Ratlosigkeit und Freude, untermischt mit Unruhe und Erregung.«[150]

In Lobadeia waren die örtlichen Riten der Demeter aber von den Orakelpriestern des Trophonius übernommen worden, und da den Besuchern nicht die gleiche absolute Verschwiegenheit auferlegt wurde wie in Eleusis, Korinth und anderswo, sind zwei oder drei ausführliche Schilderungen auf uns gekommen. Aus dem Bericht des Pausanias, der um 174 vor Christus schrieb, und der selbst das Orakel des Trophonius besuchte, geht hervor, wie sorgfältig die Mystagogen den Verstand der Initianten verwirrten, ehe sie es unternahmen, diese zu indoktrinieren. Das Orakel des Trophonius besteht aus einer Erdspalte, und zwar nicht aus einem natürlichen Abgrund, sondern einem sorgfältig angelegten. Er hat die Form eines Backtrogs. Der Bericht des Pausanias[151] lautet dann folgendermaßen:

»Eine Treppe zum Boden ist vor ihnen nicht gemacht. Wenn jemand zum Trophonius geht, bringt man ihm eine schmale, leichte Leiter. Wenn man hinabgestiegen ist, ist da ein Loch zwischen Boden und Bauwerk... Der Hinabsteigende legt sich nun auf den Boden, indem er mit Honig gebackene Kuchen in der Hand hält, schiebt zuerst seine Füße in das Loch und folgt dem selber nach, wobei er darauf Bedacht nimmt, daß sich seine Knie in dem Loch befinden. Der übrige Körper wird dann sofort ergriffen und folgt den Knien nach, wie der größte und reißendste Fluß einen vom Strudel erfaßten Menschen verschlingt.«

Pausanias fügt hinzu, daß die Methode der Erleuchtung je nach dem Besucher wechselte, manchen wurden Gehörsreize, manchen visuelle Reize zugefügt, aber sie alle kehrten durch dieselbe Öffnung, mit den Füßen voran, wieder zurück.

»Niemand von den Hinabgestiegenen soll je umgekommen sein, außer einem von den Leibwächtern des Demetrius.«

Auch die Nachbehandlung wird beschrieben:

»Denjenigen, der vom Trophonius heraufkommt, nehmen wieder die Priester und setzen ihn auf den sogenannten Thron des Erinnerns, der nicht weit vom Allerheiligsten steht, und fragen ihn dort, was er gesehen und erfahren hat. Danach überlassen sie ihn seinen Angehörigen. Diese tragen ihn in das Haus, in dem er sich auch vorher aufhielt, bei dem guten Geschick und dem guten Daimon, noch ganz benommen vom Schrecken und ohne Bewußtsein seiner selbst und seiner Umgebung. Im übrigen ist er dann später durchaus nicht weniger bei Verstand als vorher, und das Lachen kommt ihm auch wieder. Ich schreibe das nicht nur vom Hörensagen, sondern weil ich andere gesehen und auch selber das Orakel des Trophonius befragt habe.«

Wir können uns nach diesem Bericht die Angst und die Verwirrung vorstellen, die in dem Opfer erwacht, wenn es plötzlich »ergriffen« wird und fühlt, »wie der größte und reißendste Fluß einen vom Strudel erfaßten Menschen verschlingt«. Es ist wichtig zu bemerken, daß der Besucher nach seinen Erlebnissen im Orakel als »noch ganz benommen vom Schrecken und ohne Bewußtsein seiner selbst und seiner Umgebung« beschrieben wird.

Plutarch[152] hat uns eine überzeugende Schilderung dessen hinterlassen, was sich innerhalb der Schlucht des Trophonius abspielte, um die Opfer noch verletzlicher zu machen:

»Timarchus war ein junger, edler Mensch, der seit kurzem Freude an der Philosophie gefunden hatte. Er hatte nur einen Wunsch: zu erfahren, welche Kraft Sokrates' Daimonion besitze. Von seinem Plan machte er nur Kebes und mir Mitteilung. Er stieg nämlich in die

Höhle des Trophonius hinab, nachdem er vorher sorgfältig alle heiligen Gebräuche, die bei diesem Orakel üblich sind, beobachtet hatte. Zwei Nächte und einen Tag verbrachte er in der Tiefe. Manche hielten ihn schon für verloren, und seine Verwandten weinten um ihn, als er eines Morgens fröhlich wieder emporgestiegen kam, auf die Knie fiel und Gott dankte. Endlich, als er sich vor den Neugierigen retten konnte, erzählte er uns die Wunder, die er gesehen und gehört hatte...

Als er zu dem Orakel hinabgestiegen war, geriet er zuerst, so begann seine Erzählung, in düstere Finsternis. Dort betete er zu den Göttern und lag lange Zeit auf der Erde, ohne recht darüber klarzuwerden, ob er wache oder träume. Jedenfalls hatte er aber die Empfindung, als wenn er unter lautem Getöse einen Schlag gegen den Kopf erhielt, so daß die Nähte der Hirnschale auseinandertraten und die Seele hinausließen.«

Man weiß nicht recht, ob die Wirkungen, die er dann beschreibt, reale waren oder teilweise in Halluzinationen bestanden:

»Er blickte empor und sah die Erde nirgends mehr, statt dessen aber Inseln, die in einem sanften Feuer leuchteten und nacheinander ihre Farbe wechselten, je nachdem wie das Feuer mit dem Licht in ständiger Veränderlichkeit seine Farbe wandelte. Ihre Zahl schien unendlich zu sein und ihre Größe unermeßlich. Sie waren alle gleich rund, doch verschieden in ihrer Größe... Als er aber in die Tiefe unter sich blickte, zeigte sich ihm ein unermeßlicher runder Schlund... Aus solcher Tiefe drang Brüllen und Seufzen unzähliger Lebewesen empor, unzähliger Kinder Wimmern und verworrenes Klagen von Männern und Frauen. Ein dumpfes Lärmen und Tosen stieg unverständlich aus der Tiefe in die Höhe, so daß Timarchos von Schrecken gepackt wurde. Die Zeit verstrich, da sagte jemand, den er nicht sehen konnte, zu ihm: ‚Timarchos, was begehrst du zu wissen?' und er antwortete: ‚Alles! Ist denn nicht alles wunderbar?'«

Einige Abschnitte sind dann den philosophischen Belehrungen gewidmet, die Timarchos empfing, nachdem er durch die beschriebenen Methoden in geistigen Bereitschaftszustand versetzt worden war.

»Jede Seele ist im Besitz eines Verstandes, und es gibt keine, die ohne Verstand oder Denken wäre. Nur wenn ein Seelenteil mit dem Fleisch und mit den Leidenschaften in Verbindung tritt, geht in ihm eine Wandlung vor; durch die Freuden und Schmerzen verliert er die Vernunft.

Vier sind die Gebiete des Ganzen: des Lebens das erste, der Bewegung das zweite, des Werdens das dritte und des Vergehens schließlich das letzte.«

Diese Vierteilung läßt vermuten, daß die Priester den Orphikern zugehörten. Weiter lesen wir:

»Einige Seelen senken sich ganz und gar in den Körper, und in die höchste Erregung getrieben, werden sie von den Leidenschaften im Leben ganz und gar zerrieben. Andere vermischen sich nur zum Teil, das Reinste, was sie besitzen, lassen sie außerhalb. Es läßt sich nicht mit hineinziehen, sondern schwimmt sozusagen an der Oberfläche und berührt nur leicht den Kopf des Menschen. Einer Boje gleich, zeigt es den in die Tiefe gesunkenen Teil an. An ihm richtet sich die Seele auf, wenn sie zu gehorchen weiß und sich von den Leidenschaften nicht beherrschen läßt.«

Diese Enthüllungen schienen dem Zuhörer in seinem Geisteszustand, der teilweise von den Schlägen auf den Kopf herstammte, von entscheidender Bedeutung zu sein, erinnern mich aber auch an manche der Theorien über Ichs und Ese, archetypische Mythologien und dianoëtische vorgeburtliche Träume, wie sie von verschiedenen Schulrichtungen der modernen doktrinären Psychotherapie in der Behandlung verbreitet werden. Plutarch fährt fort:

»Als die Stimme schwieg, wollte Timarchos sich umwenden, um zu sehen, wer mit ihm gesprochen hatte. Aber er spürte wieder einen starken Schmerz am Kopf, als wenn er mit Gewalt zusammengepreßt würde, und nun sah und hörte er nicht mehr, was um ihn herum vor sich ging. Nach einer kurzen Weile kam er dann wieder zum Bewußtsein, und als er um sich blickte, lag er in der Höhle des Trophonius in der Nähe des Eingangs, wo er sich niedergelegt hatte.«

Diese Darstellung bestätigt Pausanias' Bericht, wonach jeder, der dem Orakel des Trophonius nahen wollte, zuerst einmal eine bestimmte Anzahl von Tagen in einem Gebäude zu verbringen hatte, das dem Guten Dämon und dem Guten Geschick geweiht war. Während seines Aufenthaltes mußte er bestimmte Reinheitsvorschriften beachten und sich insbesondere warmer Bäder enthalten, vermutlich, weil sie Spannungen lösen können. Zum Orakel kam er in einer weißen Leinentunika, mit Bändern gegürtet und bekleidet mit den Schuhen des Landes. Ehe er zum Orakel hinabstieg, sprach er mit den Priestern, und nach seiner Rückkehr wurde er aufgefordert, alles niederzuschreiben, was er gesehen und gehört hatte — zweifellos, um dadurch zur Festigung seiner neuen Glaubensgrundsätze beizutragen.

Diese Technik brachte offenbar häufig dauernde Auswirkungen auf den Geisteszustand der Personen hervor, die sich ihr unterzogen hatten, denn von verschiedenen Autoren wird ein griechisches Sprichwort zitiert, das etwa besagt: »Er muß vom Orakel des Trophonius kommen.«

Es war auf alle gemünzt, die besonders ernst oder nachdenklich schienen, und bedeutete, daß der Schrecken, dem der Besucher ausgesetzt war, ihn unfähig gemacht hatte, je wieder zu lachen. Die Nachbehandlung im Hause des Guten Geschicks und des Guten Dämons kann dazu bestimmt gewesen sein, dieses Sprichwort zu widerlegen.

Ein anderes griechisches Sprichwort, das auch die Römer übernahmen, wurde auf alle angewandt, die so merkwürdig sprachen oder handelten, daß sie in Verdacht gerieten, geistig nicht in Ordnung zu sein: »Er sollte Antikyra besuchen!« Antikyra galt damals allgemein als der aussichtsreichste Ort der Welt für eine Heilbehandlung. Es war eine kleine phokische Stadt, auf einer felsigen Landzunge von drei Meilen Umfang gelegen, die sich in der Nähe des Parnassus in den Korinthischen Golf erstreckte. Ursprünglich hatte es den kretischen Namen Kyparissos getragen. Stephanus von Byzanz, der Lexikograph, berichtet, daß Herakles dort von seiner Mordwut geheilt worden sei, was darauf hinweist, daß die Heileinrichtungen sehr alt waren. Autobiographische Berichte über die dortigen Behandlungsmethoden sind nicht auf uns gekommen, doch lassen sich diese aus verschiedenen Quellen erschließen. Phokis gehörte im ganzen Apollo an, dem Gott der Medizin, aber seine Zwillingsschwester Artemis, die auch Heilkräfte besaß und vor allem für gefährliche Drogen zuständig war, beherrschte den einzigen bedeutenden Tempel in Antikyra, wo sie auch mit Fackel und Hund auf Stadtmünzen erschien. (Sie wurde als diktynische Artemis bezeichnet, was die Beziehung zu Kreta herstellt.) Die Fackel und ihre berühmten schwarzen Bilddarstellungen beweisen, daß sie eine Erdgöttin mit Unterweltsbeziehungen war und daher geeignet, als Patronin eines Heilortes zu gelten. Der Tempel stand unter einem Felsabsturz, etwas landeinwärts von der Stadt.

Strabo[153] gibt als Grund für den Ruhm Antikyras an, daß dort die beiden Formen des überlegenen Spezifikums gegen den Wahnsinn, nämlich des Helleborus (Nieswurz), besonders gut gediehen und von den örtlichen Drogenhändlern noch mit einem anderen, seltenen Gewächs namens Sesamoides vermischt wurden, das die Wirkung der Nieswurz sicherer und wirksamer machte. Das kann aber nicht die ganze Wahrheit sein. Denn hätte es nicht Psychotherapeuten gegeben, die aus bestimmten Gründen die Stadt nicht verlassen konnten, so wäre es für einen römischen Senator wohl überflüssig gewesen, vom Kaiser Caligula besonderen Urlaub zu erbitten, um hier seine Heilung zum Abschluß zu bringen[154]. Er hätte sich die nötigen Drogen und Ärzte mit nach Rom genommen, denn Antikyra selbst war ein trübsinniger und bedrückender Ort, wo niemand blieb, der nicht mußte. Da Helleborus »Nahrung der Helle« bedeutet (auch eine Göttin von der Art der diktynischen Artemis), und da ein berühmtes Goldamulett namens *Helleborus* mit Abbildern der Nieswurzblüte nur von Frauen getragen wurde, läßt sich vermuten, daß die Priesterinnen der Artemis die örtlichen Psychotherapeuten waren. Nach Dioscorides[155] wuchsen beide Sorten Nieswurz, die weiße und die schwarze, am besten in Antikyra. Obgleich der weiße Helleborus bis auf die Farbe der Wurzeln dem schwarzen sehr ähnlich ist, stimmen Dioscorides, Pausanias[156] und Plinius[157] darin überein, daß der weiße ein Brechmittel und der schwarze (der auch Melampodium hieß, zu Ehren des Helden Melampus, der die drei mordwütigen Töchter des Proteus von ihrem Wahnsinn heilte) ein starkes Abführmittel war. Plinius sagt, daß der schwarze ungeheure religiöse Furcht einflöße, mehr noch als der weiße, und daß er mit umständlicher Feierlichkeit gesammelt werde. Die Sesamoides, die die Drogenhändler von Antikyra mit dem weißen Helleborus mischten, wirkte auch als starkes Purgativ. Es waren aber nicht nur die schwächenden Wirkungen des schwarzen und weißen Helleborus und der Sesamoides, auf die man für die Heilung rechnete — man nahm die Mittel, während man fastete, in Bohnenbrei, und zwar nach der Anwendung anderer Brechmittel. Plinius berichtet nämlich, daß beide Helleborussorten Narkotika waren. Die Behandlung umfaßte offensichtlich eine Form von medikamentöser Abreaktion in Verbindung mit starken Suggestionen. Die schon durch den düsteren Ort und die giftigen Drogen mit ihren »alarmierenden Symptomen«[158] erregte Angst wurde durch die Schwäche gesteigert — selbst Wein war untersagt —, und in der »unnatürlichen Schläfrigkeit«, die nach der Einnahme der Nieswurz auftrat, verwendeten die Priesterinnen Unterweltsrituale, um die Krankheitssymptome aufzulösen. Ähnlichkeiten mit heutigen Methoden sind offensichtlich.

Dioscorides, Plinius und Pausanias behaupten, daß hier außer anderen Krankheiten das Delirium, der Wahnsinn, Lähmungen und Melancholie geheilt wurden. Aber die Behandlung war derart rigoros, daß Frauen, Kindern und ängstlichen Männern abgeraten wurde, sich ihr zu unterziehen. Man weiß, daß in hartnäckigen Fällen die Kur sich lange hinzog. Der Senator, der um Urlaub eingekommen war, um in Antikyra zu bleiben, hatte sich hier schon längere Zeit aufgehalten. Caligula sandte ihm ein Schwert als Befehl zum Selbstmord und meinte dazu: »Wenn du so lange ohne Erfolg Helleborus genommen hast, dann versuchst du es besser mit dem Aderlaß.«

WIE KOMMT ES ZUM GESTÄNDNIS?

In vielen Teilen der Welt werden von Polizeiorganen ziemlich die gleichen Grundmethoden verwendet, um Geständnisse zu erzielen. Aber die kommunistische Technik, wie sie in Rußland unter Stalin entwickelt wurde, scheint doch die wirksamste gewesen zu sein. Sie war in roher Form schon von der zaristischen Polizei übernommen worden, und ob die Zaristen sie von den katholischen Inquisitoren entliehen oder ob sie sich in Rußland auf Grund der Ähnlichkeit zwischen religiöser und politischer Intoleranz spontan entwickelte, wäre eine hübsche historische Frage. Während das Studium der protestantischen Erweckungsbewegungen das hellste Licht auf die Prozeduren wirft, die bei der Erregung von Massenschuldgefühlen eine Rolle spielen, muß man sich auf alle Fälle der Geschichte der katholischen Inquisition zuwenden, um etwas über die Techniken zu erfahren, mit deren Hilfe sich Geständnisse von einzelnen Abtrünnigen erzwingen lassen. Möglicherweise haben die russischen Kommunisten nur physiologische Forschungsergebnisse verwendet, um schon bekannte Techniken zu vervollkommnen.

Um Geständnisse zu erzielen, muß man versuchen, Angst und Schuldgefühle zu erwecken und, falls diese nicht schon bestehen, seelische Konfliktzustände schaffen. Auch wenn der Angeklagte wirklich schuldig ist, muß die normale Hirnfunktion gestört werden, so daß die Urteilskraft vermindert wird. Wenn möglich, muß er dahin gebracht werden, die Strafe — vor allem, wenn sie mit der Hoffnung auf nachfolgende Erlösung verbunden ist — der Spannung vorzuziehen, unter der er schon steht oder die der Verhörende jetzt in ihm erzeugt. Immer wenn schuldige Personen entgegen ihrem eigenen Interesse vor der Polizei »freiwillige« Geständnisse ablegen und sich so einer Freiheitsstrafe oder einem Todesurteil ausliefern, ohne daß Anzeichen für physische Gewaltanwendungen vorliegen, wäre es interessant, festzustellen, ob eine oder mehrere der vier physiologischen Methoden angewandt worden sind, mit deren Hilfe es auch Pawlow gelang, bei Tieren den Widerstand zu brechen.

Die folgenden Fragen ließen sich stellen:

1. Haben die mit der Untersuchung betrauten Polizeibeamten absichtlich Angst erweckt?

2. Haben sie die Spannung bis zu dem Punkt verlängert, wo das Gehirn erschöpft und transmarginal gehemmt wird? Dann könnte eine Schutzhemmung, die beginnt, die transmarginale Phase zu erreichen, zeitweise Störungen der normalen Urteilsfähigkeit und stark erhöhte Suggerierbarkeit verursachen.

3. Wurde das Nervensystem des Verdächtigen mit solch einer Vielfalt von Reizen in Form immer wechselnder Haltungen und Fragen bombardiert, so daß er verwirrt wurde und sich selbst, vielleicht zu Unrecht, beschuldigte?

4. Wurden Maßnahmen ergriffen, um eine zusätzliche körperliche Schwächung und seelische Erschöpfung herbeizuführen, die schließlich zum Zusammenbruch der Funktion des Nervensystems und des Widerstands führte — selbst wenn die Anwendung von 1, 2 und 3 allein überhaupt zu keinem Ergebnis geführt hat?

Setzt erst einmal der Zusammenbruch im Verhör ein, kann das Nervensystem Veränderungen zeigen, die denen gleichen, die durch Gruppenerregung erzielt werden, da die individuellen wie die Gruppenmethoden der Erregung und Erschöpfung der Nerven etwa grundsätzlich gleiche Endauswirkungen auf die Funktion des Nervensystems zu haben pflegen. Entweder kommt es zu erhöhter Empfänglichkeit für Suggestionen, was dem verhörenden Polizeibeamten die Möglichkeit gibt, selbst einen Unschuldigen von seiner Schuld zu überzeugen; oder es kann die paradoxe und ultraparadoxe Phase der

Rindentätigkeit eintreten und zu einer völligen Umkehr der früheren Überzeugungen und Verhaltensweisen des Beschuldigten führen, so daß er das Bedürfnis empfindet, Geständnisse abzulegen, die das Gegenteil seiner normalen Wesensart und Urteilsfähigkeit sind.

In manchen Phasen des Kreuzverhörs unter Spannungsbelastung können Gefangene den Wunsch zu gestehen aufsteigen und wieder schwinden fühlen. In diesem Stadium können sie beobachten, wie die Dinge »ganz seltsam werden«. Von einer Minute zur anderen wechseln auf Grund der ausgelösten Fluktuationen der Funktion des Nervensystems ihre Haltungen und Ansichten völlig. Früher oder später allerdings wird die neue Haltung wahrscheinlich die Oberhand gewinnen, und sie werden gestehen. Dann wird jede Anstrengung gemacht, die eingetretene Veränderung zu fixieren und eine Rückwendung zu früheren Denkformen zu verhindern, wenn die emotionale Spannung nachläßt.

Die Einzelheiten dieser polizeilichen Techniken sollten nicht als Geheimnis behandelt werden. Sie sind eine Angelegenheit der Öffentlichkeit. In allen freien Ländern sollte Alexander Weißbergs *»Hexensabbat«*[159] ein Lehrbuch für Erwachsene werden, um uns zu lehren, was den unabhängig Denkenden unter einer Diktatur geschehen kann und was, in geringerem Grade, selbst in Demokratien eintreten könnte, die nicht ununterbrochen auf der Hut sind, ihre Bürgerrechte zu wahren. Weißberg, ein deutscher Kommunist, überlebte die stalinistische »Säuberung«, die kurz vor Beginn des zweiten Weltkriegs in Rußland vor sich ging und während der Millionen Menschen hingerichtet oder zu langjähriger Zwangsarbeit verurteilt wurden. Nachdem er drei Jahre in russischen Gefängnissen verbracht hatte und gezwungen worden war, Geständnisse zu unterzeichnen, die er später widerrief, wurde Weißberg auf Grund des russisch-deutschen Vertrages von 1939 nach Deutschland zurückgeführt. Sein Erlebnisbericht ist ausführlich und trägt, wenn man ihn in Verbindung mit ähnlichen autobiographischen Schilderungen liest, den Stempel der Echtheit.

Wie kommt es zum Geständnis?

Stypulkowski erzählt in seinem Buch »*Invitation to Moscow*«[160] (Einladung nach Moskau), wie er mit Erfolg um ein Geständnis herumkam, obgleich er über einhundertdreißig Verhören unterzogen wurde, von denen manche viele Stunden dauerten. Allerdings wurde seine Aussage eilig gebraucht, da aus Propagandagründen schnell ein polnischer Prozeß inszeniert werden sollte und die Verhörsleiter von ihrem Vorhaben abstehen mußten, ehe der nötige Erschöpfungszustand erreicht war. Stypulkowski wurde freigelassen und nach Polen zurückgeschickt. Später flüchtete er nach Westeuropa, wo er sein Buch schrieb. In Koestlers Autobiographie ist die Rede von den Gehirnwäsche-Methoden, die ihm kommunistische Freunde, die über besondere Informationsquellen verfügten, geschildert hatten. Orwells Roman »*1984*«[161], der 1949 geschrieben wurde, scheint ebenfalls auf Tatsachenberichten zu beruhen, die aus dem Osten nach Westeuropa durchgesickert waren. Auch in den russischen Satellitenstaaten, wie etwa in Bulgarien, Rumänien, Polen und Ungarn, scheinen im wesentlichen die gleichen Methoden angewandt worden zu sein. Wir erwähnten schon das Exposé des Verteidigungsministeriums über die Methoden, die die Chinesen bei britischen Kriegsgefangenen in Korea gebrauchten, und auch die Regierung der Vereinigten Staaten hat kürzlich ein ähnliches veröffentlicht.[162] In noch neuerer Zeit hat Chruschtschow[163] in seiner Anklage gegen Stalin einige weitere allgemeine Informationen über die Mittel zur Geständniserzwingung unter dem Stalinschen Regime gegeben, und in allerletzter Zeit haben nun die Doktoren L. E. Hinkle und H. G. Wolff einen vollständigen und detaillierten Bericht über die in Rußland und China angewendeten Methoden veröffentlicht, an Hand von Informationen, die sie als Berater des Verteidigungsministeriums der Vereinigten Staaten gesammelt und geprüft haben.[164]

Hat man erst einmal die Grundprinzipien richtig verstanden, dann werden viele örtliche Variationen erklärbarer, und Menschen in vielen Ländern, die das Unglück haben, das Opfer polizeilicher Kreuzverhöre zu werden, können zu einer nützlichen Einsicht in die Methoden gelangen, die legal gegen sie angewandt werden dürfen, und lernen, wie sie am besten die Endphase des Prozesses vermeiden, in der die normale Urteilsfähigkeit unterminiert wird.

Vorausgesetzt, der richtige Druck wird auf die richtige Weise und lange genug ausgeübt, so haben gewöhnliche Gefangene nur geringe Chancen, den Kollaps abzuwehren; nur außergewöhnliche Menschen oder Geisteskranke sind imstande, sehr lange Zeit Widerstand zu leisten. Normale Menschen, ich möchte das wiederholen, verhalten sich deshalb in der angegebenen Weise, weil sie nun einmal dem gegenüber, was um sie her vorgeht, empfindlich sind und sich davon beeinflussen lassen. Es ist der Wahnsinnige, der Suggestionen gegenüber derart unzugänglich sein kann. Dr. Roy Swank fand, daß *alle* aktiv kämpfenden Männer der amerikanischen Armee, wenn sie *lange genug* ohne jede Unterbrechung in vorderster Front kämpfen mußten, bis auf einige Geisteskranke schließlich zusammenbrachen. Dies entspricht völlig unseren eigenen Beobachtungen im gleichen Kriege. Dabei kann in einer Gefängniszelle oder einem Polizeigewahrsam durch geschicktes Verhör eine noch höhere nervöse Spannung erzielt werden als an der Front durch feindliche Scharfschützen oder Maschinengewehrfeuer, und zwar, weil die Spannung im Verhör andauernder ist.

Um auf die tatsächlichen Methoden zurückzukommen, die unter Stalin hinter dem Eisernen Vorhang verwendet wurden, so läßt sich sagen, daß jede Anstrengung gemacht wurde, Angst zu erregen, Schuldgefühle zu erwecken, das Opfer zu verwirren und einen Zustand zu schaffen, in dem es nicht wußte, was ihm in der nächsten Minute geschehen würde. Seine Ernährung wurde so herabgesetzt, daß mit Sicherheit Gewichtsverluste und Schwäche eintreten mußten, weil physiologische Reize, die bei einem normalen Körpergewicht von, sagen wir, 140 Pfund versagen, leicht einen schnellen Zusammenbruch hervorrufen, wenn das Gewicht auf etwa 90 Pfund gesunken ist. Es wurde auch jede Anstrengung gemacht, die normalen Verhaltensweisen zu erschüttern. Das Opfer wurde etwa von der

Polizei von seinem Arbeitsplatz weggerufen, um verhört zu werden, dann aufgefordert, die Arbeit wieder aufzunehmen, um ein paar Tage später zu einem weiteren Verhör zu erscheinen. Mehrere derartige Verhöre konnten stattfinden, ehe schließlich die Verhaftung erfolgte.

Ein unmittelbares Element der Angst wird durch die Warnung geschaffen, daß es ein Verbrechen sei, irgend jemandem — Freunden, Verwandten, selbst der eigenen Frau — zu sagen, daß man in polizeilicher Untersuchung steht. Abgeschnitten von allen Ratschlägen, die ein Mensch gewöhnlich von anderen, die ihm lieb und nahe sind, erwarten darf, verdoppelt sich seine Angst und Spannung. Wird die Versuchung so übermächtig, daß er sich irgend jemandem anvertraut, so kann ihm das sofort eine lange Freiheitsstrafe für dieses Verbrechen einbringen, auch wenn er kein anderes begangen hat. Neue Angst, daß sein Vergehen ans Licht kommen könnte, wird ihn während des Kreuzverhörs verfolgen und kann seinen Zusammenbruch beschleunigen. Die Spannung läßt sich noch auf zahlreiche andere Arten steigern: Man läßt den Gefangenen hören, daß die Erschießungskommandos an der Arbeit sind, man bereitet ihn auf eine Gerichtsverhandlung vor, die dauernd verschoben wird.

Der Gefangene, dem gesagt wird: »Wir wissen alles! Du wirst klug genug sein, zu gestehen«, kommt in Verlegenheit, wenn er tatsächlich nichts zu gestehen hat. Weißberg berichtet von dem Verhör, ehe er verhaftet wurde:[165]

»Ich begann über mein Leben nachzudenken. Ich durchforschte die Ereignisse des letzten Jahrzehnts. Ich ließ die Menschen an mir vorübergehen, mit denen ich persönlichen Kontakt hatte, und die, mit denen ich korrespondierte. Ich fand nichts, was auch nur den kleinsten Verdacht hätte erregen können... Plötzlich fiel mir etwas ein, und ich geriet in höchste Unruhe. Es war im Jahre 1933 gewesen... Und jetzt, als ich mich an das alles erinnerte, packte mich der Schrecken.«

Es war ein kleiner Vorfall, der mit dem angeblichen Verbrechen, dessen er angeklagt wurde, überhaupt nichts zu tun hatte; trotzdem quälte er sich mit der Frage, ob er es gestehen solle oder nicht. Wie man künstlich Schuld- und Angstgefühle erwecken kann, zeigen die Anweisungen, die er vor seiner Verhaftung erhielt:

»Gehen Sie jetzt nach Hause und kommen Sie übermorgen wieder. Benützen Sie diese zwei Tage, um über Ihr ganzes Leben nachzudenken. Kommen Sie dann und sagen Sie mir, wann Sie zum ersten Male mit dem Feinde in Verbindung traten und welche Ideen Sie zum Übertritt auf die Seite des Feindes bewogen haben. Wenn wir sehen, daß Sie durch ein aufrichtiges Geständnis den Willen zeigen, wieder ein Sowjetmensch zu werden, dann werden wir Ihnen den weiteren Weg dazu ebnen.«

Die Verhaftung fand meistens mitten in der Nacht statt, was die Furcht noch erhöht. Erst einmal in der Zelle, ist der Gefangene praktisch von jeder Berührung mit der Außenwelt abgeschnitten, und es können 14 Tage vergehen, ehe er überhaupt irgendeine Andeutung darüber erhält, was gegen ihn vorliegt. Das sind wiederum Mittel, die Spannung zu verlängern, so daß unter Umständen lange, ehe das Verhör beginnt, sein Denken schon verwirrt ist. Er hat sein Bewußtsein nach allen nur möglichen Gründen durchstöbert, warum er verhaftet ist, und vielleicht jede andere, nur nicht die richtige Antwort entdeckt. Jetzt fängt er sogar an, an seine eigenen Spekulationen zu glauben, als seien es Tatsachen.

Der gewöhnliche Gefangene in Rußland hatte selbst in den schlimmsten Zeiten bestimmte Rechte. Körperliche Gewaltanwendung war vermutlich untersagt, und wenn er den Eindruck hatte, daß sein Verhör nicht vorschriftsmäßig geführt wurde, konnte er an einen höheren Beamten als den Verhörsleiter appellieren. Chruschtschow[166] gibt aber jetzt zu, was auch Weißberg schon früher berichtete, daß nämlich seit 1937 gegen bestimmte politische Gefangene »körperliche Pression«, die bis zur Folterung ging, angewendet wurde. »So hat Stalin im Namen des Zentralkomitees der Kommunistischen Partei der Sowjetunion (der Bolschewiken) die brutale Verletzung der sozialistischen Legalität sanktioniert.« Auch dem russischen Untersuchungsleiter war es, wie seinem englischen Kollegen, offiziell verboten, Geständnisse entgegenzunehmen, die er nicht für richtig hielt. Diese Regelung ist für das richtige Verständnis des ganzen Vorgangs von größter Wichtigkeit, da Geständnisse abgelegt werden können, die, obgleich weitgehend falsch, schließlich sowohl vom Verhörenden wie vom Gefangenen geglaubt werden. Das kommt daher, weil der Untersuchungsleiter dem Gefangenen zuerst suggeriert, daß er eines Verbrechens schuldig sei, und ihn zu überzeugen versucht, falls er noch nicht überzeugt ist, daß dies stimmt. Selbst wenn der Gefangene unschuldig ist, kann ihn die lange Spannung, der er unterworfen war, schon so geängstigt haben, daß er suggerierbar ist, und ist er ein schwacher Typ, so wird er die Meinung des Verhörenden über seine Schuld annehmen. Findet das Verhör unter Druck statt, so kann der Beklagte sozusagen eine alte Platte abzuspielen beginnen und Geständnisse ablegen, die ihm die Polizei bei früheren Kreuzverhören suggerierte. Die Polizei, die vergißt, daß es sich ursprünglich um ihre eigenen Vermutungen handelte, läßt sich täuschen: Der Gefangene hat jetzt ‚spontan' gestanden, was sie schon lange vermuteten. Es wird gewöhnlich nicht realisiert, daß Müdigkeit und Angst, sowohl beim Untersuchungsleiter wie beim Gefangenen, eine Bereitschaft gegenüber Suggestionen hervorrufen — die Aufgabe, Geständnisse zu erzwingen, ist eine schwierige und anstrengende —, und daß sie sich gegenseitig zu dem Glauben an die Echtheit des eingestandenen Verbrechens verleiten können. Dem Bericht nach sollen allerdings im Jahre 1955 unter dem neuen Regime in Rußland die Vorschriften dahingehend geändert worden sein, daß das eigene Geständnis eines Gefangenen nicht mehr als Beweis seiner Schuld gelten darf.[167]

Nach englischem wie nach amerikanischem Gesetz kann kein Mensch gezwungen werden, irgendeine Aussage zu machen oder Fragen zu beantworten, die ihn belasten. Trotzdem werden alljährlich eine Großzahl ängstlicher und auch zeitweilig verstörter Menschen, wenn ihnen ausdrücklich mitgeteilt wird, daß ihr Geständnis als Beweismittel gegen sie verwendet werden kann, dazu gebracht, der

Die Phase gesteigerter Angst

englischen Polizei ihre größeren und kleineren Vergehen einzugestehen — einer Polizei, die heute fast mit Sicherheit als die beste und fairste der Welt gelten darf. Auf den Polizeirevieren muß ein sehr strikter Kodex von richterlichen Vorschriften eingehalten werden (Judges' Rules), es darf mit keinerlei Gewaltanwendung gedroht, es dürfen auch keine Versprechungen gemacht werden, und trotzdem bringen die Zeitungen immer wieder lange und ausführliche Schuldgeständnisse, die von solchen Leuten abgegeben und unterzeichnet werden, wobei sie ihre Handlungen häufig noch in das denkbar schlechteste Licht stellen. Später beruhigen sie sich wieder, kehren zu einer normaleren Funktion des Nervensystems zurück und möchten die Geständnisse widerrufen. Dann ist es natürlich zu spät. Pawlows Tierexperimente können uns vielleicht erklären, warum das so oft geschieht. Denn Richter, Polizeibeamte und Gefängnisärzte kennen schon lange die paradoxe Tatsache, daß ein Angeklagter, *unmittelbar nachdem* die offizielle Anklage wegen Mordes oder sonst eines schweren Verbrechens gegen ihn erhoben wurde, oft die detailliertesten und aufrichtigsten Bekenntnisse ablegt. Angeklagte, gleichgültig ob sie bald nach Begehung des ihnen zur Last gelegten Verbrechens oder erst nach zahlreichen Verhören und einer langen Spannungsperiode verhaftet werden, geraten gewöhnlich in eine Phase gesteigerter Angst und Emotionalität, wenn sie offiziell unter Anklage gestellt werden. Das Nervensystem ist zeitweilig in Unordnung geraten. Das ist genau der Punkt, in dem am wahrscheinlichsten ein Zustand erhöhter Suggerierbarkeit oder die paradoxe oder ultraparadoxe Phase der Reaktion auf Spannungsbelastung einsetzten, wo solche Menschen also am leichtesten überredet werden können, Aussagen zu machen, die nicht nur die Chancen für eine Verurteilung erhöhen, sondern sie, manchmal sogar ungerechtfertigterweise, belasten. Dann kommt es vor, daß ein Gefangener die ganze Zeit bis zu seiner Gerichtsverhandlung und noch während dieser zu begreifen versucht, inwiefern er eine derart vernichtende Aussage »freiwillig« unterzeichnen konnte. Er wird dann natürlich versuchen, sich den Folgen zu entziehen.

Wie kommt es zum Geständnis?

Mitglieder der amerikanischen Polizeigewalt haben keine Skrupel, Lehrbücher über das Problem zu verfassen, wie man Geständnisse erzielt. So erklärt etwa Clarence D. Lee in seinem Buch »*Instrumental Detection of Deception*« (etwa: Instrumentaler Nachweis des Betruges)[168] die Anwendung des Lügendetektors. Lee weiß, daß der Detektor manchmal ein höchst unzuverlässiges Instrument ist und in einem Untersuchungsverfahren nicht mit Sicherheit verwendet werden darf.[169] Aber es kann sehr erfolgreich sein, um unerfahrene und unwissende Menschen, die schuldig sind, so zu ängstigen, daß sie Geständnisse ablegen.

»Das Instrument und der Test-Vorgang üben auf einen schuldigen Menschen sehr starke psychologische Wirkungen aus, die ihn veranlassen, zu gestehen. Der Anblick der mit jedem Herzschlag und jedem Atemzug ausschlagenden Schreibfeder kann seine Standfestigkeit sehr erschüttern. Zeigt man ihm die aufgezeichneten Ergebnisse und erklärt dazu kurz die Bedeutung der verschiedenen Lügenindizien, so erbringt das oft sofortige Resultate. Auch ein Hinweis auf die Übereinstimmungen zwischen den Reaktionen, die die einzelne Lüge bei einem Kontrolltest begleiten, und den Reaktionen auf bedeutsame Fragen im eigentlichen Test kann nützlich sein. Jedes Vorgehen dieser Art ist erlaubt, um Geständnisse zu erzielen, *wenn sich zuvor der Verhörsleiter auf Grund der geschilderten Testmethoden von der Schuld des Betreffenden überzeugt hat.*«

Lee fügt hinzu, daß 60—80% der durch den Test als schuldig ausgewiesenen Personen schließlich gestehen, daß aber der erzielte Prozentsatz an Geständnissen abhängt: »vom Selbstvertrauen des Verhörleiters und von den angewendeten Methoden, von seiner Ausdauer und einer mitfühlenden Haltung gegenüber der Verdachtsperson. Auf die eine oder andere Weise sollte der Verhörende ihr den Gedanken übermitteln, daß er von ihrer Schuld überzeugt ist, da jede Andeutung von Zweifel seitens des Untersuchungsleiters seinen Erfolg vereiteln kann.«

Selbst wenn der Test negativ ausfällt, kann der Verhörende noch vorgeben, er sei positiv, um so vielleicht ein Geständnis zu erzielen. Lee bestätigt auch, was wir in so vielen anderen Fällen fanden, daß nämlich »diejenigen, die am empfänglichsten für einen Appell an ihre Gefühle sind, sich auch am leichtesten zum Geständnis bringen lassen. In diese Gruppe gehören die sogenannten zufälligen Verbrecher: die, die zuschlagen und davonlaufen, die in der Hitze der Leidenschaft töten, Jugendliche und Erstverbrecher wie auch Sexualverbrecher, bei denen der Sexualtrieb pervertiert ist: die Homosexuellen, die Vergewaltiger und Sexualmörder, Sadisten und Masochisten.«

Nicht mit dem Lügendetektor zum Geständnis zu bringen sind die »Berufs«-Verbrecher, die vermutlich aus Erfahrung gelernt haben, wie gefährlich es ist, bei irgendeiner Form von polizeilicher Befragung mitzumachen, und sich daher überhaupt weigern, auf irgendeine Frage zu antworten.

»Dieser Typ des Verbrechers stellt das einzig wirklich schwierige Problem in der Angelegenheit der Geständniserzielung dar.«

Lee empfiehlt dem Untersuchungsleiter, der Schwierigkeiten hat, in bestimmten Fällen Geständnisse zu erzielen, folgendes: Ist erst einmal die Angst geweckt (und vermutlich die Suggerierbarkeit gesteigert), dann »darf der Vernehmende keine Zeit verlieren, seine beste Strategie in Anwendung zu bringen, ehe die Verdachtsperson sich von dem psychischen Trauma des Tests völlig erholt hat. Der Vernehmende hat die psychologischen Vorteile auf seiner Seite, während die Verdachtsperson sich in exponierter Lage befindet.«

Es werden interessante Einzelheiten über die verwendeten Techniken angegeben:

»Wo die Methode des Mitgefühls angezeigt scheint, tut man gut daran, auf die Selbstrechtfertigung hinzuzielen, die der Kriminelle gewöhnlich für seine Untaten bereit hat. Man deutet an, daß er gute Gründe hatte, die Tat zu begehen, daß er zu intelligent sei, um es ohne Grund und Ursache getan zu haben. Im Fall von Sexualverbrechen erklärt man, daß das Sexualbedürfnis einer der stärksten Triebe ist, die unser Leben motivieren. Im Falle von Diebstahl legt man nahe, daß der Betreffende hungrig gewesen sein könne, oder daß es ihm an allem Lebensnotwendigen fehlte; bei Mord, daß das Opfer ihm ein großes Unrecht zugefügt und es vermutlich verdient habe. ‚Sei freundlich und mitfühlend und fordere ihn auf, die ganze Geschichte niederzuschreiben oder zu erzählen — um reinen Tisch zu machen und ein neues Leben zu beginnen'.«

Lee hält diese Methoden in einem derart von Verbrechen bedrängten Lande wie den Vereinigten Staaten für ethisch und notwendig für den Schutz des gesetzestreuen Bürgers. Er erklärt:

»Ehe die Strafe bemessen werden kann, muß der Angeklagte in einem entsprechenden Gerichtsverfahren überführt werden, und eines der wirksamsten Mittel der Überführung ist das Geständnis des Angeklagten.«

Wer daran interessiert ist, anerkannte westliche Methoden zur Geständniserzielung mit denen zu vergleichen, die hinter dem Eisernen Vorhang verwendet werden, findet in Lees sehr offenem Buch eine entsprechende Bibliographie. Lee zitiert eine höchst aufschlußreiche Mitteilung eines ehemaligen stellvertretenden Kommissars des New Yorker Polizei-Departements, die schon 1925 im *Police Magazine* veröffentlicht wurde:

»Meine gewöhnliche Methode ist es, wenn der Gefangene eingeliefert wird, seine Aussagen genau in der Form niederzuschreiben, wie er sie zu machen bereit ist. Am nächsten Tag, wenn wir weitere Auskünfte gesammelt haben, befragen wir ihn wieder, und zwar jetzt in der Richtung, in die diese Auskünfte weisen. Wir analysieren dann die Widersprüche zwischen der ersten und der zweiten Aussage. Dann befragen wir ihn am nächsten Tag und analysieren wieder die Widersprüche und ziehen, wenn die gesammelten Fakten mit größerer Sicherheit auf seine Schuld hindeuten, das Netz dichter um ihn. Wir bringen ihn wieder und wieder zum Reden, tagaus, tagein; und wenn er schuldig ist oder ein schuldhaftes Wissen von dem Verbrechen hat, muß er schließlich zusammenbrechen und mit der ganzen Geschichte herausrücken.«

»Im Fall eines redegewandten, geschickten, wohlerzogenen Verbrechers, der imstande ist, bei fast jedem Verhör glatte Antworten vorzubringen, bleiben wir ihm auf den Fersen, bis wir seinen schwachen Punkt entdecken. Seine erste Geschichte erzählt er fließend. Tatsächlich ist er bei allen und jeder folgenden Gelegenheit schlagfertig und gesprächig. Aber der Widerspruch kommt von Mal zu Mal deutlicher zum Vorschein. Greife nochmals an, und er klappt zusammen. Wenn er die Wahrheit sagt, dann wird er natürlich jedesmal die gleiche Geschichte erzählen. Wenn er aber lügt, wird er irgendwann mal ausrutschen. Der Lügner kann sich nicht an alles erinnern. Irgend etwas, was er vorher gesagt hat, wird er unbedingt vergessen. Es gab niemals so etwas wie den ‚dritten Grad'. Man treibt einfach einen Mann geistig in die Ecke, vorausgesetzt, er ist schuldig, und dann wird er jedesmal schlappmachen, das heißt, wenn man von Anfang an einen Keil einschlagen kann. Es ist ziemlich schwer, ein Geständnis zu kriegen, wenn man nicht irgendeinen kleinen Anhaltspunkt hat, um beim Verhör davon auszugehen. *Aber hat man diesen schwachen Punkt gefunden, so fangen die Widersprüche in der Geschichte an, immer weiter auseinanderzuklaffen, bis der Mann schließlich so wirr wird, daß er einsieht: das Spiel ist aus. Alle seine Verteidigungen sind niedergeschlagen. Er ist in die Ecke getrieben, in der Falle. Das ist der Moment, in dem er in Tränen ausbricht. Die Folter kommt aus seinem eigenen Inneren, nicht von außen.*«[170]

Das einzige, was hinzuzufügen wäre, ist, daß sich bei solchen Methoden bekanntlich Wahrheit und Lüge in den Hirnen sowohl des Angeklagten wie des Verhörenden hoffnungslos verwirren können, und wenn es keinen sogenannten »schwachen Punkt« gibt, kann ihn der untersuchende Polizeibeamte in seiner Entschlossenheit, ein Geständnis zu erzielen, auch durch Suggestion schaffen.

Die Ablegung von Geständnissen, die sich später als falsch erwiesen und die vom Verhörenden und Verhörten gleicherweise als wahr geglaubt worden waren, erinnert an eine ähnliche Erscheinung im Konsultationszimmer eines Psychotherapeuten, wenn dieser von Anfang an glaubt, daß etwa gewisse Kindheitstraumen die Krankheitssymptome verursacht hätten, und diesen Glauben auf seinen Patienten überträgt. Nach Stunden der Angst, die dem Wiedererwachen früher sexuell bedingter Furcht und Schuldgefühle zuzuschreiben ist, und des Grübelns auf der Couch und anderswo, rückt der Patient unter Umständen mit detaillierten und komplizierten Berichten über emotionelle Schädigungen heraus, die ihm bei der oder jener Gelegenheit zugefügt wurden. Gehört der Therapeut zu denen, die an Geburtstraumen glauben, und frägt er danach, dann kann der Patient sogar anfangen, sich daran zu erinnern, und die Dinge in allen Einzelheiten wieder durchleben.[171] Jetzt ist der Therapeut überzeugt, daß seine Theorie vom Geburtstrauma richtig ist. Was aber vermutlich geschah, ist das gleiche, was auch bei Polizeiverhören eintreten kann: der Patient hat nur in gutem Glauben zurückgegeben, was ihm ursprünglich nahegelegt oder suggeriert wurde. Aber bei der Verwendung solcher Methoden können Arzt und Patient zu dem ehrlichen Glauben an solche Vorgänge kommen. Wir müssen uns auch daran erinnern, daß es nur durch die Anwendung ähnlicher Methoden zu all den gegenwärtigen Theorien der Freudianer über die sexuellen Inhalte des menschlichen Unbewußten gekommen ist. Irrtümer können in der gleichen Weise geglaubt werden wie neue, bedeutsame Wahrheiten.

Freud fand in den frühen Stadien seines Wirkens, daß fast alle hysterischen Frauen, die in seine Behandlung kamen, aus ihrer Vergangenheit von sexuellen Attacken oft perverser oder inzestöser Art seitens ihrer Väter erzählten. Es ist nun fast mit Sicherheit Freuds starkem Interesse an diesem besonderen Forschungsgebiet zuzuschreiben, daß er, ohne es zu wissen, seinen Patientinnen diese Ideen einflößte, um sie dann von ihnen zurückzuerhalten. Die emotionalen Spannungsbelastungen der Behandlung machten ihn und seine Patientinnen wechselseitig zugänglich für Suggestionen.

Ernst Jones sagt in seinem kürzlich erschienenen Buch über Freud[172] angesichts dieser höchst interessanten Episode:

»Bis zum Frühjahr 1897 hielt Freud an der Überzeugung fest, daß diese Traumen Wirklichkeit waren ... In dieser Zeit begannen Zweifel aufzutauchen ... Dann, ganz plötzlich, entschloß er sich, ihm (Fliess)[173] ... die schreckliche Wahrheit anzuvertrauen, daß die meisten — nicht alle — der Verführungen in der Kindheit, die seine Patientinnen geoffenbart und auf die er seine gesamte Theorie der Hysterie aufgebaut hatte, niemals vorgefallen waren.«

Freud sagte später über diese Periode, daß das Ergebnis seiner neuen Einsicht zuerst hoffnungslose Verwirrung bei ihm selbst gewesen sei. Er habe geradezu den Boden unter den Füßen verloren. Die Analyse habe doch auf dem richtigen Weg zu diesen sexuellen Traumen zurückgeführt, und nun entsprächen sie nicht der Wahrheit. Er hätte damals am liebsten die ganze Sache aufgegeben und sei vielleicht nur dabei geblieben, weil ihm keine andere Wahl blieb.

Ernst Jones' Buch demonstriert die Gefahr, die der Therapeut so gut wie der Patient läuft, der »Gehirnwäsche« zu erliegen. Er schreibt zunächst:

»Freuds Leidenschaft, die Wahrheit mit einem Maximum an Sicherheit zu erreichen, war, so glaube ich, das tiefste und stärkste Motiv seines Wesens.«

Jones hatte aber auch folgende Beobachtung gemacht:

»Bei einem Patienten, den er (Freud) vor dem Kriege behandelte und dessen Lebensgeschichte ich aufs intimste kannte, stieß ich wieder und wieder auf Momente, in denen er Mitteilungen (in der Psychoanalyse) glaubte, von denen ich wußte, daß sie sicher nicht zutrafen, und sich auch gelegentlich weigerte, Dinge zu glauben, die sicher stimmten. Auch Joan Riviere berichtete von einem außergewöhnlichen Beispiel dieser Kombination von Leichtgläubigkeit und Hartnäckigkeit.«

Selbst der gewissenhafteste polizeiliche Untersuchungsleiter kann die gleichen Fehler machen wie der ebenso gewissenhafte Freud; und in den russischen »Säuberungsaktionen«, wo die emotionale Spannung zweifellos höher stieg als gewöhnlich in der Atmosphäre eines englischen Polizeireviers oder auf der analytischen Couch, müssen Untersuchungsrichter und Gefangener häufig ganze gemeinschaftliche Wahnsysteme aufgebaut haben. Auch wo der Gefangene vielleicht völlig unschuldig ist, wird vom Verhörsleiter gefordert, die Befragung fortzusetzen, bis er die Wahrheit aus dem Verdächtigen herausgepreßt hat — was also heißt, daß er selbst dazu kommen muß, das zu glauben, was ihm gestanden wird.

Major A. Farrar-Hockley gibt eine ausgezeichnete Schilderung der Methoden, mit deren Hilfe Gedanken eingeimpft werden können, ohne daß starke, direkte und offensichtliche Maßnahmen zur Anwendung kommen.[174] Er machte seine Erfahrungen als englischer Kriegsgefangener in Korea. Die gleichen Prinzipien treffen offenbar auch auf manche psychotherapeutische Disziplinen und auf Polizeiverhöre zu, wo auch keine starke direkte Suggestion vorkommen soll:

»Die Chinesen sind wahre Meister in dieser Technik. Sie sagten mir nicht, was sie wirklich wollten. Immer, wenn wir irgend etwas Greifbarem nahekamen, kehrten sie sofort von einer anderen Richtung her darauf zurück, und wir gingen rings um die Sache herum, aber ich bekam nie heraus, was es war. Und dann gingen sie fort und ließen mich allein nachdenken. Ich glaube, wenn der Verhörsleiter dies mit einem, der sehr geschwächt ist, lange genug betriebe und ihn dann plötzlich mit dem Gedanken überfiele, würde der Bursche sich darauf stürzen und davon besessen sein. Er würde anfangs sagen: ‚Ja, lieber Himmel, ich möchte wohl wissen, ob das alles wirklich wahr ist‘, und das dachte ich auch zuerst einmal. Jedesmal, wenn sie fort waren, sagte ich mir stundenlang: ‚War es nun das? Nein, das kann es nicht gewesen sein. Ich möchte wissen, ob es so und so war.‘ Und das ist es, was sie versuchen. Sie versuchten, mich in einen Zustand zu versetzen, in dem die Idee plötzlich einschlägt und ich anfangen würde, darüber nachzudenken, ob ich daran gedacht hatte oder sie.«

Hinsichtlich der Mittel, mit denen man einen Menschen dazu bringt, irgendein imaginäres Verbrechen spontan einzugestehen, sagt er:

»Eine andere Methode besteht darin, etwas zu suggerieren, indem man darum herum redet und jedesmal ein bißchen näherrückt und nur eben ein Bruchstück gibt, so daß man den Gedanken in seinem eigenen Kopf zusammenbaut, und schließlich sagt man etwas (das setzt voraus, daß man in einem ziemlich schwachen Geisteszustand ist, was ich damals nicht war — mindestens glaube ich's nicht). Und dann sagt man was, und sie entgegnen: ‚Aber das haben Sie gesagt, Sie haben es vorgebracht, wir doch nicht', und nach einiger Zeit fängt man an zu sagen: ‚Mein Gott, ich habe das vorgebracht — woher habe ich es denn?'«

Hier sind die Ähnlichkeit zwischen der modernen Gehirnwäsche und manchen modernen Methoden der Psychotherapie offenkundig.

Von den vielen Tausenden verdächtigter Hexen, die in Europa verbrannt wurden, scheint nur ein kleiner Teil tatsächlich in Verbindung mit dem Hexenkult gestanden zu haben; das hinderte die übrigen aber nicht daran, die ausführlichsten Geständnisse von Kindermorden, Behexung und anderen abscheulichen Praktiken abzulegen. Im *Malleus Maleficarum*[175], der im 15. Jahrhundert zuerst erschien und den sowohl katholische als auch protestantische Richter, die Hexenprozesse leiteten, als Führer benutzten, werden die damaligen Überzeugungen von der Macht der Zauberei dargestellt und die besten Wege gewiesen, Geständnisse zu erpressen. Johann Wiers Protest gegen die Hexenprozesse »*De Praestigiis Daemonum*«, der 1583 veröffentlicht wurde, erregte die Wut der Geistlichkeit. Aber er verhinderte nicht, daß weiterhin viele Tausende irrtümlich verbrannt und gehängt wurden, auf Grund von Prozessen, die von den gewissenhaftesten und ehrlichsten Untersuchungsrichtern geführt worden waren. Allein im englischen Commonwealth sollen fast 4000 angebliche Hexen gehängt worden sein.[176]

In Hutchinsons im 18. Jahrhundert erschienenen *Essay on Witchcraft*[177] (Abhandlung über Zauberei) wird auf Matthew Hopkins hingewiesen, den offiziellen Hexenfinder der vereinigten östlichen Grafschaften in den Jahren 1644—1646. Er hatte innerhalb von zwölf Monaten nicht weniger als 60 vermeintliche Hexen in seiner eigenen Grafschaft Essex an den Galgen gebracht und hielt sich für eine Autorität in »speziellen Zeichen« — Muttermälern, Skorbutflecken oder Warzen, die er für zusätzliche Brüste hielt, an denen alte Frauen Kobolde nährten. Ein paar mutige Geistliche protestierten gegen den Hexenfinder, unter ihnen Gaul, der Rektor von Stoughton in Huntingdonshire.

Gaul[178] zählte in einer Protestschrift die zwölf Anzeichen der Zauberei auf, »von denen zu der Zeit zuviel Gebrauch gemacht wurde«. Er schreibt:

»Zu all diesem kann ich nicht umhin, eines hinzuzufügen, das ich kürzlich erfuhr, teils aus einigen Gesprächen, die ich mit einem der Hexenfinder hatte (wie sie sie nennen), teils aus den Geständnissen (die ich hörte) einer verdächtigten und einer dem Gericht überwiesenen Hexe, die so behandelt worden war, wie sie sagte, und teils aus dem, wie die Landleute darüber reden. Wird die verdächtigte Hexe ergriffen, so wird sie in der Mitte eines Raumes auf einen Stuhl oder Tisch gesetzt, mit gekreuzten Beinen oder sonst in einer unbequemen Haltung, in der sie, falls sie sich nicht fügt, mit Stricken festgehalten wird. Dort wird sie bewacht und für die Zeit von 24 Stunden ohne Fleisch oder Schlaf gelassen. (Denn sie sagen, daß sie innerhalb dieser Zeit ihren Kobold kommen und saugen sehen.) Auch wird ein kleines Loch in die Tür gemacht, ‚damit die Kobolde dort hereinkommen können'; und sollte er in irgendeiner weniger erkennbaren Gestalt kommen, werden die, die wachen, angehalten, immerfort den Raum auszukehren, und wenn sie irgendwelche Spinnen oder Fliegen sehen, sie zu töten. Und wenn sie sie nicht töten können, dann können sie sicher sein, es sind ihre Kobolde.«

Hutchinson erklärt dazu:

»Es war sehr nötig, daß diese Hexenfinder Sorge dazu trugen, in keinen Ort zu gehen, außer in jene, wo sie tun konnten, was sie wollten, ohne von Eiferern kontrolliert zu werden; aber wären die Zeiten anders gewesen, hätten sie wenige Orte gefunden, wo man geduldet hätte, daß sie die Stuhlprobe machten, die so schlimm war wie die meisten Torturen. Stelle dir nur eine arme alte Kreatur mit all der Schwäche und Krankheit des Alters vor, wie ein Narr in die Mitte des Raumes gesetzt, den lärmenden Pöbel aus zehn Orten rings um ihr Haus; dann ihre Beine kreuzweise gebunden, daß das ganze Gewicht ihres Körpers auf ihrem Gesäß ruht. Auf diese Weise mußte nach einigen Stunden der Blutkreislauf sehr behindert sein und das Sitzen so peinvoll werden wie auf dem hölzernen Pferd. So mußte sie in Schmerzen 24 Stunden aushalten, ohne Schlaf noch Nahrung. Und da dies ihre gottlose Art des Verhörs war, was Wunder, daß sie, wenn sie des Lebens müde war, alle Geschichten bekannte, die ihnen paßten, und oft wußte sie nicht, was es war. Und als Beweis, daß die erpreßten Geständnisse bloße Träume und Erfindungen waren, um sich von der Tortur zu befreien, will ich einige der Sonderlichkeiten anführen, die sie bekannten:

Elizabeth Clark, eine alte einbeinige Bettlerin, erzählten sie, hätte einen Kobold, der hieße *Essig-Tom*, einen anderen namens *Sack und Zucker*, und noch einen, von dem sie sagte, sie würde bis zu den Knien in Blut kämpfen, ehe sie ihn hergäbe. Sie sagte, der Teufel käme zwei- oder dreimal in der Woche zu ihr und läge mit ihr wie ein Mann, und daß er so sehr gleich einem Manne sei, daß sie aufstehen und ihn einlassen müßte, wenn er an die Tür klopfte, und sie fühlte ihn warm. Ellen Clark säugte ihren Kobold. Goodw. Hagtree erhielt ihren Kobold ein Jahr und ein halbes mit Haferbrei und verlor ihn dann. Susan Cocks Kobold würgte Schafe, Joyce Boans' Kobold tötete Lämmer und Ann Wests Kobolde säugten einander.«

Weissberg[179] schreibt, daß er auf die Frage, wie die Millionen von Geständnissen während der großen russischen Säuberungsaktionen zustande gekommen seien, auf den Hexenwahn in Europa hinweisen müsse; bei beiden Gelegenheiten sei, seinem Gefühl nach, aus so wenig Feuer so viel Rauch entstanden.

Trotz der anerkannten Integrität der britischen Polizei werden in England auch heute noch manchmal ganz unwissentlich falsche Geständnisse veranlaßt, und zwar besonders da, wo es sich darum handelt, Beweise beizubringen, die zu einer Mordanklage gegen den Verdächtigten und schließlich zu seinem Todesurteil führen. Ein gutes neueres Beispiel dafür hat sich fast mit Sicherheit im Falle Timothy Evans abgespielt. Dieser Prozeß dürfte wohl zu einem medizinisch-juristisch klassischen Fall werden, da es sich dabei um die Hinrichtung eines vermutlich Unschuldigen handelt, und zwar, weil ihm falsche dritte und vierte Geständnisse abgepreßt wurden, denen die Polizei dann ganz aufrichtig Glauben schenkte. Evans wurde wegen Mordes, begangen im Jahre 1950, angeklagt und durch Erhängen hingerichtet, nachdem die Leichen seiner Frau und seines Kindes in dem Hause in London entdeckt worden waren, in dem die Familie in Untermiete lebte.

1953 entdeckte ein anderer Mieter hinter der Wand menschliche Überreste. Eine polizeiliche Durchsuchung von Haus und Garten förderte Leichenteile von sechs Frauen zutage, die alle ermordet worden waren. Ein Mann namens Christie wurde vor Gericht gestellt, überführt und gestand alle sechs Morde ein. Christie war zur Zeit der Ermordung von Frau Evans und ihrem Kinde ein Freund und Mitmieter der Familie Evans gewesen. Angaben zum Studium des Falles findet man in einem von der Regierung herausgegebenen Weißbuch[180] wie auch in einem Buch »*The Man on Your Conscience*«[181] (Der Mann auf deinem Gewissen); außerdem in einer Sonderpublikation des *Spectator*, die Lord Altrincham und Jan Gilmour zu Verfassern hat: *The Case of Timothy Evans* (Der Fall Timothy Evans).[182]

Evans war geistig so zurückgeblieben und unwissend, daß er weder lesen noch schreiben konnte, und befand sich schon 48 Stunden ohne jeden Rechtsbeistand in den Händen der Polizei, ehe er das dritte und vierte volle Geständnis über den Mord an seiner Frau und dem Kind ablegte, auf Grund deren er dann gehängt wurde. Er hatte sich vorher selbst der Polizei gestellt und zweimal Aussagen darüber gemacht, daß er die Leiche seiner Frau weggeschafft habe – nicht aber den Mord eingestanden. Heute glauben nur noch sehr wenige

Menschen, daß Evans seine Frau getötet hat — ungeachtet des bis ins einzelne gehenden Mordgeständnisses. Der Mord war wohl zweifelsohne einer innerhalb einer ganzen Serie gleichartiger Morde, von denen sich später herausstellte, daß Christie sie im gleichen Hause begangen hatte. Selbst im Hinblick auf den Mord an dem Kind, den Evans schließlich ebenfalls gestand, haben sich inzwischen ernsteste Zweifel erhoben.

Die Regierung hat bisher — zu Recht oder Unrecht — nicht gestattet, daß die vollständige Niederschrift dieses inzwischen berühmt gewordenen Prozesses der Öffentlichkeit zum genaueren Studium zugänglich gemacht wurde. Aber die im Weißbuch veröffentlichten Ausschnitte zeigen die verschiedenen nervösen Belastungen, die Evans' unvollkommenes Gehirn zu ertragen gehabt haben muß, ehe er schließlich seine Geständnisse ablegte. Das kann sicherlich all die verschiedenen Störungen in der Hirnfunktion zur Auslösung gebracht haben und damit ein Verhalten, wie wir es in diesem Buch darstellten.

Zuerst einmal durchlebte Evans eine lange Periode panischer Furcht und Angst, nachdem er seine Frau tot in seinem und Christies Haus gefunden hatte. Daraus resultierte seine Flucht nach Wales. Wir haben seine beiden ersten Geständnisse vor der walisischen Polizei, und zwar nicht, daß er seine Frau ermordet, aber daß er ihre Leiche weggeschafft habe. Diesen Geständnissen folgte die Reise per Eisenbahn zurück nach London unter Polizeiaufsicht. Dort trifft er auf einen neuen Hauptinspektor, der seinen Fall übernehmen soll. Bei der Ankunft erfuhr Evans, seiner Behauptung nach das erstemal, daß auch sein Kind, das er so liebte, ermordet aufgefunden worden war — im gleichen Haus wie die Leiche seiner Frau. Ohne ihm Zeit zu geben, sich von diesem Schlag zu erholen, werden ihm, seinem Bericht nach, Kleidungsstücke seiner Frau und des Kindes vorgelegt, weiterhin ein Stück Seil, ein grünes Tischtuch und eine Bettdecke, was alles ihn als den mutmaßlichen aber ungeständigen Mörder seiner Frau und seines Kindes ausweisen sollte. Seiner Angabe nach wurde er darüber informiert, in welcher Weise beide Leichen von der Polizei im Hause entdeckt worden waren, und es wurde ihm gesagt, daß man ihn für verantwortlich am Tod der beiden hielt. Er gestand dann im allgemeinen und später auch in Einzelheiten die beiden Morde.

Scott Henderson gab in dem Weißbuch seine Meinung dahingehend ab, daß die Polizei Evans keine wichtigen Einzelheiten über die beiden Morde mitgeteilt habe, deren er sich später bezichtigte. Altrincham und Gilmour aber geben, da sie alle jetzt zugänglichen Beweise neu überprüft haben, ihre Gründe für folgende Behauptung an:

»Es kann kein begründeter Zweifel mehr bestehen, daß Evans, ehe er gestand, von der Polizei all die Einzelheiten erzählt oder gezeigt bekam, die Mr. Scott Henderson so belastend findet. Besonders geht aus der Zeugenaussage von Inspektor Black deutlich hervor, daß Evans die Krawatte, mit der seine Frau ermordet worden war, erst erwähnte, nachdem sie ihm von der Polizei gezeigt wurde. Wir sind überzeugt, daß das Notting-Hill-‚Geständnis‘ falsch war.«

Liest man Evans' umfängliche vierte Aussage, so sieht man, wie es möglich ist, daß mindestens einige der Details über den Mord unbeabsichtigterweise und vielleicht sogar unwissentlich dem Verdächtigten durch das Polizeiverhör suggeriert und seinem Denken eingeimpft wurden. Die Polizei hatte zu der Zeit allen Grund, anzunehmen, daß Evans die beiden Morde in der Weise begangen hatte, die er schließlich zugab, und Christie wurde zu ihrem Hauptbelastungszeugen. Es ist durchaus möglich, daß ihnen ein Teil ihrer eigenen Überzeugung in Form eines Geständnisses zurückgegeben wurde, nachdem bei Evans erst einmal Müdigkeit und steigende Suggerierbarkeit eingesetzt hatten. Wir wissen zufällig auch, wie geistesverwirrt Evans zu der Zeit war, als er sein letztes Geständnis ablegte, denn wir lesen im Weißbuch der Regierung von seiner Befürchtung, daß die Polizisten ihn nach unten bringen und zu schlagen anfangen könnten, falls kein volles Geständnis erfolgte. Tatsächlich kann so etwas einem Manne niemals zustoßen, der unter Mordanklage vor einem britischen Gericht zu erscheinen hat, sei es auch nur, weil sachverständige Verteidiger die Angelegenheit zur Sprache brächten, um nachzuweisen, daß das Geständnis unter Zwang abgelegt wurde. Der folgende Auszug des Prozesses aus dem Weißbuch gibt ein aufschlußreiches Bild von Evans' Geisteszustand zur Zeit seiner letzten Geständnisse und davon, wie sie — seinen Angaben nach — zustande kamen.

»F.: Brachte Sie Mr. Black am 2. Dezember nachmittags von Wales nach Paddington?

A.: Ja, Sir.

F.: Als Sie in Paddington ankamen, wurden Sie von Hauptinspektor Jennings, wie Sie ihn jetzt kennen, abgeholt?

A.: Ja, Sir.

F.: Gingen Sie zum Notting-Hill-Polizeirevier?

A.: Ja, Sir.

F.: Was geschah, als Sie dorthin kamen?

A.: Er erzählte mir, daß meine Frau und mein Kind tot seien, Sir.

Justice Lewis: Ich kann nicht hören, was er sagt.

Malcolm Morris: Jetzt müssen Sie lauter reden; dies ist sehr wichtig, und es ist sehr wichtig, daß Sie reden, ohne daß irgendwelche unnötigen Fragen gestellt werden. Erzählen Sie einfach Ihre eigene Geschichte. Er sagte Ihnen, daß Ihre Frau und Ihr Kind...?

A.: Tot aufgefunden wurden.

F.: Sagte er wo?

A.: Ja, Sir, Rillington-Platz Nr. 10, in der Waschküche, und er sagte, er hätte guten Grund zu glauben, daß ich was davon wüßte.

F.: Sagte er etwas davon, wie sie vermutlich gestorben sind?

A.: Ja, Sir, durch Strangulation.

F.: Sagte er womit?

A.: Ja — ein Strick, Sir, bei meiner Frau, und meine Tochter wurde mit einer Krawatte erwürgt.

F.: Wurde Ihnen gleichzeitig irgend etwas gezeigt?

A.: Ja, Sir, die Kleider meiner Frau und meiner Tochter.

F.: Waren da auch ein grünes Tischtuch und eine Bettdecke?

A.: Ja, Sir.
F.: Und ein Stück Seil?
A.: Ja, Sir.
F.: Ich möchte dieselbe Frage nicht zweimal stellen. Aber hatten Sie irgendeinen Gedanken daran, daß Ihrer Tochter etwas passiert war, ehe man es Ihnen sagte?
A.: Nein, Sir, gar keinen Gedanken.
F.: Ich hätte noch eine Frage an Sie zu stellen; sagte er Ihnen, als er erzählte, daß die Leichen in der Waschküche gefunden wurden, ob sie versteckt waren oder nicht?
A.: Ja, Sir, er sagte mir, daß sie unter Bauholz versteckt waren.
F.: Nachdem er Ihnen das erzählt, die Kleider gezeigt und gesagt hatte, daß er Gründe habe zu glauben, Sie wüßten etwas über den Tod der beiden, sagte er da, daß er auch Gründe habe zu glauben, Sie wären verantwortlich für den Tod der beiden?
A.: Ja, Sir.
F.: Was haben Sie gesagt?
A.: Ich habe einfach geantwortet: ja, Sir.
Justice Lewis: Was?
A.: Ich sagte ‚ja'.
M. Morris: Warum?
A.: Nun ja, als ich erfuhr, daß meine Tochter tot ist, war ich aufgeregt, und es war mir egal, was mit mir geschah.
F.: Hatten Sie sie sehr gerne?
A.: Ja, Sir.
F.: Machten Sie dann die Aussage, die der Hauptinspektor in sein Notizbuch schrieb?
A.: Ja, Sir.
F.: Ehe wir darauf eingehen — gab es noch irgendeinen anderen Grund, warum Sie ja sagten, außer der Tatsache, daß Sie alles aufgaben, als Sie hörten, daß Ihre Tochter tot sei?
A.: Ja, Sir, ich hatte damals Angst.
F.: Warum hatten Sie Angst oder wovor hatten Sie Angst?

A.: Nun ja, ich dachte, wenn ich keine Aussagen machte, würden mich die Polizisten nach unten bringen und anfangen mich zu schlagen.
J. Lewis: Was gedacht?
A.: Daß mich die Polizisten nach unten bringen würden und anfangen mich zu schlagen, wenn ich keine Aussage mache.
M. Morris: Sie haben das wirklich geglaubt?
A.: Ja, Sir.
F.: Machten Sie dann diese Aussage und sagten, da Ihre Frau ständig Schulden machte, ‚Ich konnte es nicht länger ertragen, so habe ich sie mit einem Strick erwürgt'?
A.: Ja, Sir.
F.: Und später, daß Sie Ihr Kind an dem Donnerstagabend mit Ihrer Krawatte erwürgt haben?
A.: Ja, Sir.
F.: Hatten Sie tatsächlich irgendeinen Strick in Ihrer Wohnung?
A.: Nein, Sir.
F.: Hatten Sie ihn jemals gesehen, ehe Sie ihn vom Hauptinspektor gezeigt bekamen?
A.: Nein, Sir.«

Evans tat bei diesem Prozeß alles nur mögliche, um den Inhalt seiner früheren Geständnisse zu leugnen, und beschuldigte Christie der beiden Morde. Aber jetzt war es zu spät. Weitere Anzeichen für den erschöpften und suggerierbaren Zustand Evans' kann man dem Kreuzverhör durch den Vertreter der Anklage entnehmen, ehe es zum Schuldspruch und dann zur Hinrichtung kam — was auch zeigt, daß es nicht immer der Schuldige zu sein braucht, der durch solche Methoden beeinflußt wird.

»F.: Trifft es zu, daß Sie bei fünf verschiedenen Gelegenheiten an verschiedenen Orten und verschiedenen Personen gegenüber den Mord an Ihrer Frau und dem Kind gestanden haben?
A.: Ich habe gestanden, aber es ist nicht wahr.
F.: Stimmt es, daß Sie fünfmal an verschiedenen Orten und gegenüber verschiedenen Personen gestanden haben?

Wie kommt es zum Geständnis?

A.: Ja, das stimmt.

F.: Wollen Sie sagen, daß Sie bei jeder dieser Gelegenheiten aufgeregt waren?

A.: Größtenteils, Sir.«

Und weiterhin lesen wir:

»F.: Später unterschrieben Sie eine schriftliche Aussage — Beweisstück 8 —, die weiter in Einzelheiten ging, nicht wahr, wobei Sie von Ihrer Frau aussagten, daß sie fortgesetzt Schulden machte. ‚Ich konnte es nicht länger ertragen, so habe ich sie mit einem Stück Strick erwürgt und trug sie denselben Abend in die Wohnung unter uns, während der alte Mann in der Klinik lag, wartete, bis die Christies unten ins Bett gegangen waren, und trug sie dann nach Mitternacht in die Waschküche. Das war am 8. November.‘ Haben Sie das gesagt?

A.: Ich habe es gesagt.

F.: Dann fahren Sie fort: ‚Am Donnerstagabend, als ich von der Arbeit heimgekommen war, erwürgte ich mein Kind in unserem Schlafzimmer mit meiner Krawatte, und später am Abend trug ich es in die Waschküche hinunter, nachdem die Christies ins Bett gegangen waren.‘ Haben Sie das gesagt?

A.: Ja, Sir.

F.: Warum?

A.: Ja, wie ich schon sagte, Sir, ich war aufgeregt und wußte nicht, was ich sagte.

F.: Noch aufgeregt?

A.: Ja, Sir.

F.: Stunde um Stunde, Tag um Tag?

A.: Ich wußte nicht, daß meine Tochter tot war, bis mir Inspektor Jennings es sagte.

F.: Ich sehe, das ist Ihre Verteidigung; daß Sie sich schuldig bekannten, darauf kommt es doch heraus, oder daß Sie gestanden, Ihre Frau und das Kind ermordet zu haben, weil Sie aufgeregt waren, als Sie erfuhren, daß Ihre Tochter tot war.

A.: Ja, Sir, weil ich sonst nichts hatte, wofür ich lebte.«

Über drei Jahre später finden wir nun Scott Henderson bei dem Versuch, das Problem von Evans' Unschuld oder Schuld zu lösen (nach der Entdeckung so vieler gleichartiger Morde, die Christie im gleichen Haus begangen hatte) und ein weiteres neues Geständnis von Christie zu bekommen, der zwei Tage später gehängt werden soll. Christie aber hatte eine lange Krankheitsgeschichte mit wiederholten hysterischen Zuständen hinter sich, die bis zum ersten Weltkrieg zurückdatierten. So entnehmen wir, wie erwartet, dem Weißbuch, daß er sein Leben vielleicht noch hysterisch suggerierbarer beendete, als selbst Evans es je gewesen war. Denn auch Christie war nun völlig kollabiert und hatte den Punkt erreicht, wo er bereit schien, fast alles zuzugeben, was ihm von Henderson energisch genug nahegelegt wurde — wie er ja auch so viele Dinge gestanden hatte, die ihm die Polizei, sein Rechtsbeistand und verschiedene Ärzte vor und während seines eigenen Prozesses nahegelegt hatten. So sagte er zum Beispiel, nach dem Bericht im Weißbuch, zu Scott Henderson:

»Die gleiche Sache passierte mit der Polizei am Anfang. Als sie mich nach gewissen Dingen fragte, wußte ich überhaupt nicht, wovon sie redeten. Ich bat Inspektor Griffin, mir was zu erzählen, um mir irgendwelche Anhaltspunkte zu geben. Er sagte mir dann, daß einige Leichen gefunden worden seien, und ich wußte damals nicht einmal von dem Fall, bis er mir sagte: ‚Sie müssen dafür verantwortlich gewesen sein, denn sie wurden in der Küche in einem Alkoven gefunden.' Und so sagte er: ‚Es besteht kein Zweifel daran, daß Sie es gewesen sind.' So drehte ich mich 'rum und sagte: ‚Na gut, wenn das der Fall ist, muß ich's gewesen sein.' Aber ich wußte nicht, ob ich's war oder nicht. Nach dem, was er sagte, war es sehr offensichtlich, daß ich es gewesen sein muß.«

Später lesen wir dann:

»F.: Gilt das gleiche für Mrs. Evans? Können Sie sich erinnern, ob Sie irgend etwas mit ihrem Tode zu tun hatten oder nicht?

A.: Ich bin nicht sicher. Wenn irgend jemand zu mir käme — das wollte ich schon früher sagen — und sagte mir, daß es einen eindeutigen Beweis gibt, daß ich etwas mit einer von ihnen oder mit beiden zu tun hatte, würde ich glauben, daß ich's gewesen sein muß. Aber ich möchte die Wahrheit darüber ebenso gern wissen wie Sie.

F.: Abgesehen von Ihrer Überzeugung, daß es einen eindeutigen Beweis dafür gibt, daß Sie es getan haben müssen — sind Sie bereit zu sagen, daß Sie es getan haben?

A.: Ich habe erst gestern erfahren, daß es keinen solchen Beweis gibt.

F. Wenn also kein Beweis dafür vorliegt, daß Sie irgend etwas mit Mrs. Evans' Tod zu tun hatten, sind Sie bereit zu sagen, daß Sie dafür verantwortlich waren?

A.: Nun, ich kann nicht sagen, daß ich es war oder daß ich es nicht war.

F.: Sie sind nicht bereit, das eine oder das andere zu sagen?

A.: Ich kann nicht das eine oder das andere sagen. Es ist nicht ein Fall von ,ob ich bereit bin dazu oder nicht'. Ich kann einfach nicht, außer ich sage die eine oder die andere Lüge darüber. Es ist noch unklar, aber wenn jemand sagte :,Gut, es ist offensichtlich, du warst's, und es gibt genug Beweise dafür', dann nehme ich an, daß ich es war.«

Die Fälle dieser beiden Männer wurden so ausführlich zitiert, da darüber reichlich Dokumente existieren und sie im übrigen zeigen, wie beim Versuch, Geständnisse hervorzulocken, Irrtümer möglich sind, auch wenn von allen Beteiligten die allergrößte Sorgfalt aufgewendet wird, um solche Vorkommnisse zu vermeiden. Viel leichter kommen sie zustande, wenn der Untersuchungsleiter von Anfang an feste Überzeugungen hegt, die ihm dann in späteren Geständnissen zurückgegeben werden; aber eine Person, die gesteht, kann es manchmal dahin bringen, ihrerseits den Untersuchungsleiter einer Gehirnwäsche zu unterwerfen, und zwar gerade auf Grund der Stärke und Fixiertheit ihrer eigenen richtigen oder falschen Überzeugungen.

Wir haben schon einige der Mittel beschrieben, die in manchen anderen Ländern verwendet werden, um Gefangene, die vor einem

Kreuzverhör stehen, in einen Zustand der Suggerierbarkeit zu versetzen. In Rußland wurde dem Gefangenen gewöhnlich der normale Schlaf entzogen. Er wurde während der Nacht verhört und am Tage war es ihm verboten zu schlafen. Das helle Licht, das ständig in der Zelle brannte, und die Vorschrift, daß Hände und Gesicht beim Hinlegen oberhalb der Bettdecken zu halten seien, galten theoretisch als Vorsichtsmaßregeln gegen einen Flucht- oder Selbstmordversuch, aber in Wirklichkeit dienten sie dazu, den Gefangenen daran zu hindern, sich in Wärme und Dunkelheit zu entspannen. Stypulkowski beschreibt die Fahrt zum Untersuchungsraum:

»Diese Reise selbst war bedrohlich. Alles trug zu dieser Wirkung bei. Die Hände auf dem Rücken, das düstere Benehmen des schweigsamen Wächters, die dunkeln, leeren Korridore, die Drahtnetze an den Treppen, der Rhythmus der Bewegungen und das Echo schmatzender Lippen. Es weckte die Vorstellung dessen, was in wenigen Minuten mit mir geschehen würde. Wohin brachten sie mich und welche Ziele verfolgten sie? Die Inszenierung spielte bei den Untersuchungsmethoden, die sie bei mir anwandten, eine wichtige Rolle. Sie blieb suggestiv bis zum letzten Tag, obgleich ich nach vielen derartigen Wanderungen wie ein gutgezogenes Pferd wußte, wann ich mein Gesicht zur Wand zu kehren hatte, und ob der Wächter meinen rechten oder linken Arm packen würde.«

Auch die Vergangenheit eines Gefangenen wird aufs sorgfältigste überprüft, um jedes kleinste Ereignis ausfindig zu machen, dem gegenüber er besonders empfindlich ist. Haben sie einen wunden Punkt entdeckt, dann handeln die Untersucher im Geiste von Finneys Ratschlag, ständig an jenes Erlebnis zu rühren, für das der Geist des Gefangenen »bebend empfänglich« ist. Inzwischen verliert er an Gewicht, wird körperlich geschwächt und jede Stunde nervöser. Sein Geist ist verwirrt, die Anstrengung, sich an das zu erinnern, was er bei früheren Verhören gesagt hat, und so seine Geschichte zusammenhängend zu gestalten, wird zunehmend schwieriger. Manchmal muß er lange Fragebogen ausfüllen, wobei der Zweck nur darin besteht, ihn weiter zu ermüden, nicht aber neue wertvolle Informationen zu erhalten. Beginnt sein Gedächtnis bezüglich seiner Antworten in früheren Fragebogen ihn im Stich zu lassen, dann macht ihn die Schwierigkeit, immer bei der gleichen Aussage zu bleiben, ängstlicher als je. Schließlich, falls nicht irgendein Zwischenfall die Untersuchung zum vorzeitigen Ende bringt, wird sein Gehirn zu desorganisiert sein, um normal zu reagieren; es kann transmarginal gehemmt werden, zugänglich werden für Suggestionen, paradoxe und ultraparadoxe Phasen können eintreten, und schließlich ergibt sich die Festung bedingungslos.

Viele andere Formen von Belastung können verwendet werden, um abnorme Zustände der Hirntätigkeit hervorzubringen. Ein Mensch kann gezwungen werden, unbestimmt lange Zeit sein Wasser zu halten, während er auf einem Stuhl sitzt. Helle Lichter scheinen während des langen Verhörs in seine Augen. So lesen wir von einem Westberliner Journalisten, der verhaftet und in einem ostdeutschen Gefängnis auf folgende Weise zum Geständnis gezwungen wurde:

»Die Folter bestand in einer Behandlung, die ihn zehn Tage lang am Schlafen hinderte. Am Tage war das Schlafen verboten. Nachts lag er unter einem hellen elektrischen Licht in seiner Zelle und wurde alle fünfzehn Minuten geweckt. Fünfzehn Minuten nach dem Kommando ‚Lichter aus' wurde er durch Schläge an seiner Zellentür geweckt, fünfzehn Minuten später ertönten schrille Pfiffe, und als nächstes wurde das elektrische Licht mit einer automatischen Vorrichtung verbunden, die abwechselnd ein trübes rotes Licht und eine strahlend weiße, starke Birne einschaltete... Das wiederholte sich zehn Nächte lang, bis er mit Schüttelfrösten und Halluzinationen zusammenbrach.

Nach diesem Erweichungsprozeß hielt man ihn reif fürs Verhör, das fast jede Nacht stattfand, jeweils sechs bis sieben Stunden dauerte, und sich über eine Periode von drei Monaten und eine zweite von zwei Monaten erstreckte. Das Verhör zog sich endlos hin, da der Examinator absichtlich das Gegenteil von dem niederschrieb, was der Gefangene aussagte, und dann umständlich eine neue und korrigierte Niederschrift begann.«[183]

Alle diese Methoden reizten und erschöpften das Hirn und beschleunigten so das Einsetzen der Schutzhemmung und damit der Suggerierbarkeit durch die unausgesetzten stundenlangen Wiederholungen der immer gleichen Anklage durch den Verhörenden.

Ein weiteres Mittel, um das normale Verhalten eines Gefangenen zu ändern, vor allem, wenn er bisher eine Persönlichkeit von Macht und Einfluß war, besteht darin, ihm alte, schlecht passende Gefängniskleidung zu geben, mit Hosen, die er mit den Händen festhalten muß, und ihm die Möglichkeit zu nehmen, sich zu rasieren — unter dem Vorwand, daß er in den Kleidern Geld oder Gift verbergen oder mit Gürtel und Hosenträger einen Selbstmordversuch unternehmen könnte. Er wird dabei mit seiner Zellennummer angeredet und muß seinerseits den Gefängnisbeamten, wann immer sie mit ihm reden, mit ihren vollen Titeln anworten. Solch eine plötzliche soziale Deklassierung kann sich als sehr wirksam erweisen.

Auch für die Phlegmatischen und Unnachgiebigen gibt es vielerlei Spannungsbelastungen, die den Gesetzen gegen die Anwendung von Folter und körperlicher Gewalt noch nicht zuwiderlaufen. Eine ist die Einzelhaft in den Anfangsstadien des Verhörs. Wenn dann der Gefangene Zeichen der seelischen Veränderung zeigt, aber noch nicht suggerierbar genug ist, um zu gestehen, was von ihm erwartet wird, kommt er in eine Zelle mit zwei oder drei anderen Gefangenen. Das sind Lockvögel, denen aufgetragen ist, mit ihm zu sympathisieren, sich mit seinen Problemen zu identifizieren und ihn zu überreden, sein Verbrechen möglichst zu bekennen, die Strafe auf sich zu nehmen, um so endlich zur Ruhe zu kommen. Die Lockvögel sind meist Gefangene, die unter der gleichen Behandlung zusammengebrochen und aufrichtig von der Notwendigkeit der »Zusammenarbeit« mit dem Untersuchungsleiter überzeugt sind. Sie üben den gleichen Einfluß aus wie ein zahmer Elefant auf einen soeben gefangenen, der dressierte Zirkushund auf den trägen Neuling, der fest überzeugte Neubekehrte auf den noch mit seinen religiösen Problemen Kämpfenden.

Dann gibt es noch den alten Trick — mindestens ist er so alt wie die

Wie kommt es zum Geständnis?

spanische Inquisition —, einen widerspenstigen Gefangenen mit dem echten oder vorgespiegelten Bekenntnis eines anderen zu konfrontieren, der desselben Verbrechens beschuldigt ist. »Wir wissen jetzt alles, es ist besser, du machst auch reinen Tisch.« Er wird dann wegen seiner mißleiteten Loyalität gegenüber seinen Freunden und seiner Familie sanft ausgezankt, und es wird ihm versichert, daß es besser für ihn wäre, eine formale Reu- und Bußerklärung abzugeben, obwohl an sich ein Geständnis nicht mehr nötig sei, da seine Schuld durch die Aussage Anderer schon festgestellt wäre. Das würde ihm ein gnädigeres Urteil sichern und seine Rückkehr zum geachteten und sich selbst achtendes Mitglied der Gemeinschaft beschleunigen. Wie auch bei religiösen Belehrungen liegt die Stärke dieser Methode im Angebot eines Auswegs aus den Höllenqualen zu künftiger Erlösung.

Weissberg[184] gibt einen furchtbaren Bericht über die weniger subtilen Mittel, die die Russen während des stalinistischen Terrors anwandten, um zu Geständnissen zu kommen.

»Schalit haßte die Gefangenen, weil sie ihm Widerstand leisteten, weil sie nicht bereit waren, sofort zu schreiben, was er von ihnen brauchte... Schalit konnte sechs Stunden lang denselben Satz mit Donnerstimme wiederholen, ohne müde zu werden und ohne die geringste Variante hineinzubringen... Er wiederholte ihn hundert- und tausendmal im selben Tonfall, mit denselben Gebärden, in derselben Lautstärke... War er einfach dumm?... Fehlte ihm jeder Sinn für guten Geschmack, daß er sich nicht schämte, tausendmal dasselbe zu sagen? Ich glaube es nicht. Ich glaube, Schalit wußte sehr genau, daß die Anklagen wilde Erfindungen wären. Er wußte, daß er sich mit den Angeklagten nicht in Diskussionen einlassen durfte, weil er sonst den kürzeren ziehen müßte. Er konnte es nur versuchen, die Angeklagten rein mechanisch zu erschöpfen und sie dadurch zu Boden zu zwingen. Und er verfolgte diese Methode bis zur letzten Konsequenz. Vom Standpunkt der Aufgabe gesehen, die ihm das NKWD setzte, hatte er recht. Schalit war schlau... Wie ich später erfuhr, nannten die Gefangenen dieses Druckmittel der Untersuchung den

‚Konveyer'. Der Angeklagte wurde Tag und Nacht ‚am laufenden Band' verhört. Die Untersuchungsrichter wechselten. Das ging so lange fort, bis der Angeklagte zusammenbrach... Es war eine unheimliche Tortur. Ich hatte nie geglaubt, daß ein solches Kettenverhör willensstarke Menschen zwingen könnte, ihren Widerstand aufzugeben. In Wirklichkeit haben sehr viele Gefangene die schwersten Folterungen überstanden, ohne nachzugeben, aber ich kannte nur einen einzigen Fall, daß ein Mann den Konveyer überstand, ohne zu unterschreiben...«

Er beschreibt die Gefühle, die bei einem Menschen entstehen, der diese fürchterliche Prüfung durchmacht:

»Der Angeklagte sieht kein Ende der Qual. Würde er den Schlußtermin des Verhörs vorher kennen, er wäre imstande, alle seine Kräfte zu mobilisieren, um durchzuhalten. So aber fragte er sich: Was dann? Ich halte noch diese Nacht durch und noch jene und noch einen Tag. Sie können warten, sie haben Zeit. Irgendwann muß ich zusammenbrechen. Warum sich dann noch plagen?«

Weissberg schildert die späteren Stadien des Konveyers, wie er sie erlebte:

»Meine Augen brannten, ich hatte immer das Gefühl, mein Kopf müßte zerspringen, nur ein starkes Eisenband halte ihn davor zurück. Vier Stunden lang wiederholte Schalit den früher zitierten Satz... Als Weißband ihn um 8 Uhr morgens ablöste, war ich der Ohnmacht nahe... An diesem Tage wurde ich erst spät zum Essen geführt. Alles zusammen — Frühstück, Austreten und Waschen — durfte nur zehn Minuten dauern. Dann kehrte ich zum Verhör zurück.«

Nach über 140 Stunden bot sich folgendes Bild:

»Ich sah rote Ringe vor meinen Augen, ich konnte nicht mehr denken. Alles vermischte sich. Die rasenden Schmerzen dehnten sich über den ganzen Körper aus...«

Schließlich erinnert er sich an das Ende:

»Es war die Mitternacht des siebenten Tages meines Verhörs. Ich hatte ausgekämpft. Die Kapitulation kam und das ‚Geständnis'.«

Später indessen widerrief Weissberg sein »Geständnis« und mußte erneut eine Periode des »Konveyer« durchmachen, bis er ein neues Geständnis machte, das er ebenfalls später widerrief.

Bei jedem Anzeichen der Ermüdung oder Umschaltung kann der Verhörende seine Rolle des Anklägers fallenlassen und als Freund des Gefangenen auftreten, der voll Mitgefühl zum Geständnis rät. Wie der Verhörsleiter zu Stypulkowski sagt:

»Sie tun mir leid. Ich sehe, wie müde Sie sind. Ich bin glücklich, Ihnen im Namen der Sowjetregierung sagen zu dürfen, daß diese nicht wünscht, daß Sie Ihr Leben verlieren oder dreißig Jahre lang in irgendeinem Arbeitslager in Sibirien verfaulen. Im Gegenteil, die Regierung möchte, daß Sie als freier Mann leben und arbeiten.«

Der Verhörsleiter nimmt dann die traditionelle Rolle des religiösen Evangelisten an:

»Heute müssen Sie entscheiden, welchen Weg Ihre Zukunft nehmen soll. Sie könnten Kabinettsminister sein, einer der Führer der neuen Weltordnung, und für Ihr Land wirken; die andere Lösung ist, auf Ihre angelsächsische Protektion zu bauen, im Gefängnis zu verrotten und das Ergebnis zu erwarten.«

Stypulkowski zollt der Überzeugungskraft dieses Appells seine Anerkennung:

»Der Morgen dämmerte, als ich diese Attacke abgeschlagen hatte, die stärkste, die bisher unternommen wurde.«

Nur zu gut schildert er die letzte bittere Phase des Zusammenbruchs und der bedingungslosen Unterwerfung:

»Sich die Dinge ins Gedächtnis rufend, die man von ihm erwartet, beeilt er sich, sie seinem Verhörsleiter zu erklären, aber vermengt wahre Begebenheiten mit solchen, die jener ihm erst suggeriert hat. In seiner Entschlossenheit, alles zu gestehen, spricht er über Dinge, die nie geschehen sind, wiederholt er Klatsch, den er einmal gehört hat. Ist es noch immer nicht genug für den Verhörenden, so versucht der Gefangene, sich noch an weiteres zu erinnern — einfach um überzeugend darzutun, daß er nicht die Absicht hat, etwas zu verbergen.

Schöpferische Phantasie bei Geständnissen

Der Gefangene verläßt sich noch darauf, daß seine Intelligenz, seine kritischen Fähigkeiten und sein Charakter ihn leiten und seine Aussagen auf harmlose Feststellungen von Tatsachen beschränken wird. Aber hier irrt er sich. Er realisiert nicht, daß während der wenigen Wochen des Verhörs seine Fähigkeiten abgenommen haben, seine Möglichkeit, vernünftig zu denken, korrumpiert wurde ... er ist ein völlig veränderter Mensch.«

F. Beck und W. Godin, deren Buch *Russian Purge* (Die russische Säuberung) ebenfalls auf persönlichen Erfahrungen von Verhör und Gefangenschaft während der russischen Säuberung von 1936—1939 beruht, betonen, daß, wenn der Angeklagte sich einmal entschlossen hat, zu gestehen, »die Verhörmethode (die von den Vertretern des NKWD stolz als Jeschoffmethode bezeichnet wurde) darin besteht, es dem Gefangenen zur wichtigsten Aufgabe zu machen, den gesamten Fall gegen sich selbst zu konstruieren... Das groteske Ergebnis war, daß die Angeklagten jeden Nerv anspannten, um ihre Vernehmungsbeamten davon zu überzeugen, daß ihre erfundenen ‚Legenden' wahr seien und die schwerstmöglichen Verbrechen darstellten... Wurden sie damit abgewiesen, so bedeutete das nur eine Fortsetzung des Verhörs, bis die Legende geändert oder durch eine neue ersetzt war, die ein genügend schweres politisches Verbrechen enthielt«.[185]

Wie bei den Hexenverhören und der kritiklosen Anwendung mancher psychotherapeutischen Methoden »zeichneten sich die erzielten Geständnisse manchmal durch einen hohen Grad schöpferischer Phantasie aus«. Die Autoren berichten z. B. von einem Arbeiter aus einer Lebensmittelfabrik, »der behauptete, einer Organisation anzugehören, deren Ziel es sei, künstliche Vulkane zu konstruieren, um die ganze Sowjetunion in die Luft zu sprengen«. Ich wiederhole, daß solche Geständnisse unter Umständen sogar von einem Verhörsleiter geglaubt werden können, der selbst beim Verhör emotional zu beteiligt und ermüdet wird.

Stypulkowski berichtet auch über die körperlichen Veränderungen, die absichtlich herbeigeführt wurden, um den endgültigen Zusammenbruch zu beschleunigen:

»Ich wurde mir darüber erst völlig klar, als ich am Ende des zwei Monate währenden Verhörs mit einem meiner Freunde konfrontiert wurde. Ich konnte ihn kaum wiedererkennen. Seine Augen waren wild und ruhelos und tief in die Höhlen gesunken. Seine Haut war gelb und runzlig und dicht mit Schweiß bedeckt. Das Gesicht dieses Skeletts war fleckig, der Körper zitterte unausgesetzt. Seine Stimme war unsicher und kam stoßweise: ‚Du hast dich ein wenig verändert', sagte ich ... ‚Du auch', antwortete er und versuchte zu lächeln. Ich hatte mich nicht im Spiegel gesehen.«

Eine der schrecklichsten Folgen dieser rücksichtslosen Verhöre ist, nach der Darstellung der Opfer, ein plötzlich einsetzendes Zuneigungsgefühl zu dem Verhörenden, der sie so barsch behandelt hat — ein Warnungssignal, daß die paradoxe und ultraparadoxe Phase der abnormen Hirntätigkeit erreicht ist: sie sind nahe am Punkt des Zusammenbruchs und werden bald gestehen; und je verstockter der angebliche Verbrecher dann war, desto dauerhafter kann nach seinem endlichen Zusammenbruch und dem erzwungenen Geständnis die Indoktrination sein; manchmal wird er darauf brennen, viele Jahre seines künftigen Lebens der Wiedergutmachung seines Fehltritts zu opfern.

Die Inquisitoren verwendeten die gleichen Grundmethoden.[186] Die der Ketzerei Verdächtigten wurden ebenfalls zu einleitenden Verhören bestellt und es wurde ihnen verboten, ihren Verwandten zu erzählen, daß man sie bestellt hatte. Einmal im Gefängnis, standen sie dauernd unter der Drohung, lebendig verbrannt zu werden, was sie nur durch ein volles Geständnis verhüten könnten. Da dies aber ein aufrichtiges Geständnis sein mußte, mußten sie sich wirklich eines Verbrechens schuldig glauben, das von den Inquisitoren suggeriert oder von ihrer eigenen überspannten Phantasie entsprechend erfunden war. Geständige Sünder hatten das Privileg, vor dem Verbrennen erwürgt zu werden, oder sogar mit dem Leben davonzukommen, und, all ihrer Habe beraubt, lebenslänglich Buße zu tun. Es wurde von ihnen auch verlangt, ihre eigene Familie zu verraten. Das Zurückhalten irgendeiner bedeutsamen Information, selbst über die Schuld eines Elternteils, wurde ebenfalls mit dem Feuertod bestraft. Die Folterinstrumente lagen stets bereit, um ein Geständnis zu erzwingen,[187] wurden aber selten verwendet; gewöhnlich genügte die Drohung mit der Folter, um einen Zusammenbruch herbeizuführen. Es wurde jede Anstrengung unternommen, das erwünschte Geständnis ohne körperliche Gewaltanwendung zu erzielen, denn es konnte sonst später der Einwand entstehen, daß der Ketzer nur unter Zwang gestanden habe. Es ist nämlich noch immer ein weitverbreitetes, aber physiologisch unhaltbares Dogma, daß keine Mißhandlung, die einem Menschen die heile Haut, den Gebrauch der Glieder und unzerstörte Sinne beläßt, als Zwang angesprochen werden könne.

Es war deswegen so wichtig, den Ketzer so lange zu bearbeiten, bis er zusammenbrach und wahrhaftig reuig bekannte, weil er nur so davor bewahrt werden konnte, auf ewig in der Hölle zu brennen, selbst wenn das Gesetz ihn dazu verdammte, hier auf Erden lebendig verbrannt zu werden. Man kannte die Verwendung geheimer Zuträger, die Gegenüberstellung des ungeständigen Ketzers mit dem geständigen, das Versprechen der Vergebung nach dem Bekenntnis – ein Versprechen, das sich später zurückziehen ließ. Der Kerker sorgte für die nötige körperliche Schwächung. Im Vergleich zu denen, die sich beeilten, ihre Sünden zu bekennen und die Glaubenssätze und Bußen der Kirche auf sich zu nehmen, wurden aber nur sehr wenige Menschen verbrannt. Die Opfer des Scheiterhaufens waren gewöhnlich Ketzer, denen vergeben worden war, die aber später wieder zurückfielen.

Die Methodisten des 18. Jahrhunderts zeigten in der Kunst der Indoktrination ähnlichen Eifer und Einfluß. Ihre frommen Prediger begleiteten verurteilte Menschen ritterlich auf ihrer letzten schrecklichen Fahrt im offenen Karren vom Newgate-Gefängnis zur öffent-

Wie kommt es zum Geständnis?

lichen Hinrichtung durch Erhängen in Tyburn, und bannten bei vielen von ihnen erfolgreich alle Todesangst. »The Life of Mr. Silas Told«, eine 1786 erstmalig veröffentlichte Autobiographie[188], gibt ein anschauliches Bild solcher Ereignisse:

»Mein nächster Bericht handelt von Mary Pinner, die zum Tode verurteilt wurde, weil sie Feuer an das Haus ihres Herrn gelegt hatte. Zur gleichen Zeit wurden drei oder vier Männer zum Tode verurteilt, mit denen Mary sich als sehr liederlich erwiesen hatte. Ich bemühte mich, diese junge Frau zum dringendsten und ersten Anliegen meines Besuches zu machen, aber erfuhr von ihrer Seite mehrmals Ablehnungen. Ich war betrübt, ihre sorglose Aufführung zu sehen, vor allem, da die Todesurteile eben eingetroffen waren, darunter auch das ihre.«

Told wandte nun die Methode an, die er nach seiner eigenen plötzlichen Bekehrung durch Wesley erlernt hatte:

»Ich nahm sie daher zur Seite und sagte zu ihr: ‚Mary, wie kommt es, daß du vor all den anderen Übeltätern so gleichgültig bist gegen deine kostbare und unsterbliche Seele? Du weißt wohl nicht, daß Gottes allsehendes Auge alle deine Taten erkennt? Fürchtest du denn nicht, zur Hölle zu fahren, da du in kurzer Zeit vor dem großen Jehova erscheinen mußt, gegen den du gesündigt und deine Hand erhoben hast? Bist du entschlossen, deine eigene Seele zu vernichten? Soll dich der bodenlose Abgrund aufnehmen und der See, der brennt von Feuer und Schwefel, die niemals gelöscht werden? Oh, denke daran, wenn du in deinem jetzigen Zustande stirbst, wirst du für ewig unter dem Zorne eines gekränkten Erlösers sterben; und all diese Leiden werden dein Teil sein für immer!'«

Nachdem er eine Veränderung in ihrem Ausdruck bemerkt hatte und erfuhr, daß sie ihn vor ihrer Gefangensetzung häufig in der Weststreet-Kapelle hatte predigen hören, berichtet Told weiter, daß er von jetzt an bis zu ihrem Ende nie mehr »einen unpassenden Ausdruck von ihr gehört, noch eine leichtsinnige Tat gesehen habe«.

Aber er fuhr fort, seinen anfänglichen Erfolg zu festigen:

»Die Nacht vor ihrer Hinrichtung bestürmte ich sie dringlich, ununterbrochen mit Gott um Verzeihung durch seinen geliebten Sohn heftig zu ringen ... Den gleichen Rat gab ich all den übrigen Übeltätern, von denen einer den gleichen Vorsatz gelobte.«

Told brachte auch Massensuggestionen zur Anwendung, um seine bemerkenswerten Resultate zu erzielen; denn er fährt fort:

»Ich bat dann die Wärter des inneren Gefängnisses (von Newgate), sie alle in eine Zelle zu bringen, damit sie gemeinsam dem furchtbaren und mächtigen Richter über Lebende und Tote ihre flehentlichen Bitten darbringen könnten, vor dem sie alle unausweichlich in wenigen flüchtigen Augenblicken erscheinen müßten. Dies ward sogleich gewährt. So widmeten sie gemeinsam die Nacht einem unaussprechlichen Nutzen, indem sie beteten, Hymnen sangen und frohlockten, da Gott der Herr selbst sichtlich in ihrer Mitte weilte. Als ich am nächsten Morgen zu ihnen zurückkehrte, nachdem ich diese seelenerhebende Nachricht empfangen hatte, bat ich die Wärter, die Zellen zu öffnen und sie in den Hof zu führen.«

Die Ergebnisse rechtfertigten entschieden die angewandte Massentherapie:

»Die erste, die erschien, war Mary Pinner. Ich war voll Entzücken, als ich die glückliche Veränderung in ihrem Gesicht gewahrte. Als sie aus der Zelle trat, schien sie erfüllt vom Frieden und der Liebe Gottes, und die Hände zusammenschlagend, rief sie triumphierend die Worte: ,Diese Nacht hat mir Gott, um Christi willen, all meine Sünden vergeben; ich weiß, daß ich vom Tode zum Leben gelangt bin, und in Kürze werde ich mit meinem Erlöser in seiner Herrlichkeit sein.'«

Told beschreibt seine grausige Reise mit der Gefangenen in einem offenen Henkerskarren nach Tyburn.

»Sie verblieb in diesem glücklichen Zustand, sang, lobpries und gab Gott die Ehre ohne Unterlaß, bis sie beim Galgen ankam. Dann begann sie ihre Mitleidenden zu stärken, flehte sie an, nicht an der Bereitschaft Gottes zu zweifeln, sie zu erlösen.«

Wie kommt es zum Geständnis?

Wir besitzen heute wohl wenige Prediger, die, an Tolds Stelle gesetzt, imstande wären, gewöhnliche Männer und Frauen dahin zu bringen, freudig zum öffentlichen Galgen zu schreiten, überzeugt, daß Gott einerseits diese lang-verteidigte englische Strafe für den Diebstahl von Eigentum billigt, das nicht mehr als fünf Schillinge wert ist — aber andererseits bereit ist, sie nun mit offenen Armen in seinem Königreich zu empfangen, da sie aufrichtig bereut hatten.[189] Und doch wurde die gleiche erschreckende Fähigkeit, Menschen zu überreden, sowie fürchterliche und ungerechtfertigte Bestrafungen mit Freude hinzunehmen, auf politischem Gebiet noch in den letzten Jahren immer wieder demonstriert, und zwar durch die materialistischen Atheisten in Rußland, Ungarn und China, die dabei offenbar die gleichen Grundmethoden anwenden.

INNERE FESTIGUNG UND VORBEUGUNG

Es ist *eine* Sache, die Haltung eines normalen Menschen unter unerträglicher seelischer Belastung zu brechen, alte Ideen und Verhaltensweisen auszulöschen und in den brachliegenden Boden neue einzupflanzen; aber es ist etwas ganz anderes, diese neuen Gedanken zum festen Verwurzeln zu bringen. Jeder Dresseur von Tieren und jeder Lehrer weiß das nur zu gut — wie übel vermerken unsere Lehrer die Auswirkungen der langen Sommerferien auf ihre hoffnungsvollen Schüler —, aber Kirchen und politische Organisationen vergessen das gelegentlich. George Whitfield, ein eindrucksvoller calvinistischer Prediger des 18. Jahrhunderts, dessen Bekehrungen so dramatisch waren wie die John Wesleys, und der einen großen Teil seiner Laufbahn mit Erweckungsfeldzügen in England, Schottland, Wales und in den Vereinigten Staaten verbrachte, gab am Ende seines Lebens zu:

»Mein Bruder Wesley handelte weise. Die Seelen, die in seinem Predigtamte erweckt wurden, sammelte er in Klassen und bewahrte so die Frucht seiner Mühe. Das habe ich versäumt, und meine Leute bindet nur ein schwaches Band.«[190]

Whitfield gründete nämlich keine bestimmte Sekte, und obgleich er 1741 mit Wesley über die Frage der Prädestination in Streit geriet, war es seine Gönnerin, Selina Gräfin Huntingdon, die seine Anhänger in einer calvinistisch-methodistischen Gruppe sammelte, die als »Kreis der Gräfin Huntingdon« bekannt ist.

Wesleys Klassenzusammenkünfte verdienen besondere Aufmerksamkeit. Nachdem er einen großen Teil Englands durch seine furchteinflößenden und wirkungsvollen Formen des Predigens bekehrt hatte, festigte er seine Errungenschaften durch höchst wirksame Nachbehandlungsmethoden, die so bald wie möglich nach der »plötzlichen Bekehrung« oder »Heiligung« eingesetzt wurden. Wesley teilte seine Konvertiten in Gruppen von nicht mehr als zwölf Personen ein, die sich jede Woche unter Leitung eines ernannten Führers trafen. Es wurden dann Probleme intimer Art in bezug auf ihre Bekehrung und ihre weitere Lebensweise unterm Siegel wechselseitiger Verschwiegenheit besprochen. Ursprünglich sollte der Klassenleiter jedes Mitglied seiner Klasse mindestens einmal wöchentlich besuchen, vorgeblich, um einen kleinen wöchentlichen Geldbetrag zu sammeln. Diese Zutrittsmöglichkeit zu den Heimen erlaubte ihm bald zu entscheiden, ob eine Bekehrung echt war oder nicht, und er überprüfte seine Schlüsse in den öffentlichen Klassenzusammenkünften. Mitglieder, die sich nicht als aufrichtig und bereit zu einem neuen Leben erwiesen, wurden aus der Klasse wie aus der methodistischen Gesellschaft überhaupt ausgeschieden. Man kann die Bedeutung dieser Klassenzusammenkünfte für die Aufrechterhaltung der Macht der methodistischen Bewegung während des 18. und 19. Jahrhunderts kaum überschätzen. Wesley wollte alle los sein, die seine besonderen Ansichten über den rechten Weg zur Erlösung anzweifelten — er hatte außer mit anderen auch mit Peter Böhler gebrochen, der ihm zur Bekehrung verholfen hatte, und eine Zeitlang sogar mit George Whitfield —, und mit allen, die durch ihre falsche Lebensweise die Bewegung in Verruf bringen konnten. Er schrieb selbst:[191]

»So sehr wir aber bestrebt waren, über einander zu wachen, so fanden wir bald einige, die nicht das Evangelium lebten. Ich wüßte nicht, daß einige Lügner eingedrungen wären: aber manche wurden kalt und gaben den Sünden nach, die sie lange schon leicht belagert hatten. Wir bemerkten bald, daß es viele schlechte Folgen hatte, wenn wir diese lange unter uns duldeten. Es war gefährlich für andere, insofern alle Sünde von ansteckender Natur ist.«

Wesley, dessen autoritäre Ansprüche vor seiner Bekehrung die

Kolonisten von Georgia geärgert hatten, machte jetzt aus diesem Stein des Anstoßes eine Stufe seines Erfolges:

»Ich rief alle Leiter der Klassen zusammen (so pflegten wir sie und ihre Gesellschaften zu nennen) und sprach den Wunsch aus, daß ein jeder eine besondere Prüfung des Verhaltens jener vornähme, die er wöchentlich sah. Sie taten es. Viele, die in Liederlichkeit wandelten, wurden entdeckt. Manche wandten sich vom Übel ihres Weges; andere wurden von uns fortgewiesen. Viele sahen es mit Furcht und frohlockten zu Gott in Verehrung. So bald wie möglich wurde die gleiche Methode in London und an allen anderen Orten verwendet. Schlechte Menschen wurden entdeckt und getadelt. Sie wurden ein Vierteljahr geduldet. Entsagten sie ihren Sünden, so empfingen wir sie mit Freuden; wenn sie eigensinnig darin verharrten, so wurde öffentlich erklärt, daß sie nicht zu uns gehörten. Die übrigen trauerten und beteten für sie, und sie frohlockten doch, daß, soweit das an uns lag, das Ärgernis von unserer Gesellschaft abgewälzt war.«

Der persönliche Besuch der Klassenleiter in den Häusern war ursprünglich beschlossen worden, weil Wesley gefunden hatte, daß mit dem Anwachsen der Bewegung »die Menschen so weit in allen Stadtteilen von Wapping bis Westminster zerstreut lebten, daß ich nicht wohl übersehen konnte, wie das Verhalten eines jeden in seiner Umgebung war; so daß die verschiedenen, die in Liederlichkeit wandelten, viel Schaden stifteten, ehe ich davon in Kenntnis gesetzt wurde«.

Die Klassenzusammenkünfte waren für diejenigen bestimmt, die durch ihr plötzliches und überwältigendes Belehrungserlebnis schon sensibilisiert waren; das enge Gruppengefühl des gemeinsamen Singens und Betens, das intime Besprechen persönlicher Probleme und die Ratschläge, wie man dem »kommenden Zorn« entgehen könne, bildeten eine beständige Mahnung an die ursprüngliche Heiligung. Wesley persönlich lenkte die allgemeine Politik der Bewegung, indem er vorschrieb, welche Haltung seine Laienprediger neuen politischen oder sozialen Veränderungen gegenüber einzunehmen hatten. Die Laienpriester kamen auf seinen Reisen in häufigen Kontakt mit ihm.

Es wurden periodische methodistische Konferenzen abgehalten, und die Klassenleiter waren den Laienpriestern für die Disziplin der kleineren Einheiten verantwortlich.

Wesley erkannte die Gefahr, die darin liegt, Massen aufzuwühlen, sie in Zerknirschung niederzuwerfen und dann die Arbeit der Persönlichkeitsbildung anderen zu überlassen. Auf seiner Reise durch die irisch-katholischen Landgemeinden wurde er aufgefordert, in Mullingar zu predigen, lehnte es aber ab, weil[192] »ich wenig Hoffnung hatte, etwas Gutes an einem Ort auszurichten, wo ich nur einmal predigen konnte und wo niemand außer mir überhaupt als Prediger geduldet würde«.

1763 schrieb er ähnliches aus Haverfordwest:

»Ich war überzeugter denn je, daß zu predigen gleich einem Apostel, ohne diejenigen zu vereinigen, die erweckt sind, und sie aufzuerziehen in den Wegen des Herrn, nicht mehr ist, als Kinder zu zeugen für den Mörder (den Teufel).«

Als ich im Jahre 1947 einen religiösen Schlangenberührungskult in Nordkarolina erforschte, wurde mir klar, was Wesley gemeint hatte. Bei diesen Zusammenkünften, die ausschließlich Weißen vorbehalten waren, sollte das Eintreten von wilden Erregungszuständen, Körperzuckungen und schließlicher Erschöpfung und Kollaps bei den anfälligeren Teilnehmern die Herabkunft des Heiligen Geistes anzeigen.[193] Diese hysterischen Zustände wurden durch rhythmisches Singen und Händeklatschen hervorgerufen. Das Anfassen echter Giftschlangen brachte, wie schon berichtet, mehrere Besucher unerwartet zum Punkt des Zusammenbruchs und plötzlicher Konversion. Aber ein junger männlicher Besucher — der inkarnierte »Mörder« — nahm an den Zusammenkünften mit der ausdrücklichen Absicht teil, Mädchen, die eben »gerettet« worden waren, zu verführen. Tatsache ist, daß eine Konversion nach dem Zusammenbruch auf Grund der Schutzhemmung und wenn der Geist höchst empfänglich für die Suggestion neuer Verhaltensweisen geworden ist, durchaus unspezifisch sein kann. Kommt der Priester rechtzeitig, um

Keuschheit und Nüchternheit zu predigen, dann ist alles in Ordnung; aber der »Mörder« (der Teufel) hat begriffen, daß in der Nacht nach einer plötzlichen emotionalen Erschütterung ein »geheiligtes« Mädchen ebenso leicht zu erotischer Hingabe wie zur Annahme der Botschaft des Evangeliums zu überreden ist. Will er aber ein oder zwei Tage später seine Liebeserfolge fortsetzen, so findet er in der Regel, daß die abnorme Phase der Suggerierbarkeit vorüber ist und das moralische Niveau des Mädchens wieder auf den normalen Stand zurückgekehrt ist. Da er nicht dauernd an ihrer Seite war, um seinen Sieg zu konsolidieren, kann es durchaus sein, daß sie ihn nun entrüstet abweist und sagt, sie könne nicht begreifen, was in der fraglichen Nacht über sie gekommen sei. An Ende einer Erweckungsversammlung können dem Teilnehmer tatsächlich zwei völlig widersprechende Formen des Glaubens oder des persönlichen Verhaltens eingeimpft werden: durch den Prediger oder durch den »Mörder«. Jesus selbst weist darauf hin (Matth. XII, 43—45), wie gefährlich es für einen Mann ist, der von einem unreinen Geist geheilt ist, der »mit sieben anderen Geistern, die ärger sind denn er selbst«, in das »leere, gekehrte und geschmückte« Haus heimkehren kann, »und es wird mit demselben Menschen hernach ärger, denn es vorhin war« — falls seine Familie und seine Freunde nicht sorgfältig auf ihn achten.

Die wesleyanischen Klassenzusammenkünfte haben ihren Ursprung natürlich in früheren christlichen Gebräuchen, und diese wiederum stammen von jüdischen Bräuchen ab. Der jüdische Glaube wurde von den Vorsitzenden des Synhedriums kontrolliert, teilweise mit Hilfe des Tempeldiensts, teils durch das Synagogensystem. Die obligatorischen jährlichen Tempelfeste begannen mit dem Versöhnungstag — einem nationalen Schuldbekenntnis —, gefolgt vom Laubhüttenfest, bei dem ekstatische Gesänge und Tänze die gesamte Bevölkerung Israels mit der Liebe Gottes erfüllten und sorgfältige Maßnahmen gegen die »Leichtherzigkeit« der Frauen ergriffen werden mußten. Später folgten Pessach und das Wochenfest, wo die riesige Menge gleichfalls von religiöser Begeisterung ergriffen wurde.

Innere Festigung und Vorbeugung

Die sorgfältig nüchterne, wöchentliche Konditionierung in der Synagoge, mit ihren Gesängen, Gebeten, Schriftauslegungen, und die jährlichen Sündenbekenntnisse am Versöhnungstag haben zweifellos mit dazu beigetragen, die Juden trotz ihrer Zerstreuung über die ganze Welt und der Entweihung ihres Tempels zweitausend Jahre lang als Nation zusammenzuhalten.

Die Kommunisten haben schon lange die Wichtigkeit der Zusammenfassung von Konvertiten in kleine Gruppen oder Zellen zum Zweck der Nachbehandlung und Konsolidierung erkannt. Diese kleinen Gruppen werden von einem Zellenleiter überwacht, der seinerseits dem höheren Parteibeamten verantwortlich ist. Auf kleinen Parteitreffen werden die laufenden politischen Modifikationen besprochen; die Mitglieder werden aufgefordert, ihre Zweifel vorzubringen, und ermutigt, etwaige persönliche »Abweichungen« zu bekennen. So ist es für die Zellenleiter (wie seinerzeit für die Klassenleiter Wesleys) nicht schwierig zu erkennen, ob sie ergebene und fleißige Arbeiter für die Sache geworben haben oder nicht. Alle erfolgreichen autoritären religiösen oder politischen Systeme benutzen heute Nachbehandlungsmethoden für die Umschulung und breiten sie von der Spitze bis zum untersten Grund der Bewegung aus.

Auch primitive Gesellschaften haben periodische Gruppenzusammenkünfte verwendet, bei denen die Gefühle durch Tanzen und Trommeln erregt werden, um religiöse Überzeugungen aufrechtzuerhalten und neu eingeimpfte religiöse Haltungen zu konsolidieren. Die Erregung kann bis zum Eintritt von Ermüdung und Erschöpfung fortgeführt werden, worauf es einem Führer unter Umständen leichter fällt, in einem Zustand künstlich erhöhter Suggerierbarkeit Überzeugungen einzuimpfen oder zu verstärken. Vermutlich brachten westafrikanische Sklaven diese Methoden mit nach Amerika. 1947 nahm ich an mehreren Sonntagabend-Gottesdiensten in einer kleinen Negerkirche in Durham (Nord-Karolina) teil. Mehrere Stunden lang wurde die Kirchengemeinde dazu angeregt, Solotänze zu lautem, rhythmischem Händeklatschen oder Tamburinschlägen auszuführen.

Die Tänze waren eine Art von Jitterbug. Die Gemeindemitglieder verfielen häufig in Trancezustände und tanzten bis zum Zusammenbruch. Die Suggerierbarkeit nahm bei den Teilnehmern immer mehr zu, und der Geistliche feuerte die Tänzer durch ständig wiederholte Rufe an, wie: »Gott ist gut« oder »Dankt Gott für alles, was er an euch getan hat.« Entlastet von allen aufgestauten Gefühlen, erschöpft vom stundenlangen Tanzen, und mit durch Suggestion verstärkten Gefühlen der Unterwerfung und Dankbarkeit gegen Gott, kehrten die Neger fröhlich in die überfüllten Slums zurück, um eine weitere Woche, verachtet und getrennt von den Weißen, ihr Leben zur fristen.[194] Auch die methodistischen Erweckungsfeldzüge trugen dazu bei, die Engländer des frühen 19. Jahrunderts so zu beeinflussen, daß sie soziale Bedingungen ertrugen, die in den meisten anderen europäischen Ländern zu Revolutionen geführt hätten. Wesley hatte den Massen beigebracht, sich weniger mit ihrem elenden Leben hier auf Erden als Opfer der industriellen Revolution zu befassen als mit dem künftigen. So konnten sie fast alles ertragen und hinnehmen.

Was quantitativ an Konsolidierung nötig ist, um neue Denk- und Verhaltensweisen zu fixieren, muß von dem bestimmten Typus des höheren Nervensystems wie von den angewandten Methoden abhängen. Manche Menschen scheinen neue Lehren sehr viel bereitwilliger aufzunehmen als andere, während man sich darauf verlassen kann, daß die langsameren, hartnäckigeren Typen sie fester halten, wenn sie sie erst einmal angenommen haben. Und dann gibt es einen so von Grund aus suggerierbaren und unbeständigen Typus, daß ihm dauernd neue Verhaltensweisen eingeimpft werden können, ohne daß je eine haften bliebe — den Typus, der gewöhnlich als »geborener Schauspieler« bezeichnet wird.

Die verschiedenen Methoden, deren es bedarf, um Menschen der verschiedenen Temperamentsformen zu bekehren, sind noch nicht hinreichend erforscht worden. Doch scheinen sich bestimmte Tatsachen abzuzeichnen. Der normale Extrovertierte zum Beispiel scheint sich leichter durch ganz grobe und nicht spezifische Massenerregungsmethoden erfassen und dauerhaft prägen zu lassen, vorausgesetzt, daß sie zu einer starken, andauernden und oft wiederholten emotionellen Erschütterung führen. Der zwanghafte Typ oder der Introvertierte wird solchen Methoden gegenüber weniger reagieren. Um sein Verhalten zu ändern, bedarf es unter Umständen der körperlichen Schwächung, eines individuellen Vorgehens und eines sehr starken individuellen Druckes, und in der Nachbehandlungszeit der wiederholten Verstärkung und methodischen Erklärung der Lehre. Er ist der »ungläubige Thomas«, der immer verlangt, »seine Hand in die Wunde zu legen«, ehe er glaubt, was man ihm sagt. Manche andere, weniger beständige Typen werden ihrerseits niemals Einzelheiten nachprüfen, oder sich über die Folgerichtigkeit religiöser oder politischer Lehren den Kopf zerbrechen, sondern im Augenblick alles und ohne weitere Fragen akzeptieren.

Dann gibt es noch den Psychopathen, der in der Regel sehr wenig aus der Erziehung seines frühen Milieus gelernt und behalten hat, und dessen Elektroencephalogramm (Aufzeichnung der elektrischen Hirnwellen) für sein Alter noch eine deutliche Unreife aufweist. Solche Menschen, von denen manche kriminell werden, zu formen oder umzuformen, ist tatsächlich sehr schwierig, bis dann im späteren Leben die Gehirnwellen normaler werden, ihr Gehirn ausreift, und sie scheinbar auch aus Erfahrung zu lernen beginnen, wie das bei gewöhnlichen Menschen der Fall ist. Früher oder später wird sich ein Medikament finden, um das Tempo der verzögerten Persönlichkeitsbildung bei diesen Psychopathen zu beschleunigen. Das würde auch dazu beitragen, ein schwieriges soziales Problem zu lösen, das durch die schweren Gefängnisstrafen und das häufig als Behandlung empfohlene Prügeln nur noch gesteigert wird.

Eine Untersuchung darüber, in welcher Weise Freiheitsstrafen die verschiedenen Temperamentstypen beeinflussen, zeigt deutlich, wie nötig es ist, die Methoden der Formung und Umformung entsprechend den verschiedenen Typen zu variieren. Bei den meisten durchschnittlichen und daher ziemlich suggestiblen Menschen ist die

Drohung des Freiheitsentzuges mit seiner sozialen Entmachtung ein hinlängliches Abschreckungsmittel gegen das Verbrechen; und eine einzige Gefängniserfahrung beendet bei fünfundsiebzig Prozent derjenigen, die sich nicht hatten abschrecken lassen, die weitere kriminelle Karriere. Aber darüber hinaus gibt es die große Garde der harten »alten Zuchthäusler« und der Psychopathen, deren abnorme Grundformen des psychischen Verhaltens nicht durch Gefängnisdisziplin zu ändern sind, so rigoros und sogar brutal sie auch ausgeübt wird. Diejenigen, deren Temperament im Grunde unbeständig und hysterisch ist, können nicht so leicht geformt werden, da sie ebenso bereitwillig sozialen wie antisozialen Suggestionen unterliegen.

Ganz offensichtlich bedarf es hinsichtlich dieser Dinge noch weiterer, ins einzelne gehender Forschung. Wir haben die exitatorischen Methoden kennengelernt, die sowohl in primitiven wie in zivilisierten Gesellschaften verwendet werden können, um die Massensuggerierbarkeit zu steigern, und so eine gemeinsame Grundform des Glaubens zu nähren und auch, um einzelne Individuen mit völlig neuen Überzeugungen zu indoktrinieren. Wir haben auch gesehen, daß die Einzelnen in ihren Reaktionen auf diese Methoden variieren, und daß die Technik in vielen Fällen modifiziert werden muß, wenn sie Menschen einer radikalen religiösen und politischen Konversion unterwerfen und diese dann stabilisieren soll. Die Bekehrung der Brüder Wesley zum Beispiel wurde durch eine einleitende »Erweichung« der beiden durch Peter Böhler, den Missionar, erleichtert. Aber erst nachdem Böhler das Land verlassen hatte, wurde Johns Herz bei einer kleinen religiösen Gruppenzusammenkunft in Aldersgate Street endgültig und plötzlich »erwärmt«. Und drei Tage zuvor wurde Charles, den Krankheit auf einen Zustand seelischer und körperlicher Schwäche reduziert hatte, im bescheidenen Hause John Brays, eines Gelbgießers, seine langersehnte und ebenfalls plötzliche Bekehrung unter ganz anderen Umständen, allein in seinem Zimmer liegend, zuteil. Charles war trotzdem imstande, sie am nächsten Tage folgendermaßen zu beschreiben:

> Ein Sklave, losgekauft von Tod und Sünde,
> ein Zweig, geschnitten vor dem ewigen Feuer.
> Wie soll ich gleichen Triumph erheben
> und meines großen Erlösers Lobpreis singen?

Es ist daher notwendig, die Methoden der Massenerregung zu erforschen, um festzustellen, wie weit sie auf alle Mitglieder jeder beliebigen Gruppe anwendbar sind und inwieweit bestimmte Individuen gegen sie gefeit sind. Es muß offensichtlich häufig vorkommen, daß viele beeinflußt erscheinen, aber geistige Vorbehalte machen, und die Verhaltensweise der Mehrheit nur aus Politik, nicht aus Überzeugung annehmen. Wir müssen noch viel mehr über die verschiedenen Reaktionen auf Indoktrinationsmethoden bei Menschen wissen, die sich in Einzelhaft befinden oder zur »Umschulung« in ausgewählte Gruppen versetzt werden. Noch komplizierter wird das physiologische Problem, wenn man bedenkt, daß die Temperamentstypen bei Mensch und Tier selten rein auftreten. Pawlow fand, daß viele seiner Hunde Mischungen der vier Grundtemperamente darstellten: und das gleiche scheint auch auf Menschen zuzutreffen. In primitiven Kulturen, wo das Leben hart und die Anpassung rigoros ist, werden die Überlebenden wahrscheinlich temperamentsmäßig einheitlicher sein, und daher auch durch weniger verschiedenartige Methoden diszipliniert als in den zivilisierten Gesellschaften. Man könnte wirklich behaupten, daß, je höher die Zivilisation, desto größer die Zahl der chronisch angstvollen, zwanghaften, hysterischen, schizoiden und depressiven »Normalen« ist, die die Gesellschaft noch zu tragen vermag. Eine größere Zahl von Persönlichkeitsvarianten sollte doch offenbar auch eine größere Variation in der Gruppen- und Einzeltherapie für ihre Heilung erfordern. Aber über diesen Punkt besitzen wir noch keine sicheren Informationen. Es mag zutreffen, was Aldous Huxley sagt:

»Mittlerweile können wir mit Sicherheit nicht mehr vorhersagen, als daß jeder einzelne unserer Philosophen, wenn er den Tamtams und dem Singsang lange genug ausgesetzt wäre, dabei enden würde, im Verein mit den Wilden umherzuspringen und zu heulen.«[196]

Aber wir wissen auch, daß es Philosophen gibt, die sich eher durch einsame Gebete und Fasten, oder sogar durch Anwendung von Drogen wie dem Meskalin, zu neuen Verhaltensweisen und Überzeugungen bekehren lassen.

Allerdings fand Pawlow, daß das höhere Nervensystem von Tieren aller Temperamentstypen, wenn es durch verschiedene Arten von Spannung größerer oder geringerer Wirksamkeit unerträglich belastet wurde, schließlich der einen oder anderen Art von transmarginaler Hemmung verfiel (mit ihren begleitenden äquivalenten, paradoxen und ultraparadoxen Phasen). Bei den stärkeren Typen kann dies u. U. erst nach einer langen Periode starker und manchmal unkontrollierter Erregung eintreten, während es bei den schwachen, gehemmten sehr schnell gehen kann. Es scheint also, daß es gemeinsame Wege gibt, die alle Einzeltiere schließlich einschlagen müssen, wenn die Belastungen lange genug dauern, wenn auch die initialen temperamentsmäßigen Reaktionen der Tiere auf Belastungen sehr variieren. Wahrscheinlich trifft das auch auf Menschen zu, und wenn ja, so könnte das erklären, warum in so vielen religiösen Gruppen das erregende Trommeln und Tanzen so häufig verwendet wird. Die Anstrengung und Erregung des durch viele Stunden pausenlos fortgesetzten Tanzens dürfte selbst das stärkste und hartnäckigste Temperament erschöpfen und notfalls unterwerfen, das möglicherweise imstande wäre, erschreckende und erregende Reden allein tage- und wochenlang zu ertragen.

Der letzte Krieg hat auch bewiesen, daß ein fortgesetztes aktives Kampferlebnis mit seinem Lärm, seiner Erregung und Angst, dem Gewichts- und Schlafverlust, schließlich bei allen Temperamentstypen zum Zusammenbruch führte. Wenn auch die Bilder des frühen Zusammenbruchs variieren können, so ist doch die finale Hemmungsphase der Kampferschöpfung, die Swank und viele andere so gut beschrieben haben, bei den meisten durchschnittlichen Typen ziemlich konstant. Es sollte daher, wenn man diese zugrunde liegenden physiologischen Prinzipien einmal verstanden hat, möglich sein, dieselbe Person durch eine ganze Reihe verschiedenartig auferlegter Spannungsbelastungen zu erfassen, sie zu bekehren und bei den neuen Überzeugungen zu halten, Spannungsbelastungen, die am Ende ihre Hirnfunktion in gleicher Weise verändern. Allerdings können bestimmte Individuen sich als ungewöhnlich resistent gegen wohlerprobte Methoden erweisen. In Nord-Karolina hatte ein kräftig gebauter Mann neun Jahre lang praktisch jeden Sonntag die »Erweckungs«-Gottesdienste seiner Gemeinde besucht, bei denen es abreaktives Tanzen, Singen und Gruppenerregung gab — stets in der Hoffnung, zum Erlebnis der plötzlichen Bekehrung und Erlösung zu gelangen, das fast alle anderen Mitglieder der Gemeinde auf diesem Wege schon erreicht hatten. Trotz all seiner Anstrengung war ihm die Erlösung bisher nicht zuteil geworden, aber er verlor den Mut nicht. Er gehörte wahrscheinlich dem phlegmatischen Typus an, von dem Pawlow festgestellt hatte, daß er bei Tieren nur erregt werden konnte, wenn man den anderen Belastungen noch körperliche Schwächung oder Kastration hinzufügte.

Ein weiterer Gegenstand vielversprechender Forschung wäre folgendes Problem: Welche angsterregenden psychologischen Reize eignen sich am besten für verschiedene Temperamentstypen und verschiedene Umgebungen und Kulturen? Nur wenige Senioren der Universität Oxford zum Beispiel ließen sich seinerzeit durch Wesleys Androhungen der Hölle beunruhigen. Im ganzen blieben sie immun gegen seine Universitätsgottesdienste, die er als Mitglied des Lincoln College abhielt. Hingegen konnte Wesley mit den gleichen Drohungen viele verkommene und ungebildete Bergarbeiter aus Cornwall und Gloucester dahin bringen, ihren bisherigen Trost, der in billigem Gin bestand, aufzugeben und ein sauberes Leben des nüchternen Dienstes an der Gemeinschaft zu leben. Nichtsdestoweniger hat fast 200 Jahre später ein anderer Evangelist, Frank Buchman, einen gewissen Erfolg bei einigen Oxfordleuten erzielt, die er zu kleinen

Gruppenzusammenkünften einlud, wo er sie anregte, öffentlich ihre sexuellen Übertretungen zu bekennen, die ihr Gewissen belasteten, um so ein Gefühl der Gnade zu erreichen. Auch die Psychiater haben entdeckt, wie nützlich dieses Thema sein kann, angstvolle Spannung zu erhöhen, was im Bedarfsfall fortgesetzt werden kann, bis der Patient zugänglicher für Suggestionen wird und außerstande ist, den letzten Angriff auf die Zitadelle seiner bisherigen Überzeugungen abzuwehren. Während aber die Psychotherapeuten im allgemeinen Einzelpersonen auf der Couch behandeln, arbeitete Buchman häufig mit kleinen ausgewählten Gruppen, die sich zwanglos um einen Teetisch versammelten. Heute beginnen die Psychotherapeuten selbst, derartige Gruppenmethoden anzuwenden und Gruppendiskussionen über das Sexualleben ihrer Patienten anzuregen, nur werden am Ende unterschiedliche Deutungen gegeben, so daß unterschiedliche Überzeugungen geschaffen werden. Im Mittelalter erwies sich die immer gegenwärtige Drohung des Feuertodes für die Ketzer als wirksamstes Mittel für die Zwecke der Indoktrination, geradeso wie heute die Drohung der »Liquidation« in den kommunistischen Staaten. Dieser spezielle Aspekt unseres Problems — das Ausfindigmachen des richtigen wunden Punktes — könnte auf Grund der Verschiedenartigkeiten, auf die man in den einzelnen Gruppen trifft und die teilweise dem Bildungsniveau und dem früheren Anpassungsvorgang der betreffenden Personen zuzuschreiben sind, noch ein ganzes Kapitel für sich bilden.

Die Verhütung von Konversion, Gehirnwäsche und Geständnissen

Sowohl in Großbritannien wie in den Vereinigten Staaten bedarf es weiterer Forschung über brauchbare Mittel, um einer politischen Konversion zu widerstehen. Man kann nicht immer machtvolle physiologische und mechanische Techniken einfach dadurch bekämpfen, daß

Innere Festigung und Vorbeugung

man gelassen und intellektuell eine religiöse oder philosophische Lehre vertritt. Manche Staatsmänner und Generale scheinen zu glauben, daß ein anständiger Mensch, der über den nötigen Patriotismus und die rechte Erziehung verfügt, jedem Ansturm auf die Feste seiner Integrität widerstehen kann, gleichgültig, ob er von Faschisten, Kommunisten oder verführten Gesetzlosen stammt — was völlig falsch ist.

Aus der Untersuchung des tierischen Verhaltens unter Spannungsbelastung ergeben sich nun aber gewisse grundlegende Prinzipien, die auch auf den Menschen zuzutreffen scheinen. Einige davon haben wir schon erwähnt. Sutherland zum Beispiel hat auf die Schwierigkeit hingewiesen, Tiere zum Zusammenbruch zu bringen, die nicht mit dem Experimentator kooperieren wollen, im Gegensatz zu der Leichtigkeit, mit der sich diejenigen brechen lassen, die tapfer versuchen, die ihnen gesetzten Aufgaben zu bewältigen.[197] Wenn ein Hund sich hartnäckig weigert, den blinkenden Lichtern und anderen Futtersignalen, die seine bedingten Reflexe ausbilden sollen, irgendwelche Aufmerksamkeit zuzuwenden, dann bleibt sein Gehirn unbeeinflußt. Pawlow pflegte daher seine Hunde hungrig zum Experimentierstand zu bringen, um so ihre Aufmerksamkeit auf Signale zu fixieren, die eventuell von Futtergaben gefolgt waren. Auch Menschen brechen nicht zusammen, wenn sie, ähnlich den genannten Hunden, sich einfach weigern, einem ihnen gestellten Problem gegenüberzutreten oder aktiv ausweichen, ehe es Gelegenheit findet, ihr emotionelles Gleichgewicht zu stören. Derjenige, der sich weigert, bei irgendeiner Bekehrungstechnik oder Gehirnwäsche mitzumachen, und es zustande bringt, statt dem Vernehmungsbeamten oder dem Prediger Aufmerksamkeit zu widmen, sich geistig auf irgendein ganz anderes Problem zu konzentrieren, dürfte es am längsten aushalten. Ein gutes Beispiel bietet hier Kiplings Kim, der der indischen Hypnose widerstand, indem er sich verzweifelt an das englische Einmaleins erinnerte. Colonel R. H. Stevens, den die Gestapo 1940 bei einem Sonderauftrag in Holland in einen Hinterhalt lockte, wurde während zweier voller

Jahre »wie ein Hund« an die Wand seiner deutschen Gefängniszelle gekettet, damit seine Moral gebrochen werde. Er entdeckte, wie wertvoll es für ihn war, seinem Gedächtnis die Aufgabe zu setzen, das Heim seiner Kindheit zu rekonstruieren, Zimmer um Zimmer, bis zu den allerkleinsten Einzelheiten, den Mustern der Vorhänge, den Ornamenten auf dem Kaminsims, den Büchern in der Bibliothek.[198] Sowohl die englischen als auch die amerikanischen Militärbehörden dringen mit Recht darauf, daß Kriegsgefangene sich weigern sollen, militärisch oder politisch mit dem Feind zusammenzuarbeiten oder nach Angabe ihres Namens, Dienstgrades, ihrer Kennummer und des Geburtsdatums irgendwelche weiteren Fragen zu beantworten. Jede Unsicherheit über den wünschenswerten Umfang legitimer Zusammenarbeit mit dem Feind führt zu Schwierigkeiten und häufig zum Zusammenbruch. Colonel Stevens fand, daß »das, was sie offenbar nicht mochten, eine Art von kalter, erhabener Miene war, die eine gewisse Verachtung gegenüber allem ausdrückte«. Die Haltung half ihm, nicht nur die Zeit der Einzelhaft zu überstehen, sondern auch drei weitere Jahre im Konzentrationslager Dachau.

Ein hervorragender medizinisch-juristischer Sachverständiger pflegte laut Protokoll seit zwanzig Jahren zu sagen: »Wenn Verdachtspersonen, die von der Polizei verhört werden, nur auf die Fragen antworteten, die ihnen ihr Rechtsanwalt schriftlich vorlegt, und sonst nichts — was nicht mehr als ihr gutes Recht ist —, dann gäbe es in der Tat nur sehr wenige polizeiliche Überführungen.« Die Juristen wissen schon lange, wieviel schwieriger es ist, jemanden zu überführen, der nicht zum Reden zu bringen ist. Aber viel zuviele normalerweise gesetzestreue, wenn auch schuldige Verdachtspersonen lassen sich leicht überreden, die nachteiligsten Geständnisse freiwillig zu unterzeichnen. Der Grund dafür liegt in einem anfänglichen Übereifer, mit der Polizei zusammenzuarbeiten und alle Arten schwieriger und bohrender Fragen ohne einen Rechtsbeistand zu beantworten, der rechtzeitig sagt: »Mein Klient behält sich die Erklärung des angeblichen Vorfalles vor.«

Das Ausmaß der physiologischen »Kooperation« oder »Übertragung«, die zwischen dem polizeilichen Vernehmungsbeamten und dem vernommenen Bürger, zwischen dem Prediger und seiner Gemeinde, zwischen dem politischen Redner und seiner Zuhörerschaft errichtet werden kann, ist entscheidend für das Problem. Wer immer von Politikern, Priestern oder Polizeibeamten in Furcht oder Zorn versetzt werden kann, ist leicht dazu zu bringen, die gewünschten Formen der »Kooperation« anzunehmen, selbst wenn das seine normale Urteilsfähigkeit verletzt. Die Hindernisse, die der religiöse oder politische Proselytenmacher nicht überwinden kann, sind Gleichgültigkeit oder distanziertes, kontrolliertes und fortgesetztes Amüsement des Betreffenden über die Anstrengungen, die gemacht werden, um ihn zum Zusammenbruch zu bringen, oder ihn zu überzeugen oder ihn zu einer Auseinandersetzung zu verleiten. Die Sicherheit der freien Welt scheint daher nicht nur in der Pflege des Muts, moralischer Kraft und Logik, sondern auch des Humors zu liegen: des Humors, der den Gleichgewichtszustand schafft, in dem man Gefühlsexzesse als häßlich und verderblich verlacht.

Beim Stierkampf zielen die ersten Anstrengungen des Matadors und seiner Helfer darauf ab, den Stier zu erregen, zu ärgern und zu enttäuschen, um ihn so zu erschöpfen und suggerierbar und reaktionsbereiter zu machen. Der Matador muß den Stier »beherrschen«, damit er im Endstadium das tut, was von ihm gefordert wird, nämlich den Bewegungen der roten Muleta in tranceartigem Gehorsam zu folgen. Ein »guter« Stier, der, wenn er schließlich tot aus der Arena gezogen wird, den Beifall der Menge erhält, ist einer, der »kooperiert«, indem er so aggressiv wie möglich wird, wenn er mit den Capas geködert und von der Lanze des Picadors und den Widerhaken der Banderilleros in die Schultermuskeln getroffen wird. Er wird dauernd in Bewegung gehalten, bis er emotional und physisch erschöpft ist, und erst wenn er den Kopf nicht mehr hochhalten kann, gibt ihm der Matador den Gnadenstoß zwischen die entspannten Schulterblätter.

Ein schlechter Stier — sofern nicht ein körperlicher Defekt, wie etwa teilweise Blindheit, ihn daran hindert, den Bewegungen des Mantels oder der Muleta zu folgen — ist derjenige, der sich weigert, aufgeregt zu werden, und es so zustande bringt, sich sowohl der Erschöpfung wie der Suggerierbarkeit zu entziehen. Bis vor kurzem bestand die Behandlung für phlegmatische Stiere in den *Banderillas de fuego*, einer Art von Wurfspeeren mit explosiven Spitzen, die die Stiere veranlaßten, in wilden Sprüngen durch die ganze Arena zu jagen, die aber jetzt verboten sind. Der Schrecken des Matadors ist daher der Stier, der sich durch die üblichen Mittel nicht in Panik versetzen läßt, der weiterhin selber zu denken scheint, und dessen Reaktionen darum nicht vorherzusehen sind. Wird er schließlich getötet, oft nachdem er seinen Matador ins Krankenhaus oder ins Grab gebracht hat, oder wird er von einem vorsichtigen Präsidenten aus der Arena verwiesen, so folgen ihm Pfeifkonzerte, Zischen und Flüche. Der »gute« Stier ist tatsächlich der Stier, der (wenn wir ihm menschliche Gefühle zubilligten) sich selbst für immun gegenüber der harten Prüfung glaubt, die ihm bevorsteht, der auf seinen Mut vertraut, seine schnelle Wut angesichts von Dingen, die er nicht mag, auf seine große körperliche Kraft, seine Fähigkeit, bis zum letzten Ende zu kämpfen. Der schlechte Stier ist einer mit einem Gefühl für Selbsterhaltung, das stärker ist als stierköpfige Pflichterfüllung.

Man soll solch einen Vergleich nicht zu weit treiben; aber er dient dazu, auf die Tatsache hinzuweisen, daß manche Leute gegen ihren Willen bekehrt werden, weil sie darauf bestehen, das zu tun, was sie für richtig halten, und ausziehen, um etwas zu bekämpfen, was man besser meidet oder ignoriert. Ihre Energie sollte statt dessen darauf verwendet werden, eine Politik der völligen Nicht-Kooperation durchzuführen, ohne Rücksicht auf ihren eigenen Stolz und eine natürliche Neigung, ihren Mut und ihre Stärke gegenüber denjenigen zu erproben, die sie zu provozieren suchen.

Es wird berichtet, daß es den Mitgliedern der Sekte der Zeugen Jehovas mit am besten gelang, in den deutschen Konzentrationslagern während des zweiten Weltkrieges ihren Glauben und ihre Grundsätze aufrechtzuerhalten. Diese pazifistisch-religiöse Gruppe vertritt vielerlei merkwürdige Überzeugungen, die ihnen aber durch ihre religiösen Führer mit soviel Kraft und Sicherheit eingeimpft worden sind, daß sie noch immer wirksam bleiben, wo körperliche Schwäche und seelische Degradierung die meisten andern Menschen von hohem Idealismus, aber ohne spezifische Loyalität, schon dahin gebracht haben, sich der niedrigsten individuellen und Gruppenmoral anzupassen. Ein feuriger, besessener Glaube an irgendeine Religion oder Lebensform bildet tatsächlich den besten Schutz gegen die Konversion. Die Geschichte lehrt, daß gut geschulte und gedrillte Soldaten genauso tapfer und hartnäckig sein können wie die Zeugen Jehovas. Einer von Wesleys Bekehrten, der standhafte John Evans, forderte in der Schlacht von Fontenoy, »als die Kanonenkugel seine beiden Beine wegriß, solange er noch sprechen konnte, alle um ihn herum auf, Gott zu loben und zu fürchten und den König zu ehren, als einer, der nichts fürchtete, als daß sein letzter Lebensatem umsonst verschwendet sei«.[199]

Aus dem Gesagten geht schon hervor, daß das Opfer einer versuchten Gehirnwäsche oder Geständniserzwingung alles daransetzen sollte, nicht durch Grübeln und Sorgen an Gewicht zu verlieren oder sich dadurch unnötig zu ermüden. Der Betreffende sollte lernen, wann immer möglich, etwas zu schlafen. Menschen von phlegmatischem Temperament und starkem, kräftigem Körperbau, die auch geistig gut angepaßt sind und ruhige, glückliche Lebensansichten vertreten, halten höchstwahrscheinlich länger durch als solche, die über wenige oder keinen dieser Vorzüge verfügen.

Es ist ein Trugschluß, daß die intellektuelle Einsicht in das, was vor sich geht, einen Menschen immer davor bewahren kann, indoktriniert zu werden. Ist er erst einmal erschöpft und suggerierbar geworden oder hat sein Nervensystem die paradoxe oder ultraparadoxe Phase erreicht, dann kann auch die Einsicht gestört sein. Selbst wenn man weiß, was man zu erwarten hat, hilft das kaum, um den Zusammenbruch abzuwehren. Hinterher wird der Konvertierte seine neu eingeimpften Überzeugungen rationalisieren und seinen Freunden aufrichtige und zugleich absurde Erklärungen geben, warum seine Haltung sich so plötzlich geändert habe. Depressive Menschen sind sich in ihren klaren Intervallen völlig bewußt, daß sie beim Einsetzen eines neuen Anfalls alle vernünftige Einsicht in die Torheit ihrer depressiven Ideen verlieren werden. So sollten auch politische Gefangene sich klar darüber sein, daß nach einer Schwächung ihrer Hirnfunktion ihr normales Urteilsvermögen gestört oder ganz ausgeschaltet sein wird. Sobald sie fühlen, daß sie suggerierbar werden, sollten sie daher alle Anstrengung machen, weiteren Spannungsbelastungen auszuweichen. Vor allem aber müssen sie daran denken, daß Zorn und Wut ein ebenso wirksames Mittel bilden können, die Suggerierbarkeit zu steigern, wie Angst und Schuldgefühle.

Wenn wir hier immer wieder auf die Notwendigkeit weiterer Forschung bezüglich dieses Gesamtproblems hinweisen, so muß dabei noch einmal gesagt werden, daß die Vorstellung von der Willenskraft und der Kraft jedes Einzelnen, beliebig lange den physiologischen Spannungsbelastungen zu widerstehen, wie sie heute sowohl dem Körper als auch dem Gehirn zugefügt werden können, wenig wissenschaftliche Begründung und Unterstützung gefunden hat; weder die Erfahrungen im Frieden noch im Kriege sprechen dafür. Wir betrügen uns nur selbst, wenn wir glauben, daß irgend jemand bis zum Ende durchhalten kann. Das bedeutet nicht, daß alle Menschen durch solche Mittel *wirklich* bekehrt werden können.

Manche geben nur zeitweise den Forderungen nach, die an sie gestellt werden, und kämpfen von neuem, wenn ihre geistigen und körperlichen Kräfte zurückkehren. Andere werden durch den Ausbruch des Wahnsinns gerettet. Manchmal bricht auch der Widerstandswille zusammen, nicht aber der Intellekt selbst.

Wie schon in anderem Zusammenhang erwähnt, stehen für die völligen Fehlschläge gewöhnlich Scheiterhaufen, Galgen, Erschießungskommandos, Gefängnisse und Irrenhäuser bereit.

SCHLUSSFOLGERUNGEN

Da es der Zweck dieses Buches ist, mögliche physiologische Aspekte der politischen und religiösen Konversion zur Diskussion zu stellen, bedarf es keiner Entschuldigung für seine Beschränkung auf die mechanistische Fragestellung. Pawlows Experimente sind nur ein Weg, um ein faszinierendes Problem zu beleuchten. Es stehen auch noch andere Mittel zur Verfügung, inklusive biochemischer und elektrischer Untersuchungen der normalen und abnormen Hirnfunktion. Es bedarf noch vieler Versuche, ehe endgültige Schlußfolgerungen gezogen werden können, und in der Zwischenzeit müssen mit jeder neuen Entdeckung die Standpunkte dauernd revidiert werden. Auch durch die Verwendung anderer Annäherungsmethoden bleibt noch vieles zu lernen übrig.[200] So müßte das gleiche Phänomen unter anderem auch von philosophischen und geistigen Grundlagen her untersucht werden. Der Autor ist sich zum Beispiel wohl bewußt, daß ein schweres Abendessen und die Rückenlage im Bett noch nicht alles erklären, was man über den nachfolgenden Alptraum wissen sollte. Aber all diese Fragestellungen fallen nicht in den Umkreis des vorliegenden Buches, das zugegebenermaßen beim Versuch, alte Probleme zu lösen, viele neue aufwirft.

Es bleibt trotzdem ein modernes Paradoxon, daß der schnelle wissenschaftliche Fortschritt oft da eintritt, wo ein Gebiet experimenteller Forschung absichtlich begrenzt gehalten wird. Durch Jahrhunderte lag die Medizin effektiv in den Händen von Gelehrten, die ein weitgespanntes und umfassendes System scholastischer Metaphysik verwendeten, um alle Krankheitsformen zu erklären, aber für die Diagnose und Krankheitsbehandlung ergaben sich daraus nur geringe Fortschritte. Von dem Moment an aber, in dem die Medizin sich entschloß, ihre metaphysischen Voreingenommenheiten aufzugeben — d. h. die Konzentration auf den Gesamtmenschen in seinen umgebungsmäßigen und religiösen Zusammenhängen — und sich einfach dem Studium der funktionellen Mechanik von Lunge, Herz, Leber und schließlich des Gehirns selbst zuzuwenden, begann ihr stupender praktischer Fortschritt. Hunderte von Jahren hatte man selbst das Studium der Anatomie als unnötig für die Medizin angesehen. Die scholastischen Philosophen behaupteten, das vermutliche Funktionieren sowohl des Körpers als der Seele befriedigend erklären zu können. Die mittelalterliche Haltung der Medizin erinnert tatsächlich an gewisse zeitgenössische psychologische Ansichten, wonach ein hinlängliches metapsychologisches Wissen genüge, um Dinge zu erklären, die häufig nichts anderes sind als die vielfältigen Resultate normaler und abnormer Hirnfunktion. Von Zeit zu Zeit müssen die verschiedenartigen Teile in ein neues Ganzes zusammengefaßt werden, aber hier ist der Punkt, wo so häufig die Gefahr falscher Verallgemeinerungen entsteht.

Newton, der im Herzen ein Philosoph war und interessierter an biblischen Prophezeiungen und Alchimie als an den mechanischen Gesetzen der Gravitation, war der Meinung, daß seine Entdeckungen wenig zum allgemeinen Wissensschatz der Menschheit beigetragen hätten. Gegen Ende seines Lebens warf er sich vor, seine Zeit am Ufer eines weiten Meeres von Wissen versäumt und dort mit Kieseln und Muscheln gespielt zu haben. Mehr als 200 Jahre später fehlt es uns zwar immer noch an irgendeiner philosophischen Einsicht in das Wesen der Schwerkraft, aber ihre von Newton umrissenen einfachen mechanischen Formeln haben sich als von unschätzbarem praktischem Wert erwiesen. Noch immer stehen wir vor dem Problem, das Newton bewegte: Worauf soll man die Forschung hinsichtlich des menschlichen Geistes am besten konzentrieren? Viele Denker segeln tapfer auf einen zu weiten philosophischen Ozean hinaus, nur um sich in einem Sargassomeer von verfilztem Tang oder zwischen unvermuteten Riffen unumgehbarer physikalischer Tatsachen wiederzufinden. Dieses Buch ist nicht mehr als ein Sammeln von Strandgut, aber die nähere Untersuchung der gefundenen Muscheln und Kieselsteine könnte vielleicht den Gedanken nahelegen, daß es manchmal wertvoller ist, sich in der psychiatrischen Forschung mehr auf die Funktionen des Gehirns selbst zu konzentrieren, statt den metaphysischen Ozean nach verborgenen Geheimnissen zu durchforschen. Durch eine Zusammenstellung relativ einfacher mechanistischer und physiologischer Untersuchungen ließ sich zeigen, daß nicht nur gewisse Methoden religiöser und politischer Konversion — an Gruppen oder einzelnen durchgeführt —, sondern auch manche der Ergebnisse der Psychoanalyse, der medikamentösen Abreaktion und der Schocktherapien bei der Behandlung von Kranken, in Beziehung zueinander gesetzt, künftig vielleicht besser verstanden werden können.

Muß eine neue intensive Beschäftigung mit Hirnphysiologie und Hirnmechanik den religiösen Glauben schwächen? Im Gegenteil — eine bessere Einsicht in die Mittel, Glauben hervorzurufen und zu festigen, wird die religiösen Körperschaften befähigen, sich viel schneller auszubreiten. Der Prediger kann versichert sein, daß, je weniger geheimnisvoll »Gott seine Wunder vollbringt«, desto leichter es sein sollte, die Menschen mit einem wesentlichen Wissen von Gott und der Liebe zu ihm zu erfüllen. Der Mensch kann und soll nicht versuchen, ohne irgendeine Form von Religion zu leben. Wir dürfen aber hinzufügen, daß es zwar durchaus möglich ist, Menschen mit Ideen zu indoktrinieren, die auf einer überwundenen ökonomischen oder historischen Tradition beruhen, oder selbst auf absichtlichen Lügen, und daß man sie in diesen Überzeugungen fixiert erhalten kann, daß aber die Gesundheit und Kraft einer Nation von einer engen Beziehung zwischen der sozialen Praxis und dem religiösen Glauben abhängen. Jeder Widerspruch zwischen ihnen kann nur zu seelischer Spannung und gestörter Urteilskraft führen. Für das Christentum als der Religion der westlichen Welt gibt es keine Alter-

Die Beziehung zwischen sozialer Praxis und religiösem Glauben

native, aber wahrscheinlich wird es nötig werden, die Begebenheiten des Neuen Testaments in weniger dunkle historische Perspektiven zu setzen; die Lehren von Christi Aufopferung für die Sünden seines Volkes zu konsolidieren; die spröden Texte »Fürchte Gott« und »Liebe deinen Nächsten wie dich selbst« stärker zu gestalten und ihnen wirklich soziales und politisches Gewicht zu verleihen und so den Geschäftsmann, den Arbeiter oder den Priester der Notwendigkeit zu entheben, das Opfer einer Spaltung zwischen seinen Handlungen und seinem Beruf zu sein.

Boswell berichtet in seinem »Londoner Tagebuch«[201] über eine Unterhaltung zwischen ihm selbst und Dr. Johnson über Wesley: »Wir sprachen über Predigten und den großen Erfolg, den die Methodisten haben. Er sagte, daß das ihrem Predigen in einfacher, volkstümlicher Weise zuzuschreiben sei, was der einzige Weg sei, den gewöhnlichen Leuten Gutes zu tun ... Er meinte, es würde dem gemeinen Mann zu nichts dienen, wenn man die Trunkenheit als Verbrechen bezeichne, weil sie die Vernunft, die edelste Eigenschaft des Menschen, erniedrige. Aber ihm zu sagen, daß er in seiner Trunkenheit hätte sterben können, und zeigen, wie schrecklich das wäre, das würde ihn sehr berühren.«

Dr. Johnson hatte recht. Um solche Leute zu bekehren, muß man versuchen, sie gefühlsmäßig zu überwältigen. Aber wir leben nicht mehr im 18. Jahrhundert. Damals schien es gleichgültig, was der gemeine Mann dachte, denn er übte keine politische Macht aus und man glaubte, daß er nur arbeite, nicht denke, da er keine Bücher und Zeitungen las. Eine religiöse Bekehrung zum Fundamentalismus scheint heute aber überholt; in einer gesunden, modernen Nation sollte jedermann über ein Bewußtsein verfügen, das nicht »ein geteiltes Haus von Glaube und Vernunft« ist, wie Papst Pius XI. die Erscheinung der religiösen Dissoziation so treffend nannte. Wir können es uns nicht leisten, die gesicherten Tatsachen der Geologie, Archäologie und Biologie als boshafte Lügen abzutun.

Sollte dieses Buch, ungeachtet meiner gegenteiligen Bemühungen,

Schlußfolgerungen

das religiöse oder ethische Empfinden irgendeines meiner Leser beleidigt haben, so möchte ich als Milderungsgrund die Notwendigkeit anführen, die Macht und vergleichsweise Einfachheit der hier besprochenen Methoden so vielen intelligenten Lesern wie nur möglich verständlich zu machen.

Wollen wir wahre Religiosität fördern, unsere demokratische Lebensweise und die schwer errungenen bürgerlichen Freiheiten bewahren, so müssen wir erkennen lernen, daß die gleichen Methoden für triviale oder üble Zwecke verwendet werden können, statt für edle.

Doch die Wissenschaft ist oft eine negative Disziplin, wie immer sie auch von Soldaten, Kaufleuten und Politikern ausgenutzt wird. Die Religion, die Ethik und die Politik aber sollten starke positive Disziplinen sein. Wenn daher die Ärzte einmal gelernt haben, wie sie das menschliche Hirn gegen Belastungen und Spannungen festigen können, wie es fähiger machen, zu denken und aus Erfahrung zu lernen, und wie es wieder in religiöses und ethisches Gleichgewicht zu bringen, wenn es desorientiert ist, dann werden sie sich zweifellos mit Freude zurückziehen und es den Priestern und Politikern überlassen, ihr eigenes Werk zu tun und das, so hoffen wir, ohne so viele Gefangenenwärter und Polizisten zu brauchen wie heute. Die Ärzte — wenn ich einmal für meinen Berufsstand sprechen darf — behaupten ganz sicher nicht, dazu imstande zu sein, eine neue religiöse oder politische Offenbarung zu formulieren. Es ist nur ihre Aufgabe, die Gesundheit zu sichern, die es ermöglicht, für die beste dieser Offenbarungen zu kämpfen und zu siegen.

Obgleich Menschen wirklich keine Hunde sind, sollten sie doch in Bescheidenheit sich zu erinnern suchen, wie sehr sie in ihren Hirnfunktionen den Hunden gleichen, und sich nicht für Halbgötter halten. Sie sind mit religiösen und sozialen Einsichten begabt und verfügen über die Macht der Vernunft, aber alle diese Funktionen sind physiologisch unveräußerlich an das Gehirn gebunden. Es sollte daher nicht mißbraucht werden, um ihm irgendwelche religiöse oder politische Mystizismen aufzuzwingen, die die Vernunft in der Entfaltung hindern, oder irgendwelche Formen von grobem Rationalismus, die das religiöse Gefühl verkümmern lassen.

ANMERKUNGEN

[1] W. Sargant, *The Mechanism of Conversion*. Brit. Med. J. II, 311, 1951

[2] P. O. W., *The Fight Continues After The Battle*, Report of the Secretary of Defence's Advisory Committee in Prisoners of War – U. S. Government Printing Office, Washington; 1955

[3] A. Koestler in: *Ein Gott, der keiner war*. London, Zürich, Wien; 1950

[4] Siehe Anmerkung [1]

[5] I. P. Pavlov, *Lectures on Conditioned Reflexes*. Vol. 2. Conditioned Reflexes and Psychiatry, London; 1941. In deutscher Sprache sind J. P. Pawlows »Sämtliche Werke«, herausgegeben von der Akademie der Wissenschaften der UdSSR, Berlin 1954 erschienen

[6] Persönliche Mitteilung Fabings

[7] Siehe Anmerkung [5]

[8] W. Sargant und H. J. Shorvon, *Acute War Neuroses: Special Reference to Pavlov's Experimental Observations and Mechanism of Abreaction*. Arch. Neurol. Psychiat. Chicago, LIV, 231; 1945

[9] J. S. Horsley, *Narco-Analysis: A New Technique in Short-cut Psychotherapy. A Comparison with Other Methods*. Lancet, I, 55; 1936

[10] W. Sargant, *Some Observations on Abreaction with Drugs*. Dig. Neurol. Psychiatr., XVI, 193; 1948

[11] Siehe Anmerkung [8]

[12] W. Sargant, *Some Cultural Abreaction Techniques and their Relation to Modern Treatment*. Proc. Roy. Soc. Med., XLII, 367; 1949

[13] Siehe Anmerkung [5]

[14] Siehe Anmerkung [5]

[15] W. Gordon, *Soviet Studies*. III, 34. University of Glasgow; 1951/52

[16] Siehe Anmerkung [5]

[17] Siehe Anmerkung [5]

[18] Ju. P. Frolow, *I. P. Pawlow, ein großer russischer Gelehrter*. Berlin o. S.

[19] *Die physiologische Lehre des Akademiemitglieds I. P. Pawlow in Psychiatrie und Neuropathologie*. Von einem russischen Redaktionskollegium herausgegeben, Berlin; 1956

[20] E. Asratjan, *Die Lehre Pawlows als Grundlage der medizinischen Wissenschaft*. (In: Die Presse der Sowjetunion; 1952)

[21] Alexander Mette: *Pawlow in der deutschen Medizin* (In: Die neue Gesellschaft-Jg. 5, 1952.) Und: *Über das Werk J. P. Pawlows und seiner Schüler* (Berlin 1952)

[22] G. Ekstein, in einer persönlichen Mitteilung

[23] Siehe Anmerkung [7]

[24] Siehe Anmerkung [5]

[25] Siehe Anmerkung [5]

[26] »stress« hat im Englischen vielerlei Bedeutung. Wörtlich hieße es »Belastung«, aber da es sich hier sinngemäß um eine Belastung des gesamten Organismus handelt, hat die Übersetzerin den Ausdruck »Spannungsbelastung« gewählt, zumal die deutschen Nervenärzte von »nervöser Anspannung« sprechen, wenn ihre englischen Kollegen von »stress« reden. Neuerdings hat »stress« durch die Arbeiten des kanadischen Forschers Prof. Hans Selye einen neuen Sinn erhalten, der sich aber zum Teil mit dem hier gemeinten Sinn deckt, weswegen man auch einfach für »the stress« der Stress sagen könnte. In der Tat hat sich »der Stress« in der deutschen Fachsprache bereits eingebürgert, ebenso wie im Französischen »le stress« oder im Italienischen »il stress«

[27] Siehe Anmerkung [5]

[28] C. Symonds, *The Human Response to Flying Stress*. Brit. Med. J. II, 703; 1943

[29] R. L. Swank, *Combat Exhaustion*. J. Nerv. Ment. Dis. CIX. 477; 1949

[30] R. R. Grinker und J. P. Spiegel, *War Neuroses in North Africa. The Tunisian Campaign* (January–May 1943). New York; 1943

[31] Siehe Anmerkung [8]

[32] R. L. Swank und B. Cohen, *Chronic Symptomatology of Combat Neurosis*. War Med., VIII, 143; 1945. – R. L. Swank und E. Marchand, *Combat Neurosis. Development of Combat Exhaustion*. Arch. Neurol. Psychiatr., LV, 236; 1946

[33] Siehe Anmerkung [5]

[34] Siehe Anmerkung [32], Swank und Marchand

[35] Siehe Anmerkung [8]

[36] E. L. Spears, *Prelude to Victory*. London; 1939

[37] Siehe Anmerkung [8]

[38] Siehe Anmerkung [8]

[39] W. Sargant, *Physical Treatment of Acute War Neuroses: Some Clinical Observations*. Brit. Med. J., II, 574; 1942

[40] H. B. Craigie, *Physical Treatment of Acute War Neuroses* (Correspondence). Brit. Med. J., II, 675; 1942

[41] Proc. Roy. Soc. Med., XXXIV, 757; 1941

[42] Siehe Anmerkung [8]

[43] Siehe Anmerkung [5]

[44] Siehe Anmerkung [5]

⁴⁵ Sueton, *Die 12 Cäsaren.* Nach der Übersetzung von Adolf Stahr. München und Leipzig; 1912

⁴⁶ W. Gordon, *Cerebral Physiology and Psychiatry.* Journ. Ment. Sci. XCIV, 118; 1948

⁴⁷ R. R. Madden, *Phantasmata or Illusions and Fanaticisms of Protean Forms Productive of Great Evils.* Vols. I und II. London; 1857

⁴⁸ W. Sargant, *Physical Treatment of Acute War Neuroses: Some Clinical Observations.* Brit. Med. J. II, 574; 1942

⁴⁹ J. Breuer und S. Freud: *Studien über Hysterie.* Leipzig und Wien; 1895, 1909, 1916, 1922

⁵⁰ W. S. Sadler, *Theory and Practice of Psychiatry.* London; 1936

⁵¹ M. Culpin, *Psychoneuroses of War and Peace.* Cambridge; 1920

⁵² W. Brown, *Psychological Methods of Healing.* An Introduction to Psychotherapy. London; 1938

⁵³ Siehe Anmerkung ³⁰

⁵⁴ H. A. Palmer, *Abreactive Techniques – Ether.* J. Roy. Army Med. Corps LXXXIV, 86; 1945

⁵⁵ D. P. Penhallow, *Mutism and Deafness due to Emotional Shock cured by Etherisation.* Boston Med. & Surg J., CLXXIV, 131; 1915

⁵⁶ A. Hurst, *Medical Disease of War.* London; 1940

⁵⁷ H. J. Shorvon and W. Sargant, *Excitatory Abreaction: Special reference to its Mechanism and the use of Ether.* J. Ment. Sci, XCIII, 709; 1947

⁵⁸ Siehe Anmerkung ⁸

⁵⁹ Siehe Anmerkung ⁸

⁶⁰ Siehe Anmerkung ⁸

⁶¹ Siehe Anmerkung ⁵⁷

⁶² P. Janet, *Principles of Psychotherapy.* London; 1925

⁶³ C. H. Rogerson, *Narco-Analysis with Nitrous Oxide.* Brit. Med. J., I, 811; 1944

⁶⁴ L. J. Meduna, *Carbon Dioxide Therapy.* Springfield, Illinois; 1950

⁶⁵ J. L. Simon und H. Taube, *A Preliminary Study of the use of Methedrine in Psychiatric Diagnosis.* J. Nerv. Ment. Dis., CIV, 593; 1946

⁶⁶ Siehe Anmerkung ¹⁰

⁶⁷ Siehe Anmerkung ¹

⁶⁸ B. G. M. Sundkler, *Bantu Prophets in South Africa.* London; 1948

⁶⁹ V. Cerletti und L. Bini, *L'elettroshock.* Arch. Gen. Neurol. Psichiat. Psicoanal., XIX, 266; 1938

⁷⁰ Siehe Anmerkung ¹²

⁷¹ M. Sakel, *The Pharmacological Shock Treatment of Schizophrenia* (Nerv. & Ment. Dis. Monogr. Series No. 62). New York; 1938

[72] W. Sargant, *Indications and Mechanisms of Abreaction and its Relation to the Shock Therapies.* Internat. Psychiat. Congr. (1950) Proc., IV, 192. Paris; 1952

[73] Robert Graves, in einer persönlichen Mitteilung

[74] Siehe Anmerkung [1]

[75] E. Moniz, *Tentatives opératoires dans le traitement de certaines psychoses.* Paris; 1936

[76] R. Ström-Olsen und P. M. Tow, *Late Social Results of Prefrontal Leucotomy.* Lancet, I, 87; 1949

[77] G. Rylander, *Personality Analysis Before and After Frontal Lobotomy in The Frontal Lobes.* Baltimore; 1948

[78] J. Pippard, *Personality Changes after Rostral Leucotomy: A comparison with standard leucotomy.* J. Ment. Sci., CI, 425; 1955

[79] Siehe Anmerkung [30]

[80] J. Wesley, *The Journal of John Wesley,* Vol. II. Standard edition edited by N. Curnock. London; 1909–16

[81] Harold Nicolson, *Vom Mandarin zum Gentleman.* München; 1957 (deutsch von Herbert Thiele-Fredersdorf)

[82] Text im Original:
>Long my imprisoned spirit lay
>Fast bound by sin and nature's night;
>Thine eye diffused a quickening ray –
>I woke, the dungeon flamed with light;
>My chains fell off, my heart was free,
>I rose, went forth, and followed Thee.

[83] R. A. Knox, *Enthusiasm: A Chapter in Religious History.* Oxford; 1950

[84] W. L. Doughty, *John Wesley-Preacher.* London; 1955. Wesley's Journal, Vol. V, siehe Anmerkung [80]

[85] *Wesley's Journal,* Vol. II

[86] *Wesley's Journal,* Vol. II

[87] Das »Gesetz« bedeutet in diesem Zusammenhang die Gewißheit, daß die unerlösten Sünder das höllische Feuer erwartet

[88] L. Tyerman, *Life and Times of Rev. John Wesley.* London; 1871

[89] Tyerman's *Life of Wesley,* zitiert von W. James in *The Varieties of Religious Experience.* London; 1914

[90] C. Smyth, *Simeon and Church Order.* Cambridge; 1940

[91] Siehe Anmerkung [90]

[92] A. Koestler, *Pfeil ins Blaue.* Wien, München, Basel; 1952

[93] A. Koestler, A. Gide, I. Silone, L. Fischer, R. Wright, St. Spender: *Der Gott, der keiner war.* Rote Weißbücher 6. Zürich; 1952

[94] A. Koestler, *Die Geheimschrift.* Wien, München, Basel; 1954

[95] P. Verger, *Dieux d'Afrique.* Paris; 1954

[96] M. Deren, *Divine Horsemen. The Living Gods of Haiti.* London; 1953

Anmerkungen

[97] Siehe Anmerkung [83]
[98] G. Bolinder, *Devilman's Jungle*. London; 1954
[99] J. G. Frazer, *The Golden Bough. A Study in Magic and Religion*. Abridged edition. London; 1950
[100] Siehe Anmerkung [83]
[101] George Fox, *The Journal of George Fox*. Everyman edition. London o. J.
[102] Heinrich Harrer, *Sieben Jahre in Tibet*. Wien; 1952
[103] Thomas Butts, zitiert von W. L. Doughty. Siehe auch Anmerkung [84]
[104] Ben Jonson, *Plays*. Everyman edition. London; 1948
[105] Siehe Anmerkung [69]
[106] John Wesley war interessanterweise ein großer Anhänger der elektrischen Behandlung, obwohl man damals nicht bis zum Punkt einer Krampfauslösung ging. Man kann noch heute im Wesley Museum in London eine Leydener Flasche sehen, die zu diesem Zweck verwendet wurde. Von 1756 an standen für diese Behandlung Spezialkliniken in Moorfields, Southwark, St. Paul's und The Seven Dials zur Verfügung.

»Hunderte, vielleicht Tausende haben unsagbare Wohltaten empfangen; und ich habe nicht einen Menschen, Mann, Frau oder Kind, gesehen, der irgendeinen Schaden davongetragen hätte, so daß, wenn ich irgendwelche Reden über die Gefahr des Elektrisierens höre (besonders wenn es Mediziner sind, die so reden), ich nicht umhin kann, dies einem ganz besonderen Mangel, sei's an Vernunft, sei's an Wissen, zuzuschreiben.«

In bezug auf das Elektrisieren sagte er auch:

»Wir wissen, daß es tausend Medizinen in einer sind; insbesondere, daß es die wirksamste Medizin bei nervösen Störungen aller Art ist, die je entdeckt wurde.«

Wesley wird in Tyermans »Wesleys Leben« zitiert. Siehe auch Anmerkung [89]

[107] A. D. di Pirajno, *Überlistete Dämonen. Meine Erlebnisse als Arzt in Nordafrika*. Düsseldorf-Köln; 1955
[108] Siehe Anmerkung [89]
[109] D. Hill. Kap. IV in W. Sargant und E. Slaters *Physical Methods of Treatment in Psychiatry*. 3. edition. Edinburgh; 1954
[110] Aldous Huxley, *Die Pforten der Wahrnehmung*. Deutsch von Herbert H. Herlitschka. München; 1956
[111] L. Alexander, *Treatment of Mental Disorders*. Philadelphia; 1953
[112] Siehe Anmerkung [83]
[113] G. Salmon, *The Evidence of the Work of the Holy Spirit* (With an appendix on the Revival Movement in the North of Ireland). Dublin; 1859
[114] P. F. Kirby, *The Grand Tour in Italy 1700–1800*. New York; 1952
[115] Justus F. C. Hecker, *Die Großen Volkskrankheiten des Mittelalters*. Berlin; 1865
[116] Das deutsche Original weicht in Kleinigkeiten von der vom Autor zitierten englischen Übersetzung ab. Die hier gebrachten Zitate entstammen der Originalausgabe der Heckerschen Arbeit über »Tanzwuth« von 1832 und dem dort enthaltenen Kapitel über Sympathie. (Die Übers.)

Anmerkungen

¹¹⁷ J. Edwards, *A New Narrative of the Revival of Religion in New England with Thoughts on that Revival.* Glasgow; 1829

¹¹⁸ F. Joussoupoff, *Lost Splendour.* London; 1953

¹¹⁹ G. R. Taylor, *Sex in History.* London; 1953

¹²⁰ Robert Graves in einer persönlichen Mitteilung

¹²¹ H. Leuba, *Amer. J. Psychology* VII, 345; 1895

¹²² Siehe Anmerkung ⁵⁷

¹²³ Robert Graves in einer persönlichen Mitteilung

¹²⁴ F. W. Farrar, *Eternal Hope.* London; 1878

¹²⁵ Artikel über Dr. Billy Graham in: *Time* LXIV, 38; 1954

¹²⁶ Siehe Anmerkung ¹²⁴

¹²⁷ Siehe Anmerkung ¹¹⁶

¹²⁸ Siehe Anmerkung ¹¹⁶

¹²⁹ E. Wilson in einer Besprechung von *The Rungless Ladder: Harriet Beecher Stowe* von C. H. Forster. The New Yorker, XXXI, 125; 1955

¹³⁰ C. G. Finney, *Lectures on Revivals of Religion* (13. Ausgabe). London; 1840

¹³¹ Text im Original:

> My thoughts on awful subjects roll,
> Damnation and the dead:
> What horrors seize the guilty soul,
> Upon a dying bed!
>
> Lingering about these mortal shores,
> She makes a long delay,
> Till, like a flood, with rapid force,
> Death sweeps the wretch away.
>
> Then, swift and dreadful, she descends
> Down to the fiery coast,
> Amongst the abominable fiends –
> Herself a frightened ghost.
>
> There endless crowds of sinners lie,
> And darfkness makes their chains;
> Tortured with keen despair they cry,
> Yet wait for fiercer pains.
>
> Not all their anghish and their blood
> For their past guilt atones,
> Nor the compassion of a God
> Shall hearken to their groans.
>
> Amazing grace, that kept my breath,
> Nor did my soul remove,
> Till I had learn'd my Saviour's death,
> And well insured his love.

Anmerkungen

[132] W. B. Sprague, *Lectures on Revivals of Religion*. With an Introductory Essay by Rev. G. Redford and Rev. J. Angell. Glasgow; 1833

[133] Apulejus, *Der Goldene Esel*. Deutsch von Rudolf Helm. Berlin; 1956

[134] G. Orwell, *Neunzehnhundertvierundachtzig*. Deutsch von Kurt Wagenseil. Stuttgart; 1957

[135] Somerset Maugham, *Don Fernando*. London; 1950

[136] Aldous Huxley, *Die Teufel von Loudun*. Übersetzt von Herbert E. Herlitschka. München; 1955

[137] Robert Graves in einer persönlichen Mitteilung

[138] L. S. B. Leaky, *Defeating Mau Mau*. London; 1954

[139] *The Times*, 1. September 1955

[140] *The Times*, 1. November 1955

[141] Han Suyin, *Alle Herrlichkeit auf Erden*. Übersetzt von Isabella Nadolny. Baden-Baden; 1953

[142] *Time*, 5. März 1956

[143] R. L. Walker, *China under Communism*. London; 1956

[144] *The Times*, 16. Mai 1956

[145] Siehe Anmerkung [136]

[146] G. Thompson, *Aeschylus and Athens*. London; 1946

[147] Apulejus, *Der Goldene Esel*. Deutsch von Rudolf Helm. Berlin; 1956

[148] J. E. Harrison, *Prolegomena to the Study of Greek Religion*. Cambridge; 1922

[149] V. Magnion, *Les Mystères d'Eleusis*. Paris; 1950

[150] Siehe Anmerkung [146]

[151] Pausanias, *Beschreibung Griechenlands*. Buch IX, Kapitel 39. Neu übersetzt von Ernst Meyer. Zürich; 1954

[152] Plutarch, *Moralia*. Verdeutscht von Wilhelm Ax. Leipzig; 1942

[153] Strabo IX, 418

[154] Sueton, *Caligula* XXIX

[155] Dioscorides, *De Materia Medica*, IV, 148–9

[156] Pausanias, X, 361

[157] Plinius der Ältere, *Historia Naturalis*, XXV, 27

[158] Plinius, a. a. O. XXV, 23

[159] Alexander Weißberg-Cybulski, *Hexensabbat*. Rußland im Schmelztiegel der Säuberungen. Frankfurt am Main; 1951

[160] Z. Stypulkowski, *Invitation to Moscow*. London; 1951

[161] G. Orwell, *Neunzehnhundertvierundachtzig*. Deutsch von Kurt Wagenseil. Stuttgart; 1957

[162] Siehe Anmerkung [2]

[163] Zitiert in *The Observer*. London, 10. Juni 1956

¹⁶⁴ L. E. Hinkle jr. und H. G. Wolff, *Communist Interrogation and Indoctrination of »Enemies of the State«*. Archives Neurol & Psychiat., 76, 115; 1956

¹⁶⁵ Siehe Anmerkung ¹⁵⁹

¹⁶⁶ Siehe Anmerkung ¹⁵⁹

¹⁶⁷ *The Observer*. London, 29. Juli 1956

¹⁶⁸ C. D. Lee, *The Instrumental Detection of Deception. The Lie Test*. Eine Monographie; in: The Police Science Series. Herausgegeben von V. A. Leonard. Springfield, Illinois; 1953

¹⁶⁹ So lieferte etwa ein Verdächtiger eine falsche, aber stark positive Reaktion, als er durch das Fenster des Polizeireviers ein Mädchen beobachtete, das nackt sonnenbadete

¹⁷⁰ *Police Magazine*, III, 5. Sept. 1925. Hervorhebung vom Autor

¹⁷¹ D. W. Winnicott, *Mind and its Relation to the Psyche-Soma*. Brit. J. of Med. Psychol., XXVII, 201; 1954

¹⁷² E. Jones, *Sigmund Freud: Life and Work*. London; 1955

¹⁷³ Sigmund Freud, *Aus den Anfängen der Psychoanalyse, Briefe an Wilhelm Fliess*. London; 1950

¹⁷⁴ A. Farrar-Hockley, *The Spirit in Jeopardy*. B.B.C.-Rundfunk-Manuskript. 2. Januar 1955

¹⁷⁵ *Malleus Maleficarum*. London; 1948

¹⁷⁶ J. Caulfield, *Portraits, Memoirs and Characters of Remarkable Persons*. 2 Bände. London; 1813

¹⁷⁷ Siehe Anmerkung ¹⁷⁶

¹⁷⁸ Siehe Anmerkung ¹⁷⁶

¹⁷⁹ Siehe Anmerkung ¹⁵⁹

¹⁸⁰ J. S. Henderson, *Report of Inquiry into Conviction of Timothy Evans and a supplementary Report*. H. M. Stationery Office, London, Juli und Sept. 1953. Die Erlaubnis, aus dem Weißbuch zu zitieren, wurde erteilt von dem Controller of H. M. Stationery Office

¹⁸¹ M. Eddowes, *The Man on Your Conscience*. London; 1955

¹⁸² Lord Altrincham und Jan Gilmour, *The Case of Timothy Evans*. Special Spectator Publication; 1956

¹⁸³ *The Times*. London, 18. Mai 1956

¹⁸⁴ Siehe Anmerkung ¹⁵⁹

¹⁸⁵ F. Beck und W. Godwin, *Russian Purge and the Extraction of Confession*. London; 1951

¹⁸⁶ R. Sabatini, *Torquemada and the Spanish Inquisition*. London; 1929

¹⁸⁷ Im folgenden finden wir eine Beschreibung der Bedrohung mit der Folter durch die Inquisition, wie sie bei Johanna von Orleans angewandt wurde. Die Folterung wurde nicht durchgeführt, allerdings wurde Johanna später verbrannt. »Im gleichen Jahre, am Mittwoch nach ‚Vocem jucunditatis', dem 11. Mai, wurde Johanna vor

Anmerkungen

uns, die genannten Richter, in den dicken Schloßturm zu Rouen geführt ... Johanna wurde eindringlich aufgefordert, auf verschiedene Prozeßpunkte wahrheitsgemäß Auskunft zu geben, was sie bisher abgelehnt und mit Lügen beantwortet hatte ... Man erklärte ihr, wenn sie darauf nicht die Wahrheit sage, so werde sie auf die Folter gelegt. Diese stand im Turm bereit und wurde ihr gezeigt. Gerichtsdiener standen da, sie auf unser Geheiß zu foltern, um sie auf den Weg und zur Erkenntnis der Wahrheit zurückzuführen und so ihr leibliches wie seelisches Heil sicherstellen zu können.« *Jeanne d'Arc*, die Akten der Verurteilung. Übertragen von Josef Butler. Einsiedeln/Köln; 1943

[188] S. Told, *The Life of Mr. Silas Told, written by himself. 1786.* Neudruck: London; 1954

[189] Noch im Jahr 1800 gab es in England mehr als 200 Verbrechen, die mit öffentlichem Erhängen bestraft werden konnten. Siehe A. P. Herbert, *Mr. Gay's London*. London; 1948

[190] W. L. Doughty, *John Wesley, Preacher*. London; 1955

[191] M. Piette, *John Wesley in the Evolution of Protestantism*. London; 1938

[192] Siehe Anmerkung [84]

[193] Siehe Anmerkung [12]

[194] Siehe Anmerkung [12]

[195] »A slave redeemed from death and sin, / a branch cut from the eternal fire. / How shall I equal triumphs raise, / and sing my great Deliverer's praise?« Aus: M. R. Brailsford, *A Tale of Two Brothers: John and Charles Wesley*. London; 1954

[196] Siehe Anmerkung [136]

[197] G. Sutherland in einer persönlichen Unterredung

[198] R. H. Stevens, *The Spirit in the Cage*. Rundfunkmanuskript. März 1947

[199] Siehe Anmerkung [88]

[200] So hat etwa Meerloo in seinem Buch »Vergewaltigung des Geistes« kürzlich das Phänomen der Gehirnwäsche sowohl vom Pawlowschen wie vom psychoanalytischen Standpunkt aus untersucht: Siehe J. A. M. Meerlo, *The Rape of the Mind*. The Psychology of Thought Control Menticide and Brainwashing. New York; 1956

[201] *Boswell's London Journal 1762–63*. Herausgegeben von F. A. Pottle. Wm. Heinemann, London; 1950

NAMEN- UND SACHREGISTER

Abreagieren 67 ff., 78, 102
Anpassungsfähigkeit 85 ff.
Antikyra, Heilbehandlungen in 206 ff.
Apuleius, Lucius 167, 199
Äquivalente Phase 33 ff., 53
Äther-Verwendung 69 ff., 75 ff.

Bantuneger 84 ff.
Barbitursäure-Präparate 58, 67 ff.
Beecher-Stowe, Harriet 170
Bekehrungstechnik 84 ff., 94, 99 ff., 127 f., 131 ff., 159, 165 ff., 173 f., 245 ff.
Beruhigungsmittel 27, 52, 56 f.
Beschneidungsriten 124 ff.
Böhler, Peter 105, 250
Bombenschocktherapie 45 ff.
Booth, William 128
Breuer, Josef 67
Brom-Präparate 27, 52, 56 f.
Bruderschaften 152
Buchman, Frank 260

Caligula 208
Catull 127
Christie, Mordprozeß 228 ff.
Chruschtschow 212 ff., 215

Dionysosriten 78, 200 f.
Drogen-Verwendung 52 ff., 67 ff., 77

Edwards, Reverend Jonathan 156 ff., 165 ff.
Elektroschockbehandlung 88 ff., 138 ff.
Epilepsie 141 ff.
Erweckungsfeldzüge 111, 148, 156 ff., 165 ff., 248, 260
Evans, Mordprozeß 228 ff.

Fanatismus, religiöser 127, 147
Farrar, Dean 160
Farrar-Hockley, Major A. 224

Finney, Charles C. 171 ff.
Fox, George 127
Frazer, James George 124 ff.
Freud, Sigmund 40, 67, 82, 84, 222 f.

Geburtstrauma 222
Gedankenassoziation 81 ff.
Gehirntätigkeit 29, 33 ff., 39 f., 51, 54 ff., 63 ff., 69 ff., 87 ff.
Gehirnwäsche 112, 162 ff., 165 ff., 172, 197 f., 261 ff.
Geständnisse 209 ff., 212 ff., 216 ff., 227 ff., 237 ff., 261 ff.
Graham, Billy 128, 160 f.
Graves, Robert 198 ff.
Grinker, R. R. 68 ff., 102
Gruppenerregung 146, 152

Harrer, Heinrich 129 f.
Hecker, J. F. C. 149 ff.
Helleborus, Niesewurz 207 ff.
Hexenverfolgung 225 ff.
Hill, Denis 141
Hippokrates 25 f., 136, 198
Hitler, Adolf 153
Homer 136
Hopkins, Matthew 225
Hunde-Experimente 22 ff., 262
Huntingdon, Gräfin Selina 249
Huxley, Aldous 141 ff., 179, 196
Hypnose 35, 68, 86, 148
Hysterie 60 ff., 67, 69

Ignatius von Loyola 177 ff.
Inquisition 165, 244 ff.
Insulinschock-Therapie 90, 143

James, William 137, 139 ff., 159, 170
Jeschoff-Methode 243
Jesuiten 177 ff.

Namen- und Sachregister

Johnson, Dr. Samuel 91, 271
Jonson, Ben 136
Judenverfolgung 152 ff.
Jung, C. G. 83
Jussupoff, Fürst 157

Kampferkrankungen 45 ff., 53 ff., 213
Kastration 31 ff., 172
Khlystys-Sekte 157
Knox, Msgr. Ronald 106, 144 ff., 253 ff.
Konveyer-Methoden 241 ff.
Körperschwächung 31 ff., 59
Koestler, Arthur 12, 112 ff., 212
Kriegsneurosen 54, 68, 102

Lenin, Wladimir Iljitsch 22 ff.
Leukotomie 95 ff., 143 f.
Lord Haw-Haw (William Joyce) 61
Lügendetektor 218

Massenbekehrungen 171 ff.
Massendelirien 196
Massensuggestion 153, 165, 179 ff.
Mau-Mau 181
Maugham, Somerset 177 ff.
Melancholie-Behandlung 138 f., 143
Meskalin 115, 142
Mysterien, griechische 200 ff.

Narkosynthese 69 f.
Newton, Isaac 269
Nicolson, Harold 103

Orakel 128 ff., 202 ff.
Orwell, George 176, 212

Pausanias 202 ff., 208
Pawlow, Iwan Petrowitsch 13 ff., 22 ff., 44 ff., 58 ff., 63 ff., 153, 258 f., 262
Persönlichkeitsveränderung 96
Pest 151 f.
Plinius 208
Plutarch 203 ff.
Poro-Ritus 123 ff.
Psychoanalyse 79 ff.

Quäker 127 ff.

Rasputin 157 ff.
Reflexe, bedingte 27 ff., 63 ff.

Rhombos 124 ff.
Rhythmus-Wirkungen 116 ff., 179, 184

Sadler, W. S. 67
Salmon, Reverend George 146, 148
Saulus-Bekehrung 13 ff.
Schizophrenie 143 f.
Schlangenberührungskulte 252 ff.
Schulungstechniken, kommunistische 182 ff.
Selbstmordideen 156 f., 165
Shakespeare, William 40
Shorvon, Dr. H. J. 69
Smollett, Tobias 147
Stereotypien 41, 52, 70 ff.
Stierkampf-Psychologie 264
Strabo 207
Stypulkowski 212, 242 f.
Sueton 61
Suggestionsmethoden, chinesische 224 f.
Suyin, Han 184 ff.
Swank, Dr. Roy 45, 213
Symonds, Charles 45, 47

Tanz 78, 200
Tanzwut 149 ff.
Tierexperimente 22 ff., 44 ff., 80
Told, Silas 246 ff.
Transmarginale Hemmung 33 ff., 51
Träume 83 ff., 198
Trommeln 116 ff.
Tschiangkaischek 182

Übertragung 77 ff., 81, 84
Ultraparadoxe Phase 34, 36, 63

Veitstanz 149 ff.
Verdauungsphysiologie 22
Verhörsmethoden 212, 237 ff.
Vudu-Kult 117 ff.

Weissberg, Alexander 211, 214 ff., 240 ff.
Wesley, Charles 105, 257 f.
Wesley, John 105, 144, 160, 250 ff., 271
Whitfield, George 112, 248
Wiers, Johann 225

Zeugen Jehovas 265
Zionisten 84
Zwangsneurosen 91 ff.

INHALT

Vorwort	7
Einleitung	11
Experimente an Tieren	22
Tierisches und menschliches Verhalten im Vergleich ...	44
Die Verwendung von Medikamenten in der Psychotherapie ...	67
Psychoanalyse, Schock-Behandlung und Leukotomie ...	79
Zur Technik der religiösen Bekehrung	99
Die Anwendung religiöser Bekehrungsmethoden	136
Die Gehirnwäsche in Religion und Politik	162
Ein Blick auf die antike Technik der Gehirnwäsche	
von Robert Graves	198
Wie kommt es zum Geständnis?	209
Innere Festigung und Vorbeugung	249
Schlußfolgerungen	268
Anmerkungen	274
Namen- und Sachregister	283

Verfasser und Verlag danken allen Autoren, Verlagen, Instituten und Photographen für ihr freundliches Entgegenkommen bei der Verwendung von Zitaten und folgenden Photovorlagen: Abb. 2 und 3: Pierre Verger — Abb. 4: Internationale Fotoagentur Wehr — Abb. 8: Royal Society of Medicine — Abb. 9: J. B. Collins — Abb. 10, 11 und 12: Marsh Photographic Studio — Abb. 13: British Museum